NADA MÁS QUE AZUL

LISE GOLD

Traducido por
ROCÍO T. FERNÁNDEZ

Los que son amados no pueden morir. Porque amor significa inmortalidad.

— EMILY DICKINSON

1

$\mathcal{L}$os preparativos para la noche que se presentaba por delante estaban a pleno rendimiento mientras Celia deambulaba por los pasillos oscuros del castillo medieval de Krügerner buscando a alguien que pudiera prestarle un secador de pelo. Todas las puertas estaban abiertas, ventilando las espaciosas habitaciones para invitados, que estaban decoradas con lujosas telas y empapelados y llenas de muebles antiguos. Las criadas con uniformes tradicionales en blanco y negro entraban y salían corriendo con toallas y ropa de cama, preparando las habitaciones para el baile anual de verano.

Venir aquí era como retroceder en el tiempo. A Celia le gustaba el olor a humedad en las viejas paredes y el sonido de las tablas del suelo crujir bajo sus pies cuando todo estaba en silencio y tranquilo durante la noche. Muchos lo encontrarían tenebroso, pero este lugar era su hogar lejos del hogar y estaba realmente emocionada de estar de vuelta. Aunque los inviernos aquí eran espectaculares, con las montañas cubiertas de nieve y el aire frío, el verano era su época favorita del año en Suiza. Olía a fresco y a verde y el lago que se extendía por el jardín trasero permanecía inmóvil, brillando bajo el sol. Las rosas blancas que crecían contra los muros le daban un toque romántico al castillo y, especialmente por la noche, era impresionante cuando la fachada se iluminaba con focos de luz.

La impresionante propiedad en Lucerna, Suiza, era de su tío, un excéntrico aristócrata que, a pesar de estar semi-retirado, también era uno de los mayores marchantes de arte del mundo. Como Celia era de la familia, era una de las pocas personas afortunadas que siempre tenía una habitación a su disposición y, como lo había estado visitando desde su infancia, conocía el castillo de arriba a abajo. El interior no había cambiado mucho en los últimos veinte años porque a Dieter Krügerner le gustaba que todo fuera original, hasta el más mínimo detalle. Eso significaba que, a veces, la comodidad quedaba en un segundo plano. No había calefacción central en los pasillos ni en los corredores y hacía frío en el interior, incluso en pleno verano.

Celia hundió las manos en los bolsillos de la bata de terciopelo negro con el escudo de la familia bordado con un deslumbrante hilo dorado en el lado izquierdo del pecho. Llevaba el pelo envuelto en una toalla porque acababa de salir de la ducha e iba descalza para dejar que el esmalte de uñas rojo intenso de los dedos de los pies se secara. Todavía se estaba recuperando del desfase horario después de haber llegado ayer desde Nueva York, pero la siesta de dos horas la había animado un poco y estaba emocionada por la noche que tenía por delante y ansiosa por prepararse.

"¿Puedo ayudarla, Frau Krügerner?" le preguntó una de las sirvientas.

Celia señaló el carrito que empujaba la criada hacia la habitación de al lado y que contenía todo tipo de utensilios y artículos de baño. "Sí, por favor, Lina. ¿Puedo llevarme uno de esos secadores de pelo?"

"Por supuesto." Contestó Lina mientras le daba uno. "¿Necesita algo más?"

"No, gracias. Tengo de todo en mi habitación." Le contestó sonriendo. "¿Ha llegado ya alguno de los otros invitados?"

"Todavía no." No fue la criada la que contestó sino su tío, que se les había acercado a hurtadillas. Llevaba también un albornoz de terciopelo, el suyo de un verde oscuro que hacía juego con sus zapatillas acolchadas de andar por casa.

"¡Tío Dieter!" Celia voló hasta su cuello y le dio un largo abrazo. "Qué alegría verte de nuevo. Siento no haberte visto anoche pero mi vuelo se retrasó."

"También es fantástico verte a ti, peque." La apretaba con tanta fuerza que apenas podía respirar. "Deberías haber venido un par de días antes, como te pedí. Su señoría llegará pronto, así que la paz no durará mucho." El tono descarado de su voz cuando se refería a su cuñada, la madre de Celia, no había pasado desapercibido y los dos se echaron a reír.

"Créeme que quería hacerlo, pero tuve problemas con uno de mis envíos y quería resolverlo para poder estar relajada mientras estaba aquí." Celia solo veía a su madre un par de veces al año y el baile de verano era una de esas ocasiones en que tenía que aguantar su comportamiento exigente e irracional. La mujer era simplemente imposible, igual que su hermano, que siempre iba detrás de ella. "He oído que trae un acompañante," dijo, poniendo los ojos en blanco. "Pobre hombre. O quizás debería decir pobre chico, porque dudo que tenga un día más de veinticinco años. Ese parece ser su límite últimamente."

"Estoy seguro de que el pobre chico sabe perfectamente dónde se está metiendo." Dijo su tío, entrecerrando los ojos mientras la miraba. "Hablando de acompañantes, veo que has venido sola este año y eso es una novedad."

"No tenía ganas de compañía."

"¿O quizás esperabas reencontrarte aquí con alguien?" Hizo una pausa. "¿Con Erin tal vez? Ha confirmado su asistencia."

Celia se ruborizó ante la simple mención del nombre. Su tío tenía razón, la mujer que había conocido aquí el año pasado había estado en su mente desde entonces y Celia esperaba secretamente volver a verla. No había pasado nada entre ellas, porque ambas habían traído una cita, pero ese único baile que habían compartido había permanecido en ella como si hubiera ocurrido ayer. La forma en que Erin la había abrazado, apretada y de manera posesiva... Nunca antes la habían abrazado así. Incluso después de que hubiera terminado la canción, se quedaron en medio de la pista de baile hasta que la novia de Erin se la llevó para el siguiente baile. Celia sospechaba que se había dado cuenta de la atracción instantánea que había surgido entre ellas esa noche, sin duda consciente de la forma en que los dedos de Erin le acariciaban la espalda y cómo sus manos habían bajado para acercársela más.

"No. De verdad que soy feliz con mi propia compañía," mintió después de que una criada que pasaba por allí la sacara de sus recuerdos y se echó a reír cuando los labios de su tío dibujaron una sonrisa de complicidad. "Además, la última vez que la vi, tenía novia. Una novia muy guapa," añadió, pensando en la guapa mujer rubia que había ido del brazo de Erin. No solamente era alta y deslumbrante, Celia se había enterado también, por la breve conversación que habían tenido, que era abogada de derechos civiles y no había forma de que ella pudiera competir con eso.

"No creo que la relación entre ellas fuera algo serio," dijo su tío de manera casual.

"¿En serio?" preguntó Celia mientras jugueteaba nerviosa con los botones del secador. "¿Quieres decir que está soltera ahora?"

"Lo sabía. Estabas embelesada con ella entonces y aún sigues así. Lo veo en tu cara. Nunca has podido esconderme nada." Su tío se echó a reír, sujetándose el estómago. Extrovertido, con sobrepeso, calvo y con una barba blanca y rugosa, era más grande que la propia vida, en todos los sentidos, pero por primera vez en décadas, se veía más delgado y su rostro incluso se veía un poco demacrado. "No sé muy bien cuál es su estado actual. Supongo que tendrás que esperar y averiguarlo." Se rascó su brillante calva y le dirigió una sonrisa desafiante, sabiendo que la estaba volviendo loca con sus bromas constantes. Erin y su tío eran buenos amigos y era imposible que él no estuviera informado de su vida amorosa.

"Vale, vale. Lo confieso. Puede ser que la encontrara algo atractiva," admitió Celia con una sonrisa. Lo miró de arriba a abajo, notando ahora que de verdad se veía bastante diferente. "¿Has perdido peso?"

"¡Sí! ¿Te has dado cuenta? Dejé de hacer dieta completamente y adivina qué pasó. El peso simplemente empezó a bajar." Abrió los brazos y se encogió de hombros. "Bueno, hace un día maravilloso, así que no nos quedemos más tiempo aquí en la oscuridad. ¿Me acompañas a desayunar junto al lago?"

2

Erin dejó caer su bolsa de fin de semana en el suelo y colgó su traje antes de abrir una cerveza del mini bar de su habitación del hotel, cansada después del viaje. Un viaje de once días, para ser precisos. Pero habían sido once días fabulosos en su yate y había trabajado mucho sentada en la cubierta superior, disfrutando de la vista del Atlántico. Estaba muy bronceada ahora e incluso con el cabello corto, se parecía mucho a su madre, pensó mientras miraba su reflejo en el espejo.

Bebiendo la cerveza, Erin observó la habitación. Era todo un poco exagerado y no le gustaba el diseño, pero estaba bien para un par de noches, hasta que volviera a Francia, donde tenía su yate amarrado. Sin embargo, la vista desde su suite era exquisita. Un sinfín de montañas verdes con vacas pastando esparcidas por ellas se extendían frente a ella. La encantadora ciudad antigua de Lucerna se extendía alrededor del lago. Podía ver el castillo Krügerner, su destino, al otro lado del lago y la vista le produjo un hormigueo en el estómago.

Sería su segundo año asistiendo al baile de verano de

Dieter Krügerner, un evento muy esperado que se celebraba en junio, con invitaciones tan solicitadas que eran como polvo de oro. Había conocido a Dieter hacía un par de años a través de amigos en común cuando estaba visitando a sus padres en California y se forjó una amistad estrecha y maravillosa entre ellos a pesar de la diferencia de edad y sus entornos, que no podrían ser más diferentes.

Erin estaba deseando volver a ver a su encantador y divertido amigo, pero la razón principal por la que había estado un poco nerviosa durante el viaje era la idea de ver a la sobrina de Dieter, Celia. Solo habían compartido un baile el año anterior, nada más, pero recordaba cada momento de esos breves cinco minutos. Su olor mientras la sostenía, afrutado y dulce. Su cabello largo y oscuro que le había tentado a pasarle los dedos por él, sus grandes ojos marrones y su hermosa sonrisa...Su voz y su encantadora sonrisa, tan delicada en su oído. Erin todavía podía recordar cómo se sentía con su mano en la de ella, cómo se habían movido, como si hubieran bailado juntas durante años. Pero incluso después de repetir ese baile una y otra vez, no había una cosa en concreto que pudiera destacar que la hubiera atraído hacia ella desde el momento en que fueron presentadas. Lo que la había desarmado era la fuerza invisible que parecía irradiar a su alrededor, algo a lo que no podría dar nombre o explicar aunque lo intentara. La química que había existido no era una palabra lo suficientemente acertada.

La atracción instantánea la había sorprendido porque, francamente, era inaudito en ella que se enamorara de alguien que no conocía. Solo había necesitado una mirada, un segundo de contacto visual y había deseado a Celia como nunca antes había deseado a nadie. También había visto un brillo en los ojos de Celia y, echando la vista atrás, tenía sentido, porque algo tan poderoso como la atracción que había sentido ella no podía ser del todo unilateral.

Por supuesto, no fue tan simple. Había traído una cita al baile del año pasado y Celia había venido con su novia, Darcy. Darcy era el polo opuesto a Erin; femenina, elegante, sofisticada y, francamente, se había sorprendido cuando Celia la invitó a bailar mientras Darcy estaba distraída.

Su acompañante no había sido más que una breve aventura. La mujer era deslumbrante, inteligente y dulce. Erin incluso había tenido la idea de que podría llegar a ser algo más serio pero, después de conocer a Celia, ya no tuvo más esa sensación y había estado comparando a otras mujeres con ella desde entonces.

Había sido solo un baile y Erin se había dicho muchas veces que debía olvidarlo, que debía sacarse a esa mujer de la cabeza. Celia procedía de la aristocracia. No fue solo el anillo de sello de oro que llevaba con el escudo de la familia lo que la delató. Era evidente en su seguridad y en la forma en que se movía y hablaba, en la forma en que se mostraba en las conversaciones, educada pero con cierta distancia. Pertenecía a una liga completamente diferente, muy posiblemente yendo por la vida como una princesa y, sin duda, moviéndose por las altas esferas. La propia Erin era rica, pero se había hecho a sí misma y venía de un entorno de clase trabajadora. Habiendo trabajado duro para tener todo lo que poseía hoy en día, lo último que necesitaba era una mujer que necesitara un alto nivel de vida y que diera todo por sentado.

Aún así, Erin deseaba besarla, incluso un año después, y esa era la razón por la que había venido sola esta noche. No le faltaban mujeres en su vida. De hecho, era muy, muy popular entre las damas de las Bermudas. Pero sabía que no era justo traer una cita al baile cuando su atención estaba centrada en otra persona. Las mujeres sentían esas cosas, igual que sentían que Erin no era material para relaciones largas.

Abrió la cremallera de la bolsa que había colgado en uno de los percheros y en su boca se dibujó una sonrisa al observar el esmoquin hecho a medida. Igual que había ocurrido el año pasado, se destacaría como la única mujer que llevaba esmoquin, pero Erin no había usado un vestido desde la última vez que había visitado a su abuela en Marruecos cuando tenía quince años, y cualquier cosa que no fuera un traje no era una opción. Asistir a un baile en solitario también estaba un poco mal visto, pero Dieter era un buen amigo y sabía que a él no le importaban la etiqueta ni las apariencias como al resto de su familia. Además, estaba donando mucho dinero a la subasta benéfica que tendría lugar durante la cena y ya eso debería impresionar a sus invitados.

Quitándose la ropa y cogiendo una toalla, otra oleada de excitación le recorrió el cuerpo ante la esperanza de ver a Celia en un par de horas. Era probable que trajera una cita o que quizás estuviera con la misma mujer. Erin había intentado averiguarlo pero sus perfiles en las redes sociales eran privados y sabía que Dieter y Celia estaban unidos, así que tampoco se había atrevido a preguntarle sobre su vida amorosa.

Terminó su cerveza y se dirigió a la ducha. Con cita o sin ella, planeaba dejar una buena y larga impresión en la mujer que había estado en su mente desde el verano pasado. Y si por una afortunada casualidad Celia venía sola, bueno, haría todo lo posible por seducirla. Si había algo que no le faltaba era confianza en sí misma.

3

*C*elia dejó que la tela de satén de su vestido rojo cayera sobre sus tacones de aguja y luego se ajustó los finos tirantes frente al espejo. Le quedaba como un guante y era el vestido perfecto para la ocasión; elegante y sexy, pero sin enseñar tanto como para que fuera considerado vulgar. La tela cortada al bies destacaba su cintura delgada, sus curvas discretas y sus pechos voluptuosos y, aunque el escote bajo de la espalda no le permitía llevar sujetador, todavía podía permitirse no llevarlo a sus treinta y ocho años. Además, estaba de humor para seducir esta noche y enseñar un poco de piel ayudaría. Su largo cabello castaño caía sobre sus hombros en ondas sueltas y, aparte del rímel y la pintura de labios rojo brillante a prueba de besos que decía que no manchaba ni desaparecía, llevaba poco maquillaje. Se sonrió en el espejo, sintiéndose satisfecha con su apariencia.

Un golpe inesperado en la puerta la hizo saltar y corrió hacia ella para abrirla. Dejando escapar un grito teatral, abrazó a su madre y le dijo todo lo que ésta quería escuchar; que era genial volver a verla, que la había echado de menos, que estaba guapísima y que parecía diez años más joven desde la última vez que la había visto.

"Gracias querida. Hice una visita al Dr. Sebastian la semana pasada y también piensa que parezco diez años más joven." Su madre se acarició la tela de su vestido plateado y miró a Celia mientras le señalaba su vestido. "Es rojo," fue todo lo que dijo antes de que sus grandes labios se transformaran en una línea recta de decepción.

"Sí que lo es." Celia arqueó las cejas esperando una explicación o que diera más detalles pero no dijo nada más. Su madre nunca dejaba pasar la oportunidad de aceptar un cumplido mientras, al mismo tiempo, ofendía sutilmente a otra mujer por su apariencia y eso incluía a su propia hija. No dolía. Celia estaba acostumbrada y había decidido hacía tiempo que no le importaba lo más mínimo lo que su madre pensara de ella. "¿Dónde está tu acompañante?"

"Leopold. Ahí viene." Su madre miró por encima del hombro. "¡Leopold, por el amor de Dios, date prisa! Necesito mi bolso."

El corazón de Celia se compadeció del hombre que llegaba hasta su madre y le dio un bolso plateado. Era mayor de lo que esperaba, probablemente de su edad, y eso ya era una mejora con respecto a la última lista de novios. Él le lanzó una sonrisa mientras le tendía la mano para estrechársela. "Leo. Encantado de conocerte."

"Leopold," lo corrigió la madre. "Se llama Leopold." Celia dudaba que alguien de su edad todavía llevara ese nombre y la absurda idea de su madre en insistir que lo llamaran así casi la hizo reír.

"Hola. Soy Celia. Es un placer conocerte también." Estaba a punto de entablar una breve charla con él cuando la madre los interrumpió.

"¿Has visto los nombres que componen las mesas,

querida? Acaban de ponerlo en el tablón junto a la entrada del salón de baile y he visto que ni siquiera estás sentada en la mesa familiar. Es inaudito. Voy a hablar con tu tío ahora mismo."

Esa noticia era como música para sus oídos y rápidamente puso una mano sobre el brazo de su madre y sonrió en un intento de calmarla. Aparte de su tío, había muy pocos familiares con los que disfrutaba pasar tiempo, así que ella sería la última persona en sentirse insultada u ofendida o en quejarse por no sentarse con ellos. "Está bien, mamá. Por favor, no lo molestes ahora, está un poco estresado hoy." Otra mentira que se le había escapado. El tío Dieter rara vez se estresaba y no había estado más que alegre desde el desayuno. Pero su madre tenía razón, era inusual e incluso podría provocar rumores sobre una disputa familiar, pero estaba segura de que lo había hecho por alguna razón. Una sensación de hormigueo le recorrió el cuerpo mientras divagaba sobre cuál sería esa razón por la que había hecho esas disposiciones en las mesas. "Está bien, de verdad. Tendremos mucho tiempo para ponernos al día mañana."

"Su señoría" parecía amargada al ver frustrados sus planes y frunció los labios como si hubiera chupado un limón muy amargo. "Está bien. Pero tiene que saber que eso es inaceptable. Ni siquiera conozco a las personas que se van a sentar contigo. Brian Prendergast y Erik no sé qué..."

"¿Erin?" preguntó Celia esperanzada.

"Podría ser. No presté atención porque el apellido no me sonaba. Algo extranjero." Su madre dejó escapar un profundo suspiro. "Básicamente un don nadie."

La cara de Celia se sonrojó y el pulso empezó a acelerarse. *El bueno del tío Dieter. Me ha hecho una mujer muy feliz.* "De verdad que no me importa así que no hagamos un escándalo de esto. Por favor," le suplicó hasta que vio, por fin, que su madre empezaba a relajarse un poco. "¿Qué te parece si tomamos un aperitivo juntos? Me gustaría conocer mejor a Leo." Se volvió hacia él y le guiñó un ojo. "Disculpa, quiero decir Leopold."

"Está bien," dijo la madre girándose sobre sus talones. "Nos vemos en el vestíbulo de entrada en diez minutos. Tu hermano y su novia deberían estar ya aquí también."

"Espera un momento... ¿novia?" Celia ya estaba hablando consigo misma porque su madre ya había desaparecido. Dejó escapar un gemido suave mientras cerraba la puerta. Su pomposo hermano Fabian era posiblemente el miembro menos favorito de su familia pero, por suerte, tenía el mismo poco interés en ella. Tenía a su madre en la palma de la mano, apartándola de ella, y no había trabajado un solo día en su vida. Sinceramente, no tenía ningún respeto por él.

Viniendo de una antigua familia de banqueros suizos, donde la mayoría se mudó a Estados Unidos y comenzó a invertir allí, la pequeña fortuna que Celia había heredado de su padre era suficiente para que ella hiciera igual que su hermano. Pero a ella le gustaba trabajar y se sentía bien consigo misma cuando conseguía cosas por sí misma.

A diferencia de sus parientes, ella vivía en un modesto apartamento de tres habitaciones que había comprado hacía dos años y no malgastaba el dinero en coches caros, mujeres o drogas. En vez de eso, dirigía un negocio que exportaba alimentos orgánicos para bebés a China porque había visto una oportunidad en ese ámbito hacía siete años. Había conseguido mucho éxito con él y lo que le gustaba era que todo era muy simple. Aparte de un intermediario en Beijing y un asistente y un contable en Nueva York, no tenía empleados y eso le daba libertad para tomarse tiempo libre o ir de viaje cada vez que quería.

A pesar de su fácil estilo de vida, Celia no tenía muchas citas. Quemada por numerosas mujeres en el pasado, que resultaron estar más interesadas en la fortuna familiar que en ella, las relaciones habían pasado a un segundo plano, pero la falta de momentos íntimos no le molestaba. Le gustaba estar sola, era popular en el circuito de citas causales y, en general, se sentía cómoda con la vida que llevaba. Algunas veces anhelaba algo más pero era difícil encontrar una mujer en la que confiara y que le gustara, especialmente si tenía en cuenta un factor muy importante, la química que hubiera entre ellas. Esa química era rara de encontrar, al menos para ella, y por mucho que le gustara perderse en la pasión, eso no estaba escrito en este momento. *O quizás sí,* le dijo una vocecita en su mente mientras cogía su bolso y se dirigía hacia la puerta. La cabeza le daba vueltas solo con pensar que iba a volver a ver a Erin.

4

———

"Qué bien verte de nuevo, amigo." Erin abrazó a Dieter y le dio una palmada en la espalda. "Te veo muy esbelto." Notó que la mayoría de la gente ya había llegado, los aparcacoches muy ocupados colocando los coches en los últimos sitios libres del recinto. Dieter se estaba fumando un puro delante de la entrada principal y parecía relajado y feliz mientras daba la bienvenida a sus invitados.

"Gracias. He perdido algo de peso para poder seguir el ritmo a mi joven Andy."

"¿Todavía estás con él?" le preguntó Erin. "Me encantaría conocerlo."

"Sí, está dentro, socializando como una reina. Luego te lo presento." Dieter dirigió su mirada hacia su esmoquin, dándole su aprobación con una sonrisa. "Siento mucho no haber podido alojarte aquí esta noche. Rechazar a la familia causa más drama del que estoy dispuesto a lidiar y solo tengo once habitaciones. Espero no haberte ofendido."

Erin rió entre dientes cuando dijo "solo once habitaciones" y negó con la cabeza. "No te preocupes por nada, el hotel está bien."

"No, no está bien. Preferiría tenerte a ti aquí antes que a esos terribles caza fortunas, pero, si lo hiciera, podrían empezar a hacer preguntas y..."

"Lo sé." Dijo Erin bajando la voz. "Y, de verdad, no hace falta que te disculpes. Estoy muy feliz de verte." Miró a través de las enormes puertas dobles y escuchó música y risas que venían del vestíbulo de entrada. Una alfombra roja iba desde el aparcamiento hasta la entrada, donde los ojos de los invitados se sentían atraídos por un dosel de luces blancas que colgaban del techo del castillo como una lluvia brillante. Debajo, los mayordomos hacían pasar a la gente hacia el interior para que se llevaran sus abrigos. "Esto es espectacular, como siempre. No sé cómo lo haces."

"Créeme, nada de esto es obra mía, pero hemos hecho todo lo posible este año." Dieter dio una larga calada al puro y sonrió a una de las sirvientas, que salió a vaciar el cenicero de pie. "Como sabes, mis empleados son fantásticos." Miró a Erin, que entrecerró los ojos mientras continuaba mirando el pasillo.

"¿Buscas a alguien en concreto?"

"No." Erin se estremeció por lo rápido y alto que había respondido.

"Vale" le dijo, levantando ambas manos como defensa ante su inesperado tono agudo y se echó a reír. "Solo preguntaba. ¿Cómo fue el viaje, por cierto? No puedo agradecerte lo suficiente tu generosidad al donar unas vacaciones en tu yate para la subasta benéfica. Algunos de los invitados ya tienen las maletas hechas y sus mentes puestas en hacer la oferta más alta, así que tengo grandes esperanzas en que recaudemos mucho dinero."

"Eso es fantástico. ¿Qué organización benéfica estás apoyando este año?"

"En realidad me he decidido por dos. La mitad de las ganancias se destinará a una organización para refugiados y solicitantes de asilo LGBTQ y la otra mitad irá a mi fundación dedicada el arte y que incluye becas universitarias a niños con talento de entornos sociales pobres." Dieter apagó el puro y le dirigió una gran sonrisa. "Es la subasta más grande que he organizado hasta ahora."

"Sí, le eché un vistazo al catálogo de subastas en internet y vi que también estás vendiendo algunas piezas impresionantes." Erin quería preguntarle sobre su salud pero este no era el momento adecuado para hablar de temas tan serios. "Bueno, crucemos los dedos para que tus invitados se busquen bien en los bolsillos esta noche. Será mejor que entre," dijo, señalando a una pareja que se acercaba a Dieter a saludarlo. "Te veo más tarde. Disfruta de la fiesta."

El pulso se le empezó a acelerar cuando entró en el gran pasillo donde se recibía a los invitados. Ya tachada de la lista de invitados, le entregó su teléfono móvil a uno de los guardias de seguridad, que lo marcó con su nombre y lo guardó en una caja fuerte. Los teléfonos o cámaras de fotos estaban prohibidos en el baile de verano de Dieter. Además de que prefería que las personas interactuaran entre ellas y no con sus teléfonos, esta era una noche para que los ricos y famosos se lo pasaran bien sin el riesgo de quedar expuestos. Según Dieter, pocas veces se producían escándalos graves, pero sus invitados bebían mucho y, a veces, la gente era sorprendida retozando con personas con las que no debían.

Tomando una copa de champán de una bandeja, Erin dio las gracias a la camarera. Estaba a punto de cruzar la sala para saludar a Dieter y a los amigos mutuos que tenían en Los Ángeles cuando su mirada se fijó en el tablón con el plano de distribución de las mesas delante de las puertas del salón de baile. Pasó la vista en busca de su nombre y sintió una ola de excitación cuando vio junto a quién estaría sentada. De ninguna manera esto podía ser una coincidencia porque Celia, en circunstancias normales, estaría sentada en la mesa familiar. Se lo agradeció en silencio a Dieter, quien obviamente había sido mucho más observador el año pasado de lo que ella había imaginado.

"¡Erin!"

Erin se giró y vio que sus amigos ya la habían visto. "Mark, Dunja," dijo, acercándose a ellos. "Es maravilloso volver a veros." Los abrazó y alzó su copa en un brindis.

"Estás muy morena. ¿Has estado mucho tiempo en el agua?" le preguntó Dunja.

"Sí. Yo..." Erin se detuvo en mitad de la frase cuando vio a Celia, de pie junto a su madre. Se sintió paralizada por un momento y no pudo hacer nada más que mirarla. Había también un hombre con ellas, a quien reconoció como el hermano de Celia, pero, aparte de él, no había nadie más a su lado. Pareció como si Celia pudiera sentir los ojos de Erin sobre ella por la forma en que, de repente, empezó a mirar por la sala, distraída mientras su madre le hablaba. El vestido largo y rojo con la espalda escotada le quedaba de maravilla y Erin ya se podía imaginar su mano sobre su piel desnuda mientras bailaban. Todo en ella seguía siendo tan cautivador como el año pasado y, cuando observó un momento de inseguridad en los rasgos de Celia mientras escaneaba el vestíbulo una vez más, Erin supo que también la estaba buscando. "Lo siento mucho," dijo disculpándose. "Enseguida vuelvo para que nos pongamos al día pero hay algo que tengo que hacer primero."

Justo cuando estaba a punto de acercarse a ella, Celia se

volvió y comenzó a caminar por el pasillo donde estaban los baños de la planta baja. Aceleró el paso, sintiendo la atracción hacia ella cada vez más fuerte mientras disminuía la distancia entre ellas, como si Celia fuera un imán y la atrajera. Normalmente habría esperado a que estuvieran sentadas antes de hablar con ella. Era una persona paciente por naturaleza y vivía bajo el lema de que *todo lo bueno llega a los que esperan* pero, ahora, otra hora sin ni siquiera decirle "hola" parecía una eternidad. Estaba tan terriblemente sexy, balanceando las caderas mientras caminaba y con el cabello bailando sobre su espalda en largas ondas.

Sin darse cuenta de que Erin estaba detrás de ella, Celia jadeó cuando dijo su nombre y la cogió por la muñeca. Erin no había tenido intención de tocarla, había actuado por impulso, pero ahora que era demasiado tarde, pensó que bien podría seguir adelante. Al ver a Celia temblar y notar la piel de gallina que apareció en sus brazos, se acercó mientras su objeto de deseo se quedaba pegada al suelo, congelada.

5

A Celia le gustaba la anticipación, el juego de la espera, y se había sentido bien con su aspecto cuando se unió a su madre, a su hermano y a un puñado de familiares lejanos en una de las mesas de pie en el vestíbulo de entrada, donde se servían champán y aperitivos. Incluso si nada ocurría esta noche, se aseguraría de que Erin la viera.

La podía haber buscado en las redes sociales o haberle pedido a su tío el número de teléfono, pero le había preocupado que esa extraña sensación de atracción y misterio que la rodeaba se desvaneciera si cedía a la tentación. Así que todavía no sabía nada más de Erin de lo que ya había sabido el año pasado, que era muy poco. Era americana, vivía en las Bermudas y hacía algo con barcos.

Manteniendo un ojo en la puerta mientras mantenía una conversación sin sentido con su hermano, se ajustó su vestido rojo que era tan teatral como la decoración del castillo. Había cientos de velas encendidas y una gran orquesta clásica tocaba un vals en la amplia escalera. La ausencia de luz artificial y música electrónica era algo inusual en esta época y escuchaba gritos de alegría cada vez que llegaban nuevos invitados.

"¿Puedo revisarle el bolso, por favor?" le preguntó un miembro del personal. "Me he dado cuenta de que aún no ha pasado por seguridad y necesita guardar su teléfono, si lo tiene."

"Lo siento mucho. Se me olvidó dejar el teléfono en la habitación y señalar mi nombre en la lista. Estoy en la habitación roja," aclaró Celia, advirtiendo que la mujer no era uno de los miembros fijos del personal de Dieter. Le dirigió una mirada de disculpa mientras le entregaba el móvil.

"No hay problema. Me aseguraré de que lo devuelvan a su habitación." La mujer lo marcó con el nombre de Celia y lo metió en una bolsita de terciopelo. La única prueba de que esa noche había ocurrido estaría en su memoria.

Como siempre le pasaba, se sentía extraña sin el teléfono, pero Dieter Krügerner nunca hacía las cosas de la manera tradicional y por eso este evento era tan popular.

Celia y su familia no eran los únicos que habían volado desde el extranjero. De los cuatrocientos invitados que asistían al baile, al menos trescientos habían viajado desde muy lejos para estar aquí, sabiendo que merecería la pena su tiempo y esfuerzo. La sala derrochaba dinero. Artistas, actores y otras personas de la industria creativa, celebridades, aristócratas, magnates de los negocios y miembros de la familia como ella iban vestidos de punta en blanco; las mujeres con vestidos fabulosos y los hombres con exclusivos trajes de diseño.

Cuando Celia vio a la única mujer que llevaba traje cruzando las puertas inspiró rápidamente porque, aunque estaba parada al otro lado de la habitación, no había duda de su identidad. El esmoquin hecho a medida de Erin estaba cortado a la perfección y lo lucía como ninguna otra mujer podría hacerlo. Su porte y la forma en que se movía eran la de alguien completamente a gusto en su cuerpo, A Celia le encantaba cómo los mechones más largos de su media melena negra le caían casualmente sobre una ceja, le encantaba imaginarse cómo lo llevaba todos los días. Igual que el año pasado, Celia podía sentir la atracción incluso desde lejos cuando Erin entró en la habitación, sin darse cuenta de que la estaba mirando.

La forma en que sonrió mientras entregaba su teléfono tenía tal pureza que era increíblemente sexy. Celia recordaba esa sonrisa muy bien. Seductora, decidida y un poco peligrosa. Pero lo que más le gustaba de su aspecto era la ausencia de una mujer del brazo. Erin tomó una copa de champán y saludó a un par de personas mientras sus ojos escaneaban la multitud. *¿Me está buscando a mí?* Cuando la vio acercarse al plano de las mesas, Celia observó que su sonrisa se hacía más grande y entonces supo que Erin había venido al baile con la misma intención.

"¿Celia?" dijo su madre alzando la voz. "Celia, tu hermano te acaba de hacer una pregunta." Una vez más le miró el vestido, como si fuera la cosa más horripilante que hubiera visto en su vida.

"Perdona, Fabian. ¿Qué estabas diciendo?" Trató de no sonar irritada, pero lo estaba, porque ahora había perdido de vista a Erin.

"Te he preguntado que por qué no has traído pareja." Dijo arqueando una ceja. "¿Te fue demasiado difícil encontrar una cita? ¿Esa última mujer con la que estabas también te dejó?"

Poniéndole los ojos en blanco, negó con la cabeza. "Tú eres imbécil, ¿lo sabías? Para empezar, nunca fue nada serio y no estoy saliendo con nadie en este momento. Al contrario que tú, yo no pago mis citas."

"Eh, Mira no es una acompañante." Los ojos de Fabian se movían nerviosamente de su madre a Mira, su supuesta novia, que ya se estaba frotando contra otro hombre en el rincón más alejado del pasillo. Solo había tardado diez minutos en encontrar a alguien más rico y con más éxito que su hermano y eso divertía a Celia.

"Por supuesto que no lo es. Ha sido una broma de mal gusto," dijo con una dulce sonrisa mientras le apretaba el brazo. "Si me disculpáis, necesito ir al baño." Mientras se alejaba de ellos, sus ojos se desplazaron por la entrada pero no vio a Erin por ninguna parte. Cuando dobló la esquina y se dirigió al pasillo oscuro, sintió una presencia eléctrica detrás de ella.

"Celia." Alguien la agarró de la muñeca por detrás e inmediatamente supo que era Erin. El corazón le latía con fuerza cuando se detuvo pero no se dio la vuelta. Sentir el cuerpo de Erin contra su espalda y la sensación de un cálido aliento contra su oído la encendió instantáneamente. Se sintió aliviada al pensar que la poderosa atracción hacia ella no se había desvanecido. Al contrario, se había vuelto mucho más fuerte porque estaba bastante segura de que la forma en que su cuerpo estaba reaccionando ahora no era normal.

"¿Te acuerdas de mí, Celia?" le preguntó Erin.

Celia se estremeció al oír su voz baja y sensual. "¿Cómo podría olvidarlo?" dijo temblando. No era una persona tímida, pero la forma en que Erin se acercó a ella la hizo sentirse vulnerable y eso se notó en su voz. Aunque se había imaginado este momento muchas veces desde que su tío le había insinuado que Erin estaría aquí, nunca se había sentido tan desprevenida en su vida. "Erin," añadió y por fin se dio la vuelta para encontrarse con la mirada oscura e intensa de esta mujer. Todavía la sostenía por la muñeca, lo cual, en cualquier otra situación, sería poco apropiado pero, con Erin, la encendió.

Erin sonreía mientras la miraba descaradamente de arriba a abajo. "Es genial verte de nuevo." Se mordió el labio y vaciló un momento. "Siento haberte arrinconado aquí pero te he visto desde el otro extremo de la habitación y después de nuestro baile el año pasado, solo quería saludarte antes de la cena. He visto que estamos sentadas en la misma mesa." Hizo una pausa mientras sus ojos recorrían a Celia de nuevo. "Espero que no te moleste que sea tan directa pero este vestido te queda fantástico y estaba deseando verte de nuevo." Su mirada bajó hacia el hombro izquierdo de Celia. "Recuerdo esa marca de nacimiento, parece una medio luna. Es mono."

"Eres observadora," dijo Celia tragando saliva.

Erin extendió la mano para tocar la mancha oscura con sus dedos y Celia sintió lo que ese roce le producía cuando su respiración se aceleró y el vello de sus brazos se erizó. "Espero que me vuelvas a dar el placer de bailar contigo," sonrió. "Es decir, si tu cita no se opone."

"He venido sola." Tan pronto como esas palabras salieron de su boca, la electricidad entre ellas se disparó a niveles alarmantes. "¿Dónde está *tu* cita?" le preguntó Celia de manera inocente, porque Erin no necesitaba saber que la había estado observando.

"Yo también he venido sola." Erin la soltó por fin y dio un paso atrás, hundiendo las manos en sus bolsillos, como si temiera hacer algo de lo que se arrepentiría. Una inmensa tensión sexual se instaló entre ellas mientras se observaban la una a la otra. "Bueno, ahora que hemos aclarado las cosas, te dejo que hagas lo que tengas que hacer. Te veo en la mesa."

6

*L*as puertas del salón de baile se abrieron y ante todos los invitados se revelaron largas filas de mesas a ambos lados de la pulida pista de baile, donde un pianista vestido de frac tocaba melodías clásicas detrás de un piano de cola. Las mesas estaban dispuestas con manteles blancos, delicada vajilla de porcelana y cubiertos, copas de cristal fino, largas velas blancas en candelabros de plata y grandes centros de mesa hechos de lirios blancos. Era elegante y espectacular, y cuando los invitados vestidos maravillosamente empezaron a deambular por la sala buscando sus asientos, Celia sintió que había retrocedido en el tiempo.

Erin se unió a ella en la mesa y retiró su silla antes de sentarse ella misma. "Bueno, entonces este año no te vas a sentar con tu familia," le dijo con una sonrisa divertida.

Celia se rió entre dientes y miró a su madre, que ya estaba acaparando la conversación en su mesa, claramente preocupada por algo que sería insignificante, como siempre. "No puedo decir que me importe, la verdad."

"Bien. Entonces supongo que ella pierde y yo salgo

ganando." Erin se volvió hacia el hombre sentado a su lado y se presentó, Celia hizo lo mismo. Sus modales eran impecables y eso le gustaba. Erin no parecía proceder de una familia con dinero como la suya. Era demasiado real como para haber sido criada con una cuchara de plata colgando de su boca, y la seguridad y confianza que exhibía eran increíblemente atractivas.

"Nunca tuvimos la oportunidad de hablar mucho el año pasado así que no pude preguntarte a qué te dedicas," dijo, una vez que ya se había quitado de encima las presentaciones formales. "Mi tío me dijo que hacías algo con barcos y que lo invitaste a tu yate el verano pasado. Dijo que se lo había pasado genial contigo."

"Sí, Dieter es un buen amigo. Nos conocimos a través de amigos en común en una cena. Mark y Dunja están aquí también." Erin tomó un sorbo de su vino y se humedeció los labios mientras bajaba su mirada a la boca de Celia. "Y respondiendo a tu pregunta, mi empresa diseña y construye yates y estamos especializados en la construcción de superyates personalizados. Todavía hago la mayor parte del trabajo de diseño yo misma."

"Qué interesante," dijo Celia, más intrigada aún. "¿Diseñaste tu propio yate?" Una vez más, Erin miró su boca y Celia quería que la besara tanto que, inconscientemente, se acercó un poco más.

"Sí. Ahora está amarrado en Antibes, en el sur de Francia. Me llevó un tiempo pero logré llegar desde las Bermudas, luego tomé un vuelo a Zúrich y después un taxi hasta aquí."

Los ojos de Celia se abrieron de par en par. "Dios mío, ¿de verdad que navegaste desde las Bermudas?"

"Sí. Tardé once días en llegar aquí, no tenía prisa. Hacía

un tiempo fantástico y siempre he querido ver la costa francesa, así que valió la pena."

"Entonces supongo que tendrás que llevarlo de vuelta tú también."

"No personalmente. He donado el viaje de vuelta a la subasta. Tengo una tripulación fantástica y un gran capitán y funciona como un hotel de cinco estrellas, así que me sorprendería que nadie hiciera una oferta." Hizo una breve pausa y colocó su brazo sobre el respaldo de la silla de Celia. "La apuesta de salida es de treinta mil dólares, lo cual es una ganga porque solo fletarlo cuesta diez mil al día. ¿Quizás deberías considerar hacer una oferta por él?"

Celia se rió y negó con la cabeza. "Por increíble que parezca, la idea de estar en mar abierto me aterroriza."

"Si eso es todo lo que te detiene, ¿qué te parece si te acompaño para mantenerte a salvo?" Erin arqueó una ceja mientras sus dedos jugaban con un mechón del cabello de Celia.

El leve roce envió un rayo de excitación por todo su cuerpo, haciéndola jadear suavemente y notó que la expresión de Erin se oscureció ante su reacción. "No estoy tan segura de sentirme a salvo contigo. Hay algo en ti que me pone un poco nerviosa."

"Hmm..." Erin ladeó la cabeza y se acercó un poco más. "¿Me tienes miedo?"

"¿Debería tenértelo?" le preguntó en un susurro. La tensión entre ambas era eléctrica y tenía la sensación de que Erin la iba a besar de un momento a otro. Erin no contestó a su pregunta y eso la excitó aún más. En su lugar, colocó el pelo de Celia hacia un lado y le pasó un dedo por la nuca, haciéndola temblar.

"Bueno, ya basta de hablar de mí. Háblame de ti," le dijo, cambiando de tema. "¿A qué te dedicas?"

"Es aburrido comparado con tu negocio de diseño de superyates."

Erin negó con la cabeza. "Nada de lo que hagas podría ser aburrido. Venga, quiero saber. Solo te he visto una vez antes y estas circunstancias no son exactamente normales. A menos que siempre vayas vestida así y pases todas las noches en fiestas increíbles como la mujer más hermosa del baile. Siendo miembro de la familia Krügerner podría ser una posibilidad, pero ahora que estamos hablando, no me da esa sensación."

Sus palabras hicieron sonrojar a Celia y agradecía la tenue luz de la habitación. "Exporto alimentos orgánicos para bebés a China," dijo. "Es un negocio lucrativo para mí y les ofrece una dieta saludable y equilibrada a los bebés, así que todos salimos ganando."

"No creo que eso sea aburrido. ¿Te gustan los bebés?"

"No necesariamente," dijo riéndose. "Disculpa, eso no ha sonado bien. Quiero decir que no tengo hijos y no tengo mucha afinidad con los bebés. Solo vi una oportunidad en el mercado. ¿Tienes tú hijos?"

"No." A Erin le pareció divertida la pregunta. "Disfruto demasiado de mi libertad y no sería una gran madre con todos los viajes que hago." Hizo una pausa. "Pero soy una gran amante."

"No tengo ninguna duda." La seguridad de Erin era excitante y, por un segundo, no supo qué hacer o decir. Se volvió ligeramente para que sus compañeros de mesa no se dieran cuenta de la mano de Erin en su cabello. "¿Dónde te vas a quedar esta noche?"

"En tu habitación, por supuesto" Los ojos de Erin acariciaban su escote, con sus pechos ahora tensos y ajustados en su vestido rojo escotado.

"¿Ah, sí?" Su atrevida respuesta mandó una sacudida

entre sus piernas y tragó saliva. "Vaya, no recuerdo nada sobre los preparativos para compartir habitación."

"Ah, ¿no te has enterado?" Erin se acomodó en su silla y dio vueltas al vino en su copa con un aire de total indiferencia. "Por lo que parece, se supone que debo dormir en tu cama... y se supone que tú debes estar desnuda."

Celia se excitó mientras procesaba en silencio la propuesta indecente de Erin. Nadie había sido tan directa con ella, y por la forma en que esto se estaba desarrollando, iba a obtener esta noche más de lo que había esperado. "¿Y se supone que tú debes estar desnuda también?" logró preguntar por fin, mirándola a los ojos.

Su momento de intimidad fue interrumpido cuando llegaron los aperitivos de tartar de atún y, a regañadientes, lo vieron como una señal de que debían retomar la conversación con los comensales que tenían a su lado. Normalmente, a Celia no le importaba la etiqueta de una cena formal, pero, en este momento, lamentaba tener que hacer una pausa en su ir y venir de coqueteo. "Brian," dijo, forzando una sonrisa mientras trataba de recordar si había conocido antes al hombre que tenía a su lado. "¿Cómo fue tu viaje?"

7

*D*espués del plato principal y una hora de constante flirteo, cuatro violinistas se unieron alrededor del pianista, que había reemplazado a la orquesta con una suave y sutil música de fondo y, a medida que se unían, la música se hizo más fuerte y dramática. Tiras de tela de seda blanca que formaban un triángulo en el techo alto se soltaron sobre la pista de baile y Erin observó cómo tres mujeres con leotardos blancos se dirigieron a la pista y tomaron una tira cada una.

Las conversaciones se pararon y todos los ojos se dirigieron a las acróbatas que se subían hasta el techo envueltas en la tela. Era maravilloso verlas cómo trepaban y se balanceaban entre sí con un inmenso control y gracia. Sin embargo, a Erin le estaba resultando difícil centrarse en ello y se acercó a Celia, deseando su cercanía. La familia de Celia estaba sentada en una mesa cercana y su madre les lanzaba miradas de desaprobación de vez en cuando, pero Celia parecía más que feliz con la situación.

No le había sorprendido su acercamiento tan directo. De hecho, había seguido el juego y ahora no había duda de que sentía la misma atracción física. Impulsada por un deseo de sentir su excitación, Erin buscó bajo la mesa y puso su mano sobre el muslo de Celia, sin apartar la vista del espectáculo. Normalmente no era tan atrevida, pero la mujer que tenía a su lado era tan irresistible que no podía evitarlo. Muchas, muchas fantasías que involucraban a Celia habían tomado control de su mente durante el último año y ninguna de ellas incluía cogerse de la mano o cenas a la luz de las velas. No, sus fantasías eran puramente físicas y, si dependiera de ella, haría que cada una de ellas se hiciera realidad porque deseaba pasar sus manos y su boca sobre ese cuerpo tan delicioso.

La mirada de Celia también estaba fija en el techo, pero Erin la oyó tomar una rápida respiración cuando la tocó y sintió cómo sus músculos se tensaban bajo su mano. Mirando de reojo, vio que los labios de Celia estaban separados y que su pecho subía y bajaba rápidamente. Saber que la estaba excitando hizo que Erin la deseara aún más y dejó su mano allí. Cuando no hizo ningún intento por quitársela, apretó su muslo suavemente, haciendo que Celia se removiera en su asiento.

Asegurándose de que nadie las estuviera mirando, Erin movió su mano hacia el interior del muslo y lentamente comenzó a juntar la tela del vestido largo, subiendo el bajo de éste poco a poco. Volviéndose para mirarla, vio que los ojos de Celia se cerraban rápidamente, la anticipación de lo que iba a ocurrir apoderándose de ella. Cuando los volvió a abrir, miró a Erin una fracción de segundo y el deseo en su expresión era claro, Celia la deseaba tanto como ella. Erin no estaba segura de cómo iba a sobrevivir esa larga noche sin arrancarle el vestido.

Erin se sintió acalorada, así que se quitó el corbatín y se desabrochó los dos botones superiores de la camisa mientras con la otra mano seguía subiendo por el vestido de Celia. Se quedó inmóvil cuando escuchó jadeos a su alrededor, pensando que las habían pillado, y se dio cuenta de que la audiencia estaba reaccionando a las acróbatas, que habían bajado en espiral por las tiras de seda y habían quedado suspendidas a un palmo del suelo. Con la esperanza de que este no fuera el final de su actuación, continuó. Sus dedos, por fin, alcanzaron el bajo del vestido rojo. Deslizó la mano por debajo y acarició con los dedos la rodilla desnuda de Celia. Su piel era deliciosa; suave, lisa y cálida, pero lo que de verdad hizo acelerar aún más su corazón fue el intenso temblor en su muslo.

Lo que estaban haciendo era terriblemente peligroso pero Celia no la detuvo. Incapaz de controlar su deseo, su mirada estaba ahora borrosa y se le escapó un suave gemido cuando Erin comenzó a acariciar su piel.

Los aplausos estallaron y Erin retiró la mano y aplaudió también como si nada hubiera pasado. Mientras continuaban los aplausos, se inclinó hacia Celia y rozó su oreja con los labios. "Es una pena que el espectáculo haya acabado. Otros diez minutos más y me habría asegurado de que vieras estrellas en lugar de bailarinas."

Las mejillas de Celia se sonrojaron de nuevo y la miró como si fuera una especie rara que nunca antes había visto. Su reacción no sorprendió a Erin, no se la imaginaba participando en juegos traviesos en público de manera habitual y veía cómo se estaba preguntando en su interior cómo demonios había participado en este.

"¿Tienes calor, Erin?" le preguntó el hombre que tenía sentado a su lado. Le señaló el corbatín sobre la mesa, interrumpiéndoles el momento.

"Sí, de repente hace muchísimo calor aquí." Erin se

abrió otro botón de la camisa y le lanzó una sonrisa de flirteo a Celia.

"Buena idea, no sé por qué me sigo torturando." Su vecino de mesa hizo lo mismo, se quitó el corbatín y se la guardó en el bolsillo. "Ropa formal... ¿Por qué se molesta la gente con estas cosas en esta época en que vivimos?"

Los intercambios amables en las conversaciones fluían de un lado a otro, pero Erin tenía problemas para concentrarse en lo que su compañero de mesa decía. La sensación de tocar la piel de Celia le había dejado un cosquilleo entre sus piernas. Todo en lo que podía pensar ahora era en llevársela a la cama. Maldijo en silencio cuando llegó el plato principal, sabía que necesitaría ambas manos para comer.

"Perfecto," dijo, volviéndose hacia Celia cuando el camarero puso un plato de lenguado a la meunière delante de ella. Ahora que estaba completamente enganchada a ella, no la iba a dejar que perdiera el interés y las ganas, a pesar de que parecía poco probable en este momento. Bajó la voz a casi un susurro y clavó sus ojos en los de Celia, perdiéndose en sus profundidades marrones. "He estado esperando mi comida esta noche y tengo mucha, mucha hambre."

8

*C*elia permaneció sentada durante la cena escuchando las conversaciones a medias. Nunca en su vida había estado tan distraída. Su mente estaba consumida por las fantasías de tener intimidad con Erin y por lo que quedaba por venir. Sí, había esperado que Erin viniera sola al baile este año, pero nada podría haberla preparado para la actitud depredadora y despreocupada de Erin al expresar su deseo y tomar lo que quería. No estaba acostumbrada a mujeres así, pero le había encantado cada momento de estar sentada a su lado. Todavía estaba temblando por la mano sobre su piel y que le había dejado tan excitada que las últimas horas habían pasado volando.

Mientras se servía el postre, se bajó una pantalla antigua de tela sobre la pared del fondo y, sustituyendo a los músicos, se colocó un atril en la pista de baile. En lugar de un laptop, un proyector antiguo ofrecía imágenes e información sobre las organizaciones benéficas para las que su tío estaba recaudando dinero.

"¿Vas a hacer alguna oferta por algo? Aparte de las vacaciones en el yate, claro," bromeó Erin.

"No estoy segura. Derroché dinero en una pintura el año pasado, así que podría ser sensata y simplemente hacer una donación. ¿Y tú?"

Erin negó con la cabeza y bajó la voz mientras el subastador hacía su discurso de presentación y presentaba un anillo de diamantes y rubíes de época que había pertenecido a la familia real noruega. "No he visto nada que quisiera de verdad pero espero que las vacaciones en el yate recaude bastante dinero."

"Seguro que sí." Ahora que todo el mundo estaba centrado en la subasta, Celia esperaba que Erin continuara con lo que había empezado pero, para su decepción, mantuvo sus manos quietas. Varias piezas de joyería, pinturas y esculturas fueron vendidas con éxito antes de que una imagen del yate de Erin llenara la pantalla.

"Y ahora, para los más aventureros," dijo el subastador. "Unas vacaciones de dos semanas en el yate *La Barracuda*, que navegará desde Antibes hasta las Bermudas, con los billetes de avión de vuelta incluidos. Servicio de veinticuatro horas, alta cocina preparada a vuestro gusto, acceso a buceo y esnórquel, piscina y jacuzzi, y no nos olvidemos de las espectaculares vistas mientras navegáis por las costas mediterránea y africana. La oferta inicial es de treinta mil dólares. Damas y caballeros, este viaje que solo se tiene una vez en la vida, es cortesía de Erin Nour, directora ejecutiva de *Barracuda Designs*. Démosle un aplauso por su increíble donación."

Celia arqueó una ceja mientras observaba las imágenes de la embarcación. No era un yate cualquiera y toda esa experiencia sonaba como un lujo al más alto nivel. "Bonito barco," susurró.

"No es un barco, es un yate," dijo Erin, lanzándole una

mirada de incredulidad y fingiendo sentirse insultada. "¿To-davía no te tienta?"

"No. Admito que es impresionante, pero estoy ocupada en mi trabajo, no me gusta estar en alta mar y..."

"Empiezo yo. Treinta mil." Celia se volvió sorprendida cuando escuchó la primera oferta, que provenía de su tío. Como ya había donado una pequeña fortuna en arte, normalmente no solía hacer ofertas durante sus propias subastas.

"No sabía que estuviera interesado," dijo, volviéndose hacia Erin.

"Yo tampoco. Probablemente solo está fingiendo para subir la oferta."

"Treinta y cinco mil," dijo una mujer con un vestido negro. Luego se unieron otras cinco personas, elevando la oferta a sesenta mil dólares.

Celia se rió entre dientes, sospechando que Erin tenía razón. Su tío permanecía sentado ahora, observando a las dos últimas personas que quedaban en pie, hasta que solo quedó la mujer de negro, con una oferta de sesenta y cinco mil.

"Sesenta y cinco mil para esta dama. ¿Alguien da más?"

"Setenta mil." La sala se llenó de jadeos y murmullos cuando su tío se volvió a poner de pie.

"¿Qué demonios?" Erin parecía tan sorprendida como Celia y frunció el ceño cuando Dieter ganó la guerra de ofertas al final. La sala estalló en vítores y aplausos cuando el subastador golpeó con el mazo su oferta final de noventa y cinco mil dólares. "Ya sé que esto es para obras benéficas pero, aún así, no necesita pagar por esto. Solo tenía que habérmelo pedido."

"Yo tampoco lo entiendo, no suele derrochar en sus vacaciones." Su tío señaló a Erin y le dirigió una sonrisa descarada. Parecía realmente feliz por lo que acababa de adquirir. Un hombre más bajo y mucho más joven vestido con un traje blanco lo abrazó, saltando de emoción poco después de que su tío le susurrara algo al oído.

"¿Ese es el misterioso Andy?" preguntó Celia. "Sé que el tío Dieter ha estado saliendo con alguien de manera intermitente durante un tiempo, pero llegó tarde y no he tenido la oportunidad de presentarme."

"Muy probablemente. Por la forma en que se regodea, diría que le acaban de decir que se va de vacaciones románticas."

"Hmm..." Celia miró al hombre con interés. Aunque había oído hablar de Andy, él nunca estaba por allí cuando ella iba de visita y su tío nunca había traído a nadie formalmente al baile durante años. "Parece mucho más joven, ¿no?"

Erin siguió su mirada. "¿Y te molesta eso?"

"No, en absoluto. Es solo que es muy diferente a su ex pareja. Supongo que esperaba que tuviera un tipo de hombre o algo así, pero claramente no es el caso."

"Tengo que admitir que forman una pareja poco común." Erin se volvió hacia la pantalla donde ahora se estaba mostrando el siguiente artículo, un reloj de oro. "¿Cuánto tiempo más crees que durará esto?"

"Unos cuarenta minutos más. ¿Por qué?" Sus ojos se encontraron con los de Erin y se estremeció ante la intensa atracción que había entre ellas.

"Porque no puedo esperar a bailar contigo de nuevo."

"Ah, quieres bailar conmigo, ¿eh?" le preguntó Celia en tono burlón.

Erin asintió lentamente mientras sus labios dibujaban una sonrisa seductora. "Quiero más que eso, pero comencemos con un baile."

9

Se retiraron los platos del postre y se despejó el desorden de la mesa mientras los primeros invitados se dirigían a la pista de baile. La orquesta, ahora completa de nuevo, empezó a tocar una versión lenta de *Moondance*.

"¿Me concedes este baile?" preguntó Erin. Se puso de pie, tomó galantemente la mano de Celia y la besó.

"Creí que nunca me lo pedirías." Celia dejó que Erin la llevara hasta el centro de la pista de baile y suspiró de alegría cuando la atrajo hacia ella, una mano presionando firmemente en el bajo de la espalda y la otra sosteniendo su mano. Su vestido escotado por la espalda era una bendición porque le permitía a Erin acariciársela mientras bailaban. ¿Lo había comprado pensando en ello? Celia no estaba segura de nada, solo de una cosa y era que deseaba a esta mujer.

El pulgar de Erin la acariciaba suavemente y luego con más fuerza, antes de que moviera el brazo y la tomara de la cintura. Ella lideraba el baile y pronto volaron por el suelo de la pista con tanta naturalidad que Celia no pudo evitar preguntarse si estarían igual de sintonizadas en la cama.

"Hueles de maravilla," dijo Erin, oliendo su aroma en su cuello.

"Tú también." Celia apoyó la cabeza en el hombro de Erin y pasó sus dedos por el pelo corto de su nuca. "¿Me buscaste?" le preguntó.

"Más o menos." Erin se apartó un poco para mirarla e inclinó la cabeza. "Lo intenté de la manera más fácil, usando las redes sociales." Su boca estaba muy cerca de la de Celia mientras continuaba hablando. "Pero eres una persona reservada y aunque eso me hizo sentir más curiosidad, decidí dejarlo. Soy una persona muy paciente. Decidí esperar un año entero para saber más de ti."

"No parecías tan paciente en la mesa," bromeó Celia. Se dibujó una sonrisa en sus labios y luchó contra el impulso de presionar su boca contra la de Erin.

"Tienes razón. Parece que se me acabó la paciencia ahora que estás cerca. ¿Te molesta mi atrevimiento y que sea tan directa?"

"No." Celia sintió quedarse sin aliento y se inclinó un poco más para besarla pero Erin giró la cabeza y presionó su mejilla contra la de ella mientras la giraba.

"¿Me buscaste tú?" le preguntó Erin.

"Sí," contestó con sinceridad. "Pero tampoco encontré mucho." Hizo una breve pausa. "Aunque no me molestó. Yo también soy una persona muy paciente."

"Eso ya lo veremos." Cuando Erin tiró de ella y presionó sus caderas contra las de ella, Celia tuvo que admitir que su paciencia se estaba desmoronando. Se estaba moviendo, pero no tenía ni idea de lo que estaba haciendo mientras su cabeza le daba vueltas, llena de tantas fantasías que no le quedaba espacio para la coordinación. No importaba, las habilidades de Erin para el baile eran fuertes y Celia apenas necesitaba esforzarse mientras las guiaba sin esfuerzo por la pista en perfecta sincronía. Se imaginó que parecían que habían bailado juntas durante años, pero su obvia química expresaba otra cosa diferente. Entre ellas existía la tensión de dos personas que se estaban conociendo, dos personas que tenían hambre por explorar. Celia era consciente de que su madre las estaba mirando fijamente. La ignoró y dejó que Erin las hiciera girar una vez más, disfrutando de la maravillosa satisfacción de su cercanía. "Entonces... ¿te gustaría ver mi habitación luego?" le preguntó mirándola directamente a los ojos.

"Me encantaría ver tu habitación." Erin la apretó un poco más y Celia dejó escapar un leve gemido.

La orquesta cambió y comenzó a tocar un tango y vio una chispa encenderse en los ojos de Erin. Las parejas salieron de la pista de baile para tomarse un respiro o porque no estaban familiarizadas con los complicados pasos y pronto no quedaron muchos invitados bailando. El tango tampoco era el punto fuerte de Celia pero la sonrisa de Erin le dijo que todo iría bien. "Bailas muy bien."

"Gracias. Tú también."

"Casi no estoy haciendo nada," respondió Celia con una sonrisa. "Me gusta lo fuerte que eres, es fácil contigo."

Sus posturas cambiaron apasionadamente con la música y Erin movió su mano entre sus omóplatos, mirándola mientras continuaban deslizándose. Su interacción era controlada a la vez que sensual y teatral, un tira y afloja de anhelo y deseo. Celia la seducía y Erin reaccionaba. Erin lideraba y ella respondía. Estaban conectadas en todos los niveles, sus movimientos eran sexys y feroces mientras los pies de Celia se deslizaban con pulcritud entre los de Erin en pasos cortos y suaves.

Erin la inclinó hacia atrás y Celia arqueó la espalda hasta el punto que su cabello tocó el suelo. Mientras una mano la sostenía firmemente por la espalda, Erin soltó la otra y la pasó por su cuello, continuó hacia abajo entre sus pechos mientras se inclinaba sobre ella. Por un momento pensó que hundiría su cara entre ellos pero, de repente, se enderezó y las puso de nuevo en posición vertical. Dudaba que esto formara parte del baile pero se dejó llevar y notó que un hormigueo le recorría cada parte de la piel por donde Erin la había tocado.

Todos los ojos estaban puestos en ellas ahora, miradas intensas que le decían que la audiencia estaba fascinada por la misteriosa Erin y su ardiente conexión. No estaba segura de si esta sensual interacción era lo correcto. Al fin y al cabo, estaban en un baile formal, lleno de personas a quienes su familia quería impresionar. Ya les había llevado bastante tiempo aceptar que era gay y solo se habían calmado cuando su tío, que también era gay, les había rogado que dejaran de ser tan dramáticos y lo superaran.

Ambas estaban sin aliento cuando la canción llegó a su fin. No tenía nada que ver con el ejercicio físico sino con el hecho de que estaban excitadas más allá de lo imaginable. Celia sonrió cuando se dio cuenta de que tenía la mano de Erin sobre su trasero en vez de su espalda, donde debería estar, y rápidamente se soltó de ella, creando cierta distancia entre ambas.

"Hey, puede que no sea una experta en el tango pero estoy bastante segura de que manosear el trasero no es uno de los movimientos," le susurró con una sonrisa. La lucha era real, ella también estaba teniendo problemas para controlarse, y decidió que quizás era mejor que volvieran a sentarse, al menos por un rato.

Erin se rió y la tomó de la mano. "Supongo que me has pillado. Eres demasiado difícil de resistir." Las llevó de vuelta a la mesa y le lanzó una sonrisa traviesa. "Venga, vamos a tomar una copa. Pero aún no estás liberada. Quiero otro baile antes de que termine la noche."

10

---

*L*a tensión entre ellas creció cuando la orquesta dejó
de tocar y los primeros invitados comenzaron a
irse. Erin sabía que Celia la habría invitado a su
habitación hacía horas si no fuera por el hecho de que se
esperaba que estuviera aquí hasta el final. Como miembro
de la familia Krügerner, tenía el deber de representar a su
familia pero no se había apartado de su lado en toda la
noche. Ambas tan excitadas después de horas bailando y
sentadas juntas, que sospechaba que romperían cosas una
vez estuvieran solas.

"¿Necesitas despedirte de la gente?" le preguntó mientras volvían a la mesa para coger el bolso de Celia.

Celia negó con la cabeza y bajó la voz. "No, vámonos
discretamente. Todos están borrachos, ni siquiera se darán
cuenta de que me he ido."

"Lo que tú digas, sexy." Erin metió la mano por el lado
del vestido de Celia mientras caminaban apresuradas por
los largos pasillos y tomaban las escaleras del personal para
así no tener que usar la escalera principal en el vestíbulo de
entrada.

Miró alrededor de la habitación mientras Celia encendía las velas de las antiguas mesitas de noche de roble, luego algunas en los candelabros de plata que había a cada lado del jarrón de rosas rojas que estaba sobre el tocador. Era una habitación preciosa y estaba claro que siempre había sido la suya porque había fotos enmarcadas de ella y su familia en la estantería y colgadas en las paredes. La imagen más grande era de Celia cuando era niña y estaba posando con un hombre guapo de pelo oscuro que Erin sospechó que sería su padre. Estaba sentada sobre sus piernas con un vestido amarillo con volantes y un lazo muy mono a juego sobre su pelo. Los muebles antiguos eran más femeninos aquí que en el resto del castillo y combinaban tan bien con el lujoso empapelado de color crema y dorado y con las cortinas de seda que Erin se preguntó si había decorado la habitación ella misma. Olía a libros viejos, que provocaba un sentido de historia, un aroma que le encantaba y que, mezclado con el ligero perfume de Celia, evocaba una sensación de ensueño en ella.

Celia se volvió hacia ella, apoyándose en uno de los postes de la cama. Erin sintió que estaba esperando a que ella diera el primer paso ya que, desde el primer momento en que se habían vuelto a encontrar esa noche, había habido un entendimiento silencioso de que ella estaría al mando. Ver a Celia ahí, de pie, a la luz de las velas, la dejó sin aliento. Estaba impresionante con ese vestido rojo y la luz oscura de la habitación le daba una apariencia casi angelical. Tanto que casi se olvidó de seguir con ese aire de confianza y seguridad que se había esforzado por mantener durante toda la noche.

"Dios, eres preciosa." Erin se humedeció los labios y acortó la distancia entre ellas. Ahora que había llegado el momento, parecía surrealista estar a solas con ella. Sintió el aliento cálido contra sus labios cuando se inclinó hacia ella, inclinó la cabeza y cerró los ojos, rozando con delicadeza, por fin, sus labios con los de ella. Después de tanto bromear, ambas dejaron escapar un leve gemido por la tensión física que ese beso liberaba. Erin se sorprendió de cómo ese ligero roce de labios despertaba todos sus sentidos a la vez. Mientras se apretaba contra ella, sintió que el pecho de Celia subía y bajaba rápidamente con su acelerada respiración y pronto se vio envuelta en una acalorada excitación. Hundió sus dedos entre su largo cabello, rodeó su cuello con sus manos y la apretó más fuerte contra ella.

Celia gimió de nuevo y separó los labios para dejarla entrar, empujando con avidez. Con un abrazo apasionado, se rindieron a la deliciosa sensación de darse la una a la otra y ninguna de las dos se contuvo. Suave primero pero más firme y decidido después, húmedo, entrecortado y lleno de deseo, el beso no podría haber sido más perfecto ni en sus sueños más locos. Los labios de Celia eran deliciosos y suaves, el tacto aterciopelado de su lengua era como lo había imaginado y tenía un ligero sabor al whisky que habían tomado después de la cena. La insistencia de su boca envió un temblor salvaje por todo su cuerpo mientras respondía a esa demanda de querer más, metiendo sus manos por la chaqueta del esmoquin y acariciar su espalda. Mientras tanto, las manos de Erin exploraban las curvas de sus caderas y su trasero hasta que ambas se apartaron porque estaban sin aliento y a punto de perder el control.

Llevándose dos dedos a sus labios ahora sensibles, Celia la miró con los ojos abiertos de par en par. "No sé qué esperaba pero, desde luego, no era esto" dijo en un susurro.

"Yo tampoco." La mirada de Erin se posó sobre sus hombros e, incapaz de resistirse, le echó el cabello hacia un lado y presionó sus caderas contra ella. Encantada de sentirla ponerse tensa por la anticipación con murmullos de placer que se le escapaban, se inclinó sobre ella y le besó el cuello mientras le bajaba lentamente la cremallera de su lado izquierdo. Ese simple gesto hizo acelerar aún más su corazón cuando la tela se separó, invitándola a entrar. Explorando las suaves curvas de Celia, pasó la mano por el interior del vestido, rozando su piel excitada. Su cabello y su cuello olían de maravilla y cada vez que movía la boca más hacia abajo, la respiración de Celia se aceleraba. Llevó su boca de nuevo a la de Celia, la tomó con fuerza y apretó sus labios una vez más. No fue tierna sino que la besó con fiereza, agarrándola del pelo y echando su cabeza hacia atrás. Cuando se lo soltó y se apartó de ella, apoyando su frente contra la de ella, no podía recordar la última vez que se había besado con alguien así, de manera tan apasionada y explosiva.

"Te deseo," dijo Celia, pasando una mano por la mejilla de Erin y bajándola hasta la solapa de la chaqueta. "Esta ropa necesita ir fuera. Demasiadas capas."

"Todavía no." Erin negó con la cabeza y la agarró por las muñecas cuando empezó a desabotonarle más la camisa. "Pronto. Pero no todavía." Se le dibujó una sonrisa traviesa en los labios y por la reacción de ella, con el rostro sonrojado y los ojos ardiendo de pasión, sabía que Celia estaba disfrutando este juego del gato y el ratón. La deslumbrante belleza del baile sería suya esta noche y si lograba contenerse y mantener el ritmo, se tomaría su tiempo para disfrutarlo.

Sus dedos se movieron por los hombros de Celia, rozándolos, y se abrieron camino por debajo de los finos tirantes, bajándolos por sus brazos para que la prenda apenas la cubriera. Apenas podía creer que estaba aquí, en la habitación de Celia, desnudándola, porque, aunque había fantaseado con ello muchas veces, siempre había tenido una voz en su interior que le decía que eso no iba a ocurrir nunca, que era demasiado bueno para ser verdad.

"Quiero asegurarme de que nunca olvides esto." La voz de Erin estaba ronca por haber tenido que hablar durante toda la noche sobre la música a todo volumen. Cuando se volvió a encontrar con los ojos de Celia, vio inseguridad en ellos. O quizás era miedo. Todavía no la conocía lo suficiente como para estar segura. Fuera lo que fuera, estaba mezclado con un inmenso deseo que le decía que, esta noche, Celia era suya y solo suya.

Agradeciendo sus caricias, como si hubiera estado hambrienta de ellas, Celia no tenía ni idea de que Erin tampoco había pensado en otra cosa durante las últimas semanas. "Me encanta cómo tomas el mando," susurró entre gemidos. "La forma en que me abrazabas y empujabas tus caderas contra las mías en la pista de baile... Me estaba volviendo loca."

"¿Sí? ¿Te gustó?" A Erin le encantaba saber que tenía ese efecto en ella porque, si había algo que ansiaba en ese mismo momento, era hacer que esta mujer cautivadora y sensual se rindiera a sus fantasías sexuales. Ella gimió también cuando la mano de Celia se deslizó por su pelo, sobre sus hombros y volvió a posarlo sobre su pecho.

Un golpe repentino en la puerta las sacó del momento que estaban compartiendo. Celia dio un salto, alejándose de ella, rápidamente se subió los tirantes y se abrochó la cremallera del vestido. "¿Quién es?"

"¡Celia! Soy yo, Fabian. Mamá ha tenido un accidente."

"¿Qué?" Celia abrió la puerta y se encontró con los ojos enrojecidos de su hermano. "¿Qué ha pasado? ¿Está bien?"

"Más o menos." Dijo Fabian arrastrando las palabras. "Creo que se ha hecho daño en la pierna y la espalda. Y quiere que vayas al hospital con ella." Se encogió de hombros. "Iría yo pero no estoy exactamente en condiciones de hacer eso en este momento y Leo se fue después de que ella lo culpara del accidente." Se apoyó contra el marco de la puerta cuando Erin se acercó por detrás de Celia. Por un momento Erin pensó que podría quedarse dormido de pie.

"¿Has llamado a una ambulancia?" le preguntó.

Las cejas de Fabian se levantaron de repente cuando vio a Erin. Claramente no esperaba verla allí. "No, no parecía muy serio. Está junto a la puerta principal, con un millón de personas preocupándose de ella, pero insiste en que Celia la lleve."

"Está bien, ya voy." Celia dirigió una mirada de disculpa a Erin mientras se volvía hacia ella. "Lo siento, no tengo idea de cuánto tiempo tardaré."

"No te preocupes. ¿Quieres que te acompañe?"

"Probablemente sea mejor que no lo hagas." Le dio un apretón a su mano antes de coger su abrigo y su bolso. "Siéntete como en casa, nos vemos más tarde."

11

Sobre las seis de la mañana, Erin se arrepintió de no haber vuelto a su hotel. Celia había conseguido su número de teléfono y le había mandado un mensaje hacía un par de horas. Aparte de un hematoma, todo parecía estar bien con la pierna de su madre, pero como insistía en que no podía andar, seguían haciéndole pruebas. Se imaginó que Celia no estaría de humor para tener compañía una vez que volviera del hospital y, francamente, el último mensaje que había recibido era la única razón por la que se había quedado. *"Por favor, no te vayas. Espero no tardar mucho más."* Eso había sido hacía dos horas y ahora que empezaba a amanecer, sentía que se había pasado con su visita a la habitación. El sabor de Celia aún permanecía en sus labios y podía escuchar sus suaves gemidos cuando cerraba los ojos y recordaba ese beso mágico. Quizás fuera mejor dejarlo así y que permaneciera como un dulce recuerdo hasta que, con suerte, se volvieran a encontrar.

Erin se dio una ducha y decidió irse, pero no antes de echar un vistazo al patio trasero y ver si Dieter estaba allí.

Era madrugador y, aunque había sido una larga noche para él, sospechaba que eso no le impediría leer los periódicos de la mañana mientras tomaba su primer café y salía sol.

"Querida Celia, espero que tu madre esté bien. Gracias por una velada inolvidable. Llámame si quieres que nos volvamos a ver." Escribió sobre un trozo de papel y lo colocó sobre la almohada de Celia. Mirando las rosas rojas sobre el tocador, vaciló un momento y contempló la idea de que quizás era demasiado. Luego tomó una rosa y la colocó junto a la nota. Dios, se estaba apegando demasiado a esta mujer pero no tenía sentido hacerse la dura. Le gustaba mucho y quería que ella lo supiera.

Tomando las escaleras de la parte trasera del castillo y siguiendo el pasillo de la planta baja que llegaba hasta la cocina, le dio los buenos días al personal, que ya estaba preparando el desayuno, y se dirigió al patio trasero a través de la entrada de los empleados. Se estremeció al darse cuenta de que había vuelto a caer en viejos hábitos. Durante los meses de invierno había pasado mucho tiempo aquí, así que se conocía el castillo de arriba a abajo. Sin embargo, se suponía que la familia no podía saberlo, tampoco Celia, así que tendría que ser más discreta, aunque todo el mundo siguiera durmiendo.

Sonrió cuando vio a Dieter en su silla, mirando hacia el lago mientras tomaba su café. Se dio la vuelta al escucharla acercarse. "Lo siento, debería haber salido por la puerta principal. No lo he pensado."

"No te preocupes. Buenos días, amiga mía. Me alegra saber que sigues aquí. ¿Han vuelto ya Celia y Babette?"

"No. Siguen en el hospital. Pensé que sería mejor volver al hotel para refrescarme." Erin le dio unas palmaditas en el hombro. "Felicidades por la subasta y por tu victoria. Tengo que admitir que me sorprendió bastante."

"Gracias. Estoy deseando que lleguen mis vacaciones." La miró con los ojos entrecerrados, como si supiera algo que ella ignoraba.

"¿Hoy no hay periódico? ¿Qué pasa con eso?"

Dieter negó con la cabeza y le señaló una silla para que se sentara. Luego le sirvió un café de la cafetera que había sobre la mesa. "No, no hay periódico. Dejé de leerlos. Por favor, siéntate aquí conmigo."

Erin frunció el ceño y se le formó un nudo en la boca del estómago. Cogió el café y se quedó mirándolo. Parecía que tenía sueño pero, en general, parecía feliz y contento. "Siempre has dicho que no podrías vivir sin tu periódico."

Dieter se encogió de hombros, sacó otra silla y apoyó los pies sobre ella. "Bueno, las cosas cambian."

"¿Cómo te sientes?"

"Resacoso," bromeó.

Erin se rió entre dientes y puso un poco de leche en su café. "Ya sabes a lo que me refiero."

"Sí." Dieter guardó silencio durante un largo rato mientras contemplaba el lago, que estaba tan calmado y quieto que era difícil separar las montañas de su reflejo. "Necesito que guardes silencio durante un tiempo sobre lo que voy a decirte. ¿Puedes hacerlo?"

"Por supuesto." Erin tragó saliva. Esto no era lo que esperaba. "No le he contado a nadie lo del año pasado. Nunca lo haría."

"Lo sé." Dieter miró por encima del hombro para asegurarse de que no había nadie cerca o escuchando antes de volverse hacia ella. "Me estoy muriendo, Erin."

"¿Qué?" Aunque esperaba malas noticias después del comentario del periódico, no era esto precisamente. No lo había pensado y sus palabras hicieron que se le encogiera el estómago y se le acelerara el ritmo cardíaco. "¿Cáncer de próstata otra vez?"

"No. Cáncer de hígado, Carcinoma Hepatocelular. Sin ninguna relación con el anterior, simplemente mala suerte. Se ha extendido y es demasiado tarde para la quimioterapia así que no hay mucho más que puedan hacer. No detecté los síntomas a tiempo. Creí que eran efectos secundarios del tratamiento del año pasado y ya me conoces, no me gustan los hospitales, así que seguí posponiendo pedir una cita."

"¿Y no hay nada que puedan hacer?"

"No," dijo Dieter encogiéndose de hombros. "Siendo honesto contigo, aunque pudieran, no me sometería a tratamientos agresivos a mi edad. Ya ha perdido mi deseo sexual y el apetito por la quimio."

Erin asintió. "Ya sé que ha sido duro para ti." Hizo todo lo posible por no emocionarse porque Dieter parecía llevar bien hablar de ello. Durante los últimos dos años había llegado a quererlo como si fuera de su familia. Sentía como si le hubieran arrancado parte del corazón pero no quería preocuparlo. "¿Cuánto tiempo hace que lo sabes?"

"Tres meses. El primer mes fue muy duro. Sentía un pánico constante que amenazaba con asfixiarme cada vez que pensaba en el tiempo que me quedaba. Era como si tuviera un reloj siempre presente en mi mente que llevaba la cuenta de ese tiempo." Hizo una breve pausa. "La primera vez que tuve cáncer no sentí tanto pánico porque tenía esperanzas. Pero ahora no hay ninguna y he tenido que asumirlo."

"Lo siento mucho, Dieter."

"Ya, yo también." Dieter dejó escapar un profundo suspiro antes de continuar. "Y luego estaban todas esas preguntas sobre la vida y la muerte y la religión, todas las que te puedas imaginar, que me molestaban constantemente. Siempre he sido un hedonista de corazón, nunca me he tomado el tiempo para explorar la espiritualidad ni nada por el estilo y sentí esa inexplicable necesidad de compensarlo, como si pudiera encontrar las respuestas en algún lugar si lo intentaba de verdad. Intenté asistir a la iglesia durante un tiempo, luego fui a Tailandia para sumergirme en el budismo durante dos semanas." Puso los ojos en blanco. "Y, por supuesto, recuperé el sentido común. No hay respuestas ahí y no creo en nada, así que me las he apañado para hacer las paces con el hecho de que, pronto, simplemente dejaré de existir."

"¿Cuánto tiempo te queda?" Sus ojos se encontraron con los de él y, por una fracción de segundo, vio el miedo reflejado en ellos. "Y ¿por qué no me lo has contado antes?"

"Tres meses. Siendo optimistas, cuatro. Siendo pesimistas...bueno, ¿quién sabe? Se está extendiendo rápido." Dieter tomó un sorbo lento de su café y volvió a contemplar la serenidad del lago. "Era algo por lo que tenía que pasar yo solo, por mi cuenta. Por eso es por lo que lo he mantenido oculto durante tanto tiempo. Es imposible que otros sepan lo que se siente cuando sabes que vas a morir y necesitaba hacer las paces con ello antes de decírselo a nadie, aparte de mi terapeuta, claro. Pero te lo estoy contando a ti ahora porque eres la única que lo sabe todo de mí y has sido una amiga muy, muy especial para mí durante mis tratamientos del año pasado." Volvió la cabeza y se protegió los ojos del sol que ya estaba saliendo. "Pero me tienes que prometer que no se lo vas a decir a nadie."

"¿No quieres que nadie sepa que te estás muriendo?"

"No." El tono de su voz indicó que no había lugar a discusión. "Con el tiempo, quiero decírselo a un puñado de personas, pero solo porque quiero pasar tiempo con ellos o hacer las paces antes de morir."

"¿Y qué pasa con Celia y Andy?"

"Todavía no. Pero quiero que vengan a las vacaciones que gané anoche."

"¿Estás lo suficientemente bien como para hacer un viaje de ese tipo?" le preguntó.

"Sí. Tengo medicamentos y necesito esto ahora más que nunca. Ahora, que todavía puedo viajar... No hace falta que Andy lo sepa todavía. Andy es..." frunció el ceño, buscando las palabras adecuadas. "Andy es maravilloso pero sospecho que mi riqueza podría ser una de las razones principales por las que está conmigo. Creo que espera instalarse en una vida cómoda conmigo en algún momento. Estoy bastante seguro de que le gusto y de verdad creo que no siente repulsión de estar conmigo en la cama, a pesar de doblarle la edad y tener problemas para "actuar"," añadió divertido. "Pero, claramente, mi riqueza juega un papel importante en su interés hacia mí. Así que eso solo deja a dos personas a las que confiaría mi vida, literalmente ahora, supongo. Tú y Celia."

"Entonces deberías contárselo."

Dieter negó con la cabeza. "No quiero preocuparla. Me gustaría pasar tiempo con ella sin que lo sepa, así solo nos dedicaríamos a divertirnos y a disfrutar esos preciosos últimos momentos." Hizo una pausa. "Ya sabes que la quiero como a una hija, por eso es importante para mí tenerla en mi vida durante mis últimos meses. Y me gustaría que vinieras tú también. ¿Vendrás, por favor?"

"Si tú lo quieres, iré." A pesar de la lúgubre conversación, el corazón de Erin dio un vuelco al pensar en estar en su yate con Celia. Se lo había sugerido durante la subasta pero había sido más una broma de flirteo que una propuesta seria. "Pero, ¿cómo vas a conseguir que Celia suba a bordo sin contárselo? Anoche dejó muy claro que el mar abierto no es lo suyo y tiene su trabajo y..."

"Ya pensaré algo," la interrumpió. "Y si no tengo éxito, quizás tú podrías ayudarme. Está claro que le gustas mucho."

"Ah, ¿sí?"

"Sigues aquí, ¿no?" dijo Dieter riendo. "Deberías haberle visto la cara cuando le dije que quizás vendrías al baile sola. Es una pena que Babette tuviera que hacer esa actuación para llamar la atención."

"¿Qué quieres decir?"

"Ya te enterarás de que no tiene ningún problema con la pierna o el tobillo, ni tampoco con la espalda. Hace lo mismo a veces y siempre es Celia la que tiene que hacer frente a ello."

"Ya." Erin reflexionó sobre esa información durante un momento pero no quiso preguntar más. "Incluso si le gusto a Celia, eso no quiere decir que pueda conseguir que cambie de opinión. Soy prácticamente una extraña para ella."

"Pero yo no y Andy también estará, así que son una vacaciones en grupo, no una escapada romántica." Dieter tomó un sorbo de café. "No te preocupes. Estoy bastante seguro de que me las apañaré para persuadirla de una forma u otra y, mientras no le cuentes nada de mi enfermedad, todos podemos pasar unos días maravillosos juntos."

Erin se sintió incómoda pero, al ver la desesperación en los ojos de su amigo, se encontró asintiendo con la cabeza. "De acuerdo."

"Gracias. ¿Te puedo pedir otro gran favor?"

"Lo que quieras." Y Erin lo decía en serio. El shock de la noticia estaba empezando a asentarse ahora y tragó el nudo que se le había formado en la garganta antes de respirar profundamente.

"¿Te importa si hacemos un par de desvíos en nuestra ruta? Hay algunos lugares que me gustaría visitar y gente a la que me gustaría ver. Una peregrinación, por así decirlo. Pero eso significa que podrías tardar más tiempo en volver a las Bermudas. Ya sé que estás ocupada y..."

"Oye, no me importa en absoluto," lo interrumpió Erin. "Lo que quieras y necesites, de verdad. Solo dame una lista de los lugares a los que te gustaría ir y se la envío a mi capitán para que la tripulación pueda prepararse. Voy a comprobar si sus horarios están libre y, si no, puedo contratar a algunos autónomos."

"Gracias. Eres la mejor amiga que cualquiera podría desear tener." Dieter le dedicó una sonrisa de agradecimiento. "Y puede que esté presionando ahora pero necesito un favor más." Sus ojos se entrecerraron divertidos cuando añadió "Pero soy un hombre moribundo, así que puedo presionar todo lo que quiera."

Erin logró soltar una risita. "Claro. ¿Qué es?"

"No quiero que estés triste o sientas pena por mí. He tenido una buena vida, una gran vida, y me encantaría que disfrutáramos de un viaje divertido sin pensar en que será el último. Yo estoy bien. Físicamente no tengo mucho dolor porque mi médico me ha dado un buen arsenal de golosinas y necesito que tú estés bien también."

"Sabes que no puedo prometerte eso," dijo Erin, sabía que no había forma de que pudiera, simplemente, apagar sus emociones. "Pero puedo prometerte que lo intentaré."

"Gracias, eso es todo lo que quiero." Dieter puso una mano sobre la de ella, una rara señal de afecto sincero por su parte. Aunque le encantaba abrazar y besar a la gente, no solía abrirse con sus sentimientos. "¿Por qué no recoges tus cosas del hotel y te vienes aquí? Mis invitados se van hoy así que hay muchas habitaciones libres. Nuestra aventura empieza mañana así que quizás sería mejor que te quedaras aquí."

"¿De verdad?" preguntó en tono dubitativo. "Según el itinerario de la subasta, *La Barracuda* zarpa mañana pero esta no es una situación normal y podemos esperar un par de días más si lo prefieres.

"No, mañana es perfecto," contestó Dieter.

Erin asintió, se puso de pie y permaneció en el sitio. "No me gusta tener que mentir a Celia, Dieter. Me resulta incómodo."

"Lo sé. Pero, técnicamente, no es una mentira. Simplemente estás manteniendo mi secreto a salvo durante un tiempo. Una vez que se lo diga, ella lo entenderá."

"De acuerdo. No diré una palabra." Recordando que Dieter quería que la vida siguiera con normalidad, Erin forzó una sonrisa antes de llamar a un taxi y caminó alrededor de la propiedad hasta el camino de entrada.

12

Celia apretó la mandíbula cuando vio un taxi pasando el suyo en dirección contraria. Al venir directamente del castillo, supuso que era Erin. *Mierda. Acabo de perderla.*

Al principio había estado preocupada por su madre pero, después de que un tercer médico le asegurara que estaba perfectamente bien, empezó a enfadarse porque no era la primera vez que había caído en la misma trampa. Y, mientras tanto, Erin la había estado esperando toda la noche hasta que, al final, se había cansado y se había ido. Aunque era frustrante trató de no tomarla con su madre. Lo más probable es que lo hubiera hecho para ganarse su simpatía o atención, pero eso también quería decir que tenía que haber una razón para esas acciones suyas tan extrañas. Mientras a su madre le hacían pruebas, Leo le había mandado un mensaje diciéndole que había reservado un vuelo más temprano y que se iba sin ella. No lo culpaba, había un límite en las críticas que una persona pudiera soportar y su madre había sido muy generosa a la hora de repartirlas.

"Ya estáis aquí. ¿Cómo te sientes, Babette?" le preguntó su tío al acercarse a ellas mientras salían del taxi.

"Estoy cansada Dieter. Muy cansada y con mucho dolor. Me voy a echar una siesta. Celia y yo nos vamos a tomar un té antes de que Fabian y yo salgamos para el aeropuerto pero me quedan un par de horas para descansar." Caminó despacio hacia la puerta, encorvada como una anciana.

"¿Necesitas ayuda para llegar a tu habitación, mamá?" le preguntó Celia, aunque sabía que no necesitaba ayuda.

"No, estaré bien, querida. Gracias por venir conmigo."

Celia la siguió con la mirada y notó que caminaba más recta en el mismo momento en que desapareció por el pasillo. Volviéndose hacia su tío, dejó escapar un largo suspiro. "¿Por qué sigue haciendo eso? El año pasado, en su sesenta cumpleaños, se desmayó cuando estaba a punto de irme y en cuanto llegamos al hospital, ya estaba bien. Ni siquiera un dolor de cabeza, nada. En mi opinión, eso no es posible."

"Solo Dios sabe por qué Babette hace las cosas que hace. Esa mujer es tan impredecible como el clima. Pero, al final, es familia y me alegra que la hayas perdonado por lo que te hizo después de tu..."

"Por favor, no hablemos de eso," dijo Celia, interrumpiéndolo. "Mamá y yo nos las hemos arreglado para mantener un cierto grado de civismo durante estos últimos años, pero hasta ahí llega nuestra relación."

"Por supuesto." Dieter hundió sus manos en los bolsillos y señaló la mesa con la cabeza. "¿Un café?"

"¡Sí, por favor! Necesito un café decente. Ese brebaje del hospital sabe a mierda." Celia siguió a su tío hasta la mesa del desayuno y se sirvió una taza. "Por cierto, creo que acabo de ver a Erin irse," dijo mientras se sentaba. "Ojalá hubiera podido al menos despedirme de ella antes de que se fuera."

"No te preocupes, tendrás muchas más oportunidades.

Erin volvió a su hotel a recoger sus cosas porque mañana se viene conmigo."

Celia estuvo a punto de atragantarse con el café y necesitó un momento para controlar su ataque de tos. "¿Qué quieres decir? ¿Adónde vas?"

"*La Barracuda*. La subasta, ¿te acuerdas? Vamos a hacer un viaje."

"Ah, claro. Se me había olvidado por completo con todo lo que ha pasado." Frunció el ceño cuando lo miró a los ojos. "O sea, ¿me estás diciendo que la has invitado a su propio yate? Suena gracioso."

Dieter se echó a reír. "Sí, precisamente eso. Andy también viene. Ha ido a su casa a preparar sus cosas y se reunirá con nosotros aquí mañana. Erin volverá más tarde y se quedará a pasar la noche."

Un hormigueo le recorrió por el cuerpo al oír esas palabras. Tener una segunda oportunidad de pasar la noche con Erin era más de lo que podía haber esperado y esta vez sería sin interrupciones. "Eso es genial. Me alegro de poder verla de nuevo," dijo, intentando sonar casual. "Estábamos un poco en medio de algo cuando tuve que irme anoche, pero tampoco podía ignorar a mi madre cuando la vi, allí sentada en el suelo y hecha un mar de lágrimas, ¿verdad?"

"No, hiciste lo correcto," dijo su tío sonriendo. "Bueno, me estaba preguntando si te apetecería venir con nosotros. Unirte a nuestra aventura. El yate tiene capacidad para ocho personas y solo somos tres hasta ahora. Y, sinceramente, no hay nadie a quien prefiera tener conmigo más que a ti. Creo que los cuatro nos lo pasaríamos muy bien."

Celia se le quedó mirando con los ojos abiertos de par en par. "¿Yo? ¿Mañana?" y se rió entre dientes. "Eso es muy precipitado, ¿no te parece?"

"Sí es precipitado pero compré el paquete, las vacaciones son mías y *La Barracuda* sale mañana." Le guiñó un ojo. "Y tú podrías estar en ella. Imagina hermosas costas, playas blancas, cócteles al atardecer, nadar en aguas abiertas, visitar los lugares más increíbles, comida exótica, el olor del océano,..."

"La verdad es que lo estás vendiendo muy bien pero, por muy bonitas que sean las fotos de la subasta, no tengo ningún deseo de estar atrapada en un barco durante días y días." Mientras lo decía, Celia no estaba segura del todo de ello porque la idea de estar atrapada en cualquier lugar con Erin era bastante atractiva. Se estremeció al recordar ese momento juntas en el dormitorio. Había revivido ese momento una y otra vez mientras esperaba en el hospital, sufriendo ese incontrolable calor entre sus muslos y que no había mostrado signos de disminuir.

"Un yate," la corrigió Dieter. "Hay una gran diferencia."

"Claro." Celia echó la cabeza hacia atrás mientras se reía. "Yate, barco, avión, coche,... Es un espacio reducido. Todo es lo mismo."

"Venga, cariño. ¿Cuándo fue la última vez que hiciste algo de manera espontánea?"

Celia frunció los labios mientras pensaba en ello. "Tienes razón. Hace ya bastante tiempo que hice algo que se saliera de mi zona de confort. Pero incluso si quisiera ir, tengo que trabajar."

"Trabajas desde casa, ¿no? El yate tiene wi-fi de alta velocidad y tendrías mucho espacio privado, sin olvidar servicio a tiempo completo, así que tendrías mucho más tiempo libre que en casa."

"Hmm..." Celia ladeó la cabeza y sonrió. La idea le había parecido absurda ayer cuando Erin bromeó sobre ello pero ya no le parecía tan descabellada. "Me lo pensaré."

13

"*T*ienes que saber que ella solo busca el dinero de nuestra familia, Celia." Babette Krügerner tomó un sorbo de café e hizo una mueca. "Dios, de verdad que los suizos no saben hacer un café decente."

"Por favor, mamá. Solo nos estábamos divirtiendo, al menos hasta que tuve que irme al hospital contigo y, créeme, a Erin no le importa mi dinero." Celia dejó escapar un profundo suspiro y miró su reloj. Solo había pasado una hora pero parecía toda una vida. Su madre había estado hablando sin parar de Erin desde que Fabian había dejado caer que había estado en su habitación la noche anterior. Seguía caminando con una cojera que, mágicamente, desaparecía cuando nadie la miraba. *"Una torcedura grave de tobillo"* le había dicho a todo aquel que estuviera dispuesto a escucharla.

Estaban sentadas en el "salón", como lo llamaba su madre. La habitación que había elegido para ponerse al día con su familia era una de las salas sociales del castillo, construida originariamente para recibir invitados de clase baja, pero Celia no le dijo nada porque no tenía intención de moverse a otro sitio. Francamente, ya era agotador tal como estaban las cosas y solo quería cumplir con su deber, ser una buena hija y hermana, y luego desaparecer tan pronto como pudiera y meterse en la cama con Erin, una vez que regresara del hotel.

Recuerdos de su ardiente sesión de besos volvieron a inundar su mente y no se había sentido tan feliz y tan viva en mucho tiempo. Eso hacía que fuera mucho más fácil tener que lidiar con sus deberes familiares porque, sinceramente, no le importaban lo más mínimo las ridículas conversaciones que estaban teniendo.

Su hermano y su madre estaban sentados frente a ella en un sillón de dos plazas victoriano, ella sentada en el borde de una silla después de haberse cambiado y puesto un vestido blanco de verano que era tan simple que ni siquiera su crítica madre podría encontrar nada malo en él.

La pobre Lina estaba buscando en la habitación de su madre la pastilla para dormir que necesitaba desesperadamente para su vuelo de regreso. Aseguró que se le había caído del bolso pero a Celia no le sorprendería que ya se la hubiera tomado y se le hubiera olvidado por completo. Su hermano parecía un poco taciturno, lo miró de arriba a abajo y vio la oportunidad de cambiar de conversación y alejarla de Erin. "¿Estás bien, Fabian? ¿Qué pasó con tu cita?"

"Tuvo que volver," gruñó Fabian, antes de aclararse la garganta. "Tenía algunos negocios de los que ocuparse en Texas."

"Mira es una abejita ocupada," añadió su madre.

"Ya, qué pena. Me habría encantado haberla conocido mejor." Fallando estrepitosamente por sonar sincera, Celia dibujó una sonrisa. No mencionó que la criada chismosa también le había dicho que su "novia", a quien, sin duda, había pagado una gran cantidad de dinero por acompañarle, se había ido con otro hombre la noche anterior.

"Sí, bueno, quizás la próxima vez." Fabian añadió un chorrito de whisky a su café mientras su madre fingía creer que era leche. "Siento haber interrumpido tu cita con esa mujer que llevaba esmoquin."

"Estoy segura de que, por el monólogo de mamá, has deducido que su nombre es Erin." Celia decidió dejarlo estar porque no tenía ninguna intención de defender lo que había hecho o, más bien, lo que estaba desesperada por hacer. "¿A qué hora es tu vuelo?" Sabía que sonaba como una bofetada pero, sinceramente, lo era. Como siempre que se encontraban, estaba deseando verlos partir. Su madre había sido dulce la noche anterior pero ahora ya estaba de vuelta a su ser habitual, mordaz.

"A las cinco de la tarde. El chófer nos va a llevar al aeropuerto a las tres." Fabian echó una mirada a su ostentoso reloj de oro y se sintió tan frustrado como Celia al darse cuenta de que todavía les quedaban unos buenos quince minutos.

No había sido tan malo cuando su padre todavía vivía. Celia recordaba vívidamente esas vacaciones y celebraciones familiares en las que todo parecía bastante normal y divertido. Quizás alguna vez habían sido una familia normal pero, lamentablemente, desde que su padre había fallecido, todo había cambiado. Después de verse con mucho dinero de repente, su hermano se había convertido en un completo imbécil y su madre... bueno, su madre era simplemente ella misma. Hoy en día, su tío era la única persona que quedaba en quien confiaba completamente. Sus opiniones iban a la par en la mayoría de las cosas. No le sorprendió que él no se hubiera unido a ellos porque ya había tenido que soportar a su madre y a su hermano la noche anterior durante la cena.

"Pensamos que podíamos probar ANB Airlines para nuestro vuelo de regreso," dijo su madre. "No me apetecía hacer el vuelo con American pero, por lo que parece, las cabinas de primera clase de ANB son exquisitas."

"Eso he oído." Celia dio un sorbo a su café mientras calculaba que debían haberse gastado unos asquerosos veintidós mil dólares entre los dos solo en vuelos. "El tío Dieter sale mañana para sus vacaciones en el yate y Erin y Andy van con él."

Los ojos de Babette se abrieron de par en par, claramente no esperaba que su cuñado y Erin fueran tan buenos amigos. "Fue una ridiculez y una excentricidad el dinero que puso en ello. Estoy segura de que ya da suficiente dinero a la caridad." Dijo resoplando. "¿Por qué pasaría Dios sabe cuánto tiempo en el mar cuando simplemente puede volar? ¿Y por qué llevar a ese extraño hombrecito Andy? ¿Y por qué llevarse a Erin?"

"¿Porque son divertidos?" sugirió Celia y, solo para darle cuerda, añadió: "Erin y el tío Dieter están muy unidos, ¿sabes? Además, es su yate, no olvides que ella donó el viaje." Barajó la idea de decirles que ella también podría unirse al viaje pero decidió no hacerlo. Amenazar con ir era una cosa pero embarcarse en un viaje durante varias semanas era otra.

"Bueno, está claro que también va detrás del dinero del pobre Dieter."

Una vez más, su madre la había golpeado. Celia negó con la cabeza y se mordió la lengua mientras se levantaba, seguida rápidamente por su hermano, quien se bebió su "café" de un solo trago, asegurándose de que no se desperdiciaba ni una gota de ningún licor fuerte.

"Celia, cariño, tenemos que irnos. Ha sido realmente encantador verte de nuevo. Por favor, ven a visitarnos pronto, no te vemos lo suficiente hoy en día." Su madre extendió los brazos en un gesto dramático parecido al de la Madre Teresa.

"Lo haré," prometió Celia y la abrazó. Luego recibió dos besos al aire, de la forma que Babette imaginaba que lo hacían las personas elegantes de Londres, a pesar de que nunca había estado allí. Fabian también le dio un fuerte abrazo, con sus cabezas casi chocando en la incómoda despedida.

Su madre se volvió hacia la puerta y señaló el vestido de Celia. "Deberías de verdad reconsiderar ese vestido. Te hace demasiado conservadora y no favorece tu figura."

"¿En serio?" Celia se quedó sin habla e incluso un poco divertida por su capacidad para pensar en algo que menospreciara su apariencia, a pesar de que había hecho todo lo posible por vestirse para obtener la aprobación de su madre.

"Sí. Tienes mis genes. Deberías estar orgullosa y mostrar tus curvas," dijo su madre y le lanzó un beso.

Y, con eso, desaparecieron de la vista y Celia dejó escapar un largo y profundo suspiro, aliviada de estar sola de nuevo.

14

"*H*as vuelto."

"Sí, ya estoy de vuelta." El corazón le dio un vuelco cuando Celia le abrió la puerta de su habitación. Se quedaron allí de pie un instante, mirándose, hasta que por fin se acercó a ella y la besó suavemente. El gemido que escapó de los labios de Celia le mostró que aún no había cambiado de opinión en cuanto a ellas y eso suponía un alivio. Después de lo que habían empezado la noche anterior, había imaginado que su reencuentro sería increíblemente apasionado pero, con la noticia que había recibido esa misma mañana, era difícil pensar en otra cosa que no fuera que su mejor amigo se estaba muriendo. "Y ya veo que tú también. ¿Cómo está tu madre?"

"Bien." Celia sonrió, rozando sus labios con los de Erin. "Ella y mi hermano se fueron hace una hora, así que nadie va a interrumpirnos esta vez."

Erin extendió la mano para pasar sus dedos por el pelo de Celia, le encantaba sentir la suavidad de sus mechones. En todo caso, estaba más impresionante que la noche anterior, sin maquillaje y con un sencillo vestido blanco que le quedaba monísimo. No quería nada más que quitárselo pero, al mismo tiempo, también tenía ganas de llorar y esa combinación no era para nada saludable.

"¿Estás bien?" le preguntó cuando vio que Erin seguía guardando silencio. "No pasa nada si has cambiado de opinión..."

"No, no he cambiado de opinión. Créeme, te deseo." Erin dejó escapar un profundo y largo suspiro. "Pero, por mucho que haya estado fantaseando contigo, acabo de recibir muy malas noticias. Me temo que no estoy en el estado de ánimo adecuado."

"Oh, siento oír eso." La suave expresión de Celia era sincera y, mientras envolvía sus brazos alrededor del cuello de Erin y la atraía hacia sí, Erin sintió lágrimas rodar por sus mejillas.

"Joder," dijo entre sollozos. "No quería llorar, es solo que..." Se quedó en silencio y se abrazó a Celia también para no tener que explicar por qué estaba preocupada. Aunque eran prácticamente dos desconocidas, esto era exactamente lo que necesitaba. La calidez de Celia la reconfortó, el suave olor de su champú la distrajo de esos pensamientos tristes, relajándola un poco. No había llorado en su habitación de hotel, simplemente había dormido, con la silenciosa esperanza de que se sentiría mejor cuando despertara. Pero no se había sentido mejor, porque el cáncer de Dieter no iba a desaparecer así, sin más, y se dio cuenta de eso ahora. "Joder," dijo de nuevo, secándose los ojos mientras retrocedía un paso. "Esta no es exactamente la mejor manera de cortejar a una mujer."

"Oye, está bien." Celia la tomó de la mano, se echó sobre la cama y le hizo un gesto para que se tumbara junto a ella. Cuando estuvieron frente a frente, pasó una mano por la mejilla de Erin, la atrajo hacia sí y la besó en la frente. "Si quieres hablar sobre ello, aquí estoy. Y si no, también está bien. Todavía nos quedan dos horas para la cena, así que vamos a quedarnos aquí, así tumbadas, a menos que prefieras estar sola."

Erin asintió y hundió la cara en el cuello de Celia. Era una sensación extraña porque nunca se permitía mostrarse vulnerable delante de otras personas. Si estaba triste, normalmente se retiraba y evitaba a la gente hasta que se encontraba mejor. Pero iba a viajar con Dieter al día siguiente y esta vez no había forma de escapar del mundo exterior. De alguna manera tendría que encontrar la fuerza para hacer que el viaje fuera agradable para él y, no solo eso, tendría que ser el viaje de su vida. No porque estuviera orgullosa de ofrecer una de las mejores experiencias en viajes en yate del mundo, sino porque sería su última vez.

"Gracias," susurró Erin tomando aire profundamente una vez más. Reconoció el olor a miel de la noche anterior, cuando los labios de Celia la habían hecho flotar en una nube. Su boca, que había estando deseando como ninguna otra cosa. Dios, había sido como estar en el cielo y muy sexy. Todavía podía sentir la suavidad de su piel en las yemas de sus dedos, todavía podía saborearla en su lengua. "Siento mucho tener que despedirnos mañana. Esto no es lo que tenía en mente."

"Ir corriendo al hospital con mi madre tampoco era lo que yo tenía en mente," bromeó Celia para intentar animarla. "Pero a veces, las cosas simplemente pasan. ¿Vas a continuar con el viaje con el tío Dieter mañana o vas a cancelarlo? Si no te encuentras bien, no deberías sentir como que tienes la obligación de ir solo por él."

"No, voy a ir." Dijo Erin logrando esbozar una sonrisa. "Por la mañana me sentiré mejor, estoy segura."

"Entonces yo también voy."

Erin entrecerró los ojos mientras observaba a Celia. Ella misma parecía sorprendida, como si no se pudiera creer lo que acababa de decir. "¿En serio?"

"Sí. Quiero decir, si te parece bien..."

"No tienes que preguntarme a mí, es el viaje de Dieter." Erin sonrió y esta vez era una sonrisa sincera, un destello de felicidad le recorrió el cuerpo por primera vez esa mañana. "Pero estaré encantada de contar con tu compañía."

"Bien. Y si cambio de opinión, siempre puedo desembarcar en algún lugar mientras todavía vayamos por la costa, ¿verdad?"

"En cualquier momento que quieras."

"Vale." Celia se mordió el labio y vaciló. "Iré a comprar algunas cosas a la ciudad mañana por la mañana. Solamente hice la maleta para una semana y necesitaré un par de cosas."

"No hace falta. Solo dame una lista y se la mando a la tripulación. Ropa, zapatos, ropa interior, trajes de baño,... cualquier cosa."

"Seguro que no tienen tiempo para hacer eso, ¿no? Y tampoco quiero que te estreses por nada. Estás agobiada y triste y..."

"Y tú eres la mejor distracción para mí," la interrumpió. "Además, la tripulación está en Antibes y tienen muchos recursos. Es mucho más fácil conseguir cosas en un hipermercado francés que aquí y también podemos hacer compras en nuestras paradas durante el viaje."

Celia sonrió. "De acuerdo," dijo, pasando un brazo alrededor de su cintura. "Te haré una lista. Voy a necesitar por lo menos un par de bikinis si me voy a ir de vacaciones en un yate."

El estado de ánimo de Erin mejoró un poco sabiendo que tendría a Celia a su lado y la idea de verla en bikini hizo que su interior estuviera con más deseo y ansioso de lo que ya estaba. Tendría que ser fuerte y despertarse cada día con la mente puesta en que este era el último deseo de Dieter. Que el objetivo final de este viaje era divertirse juntos. Pasar tiempo de calidad con él y crear recuerdos increíbles. Bajando su mirada hacia los irresistibles labios carnosos de Celia, sintió la profunda necesidad física de ahogarse en su cuerpo, pero se contuvo. Este no era el momento adecuado, no cuando se sentía tan abrumada por las emociones.

"Esta noche puedes quedarte en mi habitación," le susurró Celia. "Solo para dormir. O puedes coger la habitación de al lado, es gratis."

"Gracias. Me encantaría quedarme contigo, pero creo que sería mejor si me tomo un tiempo para mí. No eres tú, soy yo."

"Lo entiendo." Celia la acercó una vez más y la abrazó. "No necesitas explicar nada."

15

"¡*A*quí estáis!" dijo Dieter. Parecía encantado cuando vio que Celia y Erin se unían a él para cenar en el patio trasero. Aparte del personal, solo quedaban ellos tres en el castillo y a Celia le encantaba la tranquilidad que le producía tener tanto espacio privado. "Me preocupaba que hubierais partido hacia el amanecer sin mí." Le guiñó un ojo a Erin mientras desdoblaba la servilleta y se la ponía sobre las piernas.

"No, aquí seguimos," dijo Erin. "Son tus vacaciones, nosotras solo te acompañamos."

"¿Nosotras?" preguntó Dieter, sorprendido.

"Sí. Celia y yo."

"¡Excelente!" dijo, dando una palmada. "Esta noticia me hace un hombre muy feliz." Asintió a su mayordomo cuando éste levantó una botella de vino blanco y esperó a que se la sirviera. "No puedo decir que haya cruzado el Atlántico antes. Presiento que va a ser una gran aventura."

"Así es." Le dijo Celia sonriendo. "No os puedo prometer que haga todo el viaje pero estoy segura de que será muy divertido." Se dio cuenta de lo surrealista que era estar aquí sentada, en el patio, con su tío y su amiga, de quien estaba enamoriscada como una adolescente. Aparte de las vacaciones anuales de verano de su juventud, sus visitas más recientes siempre habían sido breves; un rápido hola y adiós, y era una verdadera lástima porque todo era paz y tranquilidad aquí. Estaban sentados cerca de la orilla del lago y era encantador a esta hora del día, con el sol bajo reflejado en las ondas del agua. "¿Pararemos en algún lugar durante nuestro viaje?" preguntó.

"Sí. A petición de tu tío, haremos un par de paradas adicionales." Erin tomó un sorbo de su vino y sonrió, aparentemente un poco mejor después de su corta siesta. Se había quedado dormida en sus brazos y a Celia le había encantado la cercanía y el relajante sonido de su respiración. La deseaba aún más ahora, si eso era posible. "Atracaremos en Tarragona, Menorca y Casablanca, y en Dakar y Cabo Verde." Le dirigió una sonrisa contagiosa que hizo que el estómago le diera un vuelco. "Y la última parada es las Bermudas, por supuesto. Tengo que volver a trabajar en algún momento, pero no tenemos prisa porque puedo hacerlo de forma remota."

"Eso suena a un viaje increíble y mucho más largo que las vacaciones ofrecidas en la subasta."

"Sí, Erin aceptó amablemente cambiar el itinerario." Dieter le guiñó un ojo a Erin. "Estoy deseando presentarte a mi amigo Andy. Creo que te gustará. Estuvo aquí anoche, pero estabais tan ocupadas reencontrándoos que no tuve la oportunidad de presentároslo."

"Estoy deseando conocerlo." Celia le arqueó una ceja. "Pero vamos, tío Dieter, no hace falta que lo llames "amigo". Todos en la familia saben que "amigo" es el código para decir novio, de lo que parece que no te falta." Su tío no ocultaba que era gay pero, desde que su pareja había muerto en un accidente hacía muchos años, no había tenido mucho interés en comprometerse y eran muchos los hombres que habían ido y venido a lo largo de los años.

Dieter se rió entre dientes. "Amigo, novio, amante, como quieras llamarlo. Pero Andy y yo somos un poco diferentes porque, sobre todo, somos muy buenos amigos y, pase lo que pase, sé que seguiremos estando unidos."

"Entonces debe ser un hombre muy especial," dijo Celia, moviéndose hacia un lado cuando un miembro del personal le ponía una ensalada bellamente presentada pero terriblemente complicada. "No te había oído hablar de alguien con tanto cariño desde Roderick."

"Sí, Roderick..." Dieter tenía una mirada melancólica en sus ojos mientras volvía su atención al lago durante un momento. "Todavía lo echo de menos todos los días."

"Yo también lo echo de menos. Estabais muy bien juntos," dijo Celia. "Eres una de las personas más positivas que conozco, pero en aquella época tenías un brillo en los ojos que no he vuelto a ver desde entonces."

"Sí. Cuando sabes que has conocido a tu alma gemela, simplemente lo sabes." Dieter regresó de pronto al presente y tomó un poco de su ensalada, confundido con lo que había en su plato. "Disculpadme pero no tengo ni idea de qué es esto. Tengo un chef nuevo y está presumiendo. Le he dicho que me gusta la comida sencilla pero en vez de cocinar escalopes y chucrut como mi antiguo chef, hace estas obras maestras visuales que no entiendo." Probó otro bocado, frunció el ceño y se rió. "Pero sabe muy bien."

"Está muy bueno," corroboró Celia, probando un poco de rábano en escabeche y halloumi. "Bueno, ¿estáis todos listos para el viaje?"

"Yo siempre estoy listo." Dieter dio un golpecito al bolsillo de la chaqueta. "Llevo el pasaporte conmigo en todo momento y no necesito mucho más."

"¿Tienes pensado comprar alguna obra de arte durante el viaje?" le preguntó Erin.

"Pues sí. Me voy a reunir con una artista en Tarragona. Todavía no es muy reconocida pero me encanta su estilo y me llevaré un cuadro suyo."

"Estupendo. Tendrás que enseñarme algunos de sus trabajos por internet luego," dijo Celia.

"Por supuesto." Dieter sonrió y se volvió hacia Erin."Celia también tiene buen ojo para el arte. Me ha acompañado en algunos de mis viajes y siempre valoro su opinión."

"¿Buen ojo para el arte?" preguntó Erin, mirando a Celia con los ojos entrecerrados.

"Buen ojo no. Creo que el tío Dieter está siendo amable y exagera mis talentos. Pero soy una apasionada del arte e incluso estudié historia del arte durante un par de años." Dijo Celia encogiéndose de hombros. "Nunca tuve intención de trabajar en ese campo, fue más por interés porque no tengo la pasión, la intuición o la visión necesarias para triunfar en el mundo del arte como mi tío."

"Eso no es cierto," protestó Dieter. "El gusto de Celia va más hacia lo clásico. La llevé a Roma cuando cumplió doce años y lloró cuando vio los tres Caravaggio en la Basílica de San Agustín. Eso, para una niña de doce años, es muy inusual."

"Estaba abrumada," admitió Celia. "Estábamos entrando en esa iglesia pequeña y no esperaba que estuvieran allí." Hizo una pausa. "Reconocer la belleza pura y clásica es fácil. Hay una razón por la que millones de personas lloran frente a grandes obras. De la misma forma, reconocer algo radical también es fácil. O lo amas o lo odias. Pero es en esa zona intermedia donde mi tío sabe jugar. Las obras que representan un desafío y están abiertas a la interpretación personal. En su opinión, las interminables presentaciones o predicciones sobre el aumento del valor de la obra son redundantes. Si se le enciende una chispa, la compra, si no, no la compra, independientemente de que pueda hacer una fortuna con la obra o no. Siempre sigue su instinto y, en general, la intuición del tío Dieter lo ha convertido en un negocio muy lucrativo durante los últimos cuarenta años."

"Sí, he tenido la suerte de haber tenido una carrera increíble como marchante en el mundo del arte." Dieter señaló en dirección al helipuerto en la parte más alejada de la propiedad, donde había un helicóptero. "Si no os importa que me desvíe del tema por un momento, pensé que sería divertido llevar al viejo helicóptero a dar un paseo y hacer nuestro camino hacia Francia. Ya hace un tiempo que no vuelo."

"Eso sería genial." Celia hizo girar el vino en su copa y lo olió antes de tomar un sorbo. "Me encantaba volar sobre el lago contigo cuando era pequeña."

"Siempre fuiste una niña valiente. Nunca tuviste miedo de probar cosas nuevas."

Celia le sonrió pero no pudo evitar preguntarse si en esas palabras había más de lo que dejaba ver. Pero tenía razón, siempre había estado dispuesta a vivir una nueva aventura aunque últimamente se había vuelto un poco más acomodada. Contenida podría ser la palabra más adecuada y, aunque no había nada malo en ello, de hecho se decía que era la fórmula perfecta para una felicidad mediocre a largo plazo, tampoco había mucha emoción en su vida. Desde luego vivía cómodamente y tenía amigos divertidos. La invitaban a muchas fiestas y, en general, disfrutaba con su trabajo. Pero no podía recordar la última vez que se había sentido realmente emocionada, aparte de la noche anterior con Erin. "Las cosas cambian," dijo y volvió su atención a la comida.

16

———

"¿ *T*e gustaría ver la biblioteca antes de irte a la cama?" preguntó Celia cuando estaban a punto de entrar en sus habitaciones separadas.

"¿La biblioteca? Ahí es donde Dieter guarda sus obras de arte más valiosas, ¿verdad?" Erin conocía el castillo muy bien. Había estado en la biblioteca y el despacho de Dieter muchas veces, pero no podía decirle nada de eso a Celia. Eso solo llevaría a preguntas que no podría responder. Dieter no quería que nadie supiera que había pasado tres semanas en el castillo para ayudarlo con la quimio y, desde luego, no quería que nadie supiera que se estaba muriendo. Recordar eso le trajo otra ola de tristeza a su estómago pero trató de bloquear esos pensamientos lo mejor que pudo. Había estado moviéndose arriba y abajo todo el día y, aunque se sentía un poco mejor que por la mañana, las lágrimas aún amenazaban con caer.

"Sí. Tiene una gran colección, ¿te interesa verlo?"

"Claro, estaría encantada." Erin no sabía mucho de arte pero le encantaba la compañía de Celia y tenía la sensación de que a ella le pasaba lo mismo porque tampoco parecía estar lista para decir buenas noches todavía.

Dieter no había sido diferente a su yo normal durante la cena. Había estado optimista y extrovertido y se había reído mucho. Quizás había sido una fachada, pensó, porque ¿cómo podía estar tan tranquilo cuando sabía que se iba a morir? ¿Cómo podía fingir que todo estaba bien? ¿No sería más fácil pasar sus últimos días con el apoyo emocional de sus amigos y familiares? No tenía sentido ponerse en su situación porque sabía que sería imposible entender cómo se sentía él. Por ahora tenía que mantenerse fuerte por él y estar delante de Celia fortalecía esa determinación.

Celia la tomó de la mano mientras caminaban por el largo y oscuro pasillo. La escalera en espiral que habían usado en su primera noche estaba desierta y, sabiendo que todos estaban dormidos o en sus habitaciones, se llevó un dedo a los labios, haciendo señas a Erin para que se mantuviera callada. Subieron otro tramo de escaleras hasta el segundo piso, donde se encontraban la biblioteca, un par de habitaciones del personal y el despacho de su tío.

A pesar de haber estado ahí antes, la emoción en la expresión de Erin fue sincera cuando Celia introdujo el código de seguridad y abrió las puertas de la biblioteca, que todavía se usaba parcialmente para almacenar libros. De hecho, había miles de libros ahí, pero también se había convertido en una galería personal improvisada para la colección de arte de Dieter. La habitación se instaló con un sistema de seguridad de última generación y la temperatura tenía incluso un control climático para garantizar que las diversas obras de arte, increíblemente caras, se mantuvieran en perfectas condiciones ambientales. Cuadros, esculturas e instalaciones oscuras estaban colocados o colgados cuidadosamente en el espacio que quedaba en la parte superior y que era casi tan grande como el salón de baile, algunos esperando a un comprador potencial y otros, sus favoritos, para llevárselos a la tumba. Los cuadros, una mezcla de clásico y moderno, incluidos los de artistas del impresionismo, del expresionismo abstracto, del cubismo, del modernismo e incluso del clasicismo y del barroco, estaban colgados entre obras de autores nuevos de los que nunca había oído hablar.

"Me encanta bucear por la biblioteca para ver sus nuevas adquisiciones," dijo Celia mientras encendía todas las luces. "Como sabes, a mi tío no le gusta mucho la tecnología, pero esta habitación tiene una iluminación digna de un museo e incluso su propio generador, por si falla la electricidad."

El espacio sin ventanas era impresionante, con el techo alto que destacaba entre las altas filas de estanterías y las paredes lisas y blancas, que contrastaban con las paredes de ladrillo desnudo del resto del castillo. Caminaron entre las estanterías y contemplaron embelesadas la variedad de obras de arte en las paredes. Celia le contaba sobre los libros raros que se exhibían en varias vitrinas de cristal mientras, al mismo tiempo, compartía su conocimiento de las obras de arte con las que estaba familiarizada.

"Estás muy sexy cuando hablas de arte," le dijo Erin, deslizando su brazo alrededor de su cintura. No tenía intención de flirtear, en el estado mental en que se encontraba no tenía humor para eso, pero no podía evitarlo. La pasión de Celia por el tema era increíblemente atractiva.

Celia se sonrojó y negó con la cabeza. "Estaría mejor si fuera mi tío quien te hiciera de guía pero esta noche tendrás que conformarte conmigo." Se encogió de hombros cuando pasaron junto a un pedestal con un neumático viejo colocado encima de una pila de botellas de plástico recicladas.

"Porque esto, por ejemplo, no es mi especialidad. Lo entiendo, más o menos, pero no me gusta."

"Pues si te sirve de consuelo, yo no lo entiendo en absoluto." Erin frunció el ceño mientras estudiaba el montón de cosas y decidió que las estructuras abstractas iban más allá de su comprensión.

"Bueno, sigamos entonces." Celia le señaló una fotografía de una mujer con un bebé en brazos. Los colores sepia, el delineador de ojos de la mujer y su cabello largo, liso y oscuro, daban la impresión de haber sido tomada en los años setenta. Era una imagen simple, como una Madonna clásica, solo su rostro y torso y el niño envuelto en una tela sobre su pecho, con el fondo en color crema, pero la mirada de la mujer era inmensamente intensa mientras miraba a la cámara. Parecía sola y triste, a pesar de que el bebé que tenía entre sus brazos parecía sano. "Esta es mi obra favorita. Se llama *Chica en Dormitorio*, del fotógrafo norteamericano Seth Gary y lleva aquí años. Sospecho que mi tío nunca lo ha vendido porque me encanta. La mujer es desconocida. Intenté localizarla para saber más sobre ella pero su identidad estaba protegida."

"Es preciosa. Tiene mucha fuerza." Erin la miró de reojo y vio que estaba conmovida de verdad. Sus ojos brillaban mientras miraba la fotografía, como si estuviera hipnotizada por ella. De repente, salió de su estado de ensimismamiento y se disculpó con Erin encogiendo los hombros.

"Lo siento, tiendo a dejarme llevar cuando miro la fotografía. Ven. Quiero enseñarte una escultura."

17

"Gracias por enseñarme todo esto. Ha sido fascinante ver tus obras favoritas a través de tus ojos." Erin todavía sostenía la mano de Celia mientras entraban al patio para dar un paseo de medianoche después de visitar la biblioteca. Lo que había comenzado como la noche más excitante de su vida, había terminado en dolor. Estaban en una posición extraña, en algún lugar entre amantes y nuevas amigas. Ambas deseaban un constante contacto físico, no se habían apartado desde que Erin había vuelto, pero se habían contenido de llegar a algo más íntimo.

Celia no le había hecho preguntas y Erin estaba agradecida por ello. Pronto tendrían tiempo más que suficiente para conocerse, y tiempo más que suficiente para acercarse físicamente. Quizás esa fuera la mejor manera. Las aventuras de una noche nunca se habían convertido en algo duradero para ella y con Celia quería hacerlo de la forma correcta.

"De nada. Me alegra no haberte aburrido."

El frente del castillo estaba iluminado espectacularmente desde abajo. Con la fachada iluminada se creaba una vista impresionante y con encanto, pero por la orilla del lago solo había una pequeña luz de seguridad. Les llevó un tiempo acostumbrarse a la oscuridad mientras seguían el camino iluminado por la luna que les conducía al muelle. Aunque el jardín era cuidado semanalmente, a Dieter le gustaba que hubiera un poco de vegetación por las orillas del lago y a Erin le encantaba el aroma de la flor de saúco que podía percibir mientras subían al muelle de madera.

"Huele de maravilla aquí."

"Sí. Y me gusta el sonido suave del agua cuando golpea la madera," dijo Celia. "No he nadado aquí hace años."

"¿Solías nadar aquí?" La mente de Erin se fue a una visión de Celia desnuda en el lago, pero se la quitó de inmediato porque era demasiado fuerte de digerir. "Parece frío." Otra vez la imagen de Celia con los pezones duros por el frío la golpeó y se maldijo por tener una mente que parecía ir en una sola dirección.

"Sí. Solía jugar en el lago durante horas y horas con mis primos y luego, de adolescente, me pasaba los días tomando el sol y soñando con chicas en el muelle."

"Qué mono." Erin le apretó la mano y recibió una sonrisa tonta como respuesta que la hizo sonreír mientras miraba el agua. Al otro lado del lago, las luces de la antigua ciudad de Lucerna brillaban con intensidad y el etéreo Monte Pilatus se elevaba detrás de ella, con su imponente forma dominando la ciudad.

"La montaña es el hogar de los dragones, o eso dicen las leyendas," continuó Celia, mirando hacia su cima, parcialmente cubierta por la niebla. "Los niños solían asustarse unos a otros con historias sobre ellos." Caminó hasta el borde del muelle y pasó la mano por el agua para comprobar la temperatura. "Venir aquí siempre me inspira nostalgia y esta noche no es una excepción. Cada vez que vuelvo, siento como si nunca me hubiera ido."

Permanecieron allí, en silencio, observando la vista, ambas pensando que esto era algo tremendamente romántico para dos personas que se acababan de conocer. Había tanto silencio que Erin podía oír el crujido de la madera bajo sus pies y las estrellas y la luna brillaban entre el infinito azul medianoche del cielo.

"Con dragones o sin ellos, es espectacular," susurró.

"Sí." Celia se volvió hacia ella. "¿Quieres ir a nadar?" levantó una mano y rió entre dientes. "Te prometo que no estoy tratando de seducirte. Solo he pensado que podría ayudarte a dormir mejor si tienes demasiadas cosas en la cabeza. No hay nada mejor que meterse en la cama después de nadar en el lago y el agua está tan limpia que podrías beberla, así que ni siquiera necesitarías una ducha."

Las comisuras de la boca de Erin dibujaron una sonrisa. Ahora mismo, la idea de que Celia la sedujera era bastante tentadora pero eso se lo guardó para ella misma. "Vale. Después de ti." La respiración se le entrecortó cuando vio a Celia quitarse la ropa interior. Era preciosa y se permitió disfrutar de la curva de su cintura, sus piernas largas y ágiles y sus pechos voluptuosos en su sostén de satén rosa pálido. Celia le lanzó una mirada descarada por encima del hombro antes de sumergirse en el agua y resurgir poco después.

"¡Venga, vamos!"

Erin movió la cabeza mientras salía de su estado de ensueño y rápidamente se desnudó también y la siguió al agua. Sabía que no estaría tan fría pero, aún así, estaba lejos de estar cálida y sus dientes castañeaban mientras nadaba hacia Celia. Se sentía rara al estar casi desnuda en el lago y rodeada de una negrura tan pura como la tinta.

"Pareces que estás congelada." La risa plena y encantadora de Celia rompió el silencio y Erin estaba tan cautivada que instintivamente la rodeó con sus brazos, provocando ondas en el agua que distorsionaron la claridad de la luz de la luna.

Los últimos días habían sido tan inesperadamente intensos que apenas parecía real. El castillo y sus impresionantes alrededores, el agua relajante, la piel de Celia contra la suya, su intensa atracción, los sonidos y olores de la naturaleza a su alrededor, la luna plateada y las estrellas y el viaje que les esperaba y que le prometía más tiempo con Celia del que podría haber esperado. Si no fuera por el triste secreto que había entre ellas, esta noche habría sido perfecta.

"Estoy destrozada," susurró, rozando sus labios contra los de Celia. "Te deseo tanto, pero es que, ahora mismo, no puedo."

"Está bien." Celia cerró los ojos mientras la besaba suavemente, sonrió contra su boca y la besó. "Tenemos tiempo."

La sensación de ingravidez que sentía al estar juntas en el agua y los labios de Celia sobre los suyos la llenaron de pasión, pero había tanta ternura en el beso que estaban compartiendo que le llevó a pensar que entre ellas podría haber algo más que lujuria. Y por la forma en que Celia la miraba, sabía que ella estaba sintiendo lo mismo.

"Sí," susurró, pasando una mano por el pelo mojado de Celia y observando las gotas que se deslizaban por su hermoso rostro. "Tenemos tiempo."

18

*E*l capitán Eddie dio la bienvenida a Erin, Celia, Dieter y Andy, así como a los tres miembros del personal que los ayudaron a bajar del helicóptero y recogieron sus maletas, en el helipuerto del puerto de Antibes.

Erin sintió una gran emoción cuando vio *La Barracuda* amarrado entre otros dos yates enormes, pulidos hasta la perfección. Con su impresionante ubicación a lo largo de la Costa Azul, diecinueve atracaderos para superyates y un equipo en el lugar, que ofrecía una amplia gama de servicios. Port Vauban era una institución en la industria de la navegación de lujo y una vez más se quedó atónita al ver las largas filas de embarcaciones blancas monstruosas brillando al sol. Reconoció una de ellas; un rompedor de tormentas híbrido de setenta metros que había diseñado para un francés hacía cinco años. Había sido uno de los proyectos más importantes de su carrera y era increíble verlo amarrado aquí. Sintiendo el impulso de inspeccionar su propio trabajo pensó en ir a saludar, pero entonces recordó que el tipo no le caía bien en realidad. Eso era lo que pasaba con la gente que tenía más dinero del que podía gastar. Muchos de ellos resultaban ser narcisistas, egoístas e incluso poco éticos. Aún así, se tomó un momento para observar su creación y sentirse orgullosa. No todos los días tenía la oportunidad de ver su trabajo en su medio natural y sabía lo afortunada que era de poder hacer lo que hacía y le gustaba como medio de vida.

Hoy se sentía un poco más en control después del shock inicial de la noticia de Dieter y el hecho de que él pareciera realmente feliz marcó la diferencia. Celia había tenido razón. Había dormido como un tronco después de nadar y solo se había despertado cuando ella llamó a su puerta a última hora de la mañana.

El tiempo en el sur de Francia les era favorable. El viento suave era cálido y agradable y sabía que sería una noche perfecta para estar en el mar. Se volvió hacia Celia, que parecía igualmente eufórica ante la perspectiva de partir cuando le tomó la mano y la apretó.

"Jesús," murmuró mirando las largas filas de yates impresionantes. "Esto es un poco extravagante incluso para mí."

"Pues espera a ver mi orgullo y alegría en todo su esplendor," dijo Erin. "Espera un momento mientras me pongo al día con mi equipo."

Dieter también necesitaba hablar con el piloto que volaría su helicóptero de vuelta a Suiza. Podrían haber tomado un vuelo regular para venir aquí, habría sido sin duda más fácil logísticamente, pero Erin sabía que a él le encantaba pilotar. Sintió una punzada al pensar que podría haber sido su último vuelo, pero trató de no pensar en eso mientras dejaba a Celia y Andy con él y se acercó a su tripulación.

"Eddie, encantada de verte de nuevo." Bajó la voz hasta

un susurro. "¿Está todo el papeleo para la medicación de Dieter en orden?"

"Todo arreglado." Le respondió Eddie con un gesto amistoso. "También he reservado los amarres para esas paradas adicionales que pediste. Pero podemos ser flexibles. Todavía no estamos en temporada alta y no son los destinos de navegación más populares. La tripulación está encantada de quedarse más tiempo, pero el 4 de julio es el cumpleaños de Ming, así que quizás querrá un día o dos libres."

"Por supuesto, no hay problema." Erin se volvió hacia Ming, su jefa de mantenimiento. "Tu cumpleaños..."

"Ajá. El gran número, 3-0. Parece que fue ayer cuando me gradué." Ming se rió entre dientes y añadió: "En informática."

Erin también se rió porque conocía el historial de Ming. Todos los años prometía que ese sería el último navegando alrededor del mundo. Y que empezaría a vivir una vida adulta, en una casa de verdad y quizás incluso con el marido que había amenazado con encontrar. Pero cada vez que su contrato estaba cerca de finalizar, se ponía nerviosa solo con la idea de pasar el resto de su vida en una oficina, o peor, en los suburbios, así que, aquí seguía, todavía libre y soltera. "Bueno, eso requiere una celebración. ¿Dónde estaremos ese día?" le preguntó a Eddie.

"Pues si todo va según lo planeado, estaremos en algún lugar de la costa africana o cerca de Cabo Verde, así que podemos planificarlo."

"Fantástico, entonces Ming y la tripulación pueden tomarse algún tiempo libre."

"¿En serio?" Ming, que siempre era de lo más profesional, no pudo evitar dar un saltito de alegría antes de darle un abrazo a Erin. "Disculpa. Sé que esto está fuera de lugar pero estoy súper emocionada. Gracias," dijo con sinceridad.

"No, gracias *a ti*. Me alegra que estuvieras dispuesta a quedarte más tiempo. No lo habría pedido si no fuera porque es muy importante para uno de mis invitados." Erin le guiñó un ojo y abrió su teléfono para revisar la lista de cosas que tenían que hacer antes de que estuvieran listos para subir a bordo. "Bueno, ¿conseguiste todo lo que había en la lista que te envié para la señorita Krügerner?"

"Sí, está todo en el camarote principal," dijo Ming. "Hemos preparado el camarote *Delfín* para el señor Krügerner y su acompañante, y el *Guaju* también está listo por si la señorita Krügerner prefiere tener su cabina privada." Su tono era serio y de trabajo de nuevo, pero la curiosidad en sus ojos era obvia cuando miró en dirección a Celia durante una fracción de segundo.

"Excelente." Erin fingió no darse cuenta. Había navegado con esta tripulación durante años y los conocía muy bien, pero ni una sola vez había traído una novia o algo parecido a un viaje de larga distancia. Imaginaba que habrían hablado algo antes de que ellos llegaran y, aunque nunca comentarían nada, la línea entre jefa y amiga también se había vuelto más borrosa en los últimos años, especialmente con Eddie y Ming. "Le preguntaré qué prefiere," dijo con un atisbo de humor en su sonrisa. "Puede que no quiera aguantarme durante tanto tiempo."

"Exactamente." Ming se echó a reír e hizo un gesto hacia *La Barracuda*. "Estamos abastecidos de comida y bebida y hemos organizado todo para que nos traigan lo que necesitemos en nuestras paradas. En tu informe no se mencionaba ningún tipo de dieta, así que Marcus sugirió que simplemente improvisemos y veamos lo que os gusta. ¿Te parece bien?"

"A mí me parece bien." Erin se volvió hacia Eddie. "¿Cómo está el tiempo?"

"Parece que en los próximos cinco días todo está tranquilo. Te avisaré si cambia algo. Pensé que sería mejor salir de inmediato, si os parece bien a ti y a tus invitados. El trayecto por la costa francesa es precioso por la noche y podríamos echar el ancla en algún lugar para que os deis un baño nocturno."

Erin asintió con la cabeza. "Me conoces muy bien. Pues parece que todo está listo. Voy a buscar a la pandilla."

19

*M*ientras esperaban en el muelle, Celia vio cómo Erin interactuaba con el capitán y una mujer miembro de la tripulación. Era amistosa con ellos, incluso los abrazó, y eso hizo que le gustara aún más. Iba vestida de manera informal, con pantalones blancos y una camisa azul claro, las mangas arremangadas y los tres botones superiores desabrochados. Su aspecto coincidía con el de otras personas que se dirigían a sus yates; simple, claro y limpio, como si hubiera reglas no escritas sobre cómo vestirse para navegar. Aunque Celia tenía bastantes amigos adinerados, nunca había estado en un yate. El concepto en sí nunca le había llamado la atención y la idea de no poder ver tierra la hacía sentir incómoda en general. Pero ahora que veía *La Barracuda* estaba más que dispuesta a reconsiderar esa opinión.

Se alegraba de no haberse excedido con su atuendo y pensaba que el vestido amarillo claro que se había puesto antes de que se fueran le parecía apropiado para la ocasión. Estaba claro que a Erin le gustaba porque no había dejado de mirarle las piernas descaradamente durante todo el vuelo hasta aquí.

"Joder, esto es increíble," dijo Andy mirando hacia el puerto. Celia se había enterado de que su compañero de viaje tenía treinta y cuatro años, lo que era significativamente más joven que Dieter, pero era cariñoso e ingenioso y parecía que se lo pasaban bien juntos. "Estaba preparado para un yate, pero no esperaba *este* tipo de yate. Parece mucho más grande que en las fotos." Le lanzó una sonrisa a Celia mientras, en tono juguetón, le daba una palmada en el trasero. "Deberías considerar seriamente quedarte con esta mujer."

"Primero vamos a ver qué opinión tengo de esta mujer después de pasar más de dos semanas en un espacio confinado," bromeó Celia. Se puso las gafas y comenzó a caminar mientras Erin les hacía señas para que la siguieran hasta el yate.

Su boca se abrió en estado de shock cuando pisó la alfombra roja que había sido extendida para ellos en la pasarela. El yate era precioso en su simplicidad, con un llamativo diseño aerodinámico y mucho espacio al aire libre.

"Bienvenidos a *La Barracuda*." Erin estaba radiante cuando tomó la mano de Celia para ayudarla a subir a la embarcación, donde les esperaban cócteles en el lujoso salón de la cubierta inferior. "A partir de ahora, nada de zapatos hasta que lleguemos a tierra. Han dejado zapatos de vuestros números para andar por la cubierta en vuestros camarotes pero también es muy cómodo andar sin ellos aquí." Esperó a que todos se quitaran los zapatos y los metieran en una caja en la cubierta y les presentó a la tripulación. "Este es el capitán Eddie. Estáis en buenas manos con él." Le sonrió y le dio un apretón en el hombro. "Tomaré su relevo de vez en cuando pero él es el jefe aquí. También es un fantástico buceador y buscador de barracudas, así que, si tenemos suerte, podremos poner alguna en la parrilla."

"Estoy deseándolo." Celia estrechó la mano de Eddie e inmediatamente se sintió cómoda con él. Era de ascendencia asiática, bajo y musculoso, con una sonrisa amistosa y el pelo oscuro desaliñado que le asomaba por debajo de la gorra de capitán. Su uniforme era blanco y nítido, igual que los del resto de la tripulación, que estaban repartiendo bebidas y sirviendo bocadillos en la mesa grande de café. Alrededor de la mesa había sofás empotrados con cojines de cuero blanco y que lucían elegantemente contra la plataforma de madera.

Erin rodeó a Celia con un brazo y la atrajo hacia ella. "Y este es el resto de la tripulación. Ming, jefa de mantenimiento, y su equipo, Desirée y Josh, y este es Donald, nuestro ingeniero. Nuestro chef Marcus y su asistente Louise están ocupados ahora mismo en la cocina así que os lo presentaré más tarde. Estas personas tan encantadoras llevan trabajando conmigo seis años así que nos conocemos bastante bien. Cualquier cosa que necesitéis, solo tenéis que decírselo." Esperó a que todos se presentaran y se pusieran las muñequeras que Ming estaba repartiendo. "Lo creáis o no, estas simples bandas funcionan de maravilla contra el mareo," continuó, poniéndose ella una también. "Así que os aconsejo que la llevéis puesta en todo momento. No estoy muy segura de cómo funcionan exactamente, pero tiene algo que ver con los dos bultitos que hay en el interior y un punto de presión en la muñeca."

"Gracias." Celia dejó que Erin se la pusiera y rió entre dientes cuando le levantó la mano y se la besó. Erin era una aduladora pero le gustaba eso de ella y parecía que estaba mejor mentalmente hoy. Fuera lo que fuese que le estaba pasando, Celia sospechaba que se pondría bien. "Tu yate es increíble," dijo, asimilándolo todo todavía mientras su tío y Andy deambulaban y hablaban sobre la impecable artesanía.

"Me alegro de que te guste." Erin tiró de ella con un cóctel en la mano. "Vamos, deja que te enseñe el resto de la embarcación." Y, dirigiéndose a Ming, dijo "Ming, ¿puedes, por favor, llevar a Dieter y Andy a su camarote? Voy a enseñarle a Celia todo esto."

Las puertas de cristal correderas automáticas se abrieron, revelando una sala de estar y un comedor espaciosos, modernos, simples y decorados con muy buen gusto. Los muebles eran blancos con detalles en cuero marrón y la sensación de la gruesa alfombra blanca era una maravilla bajo los pies de Celia. En la parte de atrás había un bar de cócteles inspirado en Art Deco y una mesa de comedor para ocho personas, con un enorme arreglo de flores frescas en el medio.

"Debe costar una fortuna tener esta embarcación en funcionamiento," dijo Celia, tomando un sorbo de su cóctel de menta, hermosamente presentado en una copa de Martini con borde de azúcar y cubierto con finas virutas de lima. Todo el servicio era perfecto.

"No es barato, pero alquilo *La Barracuda* la mayor parte del año. De esa forma se amortiza y me permite mantener al personal a tiempo completo." Erin se inclinó para oler las flores. "Estoy encantada con lo bien que ha preparado la tripulación todo esta vez. Normalmente me da igual cuando soy solo yo pero quiero que mis invitados tengan la mejor experiencia posible." Caminaron por un pasillo largo y estrecho y le enseñó una hermosa cabina con una cama grande antes de continuar hacia una sala de lectura con estanterías llenas de libros y dos sofás Chesterfield junto a una gran ventana y una chimenea encendida.

"¿Tú has diseñado todo esto?" le preguntó Celia con incredulidad.

Erin asintió. "Exterior e interior. La mayoría de los yates que diseño son bastante más pijos porque a mis clientes les gusta presumir, pero a mí personalmente me gustan las cosas simples y sutiles."

"Claramente tienes mucho, mucho talento." Celia se sentía abrumada viéndolo todo. "Este yate es posiblemente la cosa más sorprendente que he visto en mi vida."

"Me alegra que sea de tu gusto porque va a ser tu casa durante las próximas semanas." Erin abrió la puerta del puente del yate, amueblado en caoba y equipado con un cuadro de mandos innovador con sistemas avanzados de monitoreo de pantalla táctil y sillas de cuero suave, cada una frente a una fila de ventanas que rodeaban la embarcación. Entre la rica decoración había un timón de barco clásico de madera y metal que funcionaba perfectamente, con manijas redondeadas brillantes y detalles de cobre que contrastaban con la escena futurista. Los modernos instrumentos de la cabina también tenían acabado en cobre; el detalle y la artesanía eran tan intrincados que parecían una obra de arte. Mientras miraba hacia el mar Mediterráneo, donde comenzaría su aventura, la vista de lo desconocido le produjo un hormigueo.

"¿Entonces tú también llevas el yate?" le preguntó.

"Sí. Tengo licencia de patrón, que requiere controles médicos y penales periódicos. En general, necesitas uno para cualquier embarcación de más de cincuenta pies, pero esto depende de las aguas internacionales en que te encuentres."

"Mujer de múltiples talentos..." dijo Celia, lanzándole

una mirada seductora. A pesar de no haber dormido juntas, nunca habían dejado de coquetear y se sentía permanentemente excitada cada vez que estaba cerca de Erin. "¿Llevas gorra de capitán cuando estás a bordo?"

"Sí." Contestó Erin sonriendo. "Pronto lo verás." Se volvió y le hizo señas para que la siguiera por un corto tramo de escaleras hacia su cabina. "No te voy a enseñar el desorden y caos. Es lo que llamamos las habitaciones del personal o la cocina. Esa parte es el área de la tripulación y probablemente estén ocupados ahora preparando la cena, pero este es mi camarote y puedes quedarte aquí también, si quieres. Te han preparado uno de los camarotes del piso de arriba. No quería ser presuntuosa y pensé que sería un poco extraño porque ni siquiera hemos..." Su voz se apagó y se encogió de hombros. "Bueno, ya sabes."

Celia se rió entre dientes. "Sí. Es una situación poco usual, ¿no?" Miró alrededor de la hermosa habitación antes de mirar la cama, inmaculadamente hecha, e imaginarlas en ella, juntas, le hizo sentir mariposas en el estómago. Pero, aún así, después del estallido emocional que había tenido ayer, quería darle espacio. "De momento me quedaré en el camarote de arriba. Y vemos cómo va todo, ¿de acuerdo?" Entrecerró los ojos mientras miraba el *Picasso* que colgaba sobre la cama. "Bonito. ¿Es auténtico?" El pequeño dibujo estaba protegido por un cristal grueso y rodeado con un marco dorado antiguo. Aparte de la cama, con sábanas de lino, solo había dos mesitas de noche, un closet, una cómoda, un mini bar y una silla de cuero en la esquina de la habitación, junto a una mesa pequeña de café con un enorme ramo de rosas blancas.

"Es auténtico. Dieter me ayudó a conseguirlo. Hay un *Magritte* en tu habitación pero es un poco lúgubre. No sé si te va a ayudar a dormir mejor," dijo en tono de broma.

"Estoy deseando verlo." Se echó a reír y señaló la puerta adyacente. "¿Qué hay ahí?"

"Ese es el baño. Todos los camarotes tienen uno, así que no tendrás que compartirlo. Puse los dos más grandes aquí abajo porque es la parte más estable del barco, menos propensos al movimiento y al balanceo si nos metemos en aguas turbulentas."

"Vendré a buscarte aquí si necesito que me rescaten." El corazón de Celia empezó a latirle con fuerza cuando Erin la atrajo más hacia ella y se lamió los labios como si estuviera mirando su última comida.

"¿Está mal decir que espero que haya una tormenta?"

Celia negó con la cabeza lentamente, ahogándose en sus ojos oscuros y llenos de lujuria. Era la misma mirada que había visto en el baile de verano. Se estremeció cuando Erin la empujó contra la puerta. "No tenemos que esperar a que haya una tormenta..." Su resolución de dejarle espacio ya se estaba desmoronando pero no le importaba. Mientras Erin estuviera bien, aceptaría todo lo que estuviera dispuesta a darle, porque nunca antes se había sentido tan atraída por nadie.

"Entonces quizás deberías reconsiderar dormir arriba esta noche," susurró Erin, su aliento caliente haciéndole cosquillas en los labios. "Me encantaría tenerte ahora mismo, pero tenemos invitados y no sería muy educado de mi parte dejarles solos todavía."

"Puedo esperar," dijo Celia, aunque su lenguaje corporal decía otra cosa completamente diferente. Su pecho palpitaba rápido y sintió que sus mejillas se ruborizaban cuando Erin presionó su cuerpo con más fuerza contra el de ella. "Tengo la sensación de que valdrá la pena."

20

---

*L*a cena se sirvió en el piso superior, donde la mesa del comedor se había dispuesto de manera meticulosa con manteles blancos y una deliciosa selección de postres en miniatura. Habían disfrutado de una comida maravillosa con mejillones frescos en vino blanco, patatas fritas en trozos de tres cocciones y salsa de estragón, preparado todo por el chef de Erin, quien había hablado con todos ellos para saber sus preferencias en cuanto a comida. Entre plato y plato, habían ido a nadar y ahora Celia se sentía completamente relajada después de una ducha y una comida y vino deliciosos. Se sirvió otro pastelito y se maravilló de lo hermosa que se veía la embarcación en la penumbra.

Además de la mesa central, había también una zona para sentarse y descansar, con varios sillones, un jacuzzi y una piscina pequeña. Toda la experiencia en sí era un lujo al más alto nivel y se preguntó seriamente por qué había tenido dudas para venir.

Todo estaba oscuro ahora. Estaban anclados en la bahía

de Cannes, donde pasarían la noche, ya que Erin les había asegurado que la costa mediterránea era impresionante y que se podía disfrutar tanto a la luz del día como en la oscuridad. La ciudad brillaba intensamente bajo el cielo negro y más arriba, construidos contra las montañas detrás de Cannes, había pueblos más pequeños, con sus luces en grupos parpadeando como estrellas. Las velas luciendo en la mesa y la música de fondo realzaban la atmósfera romántica y, aunque Celia deseaba en secreto pasar un rato a solas con Erin, fue fantástico charlar con su tío y conocer mejor a Andy. Era muy divertido. No se había reído tanto en mucho tiempo y entendía totalmente por qué su tío estaba tan encantado con él.

"A Celia siempre le han gustado las mujeres," bromeó su tío después de contar una serie de historias terriblemente embarazosas sobre Celia de cuando era más joven. "Supe que era gay antes incluso de que ella se diera cuenta. ¿Recuerdas a esa chica que estuvo en el castillo con sus padres un verano?" Frunció el ceño mientras rebuscaba en su memoria. "Rizzo se llamaba, ¿no?"

Celia sonrió y negó con la cabeza mientras pensaba en su primer enamoramiento. "No, creo que se llamaba Rizza, con "a". Un nombre bastante extraño, ¿verdad?"

"Sí, sus padres eran bastante excéntricos. Marchantes de arte, como yo." Dijo Dieter volviéndose hacia Erin. "Bueno, Celia estaba enamoriscada de esta chica y la seguía por todos lados como un cachorrito perdido. Un día, la madre de Celia y yo las encontramos besándose en el muelle. Deberías haber visto la cara de Babette." Dijo, y rompió a reír. "Obviamente, no tenía ni idea de que a Celia le gustaban las chicas y me preocupó que los ojos se le fueran a salir de las órbitas."

"Creo que me hago una idea." Erin se echó a reír también. "A Babette tampoco parecía que yo le gustara mucho por la forma en que me miraba cuando estábamos bailando juntas. Sus cejas se levantaron tanto que me preocupé por si desaparecían entre el pelo." Puso una mano sobre el muslo de Celia y se mordió el labio con una mueca. "Lo siento, no debería burlarme de tu madre, no está bien que lo haga."

"No hace falta que te disculpes. Burlarnos de mi madre es nuestro pasatiempo favorito, ¿verdad, tío Dieter?"

"Desde luego." Dieter se recostó y puso su brazo sobre el respaldo de la silla de Andy. "Oh, Andy, has escuchado ya tantas historias sobre mi cuñada que sospecho que estoy empezando a aburrirte."

"Sí, he escuchado muchas cariño, pero nunca dejan de divertirme." Andy le sonrió con dulzura. "*Tú* nunca dejas de divertirme, eres fascinante."

"Bueno, me alegra saber que este viejo todavía es capaz de llamar tu atención." Dieter se rió entre dientes y se terminó su rosado. "¿Qué te parece si probamos esa maravillosa cama de nuestra cabina?"

"Me gusta tu forma de pensar." Andy se levantó y lanzó besos a Celia y Erin. "Muchas gracias por la cena, Erin. Ha sido realmente asombroso. Todo es asombroso." Dijo, haciendo un gesto hacia el yate y la costa, todavía abrumado.

Celia se sintió abrumada también, pero por diferentes razones. La mano de Erin apoyada en su muslo había encendido una chispa en ella y estaba teniendo problemas para esconder lo excitada que estaba.

"Así que siempre te han gustado las mujeres, ¿eh?" dijo Erin con una sonrisita cuando se quedaron a solas. El personal había despejado la mesa cuando Dieter y Andy se marcharon. Todavía quedaba media botella de rosado y las velas seguían encendidas, pero Erin había apagado la música para que Dieter y Andy pudieran dormir en paz. Sin embargo, Celia dudaba que fuera eso lo que estaban haciendo, porque los había visto intercambiar miradas seductoras durante todo el día.

"Supongo que sí." Un poco achispada por el vino, Celia se sentó sobre el regazo de Erin y la rodeó con sus brazos por los hombros. "Todavía me gustan. Una en particular, para ser más exacta."

"Esas son buenas noticias para mí." Erin arqueó una ceja y sus ojos se oscurecieron. "Porque me gustaría terminar lo que empezamos la otra noche."

Sus palabras sacaron un gemido ahogado de los labios de Celia y cuando la mano de Erin se deslizó por debajo de su vestido y subió por su muslo, se retorció sobre sus piernas. No podía entender cómo alguien podía tener tanto efecto físico en ella, pero no importaba. Se sentía de maravilla y eso era todo lo que importaba. Las próximas semanas no solo serían un descanso de su vida normal, sería también una ruptura de viejos hábitos. Y esos viejos malos hábitos incluían pensar demasiado en sus decisiones y sopesar cada acción que hacía hasta que, sin ni siquiera darse cuenta, había logrado absorber toda la emoción de su vida. Por lo general, ya no tenía enamoramientos o caprichos, y no se había embarcado en un viaje espontáneamente en años, pero, en los últimos días, todo eso había cambiado. Erin la volvía loca con las cosas que hacía y decía y especialmente con la forma en que la miraba. Era tan maravilloso sentirse deseada de nuevo, saber que alguien la deseaba.

La mano de Erin se movió por su cuerpo, explorando sus curvas antes de desaparecer por el escote del vestido y, recostándose sobre ella, Celia gimió suavemente mientras sus dedos se deslizaban dentro del sujetador. Un fugaz pensamiento se cruzó por su mente sobre la tripulación y su tío y Andy deambulando todavía por algún lugar de la embarcación, pero enseguida se desvaneció cuando Erin le acarició los pezones y la besó hasta llegar a su cuello.

"Joder... ¿Cómo me haces esto?" susurró entre respiraciones entrecortadas, elevando el pecho para que Erin la acariciara.

"No creo que tengas idea de lo que *tú* me estás haciendo *a mí* ahora mismo." La voz de Erin era suave y sensual, sus labios y su cálido aliento haciendo cosquillas en la oreja de Celia.

Celia se giró, tomando el rostro de Erin entre sus manos para besarla apasionadamente y, cuando Erin abrió los labios e hizo más profundo el beso, se dejó llevar por una ola de placer sin fin que llegó a cada parte de su cuerpo. Las manos se movían libremente y se oían suaves gemidos que resonaban en el aire de la noche mientras se consumían la una a la otra como lobas hambrientas. Besar a Erin fue una revelación. Le invadía todos los sentidos, la excitaba más allá de lo posible y sintió que ella era también lo único en la mente de Erin. Su cabello sedoso entre sus dedos, sus labios suaves, húmedos y seductores. Recordó haber bromeado acerca de tenerle miedo. Había más verdad en eso de lo que había pensado porque esta mujer tenía la habilidad de tocarla en los lugares más profundos, de sumergirse bajo la superficie, de meterse en su mente y aprovechar sus fantasías más oscuras.

Se apartó del beso y le tocaba los labios mientras estudiaba el hermoso rostro de Erin. "¿Esto es normal? ¿Sentir tanto?" susurró.

Erin se rió entre dientes y negó con la cabeza. "Estoy temblando por todas partes así que no, no creo que sea normal." Se mordió el labio y volvió a bajar la mirada hacia la boca de Celia. "Ven a mi habitación. Está insonorizada."

21

"¿*E*stás segura de que esto está bien?" preguntó Celia mientras cerraba la puerta y se apoyaba en ella.

"Estoy segura. Me encuentro bien." Según lo estaba diciendo, sabía que era verdad, al menos por ahora. Había estado desnudando a Celia con la mirada durante todo el día y eso la había distraído de la nube oscura que se cernía sobre ella. Le temblaban las piernas, muy consciente del calor abrasador que sentía entre ellas. Estudió a Celia, observando su expresión ardiente y su temblor mientras le pasaba un dedo por la marca de nacimiento en forma de luna que tenía en el hombro.

Celia extendió la mano para desabrocharle la camisa y al mismo tiempo, Erin deslizaba los tirantes de su vestido por sus hombros y lo bajó por su cuerpo, dejándola solo en un conjunto de lencería de encaje blanco.

"Eres mi fantasía máxima," confesó, pasando una mano por su pelo corto. La adrenalina corría por sus venas mientras veía cómo los pezones de Celia se endurecían a través de la fina tela de su sujetador. Cuando estaba a punto de quitarle la camisa, Erin le cogió las manos y las mantuvo por encima de su cabeza contra la puerta mientras le besaba el cuello y pasaba su lengua por el lóbulo de la oreja. Su reacción lo dijo todo; escalofríos, piel de gallina, gemidos, tan dulces y puros...

"Me da la impresión de que te gusta estar al mando," susurró entre respiraciones entrecortadas y ladeando la cabeza mientras Erin continuaba bajando hasta la nuca.

"Sí. ¿Te molesta?" No había duda al respecto, Celia parecía estar muy de acuerdo pero quería escucharla decirlo.

"Ajá." Celia vaciló antes de continuar. "Hace tiempo que no tengo sexo y hace mucho tiempo que no tengo buen sexo, pero tengo la sensación de que eso está a punto de cambiar." La química entre ellas estaba por las nubes, sus cuerpos atraídos inexplicablemente el uno al otro. Ambas eran muy conscientes de que estaban a punto de hacer algo que iba a ser memorable.

Erin la soltó y su estómago le dio un vuelco cuando Celia dejó caer las manos y se apoyó contra la puerta, esperando a lo que viniera después. La miró de arriba a abajo como un perro frente a un hueso grande y jugoso y, por primera vez en su vida, no sabía por dónde empezar.

"Jesús, Erin. Me estás matando con esa mirada," dijo después de un largo silencio. Sonrió. "Da un poco de miedo pero me gusta."

"No tengas miedo. ¿Puedo quitarte esto?" La rodeó con los brazos y encontró el broche de su sujetador. Cuando Celia asintió, lo desabrochó y se lo quitó lentamente. Sus labios se separaron mientras observaba los pechos redondos y voluptuosos que tenía ante ella y cuando extendió la mano para pasar sus dedos por esas curvas llenas y sus pezones duros y rosados, las pestañas de Celia se agitaron y respiró hondo.

"Bésame otra vez," le suplicó, presionando las manos de Erin firmemente sobre su pecho.

Erin se apretó contra ella y la besó fuerte y profundamente, encajando su muslo entre sus piernas mientras reclamaba su boca y sus pechos. Celia Krügerner había estado en su mente durante más de doce meses y ahora que tenía una segunda oportunidad, no la iba a dejar escapar de nuevo. Erin estaba sin aliento cuando hizo un gesto hacia la cama, su expresión desconcertada delataba sin duda lo mucho que la deseaba. "Túmbate."

Mientras Celia se metía en la cama, cogió una botella de aceite para masajes del cajón de su mesita de noche y la levantó mientras se sentaba a horcajadas sobre ella. La mirada de Celia se volvió confusa cuando vio el aceite. Sus ojos, cargados de intensidad, se encontraron.

"¿Qué vas a hacer con eso?"

"¿Te gustan los masajes?"

"Sí. Y me gusta especialmente la idea de tus manos sobre mí." Se rió entre dientes cuando Erin la tomó de las muñecas y las inmovilizó sobre su cabeza en la almohada. "Y son manos fuertes," continuó, lanzándole una mirada juguetona mientras se movía con la sujeción.

"Sí que son fuertes. Y mantén las manos ahí," dijo Erin. "¿A menos que quieras que te ate?" Ese pensamiento envió un espasmo entre sus piernas pero, incluso cuando Celia permaneció en silencio, confirmando su sospecha de que estaba de acuerdo con la idea, se abstuvo de buscar algo con qué atarla. "Bien." Cuando Celia dejó de resistirse, bajó por su cuerpo y besó sus pechos, pasando por fin su lengua por los duros pezones rosados que había estado deseando probar. Sus pechos quedaban perfectos entre sus manos y sus pezones reaccionaban a su tacto con mucha sensibilidad. Celia se retorcía debajo, levantando las caderas y de vez en cuando se reía entre dientes cuando extendía la mano y la inmovilizaba de nuevo.

Erin volvió a subir su boca por el cuello y la mejilla, se acercó a su oreja para morderle el lóbulo lo justo para hacerla jadear de placer. "Voy a follarte sin sentido," susurró. "Pero primero voy a cubrirte de aceite para que estés suave y resbaladiza."

Con esas palabras, Celia se derrumbó y parecía estar tan excitada ya que Erin temió que se correría de inmediato. Su propio clítoris estaba palpitando, su cuerpo era rehén de una impaciente necesidad que la consumía por completo. Cuando puso la mano entre ellas, apretando el centro de Celia con fuerza sin previo aviso, Celia jadeó y echó la cabeza hacia atrás.

"Oh Dios, Erin..."

Incluso a través de sus bragas, los dedos de Erin estaban cubiertos de su humedad mientras los doblaba una y otra vez, haciendo que Celia gritara sus gemidos. Miraba sus ojos oscuros mientras se lo hacía, disfrutando de su feroz reacción a la sexy tortura. La soltó y abrió la botella. "Todavía no."

Celia vio cómo los ojos de Erin recorrían su cuerpo, como si fuera su regalo favorito del mundo entero. Su peso encima de ella era delicioso y movió las caderas, sabiendo que le esperaba un viaje largo y provocador, mientras recordaba mantener las manos en su sitio.

Erin era la primera mujer que la volvía loca de deseo, literalmente, y solo esperaba tener el mismo efecto en ella porque, fuera lo que fuese lo que estaba pasando aquí, iba más allá de sus sueños más salvajes.

"Hmm... flor de naranja," dijo Erin oliendo la botella. "Solo ingredientes naturales e inofensivos." Le guiñó un ojo. "¿Puedo?"

"Por favor." Celia estaba desesperada porque la tocara o cualquier otra cosa que estuviera dispuesta a darle y cuando le echó un poco de aceite sobre sus pechos hipersensibles y comenzó a frotarlos con lentos movimientos circulares, era tan maravilloso que no quería que se detuviera nunca. Arqueó la espalda y elevó el pecho para encontrarse con las manos de Erin mientras cerraba los ojos. Ambas manos estaban haciendo la misma delicia, una a cada lado. Erin jugueteaba con sus pezones y su pecho se disparó de nuevo cuando, de repente, los pellizcó.

Pensaba que la iba a soltar, pero, en vez de eso, la pellizcó con más fuerza, mirándola detenidamente y se le escapó un gemido gutural. Dolía pero le gustaba. Había dolor pero el placer era mucho mayor. Mientras intentaba analizar esta novedad, Erin continuaba su masaje firme pero lento, moviéndose a los lados de sus senos y luego hasta su cintura, cubriéndola con el aceite perfumado y que se volvía cálido bajo su tacto.

Erin sabía lo que estaba haciendo y claramente lo había hecho antes. Estaba intensamente concentrada en ella pero también lo estaba disfrutando. Celia se dio cuenta por su expresión excitada y por la forma en que se movía sobre ella. Llegó a su vientre y, cuanto más bajaba sus manos, más problemas tenía para permanecer inmóvil. Asegurándose de no perderse ni un centímetro de su piel, Erin trató su cuerpo como si fuera un lienzo, absorbiendo cada parte de ella mientras se familiarizaba con sus zonas erógenas. No era muy difícil darse cuenta ya de que su reacción a las continuas caricias de Erin era de otro mundo. Para cuando sus dedos rozaron el borde de sus bragas, Celia había alcanzado un estado de delirio total y absoluto, levantando las caderas del colchón para alcanzar el tacto de sus dedos. Su cuerpo estaba cubierto por una fina capa de calor líquido, su piel brillante y caliente por el aceite y sus pezones doloridos e hinchados.

"¿Puedo quitarte esto?" preguntó Erin, enganchando sus pulgares debajo del frágil borde de encaje de sus bragas que descansaban sobre sus caderas.

"Sí." Celia casi se echó a reír porque no había nada que deseara más. La mirada hambrienta de Erin envió una corriente de excitación por todo su cuerpo, haciendo que la deseara aún más. Estaba claro que le gustaba que fuera sumisa y, curiosamente, a ella le gustaba también. No era, de ninguna manera, una princesa de almohada, a quien le gustaba solo ser complacida sin hacer nada. Le encantaba complacer a las mujeres pero alguien que se tomaba su tiempo con ella como lo estaba haciendo Erin era increíblemente sexy.

Lentamente Erin le bajó las bragas, haciéndole sentir cosquilleos por todas partes. "Me gusta tu estilo," le dijo con una sonrisa y lamiéndose los labios mientras admiraba el pubis recién depilado de Celia antes de inclinarse y soplar un cálido aliento entre sus piernas.

La primera reacción de Celia fue dirigir su rostro hacia abajo contra la zona que le palpitaba, pero Erin la volvió a tomar de las muñecas y colocó sus manos de nuevo sobre su cabeza en la almohada. "Déjalas ahí, Celia."

Acató la orden sin ni siquiera dudarlo, gimiendo cuando Erin volvió a moverse hacia abajo y le separó las piernas. "Delicioso," dijo, mirando sus partes más íntimas. Celia esperaba que la devorara con su boca, pero no lo hizo. En vez de eso, se concentró en sus muslos, cubriéndolos de aceite también, antes de moverse hacia su interior y subir por ellos con los mismos movimientos simétricos que casi la habían hecho perder toda cordura hacía solo unos minutos.

"Eres buena en esto," murmuró, con su centro completamente húmedo y palpitando de excitación por sus tocamientos. Movió las caderas de nuevo buscando el contacto y, cuando Erin por fin deslizó una mano entre sus piernas y arrastró sus aceitosos dedos por sus pliegues, Celia gritó de éxtasis. "¡Dios mío, por favor, no pares con lo que estás haciendo, sea lo que sea!," dijo entre respiraciones entrecortadas. Podía sentir que un clímax, que prometía ser devastador, se estaba formando. "¡Joder!"

"¿Joder?" Erin sonrió y continuó arrastrando los dedos arriba y abajo mientras la cabeza de Celia se movía frenéticamente de un lado a otro. "¿Eso es lo que quieres?" Besó la parte interior de su muslo y retiró la mano.

"Sí. Quiero que me folles."

Erin se inclinó sobre ella y le mordió el lóbulo de la oreja antes de susurrarle "¿Te importa si uso un arnés?"

Fue una pregunta simple pero las palabras de Erin hicieron que su pulso se acelerara mientras la miraba. "¿Tienes juguetes aquí?"

"Compré un par de ellos antes del viaje." Dijo Erin encogiéndose de hombros. Su sonrisa juvenil era tan sexy que Celia le habría dejado hacer lo que quisiera con ella. "Espero que no pienses que esto ha sido demasiado presuntuoso por mi parte. Si no es algo que te guste, no volveré a mencionarlo, pero..."

"Sí." Las mejillas de Celia se sonrojaron cuando la interrumpió. "Me gustan los juguetes... quiero decir, creo que me gustan." Movió la cabeza por su incapacidad para formar una frase decente. Erin parecía provocar ese efecto en ella, porque, ahora mismo, no era capaz de decir nada coherente.

"¿Crees?" Erin se acercó a su mesita de noche y abrió el cajón de nuevo, sacando un arnés negro con un consolador a juego. "Entonces, vamos a averiguarlo."

Las piernas y los brazos temblorosos de Celia se debilitaron mientras esperaba a que Erin se desnudara y se lo pusiera. La observó quitarse los vaqueros y la camisa, para terminar con el sujetador deportivo y sus bóxers. Pasando sus ojos por el cuerpo atlético de Erin, todas sus terminaciones nerviosas estaban zumbando por la anticipación, con su paciencia reducida a cero. "Ven aquí," susurró, luchando por mantener las manos quietas mientras fijaba sus ojos en los pechos llenos de Erin, luego en el arnés que cubría la tira de cabello oscuro que tenía entre sus muslos mientras se lo abrochaba.

Erin se puso encima de ella y suspiraron al mismo tiempo por el cálido contacto. Su peso era perfecto, su piel suave y resbaladiza por el aceite de su propio cuerpo y cuando se besaron de manera apasionada, se sintió tan conectada a ella que no quería que ese momento terminara jamás.

Erin movió el consolador entre sus piernas mientras se consumían entre sí. Celia envolvió sus piernas alrededor de sus caderas mientras sus manos alcanzaban el cabello de Erin, necesitándola tan cerca como fuera posible.

"Te siento increíble," susurró Erin, empujando con cuidado mientras cogía sus manos y entrelazaba sus dedos.

Le atravesaron sacudidas de placer en el corazón cuando la penetró. Era tan maravilloso que por fin la tomaran, sentir la satisfacción de sentirse llena después del masaje que la había excitado más allá de lo imaginable. Toda ella la cubría por completo y, cerrando los ojos, gimió cuando Erin la penetró más profundamente y comenzó a moverse dentro y fuera lentamente, apretando sus manos.

"¿Está bien esto?" preguntó con la voz temblorosa por la excitación.

Celia sabía que estaba moderando el ritmo, queriendo hacerla sentir lo más estimulada posible. "Muy bien," murmuró, apretando las manos de Erin mientras la miraba a los ojos. Compartían el ritmo de la rápida respiración, sus movimientos perfectamente sintonizados, y no entendía cómo podían tener tal sinergia la primera vez que estaban juntas. "Más. Quiero más."

Levantando la barbilla, besó a Erin. Ella le devolvió el beso mientras continuaba moviéndose dentro de ella, más y más fuerte. Lo quería todo de ella; su cuerpo, su boca, sus manos, sus emociones y, en ese momento, quería incluso sus pensamientos. Los gemidos ahogados contra su boca y el profundo ceño entre sus cejas le decían que ella también estaba cerca. Celia asintió, haciéndole saber que quería que continuara hasta el final.

Erin aceleró el ritmo, llenándola una y otra vez y Celia se movió con ella, persiguiendo ambas la liberación, haciendo que la cama se balanceara y temblara. La tormenta que se desató en su interior provocó gemidos más fuertes y culminó con un huracán dentro de ella. Y de pronto, el juego, deliciosamente lento y controlado de antes, se volvió animal y ambas empezaron a gritar, perdiendo todo control.

Erin se desplomó sobre ella y la sintió relajarse cuando dejó escapar un profundo suspiro. Apartó el cabello de Celia hacia un lado y la besó en la mejilla, luego le pasó la mano suavemente por el pelo mientras salía de ella.

Celia se estremeció y se regodeó de satisfacción. Sus respiraciones estaban sincronizadas mientras yacían en silencio, volviendo lentamente a la realidad. Sintió una extraña sensación de cercanía a esta mujer, a la que apenas conocía.

"Eres increíble," susurró Erin. Rodó sobre la cama y se puso de lado.

Celia se rió entre dientes. "Yo no he hecho nada, *tú eres* increíble..." Su sonrisa se hizo más grande mientras fijaba sus ojos en los de Erin. Era hermosa en todos los sentidos. Las finas líneas que deja la risa le daban incluso más carácter a sus rasgos esculpidos. Sus cejas eran pobladas y oscuras, su piel de un bronceado oscuro y fue entonces cuando se preguntó por sus raíces. "Erin Nour," susurró, solo porque le gustaba decir su nombre. "¿Lo he pronunciado bien?"

"Perfecto." Erin le acarició la mejilla y, como si pudiera leer su mente, añadió, "mis padres son marroquíes. Se mudaron a Los Ángeles hace cuarenta y cinco años. Mi nombre de nacimiento es Ezahra, pero algunos de mis amigos americanos, por alguna razón, empezaron a llamarme Erin y me quedé con ese nombre. De todas formas, me queda mejor."

"Sí que te queda mejor." Celia cerró los ojos cuando Erin la besó suavemente y se la acercó. "Tus padres hicieron un espécimen increíble," murmuró contra sus labios.

Se echó a reír con el comentario y a Celia le encantaba ver esta parte de su personalidad. Su amplia sonrisa, junto con el sonido lírico profundo de su risa, hacía una hermosa combinación y ese breve momento, con Erin relajada por completo, era precioso para ella, un momento que nunca olvidaría. Sabía que siempre recordaría este momento con las dos tumbadas allí, mirándose a los ojos.

"¿Te importa si me quedo aquí esta noche?" le preguntó.

"Celia..." Erin suspiró y la forma en que pronunció su

nombre hizo que Celia se mareara. "Esta noche eres mía y no vas a ir a ningún lado." Hizo una pausa y pasó una mano entre los muslos de Celia. "Ni siquiera te he probado todavía."

Las mejillas de Celia ardieron al pensar en la lengua de Erin sobre ella. "Eso me gusta pero yo también quiero probarte," susurró. "Ahora es mi turno."

22

*A*hora que estaba despierta, aprovechó la oportunidad para disfrutar de la sexy mujer que tenía a su lado, de costado y con un brazo sobre ella. Celia se volvió hacia Erin para poder mirar su hermoso rostro con la luz de la mañana. Sus pestañas eran largas y oscuras, su cabello despeinado y apuntando hacia todos los lados y sus labios carnosos, tan besables que apenas podía resistir acercarse a ella y pasar su lengua sobre ellos. Esos labios que habían estado por todas las partes de su cuerpo.

A pesar del comportamiento dominante de la noche anterior, Erin parecía ahora tan inocente, tan inconsciente de que la estaban observando en ese estado tan vulnerable. Pensar en la noche tórrida que habían compartido hizo que su interior se agitara y se acercó un poco más a ella, deseando su calor corporal. Solo su presencia era suficiente para despertar su excitación más allá de toda comprensión.

Olían a sexo, Celia estaba dolorida en todos los lugares correctos y había algo muy satisfactorio en ello. Saber que estaban ahí, las dos, desnudas, y que lo que habían comenzado la noche anterior probablemente tendría continuación una vez Erin despertara, hizo que deseara tocarse a sí misma. Cuando metió la mano entre sus piernas, Erin tomó su mano y abrió los ojos con una sonrisa traviesa, una sonrisa que le decía que no estaba dormida en absoluto.

"Buenos días, princesa." Puso la mano de Celia sobre la cabeza en la almohada y se colocó encima de ella, sus pechos llenos cubriendo los de Celia mientras encajaba su pierna entre sus muslos, presionando contra su sexo sensible después de la noche que habían pasado. "¿Estabas a punto de tocarte?"

"No," mintió Celia, se rió entre dientes y se movió debajo de ella. "¿Estabas fingiendo estar dormida?"

"Ajá." La sonrisa de Erin se hizo más grande y envió todo tipo de maravillosas sensaciones al corazón de Celia. No sabía qué le había hecho esta mujer pero estaba realmente embelesada. "Te vi despertarte. Estabas mona." Su voz sonaba diferente a la noche anterior, sus ojos habían perdido su agudeza y estaban llenos de algo más. Algo más suave. ¿O era tristeza? Celia no estaba segura, así que lo dejó estar. Quizá era que simplemente tenía sueño pero la diferencia era clara.

"Tú también estás muy mona esta mañana," dijo, acariciando su mejilla. "Pareces una persona diferente. No es que no fueras adorable anoche," agregó en tono seductor. "Pero... no sé, simplemente pareces diferente."

Erin se inclinó para besarla. "¿Ya no tienes miedo?"

"Nunca lo tuve." Celia ladeó la cabeza y la miró a esos ojos tan oscuros. "Pareces un poco inocente."

Erin se echó a reír y la sorprendió bajando la mano entre ellas y poniéndola sobre su sexo. Celia soltó un jadeo y echó la cabeza hacia atrás ante la inesperada sacudida de excitación que la volvió loca de lujuria. "¿Estás segura de eso?" Arqueó una ceja y observó cómo se retorcía. "Dios, ya estás húmeda."

Su mirada peligrosa ya estaba de vuelta cuando la penetró con dos dedos, sin apartar sus ojos de ella mientras la poseía como si fuera lo último que haría en su vida. Fuerte, rápido, profundo, con un propósito que cumplir y reaccionando a sus necesidades con un instinto que no requería esfuerzo alguno.

Celia gimió ante la deliciosa sensación de sentirse llena, sus cuerpos rítmicamente sincronizados, sus caderas encontrándose por las presiones de la otra. Celia liberó su mano y envolvió los brazos a su alrededor. Clavó sus uñas en la suave piel de su espalda mientras Erin la llevaba al borde del orgasmo.

Erin parecía decidida y concentrada en lo que estaba haciendo, el ceño profundo entre sus cejas, mientras se mordía el labio inferior. Era tremendamente sexy y no había nada romántico en la situación, era carnal y con ansia, y todo aquello que Celia no sabía que adoraba. Tenía problemas para mantener silencio y le preocupaba despertar a los demás, pero el placer que estaba sintiendo era demasiado y gimió más fuerte, envolviendo a Erin con sus piernas mientras alcanzaba el clímax con tanta fuerza que ambas se sorprendieron. Mientras sus paredes interiores se apretaban alrededor de los dedos de Erin, la agarró con más fuerza, mirándola a los ojos tanto tiempo como le fue posible mantenerlos abiertos. Todo se volvió blanco cuando un océano de placer la inundó. No recordaba haber tenido un sexo tan bueno y parecía que Erin conocía su cuerpo mejor que ella misma. Temblorosa, se la quedó mirando fijamente en un estado de felicidad total.

"Creo que lo has disfrutado," le susurró Erin al oído y retiró sus dedos tan lentamente que Celia apretó sus muslos, queriendo mantener esa conexión entre ellas todo el tiempo que pudiera.

"Sabes que sí." Cuando sus ojos se encontraron, Celia frunció el ceño mientras le acariciaba la mejilla. Esperaba ver esa mirada engreída y despreocupada que Erin le había dedicado tantas veces la noche anterior. Esta vez no había ningún error en pensar que era una mirada de tristeza. "Oye, ¿estás bien?"

"Sí."

"No lo parece," dijo Celia cuando notó que unas lágrimas empezaban a brotar en las esquinas de sus ojos.

"De verdad, estoy bien. No quiero hablar de ello." Erin se giró sobre su lado y atrajo a Celia hacia ella, abrazándola mientras hundía la cara en su cuello, como buscando consuelo.

Celia dejó de hacer preguntas y la rodeó con sus brazos, besándola suavemente en la cabeza. No hizo preguntas. Si quería decirle algo, lo haría en algún momento. Si no, esto era todo lo que podía hacer. Después de todo, no se conocían mucho y no tenía por qué presionarla en este momento. Esperaba que hubiera lágrimas cayendo por su hombro pero, poco después, Erin se recompuso y movió la cabeza mientras la miraba de nuevo.

"Lo siento, no era mi intención ser tan dramática."

"Está bien, no pasa nada." Celia le pasó los dedos por su pelo. Quería decirle que podía confiar en ella, que podía hablar con ella, pero no tenía sentido. Una noche juntas no las hacía amigas íntimas, y el hecho de que Erin estuviera tan sensible y emocional no hacía que fuera más que eso. No todavía, por lo menos. "¿Quieres estar sola?"

"No. Quiero estar aquí, contigo. Me haces sentir mejor." Erin la besó con fuerza y, aunque Celia sospechaba que se estaba desahogando con la pasión que compartían como medio de distracción de lo que le estuviera haciendo daño, su excitación era real.

"Entonces cuéntame más de ti," dijo, deslizándose bajo las sábanas, poniéndose a su lado.

Los pezones de Erin se endurecieron cuando Celia le pasó una mano por los senos y luego la bajó hasta el estómago, estremeciéndose por la sensación reconfortante de su tacto. "Es un poco difícil hablar cuando estás haciendo eso," dijo con una sonrisa, agarrándole la mano y manteniéndola sobre su estómago justo antes de que la deslizara más abajo. "¿Qué quieres saber?"

"Bueno... para empezar. Sobre tu vida amorosa. ¿Has estado casada o en una relación seria?"

Erin negó con la cabeza. "No. Nada serio."

"Pero has tenido novias, ¿no?" preguntó. "Viniste al baile con una chica el año pasado. ¿No estabais saliendo?"

"Más o menos. Salimos unas tres semanas pero no funcionó." Erin se detuvo un momento, acariciando la mano de Celia. "De tres semanas a un mes es el tiempo más largo que he salido con alguien. Pero no te voy a mentir, he estado con muchas mujeres. Me encantan en todos los sentidos y especialmente me encanta complacerlas en la cama."

"Eso lo sé." Dijo, dirigiéndole una vaga sonrisa. "He tenido la suerte de experimentarlo en primera persona."

"Me alegro de que lo hayas disfrutado." Dijo también con una sonrisa. Había tanto fuego entre ellas que a Celia le costaba trabajo mantener las manos quietas. "Pero, contestando a tu pregunta, no, nunca he tenido una relación seria o real. Y creo que es porque nunca he sentido esa chispa verdadera de la que todo el mundo habla. Una conexión especial o la sensación de querer quedarme. Pero contigo es..." Movió la cabeza y maldijo en un murmullo. "No importa."

El corazón de Celia se aceleró mientras la observaba. La conexión que existía entre ellas después de una sola noche juntas iba más allá de cualquier otra experiencia que hubiera tenido. No solo eran sexualmente compatibles sino que su química estaba por las nubes y, si Erin reconocía también lo raro que era eso, quería escuchárselo decir. "Conmigo es ¿qué?"

"Nada. No tenía que haber dicho nada." Dijo, tragando saliva y evitando su mirada.

"Vale. Entonces te diré algo yo," dijo Celia. "El año pasado me pasó algo durante nuestro baile. Me sorprendió un poco la instantánea atracción que sentí por ti y nunca entendí cómo ese sentimiento se quedó conmigo durante todo un año, sin ni siquiera volver a verte. Por eso vine sola esta vez, esperando que tú hicieras lo mismo."

"¿En serio?"

Celia asintió. "Lo juro."

"Yo también la sentí," admitió Erin, mientras un alivio se reflejaba en su rostro. "Fue muy, muy fuerte."

"Sí. Había algo en ti que me volvió loca de deseo esa noche. Tal vez fue tu olor, o tu voz, o la forma en que me sostenías mientras bailábamos. Fuera lo que fuese, me produjo un impacto tan fuerte que se mantuvo intacto en mí durante todo este tiempo y recuerdo cada segundo de ese baile."

"Yo también. Lo recuerdo todo y te he deseado desde entonces." Erin pasó sus manos por el cabello de Celia, acercó su rostro y la besó.

El interior de Celia se volvió papilla cuando se fundió en el abrazo, la lenta y sensual sesión de besos tan profunda y exigente que casi se quedó sin aliento. Cuando se separaron, ambas estaban temblaban de deseo. Era una locura lo maravilloso que era besarla.

Erin gimió y se movió en la cama, abriendo un poco las piernas cuando el dedo de Celia rozó sus muslos. Celia sintió que no le importaba ceder el control en este momento. Queriendo hacerle olvidar todo aquello que la preocupaba, se movió sobre su cuerpocomo una tigresa, besándola todo el camino hacia sus pechos y su estómago mientras la acariciaba con los dedos.

"Te deseo," susurró. Erin cerró los ojos y se rindió ante ella.

23

---

*C*uando Celia y Erin llegaron a la cubierta inferior, donde estaba preparado el desayuno, Dieter y Andy ya estaban tomando café con sus bañadores puestos, ambos sentados con los pies en alto y cubiertos de manchas blancas de crema solar. Andy estaba en su elemento, con gafas de aviador y una gorra de capitán, su voz más aguda por la emoción.

"Buenos días, señoritas," dijo. "Vais muy chic con los albornoces a juego."

"Buenos días." Celia se acercó a ellos y le dio un beso en la mejilla a su tío y una palmada en el hombro a Andy.

"Buenos días cariño. No preguntes de dónde ha sacado la gorra," dijo su tío.

"No lo haré." Celia se rió y se protegió los ojos del sol con la mano mientras contemplaba la bahía de Cannes y la ciudad. Podía ver el puerto deportivo, lleno de yates de lujo, el emblemático paseo marítimo con hoteles de la Belle Epoque, el *Palais des Festivals*, donde se celebraba el famoso festival de cine anual, las largas playas de arena y los edificios blanqueados por el sol en el casco antiguo de la ciudad, construidos contra una colina con un castillo medieval encaramado en lo alto. Palmeras y pinos paraguas surgían de lo que ella imaginaba que serían parquecitos entre las áreas densamente construidas. "Qué vista tan fascinante," dijo en voz baja, apoyándose en Erin, que le envolvió su cintura con un brazo. "Es de ensueño."

Las playas de arena se extendían por kilómetros a ambos lados de la ciudad, con pueblos costeros más pequeños salpicados a lo largo de la costa hasta donde podía llegar a ver. La paleta de colores que tenía ante ella era vibrante en sus tonos naturales, desde las colinas cubiertas de árboles y la costa azulada hasta los tonos tenues de los edificios, que combinaban con los tonos crema, terracota y amarillo claro de las playas.

"La Riviera francesa es famosa por su luz por las mañanas," dijo Erin. "Me gustaría volver aquí algún día, para explorar. Pero, por ahora, nuestra primera parada es Tarragona, para que Dieter pueda visitar a la artista de la que hablaba."

"Desde luego eres muy generosa con tu tiempo cuando se trata del tío Dieter," bromeó Celia. "No creo que mucha gente hiciera lo que tú estás haciendo por él. Con eso me refiero a todas las paradas que ha solicitado y con las que se muestra tan inflexible. Casi roza el comportamiento de una diva y eso no es muy de él."

"Bueno, es un buen amigo y también pagó un montón de dinero por el viaje en la subasta," dijo Erin.

"Aún así..." Celia estaba segura de haber detectado un toque de tristeza en la voz de Erin, pero se recompuso rápidamente y regresó su sonrisa despreocupada, tranquilizándola.

"Lo haría por ti también, ¿sabes? Solo dime dónde quieres ir y allá iremos."

Celia se rió entre dientes. "Eres un encanto."

"Oye, que es verdad. Lo haría de verdad." Erin la soltó, se acercó a la zona de asientos y apretó un botón, lo que hizo que se abriera una tapa al final de la cubierta. Se desplegó una escalera de mano y descendió hacia el mar. Se volvió hacia Dieter y Andy, alzando la voz. "Caballeros, ¿os gustaría daros un baño antes del desayuno? Partimos en una hora."

"¿Te vas a meter tú en el agua?" le preguntó Celia, quitándose el albornoz. Ya se había puesto un bikini, pensando que no necesitaría usar mucho más hoy.

"Sí. El agua está fantástica aquí. Clara y cálida." Dijo Erin mientras hacía una evaluación completa de su cuerpo y mostrando que, claramente, le gustaba el bikini rojo. "Me encantaste en bikini anoche pero creo que prefiero la luz del día, así puedo verte y admirarte mejor. El rojo es tu color, ¿eh?" dijo sonriendo.

"¿Qué pasa con el rojo?" Celia le devolvió una mirada seductora, admirando su cuerpo envuelto en un bikini deportivo negro. Se veía fuerte y sexy con muy poca ropa, y tenía que recordarse a sí misma que había otras personas presentes, porque le resultaba realmente difícil mantener las manos lejos de esa maravilla de cuerpo.

"¿Tu color favorito? Llevabas un vestido rojo en el baile y ahora un bikini rojo..." Erin bajó la voz. "Un bikini rojo muy pequeño, debo añadir."

Celia se echó a reír. "Te diré que el rojo no es mi color favorito, pero normalmente me gusta el lápiz de labios rojo, las rosas rojas, Louboutins, los vestidos rojos,..." hizo una pausa. "Y el vino tinto. No nos olvidemos de eso."

"Ah, te gusta el vino tinto, ¿eh?" dijo mirándola con los ojos entrecerrados. "Hay tantas cosas que no sé de ti. Tenemos una variedad de excelentes cosechas abajo, pero quizás podríamos detenernos en un viñedo en algún lugar para que tengas algunas botellas realmente especiales."

"No hace falta, no soy exigente en ese sentido. Y, desde luego, no soy difícil ni cara de mantener, si eso es lo que crees," añadió Celia, retrocediendo un poco cuando Dieter y Andy saltaron al mismo tiempo, haciendo que les salpicara el agua. "No soy una esnob con la comida o el vino. Bueno, no soy una esnob para otras muchas cosas, aunque la mayoría de la gente espera que lo sea por..." suspiró y se encogió de hombros. "Bueno, por mi situación familiar."

"No me pareces una esnob," dijo Erin. "Y me gusta complacer, así que si te gusta el vino tinto, me aseguraré de que tengas el mejor." Hizo una pausa y tomó las manos de Celia. "Mira, vamos a tener mucho tiempo para conocernos, a menos que decidas que ya has tenido suficiente a mitad de camino y, te lo prometo, no me ofenderé si te vas y nos dejas. Pero, suponiendo que decides quedarte, y estoy bastante segura de que lo harás, creo que deberíamos hacer eso de hacernos tres preguntas al día y responder con sinceridad. Piensa en ello como si fuera una cita larga."

"¿Y qué pasa si te doy la respuesta incorrecta?"

Erin echó la cabeza hacia atrás y se echó a reír. "No hay respuesta incorrecta, solo lo haremos para conocernos mejor."

Celia también se echó a reír mientras caminaba hacia el borde de la plataforma y metía un dedo del pie en el agua clara que le invitaba a entrar. "Vale. Mm... ¿cuál es *tu* color favorito?" preguntó, descendiendo y adentrándose en el Mediterráneo. El agua salada acarició su piel y la refrescó al sumergirse, alejándose flotando de *La Barracuda*. Estar en aguas abiertas y tan lejos de la costa la asustaba un poco pero también era emocionante y liberador sentirse tan en sintonía con la naturaleza. Las olas eran suaves y el sol brillaba en su rostro mientras se volvía de espaldas y flotaba. Aunque era martes y tendría que conectarse a internet en algún momento del día para revisar sus pedidos y ponerse al día con el trabajo, ahora mismo sentía que todo eso podía esperar. No volvería a experimentar un día como este jamás, un día que había comenzado con un baño matinal en el mar antes de partir y explorar el mundo desde el lujo de un superyate.

"Volviendo a tu pregunta, personalmente no tengo un color favorito." Erin la seguía y chapoteaba a su lado. "Pero, desde el punto de vista del diseño, es el blanco, sin ninguna duda. Ya sé que, técnicamente, no es un color, pero es limpio y es el punto de partida perfecto para construir y tiene más profundidad de lo que la gente cree. Es siempre contemporáneo, crea sensación de espacio, equilibra la madera cálida y va bien con el cristal. En el feng shui está vinculado a la armonía, en el marketing a la frescura, en algunas religiones a la pureza, y todo esto junto tiene sentido perfectamente. El color blanco es a la vez claro y pleno y hay muchos tonos fantásticos de blanco. Mi favorito ahora es el blanco algodón vintage."

"Hmm... buena respuesta. Una respuesta muy completa. Ahora tengo la sensación de que tengo que mejorar mi juego." Celia miró a Erin mientras sus largas y oscuras pestañas subían y bajaban, parpadeando para quitarse el agua de los ojos. "Por cierto, esas camisas blancas que usas van muy bien con tu color de piel."

"Gracias." Erin se pasó la lengua por los labios mientras bajaba la mirada hacia la boca de Celia. "Y tú estás..."

"¡Rosa!" gritó Andy, interrumpiendo su conversación mientras se alejaba nadando del barco con Dieter pisándole los talones. "Mi color favorito es el rosa, total y absolutamente. Aunque también soy partidario de los tonos de amarillo, pero, por lo general, no combinan muy bien con mi complexión." Extendió sus brazos y piernas para demostrar lo poco bronceado que estaba. "Pero eso está a punto de cambiar. Dame tres días en el agua y estaré más moreno que tú, Erin."

"Ten cuidado o, en vez de eso, tendrás cincuenta tonos de rojo," dijo Dieter, haciendo una mueca al tocar el hombro de Andy. "Ya te estás poniendo rosa. Pero supongo que está bien, porque es tu color favorito."

"¿Me estoy quemando? Vaya, voy a parecer una langosta a la parrilla si me quedo aquí más tiempo. Vale, ya he tenido mi baño matinal. He estado aquí y lo he hecho." Andy nadó de vuelta a la escalera y subió. "¿Vienes conmigo y me pones más crema solar, cariño? Por cierto, tú también estás empezando a parecer una langosta. Una langosta roja muy grande."

"Estoy bien y me da igual si me quemo. Tampoco es que necesite mantener mi piel joven."

"No es solo eso. ¿Qué pasa con el cáncer de piel?" Andy le dio una toalla a Dieter y se unió a él en la cubierta.

"Supongo que tienes razón," dijo Dieter con un suspiro. "¿Me pones crema en la espalda a mí también?"

Celia y Erin se reían mientras Andy ponía una generosa cantidad de crema sobre la espalda grande de Dieter, la untaba y dibujaba una forma fálica con su dedo.

"¡Listo!"

"Dios, Andy. Sé perfectamente lo que has hecho. ¿Cuántos años tienes?" Dieter puso los ojos en blanco, se dio la vuelta y le quitó la botella.

"Mucho más joven que tú, eso seguro." Andy se echó a reír y movió el trasero. "Bueno, nada de bromas en mi espalda, Diets. No se verá bien en esas miles de fotos que pienso poner en Instagram viviendo la vida."

Erin se había reído tanto mientras chapoteaba que estaba sin aliento, así que nadó hasta los escalones y se agarró a ellos. Celia la siguió y la rodeó con los brazos, deseando el contacto. "¿Sabor de helado favorito?" preguntó, queriendo que el juego de preguntas y respuestas continuara.

"Todavía me debes tu color favorito."

"Vale, me parece justo." Se mordía el labio mientras pensaba en ello. "En realidad no lo sé. ¿Me das un par de días para pensarlo?"

"Claro. No es una entrevista." Erin le dirigió una mirada divertida. "Bueno, mi sabor de helado favorito es menta con trocitos de chocolate."

"Asqueroso." Dijo Celia haciendo una mueca. "No entiendo lo de la menta. En lo que a mí respecta, solo debería usarse para la pasta de dientes y los cócteles."

"Y ¿cuál es el tuyo?"

"Vainilla."

"Pff. Ese sabor es muy aburrido." Dijo Erin devolviéndole la mueca. "Ahora no sé si preguntarte cuál es tu comida favorita."

Celia se rió y envolvió sus piernas alrededor de sus caderas. "Esa es difícil. ¿Te refieres a cocina?"

"No, solo un plato. Si pudieras comer una sola cosa durante el resto de tu vida, ¿qué elegirías?"

"Maldita sea, eso es difícil, pero creo que elegiría risotto con trufa blanca." Se llevó una mano a la sien y gimió. "Bueno, ahora *sí* que sueno como una esnob."

"Más o menos," dijo Erin en tono divertido. "Pero es una respuesta mucho más interesante que el helado de vainilla."

La sonrisa de Celia se hizo más grande mientras arqueaba una ceja. "Oye, pensé que habías dicho que no había respuestas incorrectas."

"Mentí." Las manos de Erin bajaron al trasero de Celia y las comisuras de su boca se levantaron cuando ésta empujó sus caderas hacia ella. "No estoy segura de si voy a poder comportarme bien aquí."

Celia le cogió la mano y bajó la voz cuando Erin estaba a punto de meterla en la parte de atrás de la braguita de su bikini. "Para. El tío Dieter y Andy están allí."

"Vale, vale, seré buena." Erin sacó la mano del agua y acarició su cara.

Celia cerró los ojos mientras se inclinaba hacia el contacto. "Eso está mejor," susurró. "Por lo menos hasta que volvamos a estar solas." Se volvió para besarle la palma de la mano. "Bueno, y tú, ¿qué? ¿Cuál es tu plato favorito?"

"Para mí sería el tayín de mi madre. Su sabor me trae muchos recuerdos, me recuerda a mi infancia. Puede que no haya vivido en Marruecos, pero crecí con la cultura, así que los sabores del país me hacen feliz."

"Eso es bonito. Casi no me atrevo a decirlo pero no creo que haya comido un tayín de verdad antes."

"Entonces te llevaré para que lo pruebes cuando hagamos una parada en Casablanca."

"Trato hecho." Celia sostuvo su mirada. "Siguiente pregunta. Esta es un poco más profunda. ¿Qué rasgos de carácter valoras más en las personas?"

Erin vaciló por un momento, negó con la cabeza y sonrió. "Lo siento. Las tres preguntas del día han terminado, así que tendrás que esperar hasta mañana."

24

"¿*P*or qué quieres ir a Tarragona? Parece un lugar elegido al azar para pararse, ni siquiera había oído hablar de ese lugar antes." Celia tomó un sorbo de su limonada y se recostó en su tumbona en la terraza superior. Erin y Andy estaban en el jacuzzi, con su charla animada y sus risas llenándolo todo. Su tío estaba acostado en una tumbona a su lado, jugando con su teléfono. "O sea, me dijiste que habías comprado un cuadro, pero ¿no es más fácil que la artista te lo mande a Suiza?"

Dieter se mantuvo en silencio durante un largo momento y luego asintió. "Sí, sería más fácil y es lo que normalmente hago, pero aprecio enormemente este cuadro y quiero poder admirarlo cuantas veces quiera a lo largo de mi viaje."

"¿*Tu* viaje?" Celia hizo una pausa por la forma en que lo dijo, que no encajaba para nada con la manera de hablar que empleaba normalmente. "Perdóname, pero eso suena tremendamente espiritual, viniendo de ti."

"Bueno, quizás me esté volviendo un poco espiritual con la vejez," bromeó.

"Vale." Dijo, encogiéndose de hombros y pensando que le valía como respuesta. "Bueno, estoy emocionada por visitar España. No he estado allí desde que me llevaste al Guggenheim en Bilbao cuando cumplí los dieciséis años." Miró a su tío, que no dejaba de juguetear con su teléfono y que, cada pocos segundos, movía los hombros. "Oye, ¿por qué estás todo el rato con el teléfono? Nunca te he visto estar tan pendiente de tu teléfono hasta ahora. Hasta lo que yo sé, odias los teléfonos y aún más los juegos de ordenador."

"¿Qué pasa con tantas preguntas? Es solo un juego al que Andy me ha enganchado." Dieter lo levantó, mostrándole a un hombre luchando contra pequeños extraterrestres verdes. "¿Quieres probar?"

"No, gracias. Pero me alegro de que Andy te haya introducido en el maravilloso mundo de la tecnología. Me gusta Andy."

"A mí también me gusta," dijo su tío distraídamente mientras su cuerpo se sacudía como si estuviera luchando físicamente contra él mismo. "Es divertido." Dudó un momento y bajó la voz para que Andy no pudiera oírlo. "Pero, aparte del hecho de que somos buenos amigos, no es algo muy serio."

"¿Tú quieres que sea serio?"

"No lo sé. Es mucho más joven que yo." Dieter soltó una palabrota cuando perdió el juego y dejó a un lado el teléfono con un suspiro de frustración. "Dudo que él vaya en serio conmigo también, pero, a veces, eso es suficiente." Su mirada se desvió hacia Erin, que estaba llenando la copa de champán de Andy. A Andy le encantaban las burbujas y aprovechaba cualquier oportunidad o excusa para tomar una copa. "Le encantan las ventajas de estar saliendo con un hombre rico con amigos ricos, eso seguro."

Celia sonrió. "Sí, pero aparte del dinero, tengo la sensación de que le gustas de verdad. Es la forma en que te mira."

"Quieres decir de la misma forma que Erin te mira a ti, ¿no?" Dieter puso una mano sobre la de ella y sonrió. "Estoy muy contento de que hayas venido, Celia. Y sé que ella también lo está."

Celia tenía la sensación de que estaba ocultando algo y, si no se equivocaba, sonaba melancólico pero, al sentirse incapaz de darle una explicación a ese sentimiento, lo dejó pasar. "Me lo estoy pasando bien con ella."

"Lo sé. No te he visto tan animada y relajada en mucho tiempo." Dijo sonriendo. "Así que, después de todo, no da tanto miedo esto de "estar atrapada en un bote", ¿eh?"

"Todavía no," dijo en tono de broma. "De momento todavía veo tierra de vez en cuando." Le pasó la jarra de limonada que tenía a su lado para que llenara su vaso y notó que le temblaba la mano. "¿Estás bien?"

Le sorprendió tanto la pregunta que, al servirse, lo hizo tan rápido que derramó la mitad sobre su muñeca. "Estoy bien," dijo despreocupadamente mientras le devolvía la jarra, dejaba el vaso y enterraba las manos bajo sus muslos, repitiendo lo que había dicho anteriormente. "Estoy bien." Desviando la mirada y fijándola en la costa, cambió de tema. "Es espectacular, ¿verdad? Eso debe ser Barcelona."

"Sí, es Barcelona," confirmó Erin, que había estado escuchando la conversación. Salió del jacuzzi y se envolvió la cintura con una toalla, luego se sentó en la tumbona de Celia y subió las piernas sobre su regazo. "Estaremos en Tarragona antes de que oscurezca, pero no podemos amarrar allí porque las aguas son demasiado poco profundas para que *La Barracuda* atraque. Tendremos que lanzar el ancla más lejos y usar la lancha para llegar al puerto." Se volvió hacia Dieter mientras empezaba a masajear los pies de Celia. "¿Tienes pensado pasar la noche allí o quieres ir mañana por la mañana?"

"Mañana está bien," dijo Dieter. "Solo necesito recoger el cuadro, luego Andy y yo vamos a almorzar con la artista para celebrar la compra. Solo avísanos de cuándo quieres que volvamos."

"De acuerdo. Le diré a Eddie que necesitaremos la lancha después del desayuno." Erin levantó el pie de Celia y lo besó. "¿Te gustaría venir y explorar conmigo o tienes que trabajar?"

"Por supuesto que quiero explorar." Celia desplegó una gran sonrisa, ya se sentía mareada de emoción por el tratamiento que estaban recibiendo sus pies y ahora aún más por la idea de pasar un día romántico y a solas con Erin. "Voy a trabajar un poco esta noche y mañana puedo levantarme temprano, así adelanto el trabajo."

"Genial, es una cita."

Dieter gimió mientras se ponía en pie, sujetándose el pecho. "Me siento un poco cansado. Creo que me voy a acostar un rato y así estaré de nuevo en forma para la cena."

"Sabía que algo iba mal. Estabas temblando antes." Celia se levantó también y le puso una mano en la frente. "¿Estás demasiado caliente? ¿Estás mareado o tienes náuseas? ¿Podría ser el corazón o una insolación? ¿Crees que necesitas un médico?" De repente se preocupó porque su tío nunca se quejaba y desde que lo había visto en bañador, había notado su gran pérdida de peso. Su eterna barriga cervecera seguía ahí pero sus brazos y piernas parecían mucho más delgados que antes y sus mejillas ya no eran tan mullidas.

Dieter agitó una mano con desdén. "Estoy bien, cariño. Solo estoy un poco cansado, eso es todo. Me estoy haciendo mayor, es normal." Celia le tomó la mano para ayudarlo a bajar los escalones pero él rechazó su ayuda. "Mis piernas funcionan bien. Deja de preocuparte por mí, vuelve a recostarte en la tumbona y diviértete. Solo necesito una siesta, eso es todo."

Celia miró a Erin y bajó la voz mientras lo veía descender las escaleras hacia la cubierta inferior. "No creo que esté bien."

Erin frunció el ceño, siguiéndolo con la mirada y negó con la cabeza. "Si dice que está bien, está bien. Pero déjame que vaya a ver cómo está."

"Se va a enfadar, es así de terco."

"Está bien, puedo tolerarlo." Erin le lanzó una sonrisa cariñosa. "¿Me esperas en el jacuzzi?"

25

*T*arragona todavía dormía cuando Erin y Celia subían la empinada colina que las conducía a la ciudad. Pasaron por una arboleda que daba a un antiguo anfiteatro romano, cuya estructura curtida durante siglos por la intemperie se elevaba desde pálidas rocas costeras detrás de una larga franja de playa blanca. Los colores aquí eran diferentes, más terrosos en comparación con los edificios de color pastel de la Riviera francesa, y con la playa tan tranquila al ser una mañana entre semana, se sentía increíblemente pacífica. Grandes árboles daban sombra al camino empedrado que atravesaba espesos prados y macizos de flores con claveles rojos, buganvillas moradas y enormes y jugosas plantas de aloe vera.

A Erin le encantaba explorar nuevos países y lugares, pero había estado tan ocupada con el trabajo en los últimos dos años que no se había tomado mucho tiempo libre y no recordaba la última vez que había ido simplemente a dar un paseo. Y hoy era un día perfecto para hacerlo. Sin embargo, lo mejor de todo era la mujer cautivadora que tenía a su lado, acompañándola en esta aventura y que parecía igualmente encantada con el paisaje.

Celia le sonrió y eso hizo que su corazón se le acelerara. Hoy llevaba un sencillo vestido sin mangas a rayas, azul marino y blanco, y zapatillas blancas y su larga cola de caballo oscura salía por la parte posterior de su gorra, también azul marino. Su look informal le resultaba quizás más atractivo que el vestido rojo que había llevado en el baile de verano porque tenía la sensación de que esta era la verdadera Celia. La mujer que era cuando se encontraba en su casa de Nueva York. "Pareces feliz."

"Estoy feliz," Celia la tomó de la mano y miró sus dedos entrelazados. "Lo siento, ¿está esto bien?"

"Por supuesto, ¿por qué no iba a estarlo?"

"Bueno, ya sabes..." Celia se encogió de hombros y se quitó las gafas de sol para mirarla a los ojos. "Es todo un poco extraño. Terminamos en la cama, no nos hemos separado ni un momento la una de la otra y es muy probable que no vaya a cambiar durante todas estas vacaciones."

"¿Demasiado para ti?" le preguntó Erin.

"No, no es eso..." Celia vaciló un momento.

"Porque si es eso lo que estás pensando, lo entiendo. Yo he estado pensando lo mismo. Es mucho pasar de la nada a donde estamos ahora y tampoco estoy acostumbrada a esto, pero no me arrepiento de haberte pedido que vinieras. He disfrutado cada momento que hemos pasado hasta ahora."

"Yo también." Celia se relajó un poco. "Pero tienes que reconocer que parece demasiado bueno para ser verdad. El sexo increíble, la conexión, este viaje... parece un sueño."

"Algunas veces pasan cosas buenas." La entendía perfectamente. No era una situación típica o clásica de salir con alguien. Incluso ella misma se había preguntado si iban dirigidas directamente al desastre al implicarse la una con la otra tan rápidamente, pero no había otra opción. Celia la atraía, la hacía feliz y la llevaba a lo más alto, y esas sensaciones eran adictivas. "No tenemos que ponerle un nombre a lo que tenemos. Nos conocemos hace menos de una semana. Pero tenemos la oportunidad de conocernos mejor, así que ¿por qué no hacerlo y ver hasta dónde nos lleva? Si se convierte en algo demasiado pesado o asfixiante, puedes dormir en tu propia habitación y tampoco quiero que sientas que tienes que cogerme de la mano."

Celia se rió entre dientes y apretó con más fuerza su mano. "Lo sé. Pero cuando estás cerca, deseo estar físicamente cerca de ti. No creo que pudiera pasar una noche en mi habitación, sabiendo que tú estás desnuda en tu cama y a solo unos metros de mí."

"Estoy de acuerdo, eso sería duro." Erin hizo una pausa antes de continuar. "¿Qué tal si lo tomamos día a día? Todavía no estamos cruzando el Atlántico, así que tienes muchas oportunidades para escapar, en caso de que cambies de opinión."

"Vale, eso suena bien." Sus labios color melocotón se ensancharon en una gran sonrisa. "Aunque dudo que tenga que planear mi escape, considerando lo maravilloso que ha sido hasta ahora." Se le escapó un bostezo y se cubrió la boca con la mano con un gesto tan delicado que hizo que la deseara. Todo lo que hacía Celia le parecía atractivo, incluso algo tan mundano como bostezar o rascarse la cabeza. Se dio cuenta entonces de que se estaba enamorando y mucho.

"¿Cansada?"

"Un poco." Celia hizo girar los hombros y movió la cabeza de un lado a otro. "Me has mantenido despierta toda la noche por unas buenas razones, pero no es nada que otro café fuerte no pueda arreglar."

Erin sintió una agitación al escuchar esas palabras. Su

noche había sido realmente placentera y parecía que insaciables la una con la otra.

Habían llegado a la cima de la colina y habían pasado por un antiguo fuerte desde el que los restos de las antiguas murallas de la ciudad se extendían a su alrededor, abrazando una red de calles estrechas. Las casas torcidas de tres pisos en varios tonos de amarillo pintaban un hermoso cuadro contra el cielo azul y los pequeños bares, cafeterías y restaurantes esparcidos entre boutiques y galerías eran absolutamente encantadores. "Parece que hay mucho café por aquí." Dijo Erin señalando una mesa en una terraza con sombra. Se sentaron y pidieron cafés expresos.

"Con el ánimo de tomarnos las cosas día a día, ¿puedo tener mis tres preguntas ahora?"

"Por supuesto." Erin dio las gracias a la camarera y removió una bolsita de azúcar en el café. "Dispara."

"¿Qué rasgos de carácter valoras más en las personas con las que sales?"

Erin arqueó una ceja y se echó a reír. "Ya veo que no te has olvidado de esa pregunta."

"Soy como un elefante, nunca se me olvida nada." Celia le devolvió la mirada juguetona mientras daba un sorbo a su café. "¿Y?"

"Bueno, vamos a ver. Es una pregunta algo difícil de contestar porque no he tenido ninguna relación seria, pero supongo que me gustaría que mi novia fuera amable. Creo que la bondad es el rasgo de carácter más hermoso y atractivo que una persona pueda tener."

"¿De verdad?" Celia parecía sorprendida por esa respuesta tan sencilla. ¿Había esperado, tal vez, que hiciera una broma con este juego?

"¿Y tú?" preguntó Erin.

"Para mí sería la honestidad," contestó Celia sin dudarlo.

"La mentira me aleja de la gente. Me han mentido demasiadas veces en mi vida, incluso mi propia familia, así que eso es importante para mí. Si mientes, estás fuera. Tan simple como eso."

"Hmm..." Los ojos de Erin se volvieron rápidamente hacia el menú del desayuno antes de darle la vuelta para estudiar la selección de café que ofrecían. "Buena respuesta," dijo por fin, evitando la mirada de Celia. "¿Quieres otro café? Tienen capuchinos con hielo."

Celia frunció el ceño ante su evasiva reacción pero no hizo ningún comentario. "Claro. Vamos a llevarnos uno para el camino, me encantaría ver el castillo."

26

*D*espués de un maravilloso día de turismo y exploración, Erin, Celia y Andy se sentaron para cenar en la cubierta y esperaban a Dieter, que se encontraba en su habitación. Acababan de volver a ponerse en marcha y se dirigían a Menorca, donde llegarían a la mañana siguiente y pasarían la noche.

Erin estaba radiante después del día que había pasado con Celia. Habían paseado por las calles antiguas de la ciudad y disfrutado de un largo almuerzo en un hermoso jardín. Luego habían visitado el castillo y caminado a lo largo de las murallas que rodeaban la ciudad, absorbiendo el ambiente mientras charlaban. Su "tres preguntas al día" se le habían vuelto en contra cuando Celia comentó lo que sentía cuando le mentían. Por supuesto, tenía perfecto sentido lo que decía. Nadie quería que le mintieran y, por mucho que se decía a sí misma que estaba haciendo lo correcto, que solo estaba ocultando información porque su amigo moribundo se lo había pedido, el secreto que había entre ellas comenzaba a ahogarla.

"Aquí lo tenéis." Dieter salió con el cuadro que había

adquirido. Lo llevó con cuidado hasta la mesa y lo giró para mostrárselo. Aparte de un resoplido sarcástico de Andy, que ya lo había visto, todos se quedaron en silencio mientras lo sostenía. "¿Qué pensáis? Tiene fuerza, ¿verdad?"

Erin no sabía qué decir porque la imagen frente a ella le resultaba demasiado familiar y la incomodidad que sentía le impedía hacer algún comentario positivo. El rostro del hombre moribundo yaciendo en su cama se parecía demasiado al de Dieter como para ser una coincidencia. Acostado boca arriba y envuelto en sábanas blancas, el rostro afligido de Dieter miraba hacia un unicornio negro que volaba sobre él. El hombre reía mientras su espíritu abandonaba su cuerpo y sus brazos translúcidos alcanzaban el cuello del unicornio.

"Siento arruinar tu gran revelación tío Dieter, pero es un poco lúgubre," dijo Celia con una mirada pensativa. "Ese hombre se parece a ti. Es espeluznante."

"Eso es lo que pensé yo también," dijo Andy. "Supongo que estaba destinado a ser así."

Dieter se echó a reír y movió la cabeza. "Yo no lo encuentro espeluznante en absoluto. De hecho me parece esperanzador. La artista es conocida por retratar la muerte en diferentes formas, utilizando su estilo de pintura delicado, casi foto realista pero surrealista. Aquí ha pintado la muerte como un unicornio negro y el hombre moribundo lo abraza como a un amigo." Guiñó un ojo y señaló la otra mano del hombre, que colgaba sobre el borde de la cama. "Y, mientras tanto, está aferrado a su botella de vino como si su vida dependiera de ello. Se trata de dejarse ir sin arrepentimientos."

Celia fue la primera en hablar después de un largo silencio. "¿Eres tú?"

"Sí," admitió Dieter. "La artista se tomó la libertad de usar mi cara. Es fantástico, ¿no crees?"

"Honestamente, me asusta." Celia siguió observando la pintura. "Tiene fuerza, ahí estoy de acuerdo contigo. Y si no fueras tú, probablemente me encantaría. Pero no me gusta pensar en ti como un hombre que se está muriendo."

"Nos guste o no, el arte debería ser un reto. Eso es algo en lo que siempre hemos estado de acuerdo."

"Cierto." Dijo Celia encogiéndose de hombros. "Bueno, mientras te guste a ti mirarlo…"

"Oye, y yo ¿qué?" gritó Andy. "Dieter quiere colgarlo sobre nuestra cama."

Dieter se echó a reír. "Venga, Andy. Es una obra de arte gloriosa." Dio la vuelta al cuadro, lo levantó y lo miró una vez más antes de volverse. "Voy a ponerlo debajo de la cama por ahora. Ahora vuelvo, no tardo."

"¿No es horroroso?" susurró Andy en cuanto Dieter se fue.

"Yo no diría que es horroroso. De hecho, creo que es muy bueno, pero sí que es un poco siniestro," dijo Celia, haciéndose a un lado para que Ming pudiera poner su entrante delante de ella. "Gracias Ming." Sonrió y agitó una mano cuando Ming dejó el siguiente plato en el lugar de Dieter en la mesa. "Eso debe ser para Erin, mi tío ya no come alimentos grasos. Necesita controlar su colesterol."

"Oh." Ming pareció desconcertada. "Pero esta mañana me ha dicho que le gustaría comer lo mismo que todos."

"Tiene razón," intervino Dieter mientras regresaba y se sentaba a la mesa. "Estoy harto de las dietas. Son aburridas. Además, se me ha ido el apetito últimamente así que ya no como tanto como antes."

Andy sacudió la cabeza con el ceño fruncido. "Pero tienes mal el corazón y…"

"Sí, tengo problemas de corazón, pero tampoco es que me vaya a caer muerto después de comer esto." Dieter cogió su cuchillo y su tenedor, haciéndole saber que no había más discusión al respecto. "Además, estoy de vacaciones, así que puedo darme el gusto." Puso un trozo de burrata en su brocheta al pesto y lo roció con sal marina y con una generosa cantidad de aceite de oliva encima.

"¿Qué tal si todos comemos más sano entonces?" sugirió Celia. "No me importaría en absoluto. Me gustaría."

"A mí también," dijo Andy.

Erin no hizo ningún comentario cuando ambos la miraron en busca de apoyo. Se sentía atrapada, sabiendo que Dieter quería vivir como un rey durante sus últimos meses, pero ir contra ellos también parecía una mala idea. "A mí tampoco me importaría," dijo con cautela. "Pero creo que no estáis entendiendo. Dieter es un hombre adulto y si eso es lo que quiere..."

"¿Cómo puedes decir eso?" Celia le lanzó una mirada de enfado y Erin sintió como si la estuvieran apuñalando. Era horrible estar en esta posición. Tendría que convencer a Dieter para que se lo contara más pronto que tarde. "Su médico me dijo que es de alto riesgo y ayer por la tarde no se sentía bien."

"No la tomes con Erin. Tiene razón." Dieter centró su atención en Celia. "Quiero disfrutar mis vacaciones y comer lo que me apetezca. Unas pocas semanas comiendo como una persona normal no me va a provocar un ataque al corazón." Levantó su copa en un brindis y dibujó una sonrisa. "Y ahora, dejemos el tema y pongámonos al día. Quiero saber todo sobre cómo habéis pasado el día."

27

"Siento haberte hablado así antes." Dijo Celia dirigiéndole una mirada de arrepentimiento. Dieter y Andy se habían ido a dormir y ellas disfrutaban de la calma de la ahora cubierta vacía, escuchando el sonido de las olas.

"Está bien, no pasa nada. Lo entiendo. Estás preocupada por él."

"No, no está bien. Ya sé que tengo que dejar de hacer de madre con él pero no puedo evitarlo. Creo que algo no va bien. Está diferente. No en el mal sentido..." hizo una pausa. "De hecho, está más relajado que nunca y ni siquiera ha pensado en el trabajo. Pero, aún así, no es el mismo. ¿Te has dado cuenta de eso?"

Erin se encogió de hombros. "No he notado ninguna diferencia, pero también es verdad que no lo conozco hace tanto tiempo como tú." Sonrió. "Estoy segura de que está bien. ¿Quieres subir conmigo a la proa o estás cansada?"

"No, me encantaría," dijo Celia, decidiendo dejar pasar el cambio de tema. Quizás estaba siendo paranoica. Señaló el puente. "Pero Eddie está allá arriba y puede vernos, así que nada de tonterías."

Erin se echó a reír y movió la cabeza. "Nada de tonterías. En realidad estaba pensando en mirar las estrellas contigo. En el mar no hay contaminación lumínica así que las estrellas suelen ser bastante espectaculares y deberíamos disfrutarlas."

Celia se tambaleó un poco al levantarse. La diferencia de movimiento era clara, ahora que estaban más lejos de tierra. Se viró bruscamente hacia la derecha cuando la embarcación se inclinó y se aferró a Erin. "No es el vino, lo prometo. Es solo que es más difícil caminar," bromeó, antes de encontrar por fin el equilibrio.

"¿No sientes náuseas todavía?"

"No. Afortunadamente no." Celia dejó que Erin la ayudara a llegar a la parte delantera del yate, donde un asiento acolchado colgaba sobre el agua. La barandilla a su alrededor mostraba que era seguro sentarse, pero todavía se sentía aprensiva mientras subía con sumo cuidado. El asiento doble era acogedor, hondo y ligeramente inclinado hacia atrás, así que se sintió cómoda cuando ambas se sentaron. "Esto es increíble." Sus piernas colgaban sobre el borde, y el agua del mar las salpicaba de vez en cuando mientras refrescaban sus pies descalzos.

"Espera, que todavía se pone mejor." Erin llamó a un número desde su teléfono. "Oye Eddie. ¿Es seguro apagar la luz del mástil durante cinco minutos? Genial. Gracias." Se recostó en el asiento y pasó un brazo sobre Celia, como si estuvieran en el cine esperando a que empezara la película.

Cuando se apagó la luz, los ojos de Celia necesitaron un momento para adaptarse a la oscuridad. No había tierra a la vista y había perdido todo sentido de la orientación desde que habían dejado España atrás. Con la ausencia de visión, se despertaron sus otros sentidos, agudizándose a medida que se adaptaba a su entorno. Escuchó el sonido del agua al alejarse del casco y se dio cuenta de que se movía junto con la embarcación cada vez que golpeaban una ola. Parecía que iban más rápidos, a pesar de que seguían navegando a la misma velocidad, y que el viento barría su cabello con más fuerza. No había nada más que el olor y el sonido del mar y, aparte de la luna creciente que estaba sobre ellas, el cielo estaba tan oscuro que era difícil distinguir el horizonte. Después de unos minutos acostumbrándose a la oscuridad, miró hacia arriba y vio que el vasto espacio sobre ellas estaba lleno de estrellas ahora. Era tan hermoso que se quedó mirando fijamente, en silencio y asombrada de lo pequeña que la hacía sentir.

"Muy chulo, ¿verdad?" Erin respiró hondo mientras contemplaba la escena que tenían delante. Celia se dio cuenta de que a Erin le encantaba estar en el mar. "Me gusta sentarme aquí por la noche y mirar las estrellas. Ver el universo dispuesto delante de mí. Es tan puro y tan simple. Mar, cielo, luna, estrellas... Nada más. Reduce la vida a su forma más pura."

"Esto debe ser lo más romántico que he hecho nunca," dijo Celia, girándose en su asiento para poder levantar las piernas y ponerlas sobre las de Erin. "Es una manera maravillosa de impresionar a una mujer." Apoyó el codo en el respaldo del asiento y la mejilla sobre la palma de la mano.

"Sí, estar en el mar por la noche es muy romántico." Erin se acercó a ella y pasó una mano por su mejilla, luego dejó que sus dedos se deslizaran por su cabello. "Probablemente pienses que traigo mujeres al yate todo el tiempo, pero la verdad es que nunca he traído a nadie en quien estaba interesada a un viaje."

"Ah, ¿no?" La declaración salió de repente, como si Erin

se estuviera muriendo por desahogarse, y Celia frunció el ceño cuando se volvió hacia ella. "¿Por qué no?"

Erin se encogió de hombros. "La idea de estar atrapada en el mar con alguien con quien duermo me asusta, así que prefiero navegar con amigos o sola."

"Entonces, ¿por qué yo?" Celia estaba segura de que su presencia no hacía que Erin se sintiera nerviosa o atrapada. Era una mujer intuitiva y se habría dado cuenta si fuera así. "Estamos durmiendo juntas, apenas me conoces y, sin embargo, aquí estoy. ¿A no ser que mi tío te hubiera presionado?"

"No, nada de eso." Erin jugaba con un mechón del cabello de Celia, enroscándolo en su dedo. "¿Confesión?"

"Continúa."

"Prométeme que no te vas a asustar."

"Lo prometo," dijo Celia, preparándose cuando vio que Erin estaba muy seria de repente.

"Nuestro baile del año pasado me afectó más de lo que crees. Me encanta tenerte aquí porque estuve pensando en ti todos los días desde entonces y eso es algo inaudito en mí." Erin vaciló. "En realidad, nunca pensé que te unirías a nosotros, pero secretamente esperaba que lo hicieras. Y mientras organizaba este viaje para la subasta, tenía fantasías de que tú harías una oferta por él. Si hubieras comprado las vacaciones, le habría dado a Eddie tiempo libre y habría asumido el cargo de capitán para poder estar aquí contigo."

El estómago de Celia dio un vuelco al escuchar sus palabras. "¿En serio?"

"Sí." Erin le dedicó una sonrisa adorable y tímida. "Y, mágicamente, todo salió bien y el resultado ha sido incluso mejor de lo que había imaginado en mis fantasías."

"Eso es muy agradable de tu parte. Y no me estoy asustando, por cierto. Es refrescante que alguien me diga simplemente la verdad."

"Bien." Erin se inclinó más cerca y bajó la voz. "Bueno, pues esa es mi confesión." Sus labios se rozaron y Celia separó los suyos para reclamar la boca de Erin mientras tomaba su cuello y la atraía más cerca.

El beso fue eléctrico y envió una oleada de deseo a cada parte de su cuerpo. Francamente, no había ningún otro lugar donde preferiría estar. Se había sentido en una nube desde el baile. "Incluso si me asustara, tampoco es que pueda ir a ningún lado," susurró con una sonrisa.

Erin rió entre dientes. "Incluso si decidieras irte, podría hasta seguirte."

28

*C*elia se aventuró a salir con un café en la mano, deseando ver cómo era la mañana ahora que estaban anclados en la costa de Menorca. Estaba desnuda bajo su suave y esponjoso albornoz blanco, sus pies descalzos calentados por la cubierta limpia y resbaladiza.

Era otro día soleado y tomó aire profundamente mientras parpadeaba contra la brillante luz del sol, apreciando el aroma del mar. Cada mañana era como un sueño. Despertarse así era una bendición y saber que pasaría el día con su nueva persona favorita era aún mejor.

La vista que se presentó ante sus ojos la hizo detenerse. No sabía qué esperaba exactamente de Menorca pero, desde luego, no era nada tan bonito y asombroso como esto. Ante ella había una bahía azul celeste con un puerto pequeño que tenía amarrados no más de una docena de barcos de pesca blancos. El muro que rodeaba el pueblecito detrás del puerto estaba pintado de blanco y, detrás de eso, todo lo demás estaba blanqueado también. Las casas, incluso los tejados, la iglesia, los bancos que se encontraban a la sombra de los olivos, los restaurantes tranquilos y las sombrillas de las terrazas. El mar de blanco contra el cielo azul era impresionantemente hermoso, tan puro y tan limpio y, al mismo tiempo, tan encantadoramente auténtico y real.

"Buenos días, princesa."

Se dio la vuelta y se encontró con Erin, que vestía también un albornoz blanco y que parecía encajar perfectamente, teniendo en cuenta la vista que tenía ante ellas. Su pelo aún estaba mojado por su reciente ducha, olía a jabón de coco, y sus ojos brillaban a la luz del sol.

"Hola." Los labios de Celia dibujaron una sonrisa cuando la vio, a pesar de que acababa de verla hacía menos de cinco minutos en su habitación. Su presencia era adictiva y sus caricias todo lo que Celia necesitaba. Cuando Erin le dio un suave beso en la mejilla y tomó su mano, su interior se derritió.

"Este precioso pueblecito se llama Binibeca Vell," dijo Erin. "Nunca había oído hablar de él y no habría venido si no fuera por Dieter, así que le estoy muy agradecida. Andy y él se han ido esta mañana. Se van a quedar con un amigo de Dieter y no vuelven hasta mañana."

"Hmm... Eso quiere decir que tenemos todo el día y toda la noche para nosotras." Celia se giró y envolvió sus brazos alrededor de la cintura de Erin.

"Sí." Erin se humedeció los labios, incapaz de ocultar cuánto le excitaba la idea. "Y me he tomado la libertad de reservar un lugar aquí, si no te importa." Sonrió y saludó a Ming, que estaba poniendo la mesa del desayuno para ellas. "¿Nos sentamos?"

Binibeca Vell era un pueblo encantador, tranquilo y pintoresco, con calles empedradas que daban al puerto. Las áreas con sombra proporcionaban mucho espacio para sentarse. Los habitantes del lugar se acomodaban en los bancos o en el borde de fuentes pequeñas y la pequeña iglesia blanca del pueblo que habían visitado era más bien un club social. Con solo cuatro restaurantes y un par de tiendas, Celia estaba impresionada porque Erin hubiera logrado encontrar un lugar para alquilar para la noche ya que no parecía haber ningún otro turista por allí.

"Parece que estoy en un sueño monocromático," dijo mientras cenaban. Habían comenzado la mañana con un desayuno tranquilo y numerosos cafés mientras navegaban por la isla. Después, anclaron de nuevo en el puerto y se dieron un refrescante chapuzón en el Mediterráneo. Y ahora se encontraban en un romántico restaurante junto al puerto donde la comida era deliciosa, el vino fresco y la vista para morirse. Su desvencijada mesa estaba llena de platitos que ninguna de las dos había probado antes. Pan recién hecho y oliaigua, un plato típico de la isla, bolitas de bacalao al vino blanco con ajo, ensalada de berenjenas, pulpo a la plancha y caldereta de bogavante.

"Pues si esto es un sueño, no me quejo." Erin tomó un sorbo de su vino y le sonrió. "Eres más hermosa que la ciudad y la vista juntas."

"Tú también." A Celia le resultaba difícil apartar los ojos de Erin. Iba vestida de manera casual con camisa blanca y vaqueros y sus ojos eran extraordinarios a la luz del atardecer. Casi negros. Con su piel color aceituna y su actitud relajada, bien podría haber pasado por una lugareña.

Era difícil de creer que solo la semana pasada había estado en Nueva York porque esa vida parecía muy lejana en este momento. En vez de su vista habitual de rascacielos y neblina, ahora estaba mirando al mar mientras el sol se acercaba a su propio reflejo, tiñendo el cielo de rojo.

"¿Puedo preguntarte algo? Dime si es demasiado personal pero pensé que podría hacerlo porque es algo que me ha estado rondando por la cabeza."

"Por supuesto." Una pizca de preocupación brilló en el gesto de Erin pero lo escondió detrás de su sonrisa.

"Pareces tener unos cambios de humor casi impercepti-bles," comenzó a decir Celia con cautela. "Un momento estás aquí pero, al siguiente, es como si estuvieras en otro lugar. No digo que quiera saber en qué estás pensando, eso sería muy intrusivo por mi parte. Pero me preguntaba si estás bien o si hay algo de lo que te gustaría hablar. Como me dijiste que habías recibido malas noticias en el castillo…"

Erin desvió su mirada hacia el plato, evitando los ojos de Celia. Claramente tenía problemas para responder a esa pregunta, jugueteando nerviosamente con su servilleta.

"Lo siento, no debería haber sacado el tema." Celia lamentó haber iniciado una conversación tan seria en una noche tan bonita. Todavía no estaban tan unidas como para que hiciera ese tipo de preguntas, y este era un momento para divertirse con su nueva amante, no para psicoanalizarla.

"No, no pasa nada." Erin levantó la vista y se acercó más a ella, bajando la voz. "Mira, tienes razón. No estoy bien del todo." Vaciló. "Pero no puedo hablar de ello y tienes que creerme cuando digo que no tiene nada que ver con mi vida amorosa. No hay ninguna otra mujer en mi vida en este momento más que tú. Y sí, algunas veces me pongo triste y puede que eso no cambie en un tiempo, pero tenerte aquí, cerca, marca una gran diferencia. Y lo digo completamente en serio, soy muy feliz en este momento. O sea, ¿cómo no iba a serlo?"

Celia se relajó un poco, devolviéndola una cálida sonrisa. "Vale. Es bueno saberlo." Hincó el tenedor en un trozo de pulpo y se lo ofreció a Erin, que lo metió en su boca. La forma de sus labios en ese gesto hizo que el pulso de Celia se acelerara. Todo lo que hacía era seductor y ni siquiera se daba cuenta de ello. "¿Puedo preguntarte algo más?"

"Lo que quieras. Y, si puedo, te contesto. Es todo lo que puedo prometer."

"Dijiste que tus padres son marroquíes. ¿Saben que eres gay?"

"Lo saben. Y no están encantados con la idea, pero lo sobrellevamos bien." Erin ladeó la cabeza y la miró como si supiera cuál iba a ser la siguiente pregunta.

"¿Son religiosos?"

"Sí, son musulmanes. Y para responder a la siguiente pregunta que sin duda querrás hacer, no, yo no soy religiosa. No me malinterpretes. No rechazo el Islam, pero no crecí como lo hicieron mis padres. Generaciones diferentes y todo eso. Algunas veces, cuando les visito, voy a la mezquita. No los he bendecido con nietos o la vida que imaginaron para mí, así que es lo menos que puedo hacer. Son buenas personas y los amo, simplemente somos muy diferentes."

Celia asintió. "Lo siento, debes recibir estas preguntas todo el tiempo, y no estoy en contra de la religión de ninguna manera, pero debió haber sido difícil salir del closet ante ellos, ¿no?"

"Sí que lo fue. Creo que mi madre siempre lo supo. De ninguna manera se le podría haber pasado la forma en que solo me interesaban las chicas y que siempre insistía en vestir como un chico desde los seis o siete años." Erin hizo una pausa y Celia siguió su mirada, que se había desviado hacia el horizonte. El último resplandor rojo se estaba desvaneciendo pero el agua seguía con ese color brillante y púrpura en los bordes del reflejo del sol. "Ha pasado mucho tiempo desde que he hablado de mí misma," continuó Erin. "Así que discúlpame por estar un poco aprensiva sobre ello."

"No hace falta que hables de nada que no quieras," dijo Celia, acercando su mano sobre la mesa.

"No, es refrescante. La mayoría de mis citas solo quieren saber sobre mi yate y, en general, solo buscan una invitación para venirse de vacaciones en él o pasar una noche lujosa. Pero contigo es diferente y poco a poco me estoy acostumbrando a ello." La miró pensativa. "Pero, claro, tú también tienes dinero y ni siquiera es eso lo que te distingue. Eres una persona amable de verdad."

"Gracias." Dijo Celia sonriendo. "Tú también. Me gusta cómo tratas a tu tripulación, con sumo respeto. Dice mucho de una persona."

"Agradezco que te hayas dado cuenta de eso. Son muy trabajadores y el equipo más profesional que he tenido, así que es importante para mí que sean felices en sus trabajos." Dijo, apretándole la mano. "Bueno, y en cuanto a mis padres... Les dije que era gay cuando tenía dieciocho años, el día que me mudé a otro lugar. Supongo que esperaba que me echaran de la casa, así que había encontrado un pisito de alquiler. Estaban molestos pero, con perspectiva, creo que no lo hubieran hecho. Mi padre le echó la culpa a mi madre al principio, por criarme demasiado liberal mientras él estaba en el trabajo. Pero ya se ha hecho a la idea y ni siquiera lo menciona. O quizás simplemente se ha dado por vencido con la idea de que me case con un buen hombre musulmán." Se echó a reír. "Tengo cuarenta y ocho años, así que los niños también quedan fuera. Supongo que eso lo hace más fácil, desde luego quita presión."

"¿Cuarenta y ocho?" Celia frunció el ceño mientras la miraba de arriba a abajo. "Pareces mucho más joven. Creía que tenías treinta y tantos."

"Gracias." Erin se rió. "Y ahora que te he sorprendido con mi edad, espero que no hayas cambiado de idea y quieras volver a casa. Probablemente debería habértelo dicho antes. No me puedo creer que no hayamos tenido esta conversación antes."

"No, en absoluto." Y se echó a reír también. "Es solo que no me esperaba una diferencia de edad de diez años. Pero me resulta indiferente."

"Bien. Me alegro de que no te importe." El fuego en los ojos de Erin le envió un rayo de excitación, haciéndola moverse en su silla. Sabía exactamente lo que Erin estaba pensando. Habían pasado unas noches increíbles desde el baile, explorando los deseos sexuales de cada una durante horas, hasta que estaban demasiado exhaustas para moverse. Se le había abierto un mundo completamente nuevo, y era un mundo que quería explorar mucho más.

"Entonces, ¿nos quedamos aquí esta noche?" preguntó.

"Sí. He alquilado un sitio justo ahí arriba. Ming me recogió la llave esta mañana." Erin señaló las casas blancas construidas contra la colina que había sobre ellas. "Creo que te gustará."

29

*U*nos escalones estrechos empedrados conducían a *The Birdhouse*. El nombre estaba escrito en unos guijarros grises, puestos con cemento en la pared blanca en un lado del muro. Erin abrió la puerta y anduvo por el camino que atravesaba el jardín, su emoción crecía mientras veía la preciosa casa y la impresionante vista. Era increíblemente encantador, un mundo totalmente diferente al de su yate de lujo, del que acababan de bajar. El jardín estaba lleno de flores y docenas de comederos para pájaros conducían a la entrada de la casa blanca, que había sido construida como una cueva en el acantilado. En el borde del jardín había una pequeña piscina infinita, poco profunda y con bancos construidos que miraban al mar.

"Erin, esto es algo único." Los ojos de Celia brillaban mientras admiraba todo a su alrededor.

"Sí, es perfecto." La misma Erin tampoco había visto nada igual antes. Podían ver los tejados blancos del pueblo que quedaba debajo de ellas y las luces del puerto. Las estrellas brillaban sobre ellas y las lucecitas que rodeaban la piscina iluminaban el agua, que las tentaba después de la subida para llegar a la casa. La torre de la iglesia se elevaba detrás de la casa, con su cruz blanca y la campana plateada que casi iluminaban el cielo nocturno. Se sentía satisfecha de haber elegido esa casa mientras abría la puerta. "Después de ti."

Celia entró y encendió las luces. La casa era de verdad una cueva. El techo bajo y redondeado convertía las habitaciones en cúpulas y las características principales habían sido talladas, en vez de construidas o simplemente colocadas ahí. Dos bancos y una mesa bajo las ventanas de la cocina, la superficie de la cocina, la plataforma que servía de base para el colchón doble y el sofá en el dormitorio estaban todos hechos de roca y pintados de un blanco tiza como el resto del interior y la ducha estaba colocada en una alcoba. Daba la sensación de orgánico, como si hubieran sido tragados por una criatura viva que respiraba. Sin embargo, las pequeñas ventanas en forma de cúpula impedían que se sintiera claustrofóbica.

Erin abrió el frigorífico y sacó la botella de Xoriguer, una ginebra local, que les había dejado su anfitrión, junto con algo de limonada, hielo y dos copas heladas para preparar los cócteles locales "pomanda". "¿Quieres tomar una copa en la piscina?"

"Sí. Dame un minuto para cambiarme." Dijo Celia señalando la bolsa de fin de semana que se había traído.

"No hace falta bikini." Le dijo, lanzándole una sonrisa traviesa. "Esto es súper privado. Estamos demasiado alto como para que alguien nos vea." Cogió la botella y las copas y volvió a salir, las colocó en el borde de la piscina y se quitó la ropa.

Erin era consciente de que Celia la estaba observando mientras se metía en la piscina. Su cuerpo ya estaba ardiendo, sabiendo a dónde la llevaría esa copa antes de dormir. Se sumergió en el agua y deslizó sus brazos sobre el borde mientras miraba a Celia. "Desnúdate para mí," dijo en voz baja. "Quiero verte desnuda bajo la luz de la luna."

Esa orden la hizo temblar y, lentamente, se levantó el vestido blanco de verano sobre la cabeza, dejándolo caer al suelo. No llevaba sujetador y su tanga blanco de encaje no cubría mucho. La brisa hacía bailar mechones sueltos de su pelo sobre su cara y su piel parecía casi iluminada por la luz que se reflejaba en la piscina. No había duda, Celia era la seducción personificada. Mientras se bajaba el tanga y se lo quitaba, caminaba hasta el borde de la piscina y se quedaba mirándola fijamente con esa mirada sensual y de deseo en sus ojos que la hacía pensar que quería comérsela viva y retenerla para siempre. Alcanzando la goma que sujetaba su cola de caballo, se soltó el pelo y sacudió la cabeza, soltándose ese cabello largo y oscuro, siendo consciente de que a Erin le encantaba verlo suelto.

"Eres jodidamente sexy." Erin se tomó su tiempo para admirar la forma desnuda de Celia contra el cielo estrellado, su rostro deslumbrantemente atractivo y sus pechos voluminosos que subían y bajaban al ritmo de su suave respiración.

"Y yo creo que estoy obsesionada contigo." Celia entró en la piscina, se sentó a horcajadas sobre ella en el banco y la abrazó. Ambas suspiraron por poder, por fin, unirse de esta manera después de una tarde larga de tener que reprimirse en la isla. Todo su cuerpo tembló cuando Celia rozó sus labios contra los suyos, un roce tan ligero como una pluma y tan electrizante que hizo que cada terminación nerviosa de su cuerpo vibrara de placer. "¿Vas a ponerme una copa?"

"Por supuesto. ¿Dónde está mi buena educación?" Las comisuras de su boca dibujaron una sonrisa mientras cogía la botella y seguía las instrucciones escritas a mano para preparar las bebidas. "Ginebra con limón blanquecido," dijo, preparando una copa para ambas. "Vamos a ver cómo sabe esta bebida local."

Celia levantó el líquido amarillo y tomó un sorbo. "Mmm... está bueno."

Erin tomó un sorbo pequeño también y dejó la copa a un lado.

"¿No bebes?" le preguntó Celia.

Erin negó con la cabeza, sus ojos se oscurecieron. "Me distraes demasiado. Creo que prefiero saborearlo de tus labios." Tomó a Celia por el cuello y se la acercó, le pasó la lengua por el labio inferior, provocando un suave gemido de su boca.

Celia dejó también su copa mientras acercaba su centro contra su regazo, balanceando sus caderas hacia adelante y hacia atrás. Erin sintió su deseo mientras la agarraba fuertemente y la sostenía cerca.

"Me he dado cuenta de que tienes dos lados," susurró Celia contra su boca.

"Ah, ¿sí?"

"Sí." Celia continuaba moviendo sus caderas mientras hablaba. "Está la Erin primitiva que actúa según sus necesidades animales y disfruta dominándome. Esta Erin tiene la habilidad de hacerme hacer lo que quiera porque su objetivo es complacerme. Y luego está la otra Erin. La mujer talentosa, vulnerable, divertida y generosa y que también es sorprendentemente romántica."

Erin pensó en ello y se dio cuenta de que tenía razón. No estaba jugando con Celia pero parecía haber asumido un cierto papel con ella porque había sentido desde el principio que a Celia le encantaba su dominación natural. "¿Y qué Erin prefieres?" le preguntó, no muy segura de si quería saber la respuesta.

LISE GOLD

Celia se encogió de hombros y le dirigió esa increíble sonrisa que le quitó todo el sentido de la razón y la lógica. "Me estoy enamorando de ambas y me estoy enamorando profundamente."

Sus palabras inundaron a Erin de alegría mientras ponía sus manos sobre su trasero y se levantaba, llevando a Celia con ella hasta el borde de la piscina. "Yo me enamoré de ti hace mucho tiempo," susurró, poniéndose entre sus piernas. Pasó sus manos por sus muslos antes de abrirlos y, cuando sopló un aliento cálido entre sus piernas, Celia jadeó y echó la cabeza hacia atrás, estabilizándose con las manos detrás de ella.

Erin besó el camino hacia sus muslos, luego movió la boca hacia su centro, tan suavemente que apenas la tocó, pero Celia levitó con un gemido gutural, como si acabara de poner un vibrador contra su clítoris. Estaba tan sensible que Erin temía hacerle daño si hacía algo más, pero las caderas de Celia la traicionaron y se encorvó hacia ella, rogándole para que continuara. Su sabor era divino; ese sabor dulce la excitaba tanto que la hacía palpitar, y Erin gemía mientras arrastraba su lengua entre sus pliegues sexuales.

Arqueando la espalda y envolviendo sus piernas alrededor de su cuello, Celia gritó mientras repetía la misma acción una y otra vez, lamiendo sus jugos. Cuando comenzó a temblar fuertemente, y con su respiración diciéndole a Erin que estaba al límite, Erin se acercó a su clítoris y lo metió en su boca. La abrazó fuerte por los muslos hasta que, segundos después, Celia se cubrió el rostro con las manos para sofocar sus gritos.

"¡Sí! Oh Dios, sí..."

Erin cerró los ojos y gimió mientras la sentía explotar en su boca. Era sensual y sexy, alucinantemente hermoso, y le encantaba cómo Celia se entregaba a ella sin dudarlo. Su reacción era pura e intensa. Nunca había presenciado esto con otra mujer. Celia sacudió las caderas mientras gritaba en la noche silenciosa. Dejando escapar una risita entre sus respiraciones profundas, movió la cabeza con una sonrisa en sus labios, encontrándose con los ojos de Erin mientras se separaba de ella.

"Eso ha sido..." Se sumergió de nuevo en el agua y envolvió su cuello con sus brazos. "Jodidamente liberador..."

Erin respiró profundamente mientras la abrazaba y, como cada vez que sentía esta inmensa cercanía, el conflicto volvió a instalarse en ella. Celia no tenía ni idea de que estaba a punto de perder a la persona más importante de su vida.

"¿Estás bien?" murmuró Celia contra su cuello, sintiendo claramente su repentino cambio de humor y su tensión.

"Sí." Erin la apretó más fuerte, se sacudió los pensamientos desgarradores y se obligó a vivir el momento. "Nunca he estado mejor." Notó que su voz era temblorosa y la besó para no tener que hablar.

30

"*D*ios, Marcus, esto tiene una pinta increíble." Erin le dedicó una gran sonrisa a su chef mientras se echaba hacia atrás en su silla para que le sirviera la moussaka. "Siento que te hayamos hecho esperar tanto tiempo. Dieter y Andy deberían llegar en cualquier momento."

"No hay problema. Es mi trabajo serviros en el momento que estéis listos y, créeme, esto no es nada. Trabajé una vez para un tipo que me dejó esperando doce horas." Marcus miró de una a otra. "Conseguí algunos ingredientes estupendos en la isla. Las paradas que hacemos son divertidas para mí. Me encanta visitar mercados en lugares nuevos y sois bienvenidas si alguna vez queréis venir conmigo."

"Me encantaría. Por favor, avísame la próxima vez que vayas." Celia le dio las gracias y se sirvió ensalada. Acababan de retomar la ruta y navegaban por la costa norte de Menorca rumbo al Estrecho de Gibraltar, por donde pasarían para conectar con el Océano Atlántico. Dieter y Andy habían embarcado hacía una hora y estaban en su habitación refrescándose. Celia no los había visto todavía porque había estado trabajando en un área de la cubierta mientras Erin se ponía al día con el trabajo en su biblioteca. A pesar de lo mucho que había disfrutado de su tiempo a solas con Erin, estaba deseando volver a verlos.

"¡Hola tortolitas!"

Miró por encima de su hombro y se encontró con Andy, que estaba de pie detrás de ellas. Llevaba una gorra cubierta de pedrería rosa y que hacía juego con sus pantalones cortos y su polo, rosas también. "Disculpad que lleguemos tarde. A Dieter le costó trabajo despedirse de sus amigos," dijo, poniendo los ojos en blanco. "Supongo que se está volviendo sentimental a la vejez."

Celia se echó a reír. "Hola Andy. Qué bien que estés de vuelta. Estás muy..."

"¿Chispo-delicioso?" Andy se abanicó la cara y se rió entre dientes. "Lo sé. Estoy fabuloso."

"De eso no hay duda." Erin le sonrió y acercó una silla para él. "¿Lo habéis pasado bien?"

"Estupendamente. Dieter no me había presentado nunca a ninguno de sus amigos más íntimos así que no estaba seguro de qué me iba a encontrar, pero estos tipos están más locos que una cabra. Hippies totales, viviendo fuera de la civilización en las montañas y con sus ovejas, sus colmenas y sus árboles frutales." Andy sonrió mientras se sentaba. "Pero no puedo decir que me importe estar de vuelta. Por mucho que me encantara dormir en una yurta en su patio, creo que prefiero este estilo de vida. ¿Y sabes de qué más me acabo de dar cuenta? Que no hay mosquitos en el agua, lo que quiere decir que puedo dejar de rociarme con esta horrible sustancia de hierba de limón." Se olió el brazo y dejó escapar un profundo suspiro. "Oh, Erin, esto es tan magnífico que me siento como un príncipe. ¿Alguna vez has pensado en hacer del yate tu hogar permanente? ¿Por casualidad no necesitas un asistente?"

"Tengo la sensación de que me harías correr de un lado para otro haciendo cosas para *ti* si trabajáramos juntos," bromeó Erin, mirándolo divertida. Se volvió hacia Dieter, que parecía exhausto cuando se unió a ellos. "Hola amigo. ¿Estás bien?"

"Sí, solo un poco cansado." Le guiñó un ojo a Andy. "No estoy seguro de si haber traído a mi novio tan joven a este viaje ha sido la mejor idea. Ya me ha agotado." Tomó su asiento frente a Celia y esperó a que Marcus dejara su plato. "Tienes buen aspecto, peque. ¿Te gustó la isla?"

"Me encantó," dijo Celia. "¿Y tú? ¿Fue divertido volver a ver a tus viejos amigos? Andy nos ha dicho que te emocionaste un poco al despedirte."

"Oh, sí. Bueno, ¿qué puedo decir?" Sus ojos reflejaron un toque de tristeza antes de volver su mirada hacia su plato. "Roderick y yo vivimos con ellos durante un año, allá por los años ochenta. Se suponía que iba a ser una visita breve, los habíamos conocido durante unas vacaciones y nos invitaron a su casa, pero seguimos posponiendo nuestra partida porque lo estábamos pasando muy bien. Hasta que un día, mi guardés me llamó para decirme que había que hacer un trabajo urgente en el castillo, así que nos fuimos para encargarnos de todo. Es extraño cómo las personas pasan por tu vida pero nunca las olvidas. No los había visto desde entonces pero parecía que fue ayer cuando dormía en su hamaca entre sus olivos."

"Podrías haberlos invitado al yate, tenemos más camarotes," dijo Erin. "Y no es demasiado tarde, todavía podemos dar la vuelta y recogerlos."

Dieter puso una mano en su brazo y le dedicó una cálida sonrisa. "Es muy amable de tu parte pero no creo que hayan dejado su casa en los últimos quince años. Ellos también son mayores."

"Eso no impidió que me hicieran beber hasta caerme bajo la mesa." Andy se frotó la sien. "Una palabra. Ginebra. Iba a echarme una siesta rápida cuando regresamos, pero entonces vi que Dieter había reemplazado ese encantador Reverón que había frente a nuestra cama por ese cuadro espeluznante que ha comprado en Tarragona y no pude."

"Venga ya, es una pintura preciosa," protestó Dieter. "Solo tienes que cubrirlo antes de dormir la siesta si te molesta, siempre y cuando tengas cuidado." Se volvió hacia Erin. "No te preocupes, le di el Reverón al capitán Eddie para que lo guardara. No tengo intención de robarlo," bromeó.

"No creo que mi modesta colección tenga nada que ver con la tuya, así que no me preocupa eso." Erin dio las gracias a Ming, que se acercó para llenar sus copas de vino y disfrutaron de la cena mientras se ponían al día con los acontecimientos de cada uno en los últimos dos días.

"Bueno, ¿dónde estamos exactamente?" preguntó Andy. "¿Esto es el Atlántico?"

Celia estalló en risas y levantó una mano a modo de disculpa. "Perdón, perdón, es que es demasiado gracioso." Observó a Andy por si lo había dicho de broma pero su cara estaba seria. "¿De verdad no sabes dónde estamos en el mapa del mundo? ¿Ni siquiera remotamente?"

Andy negó con la cabeza. "Sé que estoy en un súper yate y en una fabulosa compañía." Tomó un sorbo de su vino, levantando su dedo meñique de manera teatral. "Pero, bromas aparte. Me gustaría saber hacia dónde nos dirigimos para poder empezar a planificar mi vestimenta. ¿Cuál es nuestro próximo destino?"

Erin se limpió la boca con la servilleta y señaló en la dirección en la que se dirigían. "Ahora mismo estamos navegando entre Europa y África y mañana podremos ver la costa de Argelia, dependiendo de la ruta que Eddie decida tomar. Nos dirigimos al Estrecho de Gibraltar, que nos llevará al Atlántico y, a menos que Dieter quiera detenerse en otro lugar, nuestro próximo amarre será Casablanca en cuatro días. Me turnaré con Eddie en el puente, para que Celia pueda trabajar algo," bromeó. "Podemos pasar la noche en Casablanca para que podáis hacer algunas compras después de visitar a vuestros amigos, si queréis."

"¡Sí, compras!" Andy aplaudió emocionado y Dieter le plantó un beso cariñoso en la mejilla.

"Y si me permites que te dé algún consejo sobre cómo vestir en Marruecos, creo que sería mejor que rebajaras un poco el rosa," bromeó Erin.

"Ni siquiera es el rosa lo que me preocupa. Necesitamos rebajarle un poco el tono, en general," dijo Dieter con una encantadora sonrisa juguetona. "Es broma, guapo. Me gustas tal como eres."

"Bien. Porque yo también me gusto y me vestiré de rosa cuando quiera y donde quiera," replicó Andy, haciendo reír a todos.

Celia puso una mano sobre el muslo de Erin y sonrió. "Y mientras los chicos están de compras, ¿qué tal si me enseñas los alrededores y así me enseñas también un poco sobre tu cultura?"

Erin se sorprendió por la sugerencia. "Claro. ¿De verdad te interesa?"

"Por supuesto. Tus padres son marroquíes, es tu herencia." Celia ladeó la cabeza y la observó. "¿Tienes familia allí todavía?"

"Sí. Mi abuela vive allí, a unas tres horas en coche hacia el interior desde Casablanca, pero no la he visto en más de treinta años. Ella y mi madre se pelearon cuando mis padres se negaron a regresar a Marruecos. Ella quería que se hicieran cargo de la granja familiar después de la muerte de mi abuelo pero, para entonces, mis padres ya tenían su vida hecha en Los Ángeles y no tenían ningún deseo de hacerlo. Mi abuela se niega a mudarse de la granja, así que todavía sigue allí. Mis padres le envían dinero para que pueda pagar a personas que le ayuden, pero, aparte de eso, no quiere tener ningún contacto con ellos."

"Eso es duro. Pero seguro que le gustaría ver a su nieta, ¿no?"

Erin se encogió de hombros. "No sé. Solo la veía cada dos años cuando era más joven, así que no estamos muy unidas exactamente. Y no estoy segura de si a ella le importa, la verdad."

"¿Y tú? ¿Tú no querrías verla?"

"Quizás." Se le encogió el estómago al pensar en hacerle una visita a su abuela. No porque no quisiera, sino porque se sentía culpable por haberlo dejado pasar durante tantos años. Podría haberla visitado fácilmente, no era porque le faltara dinero, pero la disputa familiar y el hecho de que sus mundos fueran tan diferentes ahora le resultaba abrumador, así que siguió posponiéndolo hasta que un día decidió dejar de preocuparse por ello y simplemente ignoró el asunto por completo.

"Disculpa, no quería hacerte sentir incómoda," dijo Celia.

"No me estás haciendo sentir incómoda. Lo que me mantiene alejada es la culpa. La he descuidado durante mucho tiempo." Tomó otro sorbo de su vino y pasó el tenedor por el plato de berenjenas con queso. De repente ya no tenía hambre. "¿Sabes qué? Me lo pensaré."

Celia asintió. "Sí, piénsatelo. Ahora es tu oportunidad. Puedo quedarme aquí si quieres ir sola."

entada sobre el regazo de Erin en el jacuzzi de la cubierta superior, Celia se sentía más relajada que en cualquier otro momento de su vida. Se había despertado fresca y se había puesto al día con el trabajo hoy. Se lo había pasado muy bien con su tío y Andy y, después de cenar, ella y Erin se habían ido para pasar un tiempo a solas. El mar balear estaba un poco agitado esta noche pero sentarse en el agua evitó que tuviera náuseas. Navegar durante la noche era precioso y había comenzado de verdad a apreciar la oscuridad total que las rodeaba.

Erin había cambiado el tono de las luces del jacuzzi, las de guía de la cubierta y las de las escaleras a rojo para que no molestaran la visión del capitán Eddie y esto hizo que la cálida noche se sintiera incluso más sensual.

Pasó un brazo por el cuello de Erin y se acercó más a ella. "Tres preguntas," dijo, mirándola con atrevimiento. "Todavía no hemos hecho las tres preguntas hoy."

Erin se echó a reír. "Oh Dios, ¿por qué tengo la sensación de que me voy a arrepentir de haber empezado este juego?"

Celia batió sus pestañas de manera inocente. "Solo responde con sinceridad y estarás bien." Entrecerró los ojos, rebuscando las preguntas que ya tenía preparadas. "¿Cuál es la cosa de la que más te arrepientes?"

"¿Otra pregunta profunda? ¿Qué pasa con tantas preguntas serias? ¿No puedes simplemente preguntarme cuál es mi programa de televisión favorito o algo así?" dijo Erin bromeando.

"Se supone que lo hacemos para conocernos mejor, ¿no?"

"Cierto." Dijo Erin dejando escapar un suspiro de derrota. "Vale, a ver, mi mayor arrepentimiento. La verdad es que no me arrepiento de muchas cosas. Creo que he vivido la vida de manera que pueda sentirme orgullosa. Pero sí me arrepiento de no haber mantenido contacto con mi abuela." Apoyó el codo en el borde del jacuzzi, peinándose el pelo con un dedo. "Me las he arreglado para sacármelo de la cabeza durante todo este tiempo, pero la conversación que mantuvimos anoche me ha hecho recordarlo todo y desde entonces me ha estado molestando."

"Entonces tal vez sea hora de que consideres visitarla," dijo Celia en voz baja. "Debe estar muy mayor ahora."

"Tienes razón," Erin hizo una pausa y le devolvió la pregunta, decidiendo que ya había terminado de hablar de su abuela. "¿Y tú? ¿De qué te arrepientes más?"

"Hmm... No sé."

Erin se echó a reír. "Tú hiciste la pregunta antes."

"Lo sé." Celia frunció los labios mientras reflexionaba su respuesta. "Supongo que me arrepiento de haber confiado en ciertas personas."

"¿Las personas que te mintieron?" preguntó Erin, hundiéndose más en el agua. Hacía frío en mar abierto, sobre todo por la noche.

"Sí."

"¿Quieres hablarme de ello?"

Celia volvió a sumergir la cabeza en el agua y se sacudió el pelo. "Supongo que la primera persona que me mintió fue mi madre. Está obsesionada con el dinero, siempre lo ha estado." Dejó escapar una risa sarcástica. "Creo que por eso se casó con mi padre."

"Me lo imaginaba. Tu madre no me parece el tipo de persona que se casa con un hombre de clase trabajadora," comentó Erin.

"Desde luego que no lo es. Cuando mi padre aún vivía, simplemente acepté a mis padres por lo que eran. Mi padre era un hombre amable y cariñoso. Estricto, sin duda, pero justo. Y mi madre era solo mi madre. No conocía otra cosa." Hizo una pausa. "Pero después de su muerte, comencé a preguntarme seriamente qué había visto en ella. Es tan codiciosa que, a veces, me pone enferma."

"¿A qué se dedicaba tu padre?"

"Era inversor privado de bienes raíces y muy bueno. Igual que el tío Dieter, había sido bendecido con una fortuna familiar y era muy trabajador." Celia se obligó a dejar de lado sus emociones y hablar de esto como si fuera una historia más. Pensar en la muerte de su padre todavía era demasiado doloroso y no quería estallar en lágrimas delante de Erin. "No fue hasta que se leyó el testamento de mi padre cuando me di cuenta de lo codiciosa y mezquina que era mi madre. La mayor parte de su dinero nos la dejó a mi hermano y a mí, pero ella no podía aceptar eso, a pesar de que él le dejó suficientes propiedades como para vivir como una reina durante el resto de su vida. No me malinterpretes. Me da igual el dinero y felizmente le habría dado la mitad de lo que heredé. Después de todo es mi madre. Pero más tarde impugnó el testamento y afirmó que mi padre había cambiado de opinión en su lecho de muerte. Mi hermano y yo sabíamos que eso no era cierto y perdió, por supuesto, porque no tenía pruebas. Pero saber que estaba mintiendo para robar a sus propios hijos, bueno, eso me cabreó muchísimo."

"Eso es entendible." Erin la miró y le dedicó una sonrisa triste. "Sin embargo, tu hermano y tu madre parece que están unidos. ¿Cómo ocurrió eso?"

"En realidad no están tan unidos. Solo fingen estarlo. Mi hermano interpreta al hijo perfecto que la apoya en todo porque es como ella y espera convertirse algún día en el único heredero de su fortuna. Y ha dilapidado la mayor parte de su dinero, así que necesita más, eso es todo."

"Dios, qué triste."

"Sí que lo es. Quizás ahora entiendas por qué no salto de alegría cuando los veo. Pero siguen siendo mi familia, así que trato de ser agradable cuando nos vemos porque nuestras reuniones no duran mucho tiempo." Celia consiguió esbozar una sonrisa. "Y luego fue Marcy. También me arrepiento de ella. Nos conocimos en la cola de una tienda de alimentos y empezamos a hablar mientras esperábamos que arreglaran una caja registradora que se había roto. Tuvimos un par de citas, de perfil bajo, nada lujosas. Le había contado a qué me dedicaba, pero nada sobre mis antecedentes. Tiendo a ser bastante discreta hasta que llego a conocer mejor a la gente. A menudo, tener mucho dinero puede atraer la atención de la gente, y no siempre con las mejores intenciones, como estoy segura de que tú bien sabes."

Erin asintió. "He tenido algunas experiencias de ese tipo."

"Me lo imaginaba. Así que, bueno, estaba un poco pillada por Marcy. Era mona, inteligente, divertida,... y parecía súper interesada en mí. Me hacía todo tipo de preguntas sobre mi familia, cosa que yo intentaba evitar todo lo que podía pero, ya sabes, no me gusta mentir, así que me abrí un poco a ella. Era cirujana veterinaria, lo cual me pareció muy interesante, y vivía en Brooklyn." Celia sintió que se le hacía un nudo en la garganta pero se obligó a continuar. Si iban a conocerse más y mejor, era importante contarle a Erin su historial de amores. "Una noche se quedó a dormir en mi casa, y a la mañana siguiente, se olvidó el teléfono en mi apartamento. Intenté encontrar la clínica donde trabajaba para decirle que me pasaría a dejárselo, pero su nombre no apareció en ningún buscador. Luego, decidí buscarla en las redes sociales para poder enviarle un mensaje. Marcy me había dicho que no le importaban muchos las redes y que no usaba sus cuentas mucho pero pensé que valía la pena intentarlo." Se encogió de hombros. "Y de repente me pareció extraño que no pudiera encontrar a ninguna Marcy McCain en la lista de cirujanos veterinarios en ningún lugar de Nueva York."

"Jesús, no me gusta lo que me estoy imaginando," dijo Erin.

"No puedo decir que me gustara mucho tampoco. Después de rendirme, sonó su teléfono y contesté. Supuse que la persona que la llamaba podría orientarme en cómo encontrarla porque, para entonces, tenía mucha curiosidad por toda la situación. Así que contesté con un hola y estaba a punto de explicar que yo no era Marcy cuando una voz fuerte de mujer me interrumpió y dijo, "Oye, cariño, ¿algún progreso con la mujer rica?"" Celia movió la cabeza. "Te lo juro. Nunca me he sentido más estúpida que en ese momento. Le pregunté a la otra persona quién era pero colgó. Marcy nunca vino a recoger su teléfono así que lo dejé en una comisaría y les conté lo que había pasado. No creí que iban a estar ni remotamente interesados en rastrear a una cazafortunas pero resultó que Marcy era una estafadora conocida y que yo casi había caído en la trampa.

"Jesús." Erin parecía asqueada. "¿La llegaron a arrestar?"

"No lo sé. No me había robado ni nada, así que no tenía pruebas contra ella, aunque no tengo ninguna duda de que estaba planeando algo antes de que yo lo averiguara todo. Y tampoco creo que el conocernos en la tienda de alimentos fuera una coincidencia. Echando la vista atrás, estoy bastante segura de que fue ella la que se dirigió a mí. Era realmente encantadora y la mayoría de las mujeres asumen que soy heterosexual, ninguna coquetea conmigo. Quién sabe, quizás consiguió que alguien estropeara la caja y lo preparara todo. Supongo que nunca lo llegaré a saber."

"Eso me enfada mucho," dijo Erin resoplando. "Alguien tan encantadora y dulce como tú..." Acarició la mejilla de Celia. "Pero no eres estúpida. Eso le podría haber pasado a cualquiera."

"No estoy muy segura de eso pero, bueno, ahí tienes tu respuesta larga. Ya sé que esto ha sido idea mía, pero hagamos que la siguiente pregunta sea más ligera, ¿vale?"

"Por supuesto. Dispara."

"Vale." Celia dirigió su mirada al cielo mientras pensaba su próxima pregunta. "¿Cómo es un día perfecto para ti cuando estás en casa?"

"Hmm..." Erin sonrió al pensarlo. "Cuando no estoy viajando por trabajo o por placer, normalmente voy a trabajar cinco días y medio a la semana, simplemente porque disfruto lo que hago. Pero, para mí, el día perfecto sería un domingo, cuando tengo todo el día para mí. Empiezo haciéndome un café y tomándomelo fuera mientras alimento a las gallinas."

"¿Tienes gallinas?" Celia se echó a reír. "Perdona, no sé por qué es tan divertido."

Erin se rió también. "Nunca quise tener gallinas. Son salvajes y las Bermudas están invadidas por ellas. No tenemos perros ni gatos callejeros, pero sí decenas de miles de gallinas deambulando por la isla y, un día, esta bandada decidió hacer de mi jardín su hogar." Se encogió de hombros. "Todos salimos ganando. Yo tengo huevos frescos y ellas un lugar agradable y tranquilo para vivir."

"Eso es tan encantador. Entonces, ¿te haces una tortilla todas las mañanas?"

"Las hace Nene, mi ama de llaves. Soy una inútil en la cocina, así que estoy muy agradecida por tenerla conmigo." Erin hizo una pausa mientras buscaba entre sus pensamientos. "Luego, voy a nadar al mar. Hay una playita preciosa debajo de mi casa y solo se puede acceder a ella a través de mi jardín, así que siempre la tengo para mí sola."

"Ventajas de vivir en el paraíso," dijo Celia.

"Cierto. Hay enormes peces loro y peces ángel de color azul brillante y multicolor e incluso veo de vez en cuando tiburones pequeños, no de los peligrosos," añadió Erin. "Más tarde me pongo al día con las noticias mientras me seco al sol y salgo a pescar en mi lancha rápida. Si pesco algo, normalmente invito a amigos o a mis vecinos más cercanos a una barbacoa y cócteles al amanecer." Sonrió de oreja a oreja. "Ahí tienes mi día perfecto. ¿Cuál es el tuyo?"

"Eso suena increíble y de ninguna manera voy a contarte nada más sobre mi aburrida vida ahora." Se rió entre dientes. "Así que, pasemos a la siguiente pregunta."

32

_L_e resultaba difícil concentrarse. Celia miraba fijamente el correo electrónico en el laptop que tenía delante intentando componer una respuesta, pero saber que Erin estaba en el puente mirándola no lo hacía fácil. Entró un mensaje y respiró hondo mientras lo leía. *"Estás muy sexy en ese bikini negro tan pequeño. Estoy deseando quitarte esos tirantes y tirarlos al suelo."*

Levantó la vista por un momento aunque no tenía sentido hacerlo. El cristal oscuro hacía imposible ver a través de la ventana.

Como Erin estaba al mando del yate hoy, se estaba poniendo al día con el trabajo. No había demasiado ya que su asistente había demostrado ser muy eficiente y asertiva, haciéndose cargo de una gran parte de su trabajo mientras ella estaba fuera. Pero algunas cosas necesitaban su aprobación, así que había estado revisando una lista de pedidos durante las últimas dos horas.

Se removió en su asiento, agitada por la excitación que sentía con los ardientes ojos de Erin puestos en ella. Habían pasado las noches más increíbles juntas, con las sábanas a punto de salir ardiendo cada vez que estaban solas. A Erin le encantaba estar al mando y a ella le encantaba estar a su merced. Era algo que no sabía de ella misma, y su nueva pasión por los juegos sexuales solo alimentaba su apetito por tener y hacer más. Llegó otro mensaje y tomó su teléfono para leerlo. *"Quítate la parte de arriba."* Eso la hizo reír entre dientes y levantó la mirada, tirando de manera seductora del tirante de detrás de su cuello, solo para detenerse y darse la vuelta, fingiendo enfocarse en su pantalla nuevamente. Su teléfono se volvió a iluminar. *"Quítate la parte de arriba, Celia. Necesito mirar otra cosa que no sea el horizonte."*

"¿Por qué no bajas y me lo quitas tú misma?" respondió, con los ojos fijos en su teclado y luchando por contener una sonrisa. Aunque había considerado por un momento quitárselo, había cambiado de opinión. No eran Dieter o Andy quienes le preocupaban. Ellos estaban descansando bajo un dosel en la cubierta superior y, por el silencio que había, sospechaba que estaban dormidos. Pero le gustaba bromear, hacer que Erin se volviera loca por ella. Al leer el siguiente mensaje, pensó que a Erin se le estaba acabando la paciencia. *"No me hagas llamarte para que vengas."*

Esta vez Celia no pudo reprimir una risita, puso el teléfono en su bolso debajo de la mesa y se dio la vuelta para concentrarse en las vistas. La costa se estaba volviendo más verde ahora y no estaban lejos de pasar por el Estrecho de Gibraltar, que los llevaría a aguas más salvajes en el Océano Atlántico. El punto más estrecho, donde Marruecos y España estaban conectados por un ferry, ya se veía a lo lejos. Parecía surrealista navegar entre continentes, los colores de la tierra mostraban claramente dos mundos completamente diferentes, pero su atención se desvió de la hermosa vista cuando la voz de Erin retumbó de repente a través de los altavoces del yate.

"Habla la capitán Nour. Señorita Celia, por favor, diríjase al puente. Repito, señorita Celia, por favor, diríjase al puente. Gracias."

Riéndose, Celia negó con la cabeza, sabiendo que Erin no se daría por vencida hasta que ella se rindiera. Cuando no se levantó inmediatamente de la mesa, Erin volvió a hablar.

"Esta es una llamada para la señorita Celia. Señorita Celia, haga el favor de subir al puente. Ignorar las órdenes de su capitán llevará a una advertencia oficial."

Se oyó la risa fuerte y aguda de Andy en la cubierta superior y Celia se levantó, se puso su caftán negro transparente y levantó ambas manos en señal de derrota mientras miraba la ventana.

"Has sido una chica mala. Has estado ignorando mis órdenes," bromeó Erin mientras Celia se unía a ella en el puente.

"Y tú eres lo peor, impidiéndome hacer mi trabajo de esa manera..." La respiración se le aceleró y su boca se ensanchó con una gran sonrisa mientras la miraba de arriba a abajo por primera vez desde que había salido de la habitación esta mañana. Erin llevaba puesto unos pantalones de sastre negros, una camisa blanca y una gorra de capitán que le quedaba increíblemente sexy. "... Capitán Nour."

Su deseo se reflejó en los ojos de Erin cuando la miró fijamente, le parecía gracioso la fascinación que sentía por la gorra. En el fondo, a Celia siempre le habían gustado los uniformes y supuso que no era la primera vez que una mujer la miraba así.

"Cierra la puerta con llave y ven aquí," ordenó Erin.

"Hmm..." Los labios de Celia se curvaron en una sonrisa

mientras se apoyaba contra la puerta. "¿Por qué no vienes y la cierras tú misma?" Se quitó la cola de caballo y sacudió su cabello hasta que le cayó sobre los hombros en largas ondas, luego le dirigió una mirada desafiante.

A Erin parecía gustarle el juego, a pesar de que luchaba por mantener su expresión severa mientras cerraba la distancia entre ellas. "¿Está usted discutiendo las órdenes del capitán, señorita Celia?" Le levantó el caftán y presionó su cuerpo contra el de ella mientras metía la mano en la braga del bikini y pasaba los dedos por su zona excitada, haciéndola gemir.

"Está excitada, señorita Celia. Y se supone que no debería estarlo. Se supone que debería estar trabajando. La he estado observando ahí abajo y apenas ha escrito una palabra en toda la mañana." Erin sonaba muy seria pero sus ojos estaban llenos de fuego y jadeó cuando sintió que los jugos de Celia le cubrían los dedos.

Celia se rió entre respiraciones fuertes. "¿Y cómo sugiere usted que trabaje cuando estamos jugando así?" Preguntó inocentemente. "Tiene que hacer que me corra, capitán, o nunca seré capaz de concentrarme. Es..."

Sus palabras fueron interrumpidas por los labios de Erin sobre los suyos y gimió más fuerte, adelantando sus caderas, necesitando más sus dedos. Sabía que Erin no había planeado besarla. Había planeado burlarse de ella sin descanso pero estaba claro que no podía resistirse y eso la complació. Pasando los dedos por el cabello de Erin, le devolvió el beso y dejó que la empujara contra la puerta mientras sus lenguas chocaban en un baile salvaje.

Y justo cuando estaba a punto de perder todo control, Erin se apartó y señaló el timón del barco. "Ponte delante del timón y agárrate a él. Voy a tener que realizar varias tareas mientras atravesamos el Estrecho."

Con piernas temblorosas Celia cruzó la sala y esperó al lado del timón. La anticipación le recorrió todo el cuerpo cuando Erin se puso detrás de ella e inspiró contra su cabello, lo apartó a un lado y le besó el cuello.

Las manos de Celia se sujetaron a las manijas del timón, gimiendo cuando Erin le chupó la piel con tanta fuerza que sintió un pinchazo. "¿Qué pasa si lo giro por accidente?" preguntó en un gemido. El timón era grande, le llegaba desde el ombligo hasta la barbilla y temía causar un accidente, sabiendo que lo iba a usar para estabilizarse.

"No lo harás. Ahora mismo estamos en control de crucero pero, aunque no lo estuviéramos, es una embarcación grande y requiere mucha fuerza para que gire." Celia sintió que Erin sonreía contra su piel. "Bueno, necesitas desfogarte, ¿eh?"

"Sí," susurró Celia. Estaba tan excitada que no haría falta mucho para hacerla explotar. Sintió que se contraía sin control y era incapaz de quedarse quieta.

"Sí, ¿qué?"

Se le escapó una risita mientras se corregía. "Sí, capitán. Yo..." Su voz se apagó cuando Erin volvió a subirle el caftán y colocó una mano sobre la suya en el timón.

"Voy a darte tu primer orgasmo en África," dijo, mirando por encima del hombro de Celia mientras deslizaba su mano por su cintura y la metía en sus bragas. "Y estaremos allí en aproximadamente diez..." Rodeó su clítoris y pasó los dedos por sus pliegues, haciéndola gemir en voz alta. "Nueve, ocho..." Sus dedos se movieron más abajo. Dos de ellos se deslizaron dentro y respiró profundamente en el oído de Celia mientras empujaba más profundamente.

"No pares, por favor." Celia tenía dificultad en mantenerse quieta cuando sintió que se acercaba el clímax. No era extraño, considerando lo excitada que había estado toda la mañana, pero todavía se maravillaba de lo hábil que era Erin.

"Siete, seis, cinco..." Erin mantenía un ojo en las pantallas, donde el panel de navegación mostraba que estaban a punto de llegar a territorio africano mientras giraban ligeramente hacia la izquierda. Curvó sus dedos, haciendo que Celia gritara mientras frotaba un punto dentro de ella que la mandó a alturas aún mayores. "Cuatro, tres, dos..."

"¡Joder!" gritó Celia, con los nudillos blancos mientras se aferraba al timón, una serie de vibraciones recorriendo su cuerpo. Erin permaneció dentro de ella y acarició su cuello mientras respiraba rápido entre gemidos, su orgasmo no quería detenerse. "Erin..." seguía temblando después de unos minutos y abrió los ojos. Solo entonces pudo apreciar realmente la vista de las costas rocosas a cada lado, cuando comenzaron a navegar a través del estrecho, de poco más de doce kilómetros de ancho.

Erin salió de ella y le dio la vuelta, quedando su espalda contra el timón. Presionando sus labios contra los de Celia, parecía satisfecha mientras una sonrisa pintaba sus hermosos labios. "Bienvenida a África, cariño."

33

"¿*C*ómo está el chico rosa?"

"El chico rosa está disfrutando de este pedazo de paraíso, cariño." Andy le sopló un beso a Celia y levantó su zumo de naranja en un brindis. Tenía puesto un albornoz de satén rosa y unas gafas de sol enormes, echado sobre las sillas del salón como un sultán en su palacio. Levantó las piernas cuando Celia se le unió y le sirvió un vaso de zumo de la jarra que tenía delante. "Salud a la buena vida. Y tú, amiga mía, has ganado el premio gordo con Erin."

Celia se rió y tomó un sorbo de su bebida. "No, Erin ha ganado el premio gordo conmigo," bromeó.

"Bien dicho." Andy se enderezó y se acercó a ella. "¿Has visto a Dieter?" preguntó, bajando la voz.

"Creo que está en la biblioteca con Erin." Celia se dio cuenta de la expresión preocupada de Andy y una ola de inquietud la golpeó. Tenía la sensación de que algo iba mal, pero no había pruebas que respaldaran su intuición. "¿Por qué lo preguntas?"

"Quería hablar contigo. En privado," dijo Andy, lanzando miradas furtivas hacia las puertas automáticas de cristal. "Verás, creo que algo está pasando con Dieter." Hizo una pausa y apareció un profundo ceño entre sus cejas blanqueadas. "Está siendo muy reservado sobre alguna cosa pero, cada vez que le pregunto, se irrita y actúa como si yo estuviera paranoico."

"¿Qué te hace pensar que está pasando algo?" El sexto sentido de Celia se despertó cuando él confirmó sus sospechas.

Andy se encogió de hombros y se tomó un momento antes de responder. "Tiene algo en la caja fuerte, en nuestra habitación. Entra allí y se encierra dos veces al día. Sé que no es asunto mío pero parece algo importante y el que no quiera hablar de ello..." suspiró. "Sé que no es dinero. Estamos en alta mar y tampoco es que pueda gastarlo en ningún sitio. Y pasa por esos cambios de humor y cada vez que ha terminado con lo que sea en la habitación, su estado de ánimo mejora casi de inmediato. Me pregunto si..."

Celia entrecerró los ojos y bajó la voz también. "¿Estás diciendo que sospechas que está tomando drogas?"

"Creo que sí." Andy sonaba titubeante, como si tuviera miedo de expresar sus pensamientos. "Y si ese es el caso, nunca me lo admitiría, así que pensé que quizás podrías intentar hablar con él."

"Entiendo." Desde luego era una fuerte acusación, pero no podía negar que ella también se había dado cuenta de los cambios de humor de su tío, por no hablar de su pérdida de peso. Conocía a mucha gente que tenía problemas de adicción. No era raro que personas adineradas recurrieran a la cocaína, a los medicamentos con receta o incluso a la heroína, simplemente porque estaban aburridos de sus vidas. Pero conocía a su tío y él no era de ese tipo de personas. Era un hombre sano y con la cabeza bien amueblada. Siempre le había advertido sobre los peligros de las drogas cuando ella era más joven. "Entiendo por qué crees que podría estar tomando algo, pero no creo que sea un adicto," dijo.

"Los adictos tienden a ser buenos en ocultar su adicción. A veces son las personas de las que menos te lo esperas y si ese es el caso de Dieter, quiero ayudarlo." Hizo una pausa. "También estuvo muy cansado en Menorca. Tomamos un taxi para ir a la casa de sus amigos y volver aquí y solo estuvimos en su casa, así que, físicamente, no debería haber sido un gran reto para él, pero me di cuenta de que estaba teniendo problemas. Quizás era la abstinencia, no sé." Parecía sinceramente preocupado mientras fruncía el ceño. "Me preocupo mucho por él."

"Lo sé."

"No. No creo que sepas cuánto me preocupo por él. Creo que, en el fondo, piensas que estoy con tu tío por su dinero. Quizás también él lo cree. Tengo la mitad de su edad y, seamos sinceros, soy bastante guapo, si puedo decirlo de mí mismo," dijo bromeando. "Pero tienes que creerme cuando digo que estoy totalmente loco por él. Demonios, lo amo." Jugueteó con el pie de su copa, girándolo distraídamente. "Me salvó de una relación de abuso y, sin él, no sé dónde estaría ahora."

"Oh..." Celia lo miró a los ojos y vio la sinceridad en ellos. "¿Te importa si te pregunto qué pasó?"

Andy le lanzó una dulce sonrisa. "En absoluto. Yo estaba con un imbécil llamado Erik. Habíamos viajado a Suiza juntos porque él es marchante de obras de arte y tenía algunos asuntos allí. Estábamos almorzando en un restaurante elegante con vistas al lago Lucerna. Ya estaba de mal humor conmigo, burlándose de mí una y otra vez, pero, de repente, se volvió agresivo después de recibir un mensaje en el que le decían que la reunión había sido cancelada. Era muy impredecible en ese sentido y cuando algo salía mal, normalmente la tomaba conmigo." Hizo una pausa. "Depender de otros es horrible, lo he aprendido a lo largo de los años. Cuando era más joven, cometí el estúpido error de no construir nada para mí. Siempre tuve novios con dinero que me trataban como una mierda y, en vez de salir huyendo de la relación y arreglar mi vida, saltaba de uno a otro. Debería haber estudiado o conseguido un trabajo, cualquier trabajo. Pero era joven y estúpido y no tenía ningún respeto por mí mismo. Bueno, Erik me gritó como si todo fuera mi culpa y se fue. No lo seguí porque con frecuencia se volvía físicamente violento una vez que estábamos solos y sentía lo que iba a venir ese día."

"Siento mucho escuchar eso." Celia tomó su mano y se la apretó.

"No lo sientas. Fue el día en que mi vida cambió para mejor. Dieter se levantó de la mesa de al lado y se sentó conmigo. Resultó que era él con quien se suponía que se iba a reunir pero Dieter había estado escuchando nuestra conversación y no le gustó la forma en que Erik me había estado hablando. Ese es Dieter. Solo hace negocios con gente a quien respeta, así que había llegado antes para tener una idea de la personalidad de Erik. Me preguntó por qué estaba con alguien que me trataba así, y cuando no pude darle una respuesta, pidió una botella de vino y hablamos durante horas. No estaba coqueteando conmigo, solo estaba tratando de ayudarme. Me encontré abriéndome a él y me ofreció un trabajo y una habitación en el castillo, para que no tuviera que volver con alguien que me usaba como un saco de boxeo. Viendo por fin una salida, acepté la oferta de tu tío y rompí todo contacto con Erik y me sentí *tan* libre después de eso. No era un trabajo lujoso y no era a tiempo completo, pero era un trabajo y me hacía sentir bien conmigo mismo. Llevaba el transporte y los seguros de todas las piezas que Dieter vendía o compraba, y, después de tres meses ahorrando, pude alquilar un apartamento pequeño para mí. No pasó nada entre nosotros durante al menos un año, pero nuestra amistad creció y empecé a sentirme muy atraído por Dieter. Un psicólogo podría decir que era una especie de complejo de salvador pero, realmente, no creo que ese fuera el caso. Lo vi por lo que era; inteligente, divertido, carismático y cariñoso y me enamoré de él."

"Mi tío no me ha contado nunca nada de esto," dijo Celia, conmovida por su historia.

"Bueno, él no presume de las cosas. Lo que hizo por mí me cambió la vida y ni siquiera me conocía. Ese es el tipo de persona que es. Pero ha sido muy claro en que no quiere una relación tradicional. Solos nos vemos románticamente una vez al mes y, durante el invierno, no nos vimos nada durante unos cuatro meses. Dijo que necesitaba espacio. Y lo respeté, así que, en aquel momento, todo lo relacionado con su negocio de arte lo hablábamos por teléfono."

"¿Y nunca volviste a Francia?" preguntó Celia. "¿Y tu familia?"

"No estoy en contacto con mi familia. Son granjeros en Borgoña y no entendieron mi sexualidad. De hecho, me echaron de casa y no los he visto desde que tenía diecisiete años." Andy levantó una mano. "Por favor, no sientas pena por mí. Prefiero ser yo mismo que estar en contacto con mis padres. Creo que heredé mi baja autoestima de ellos. No es obvio para la mayoría de la gente porque tiendo a ocultarlo con una fabulosa capa de rosa."

Celia le lanzó una mirada triste. Por supuesto, la apariencia y el comportamiento teatrales de Andy eran un poco exagerados pero nunca había imaginado que era su forma de ocultar todas sus inseguridades. "Eres un tipo fantástico y no tienes motivos para sentirte inseguro. Eres muy divertido. ¿Lo sabías?"

"Lo sé," dijo Andy riéndose.

"¿Todavía trabajas para mi tío?"

"Técnicamente sí. Pero últimamente no ha estado haciendo muchas compras, aparte de ese espeluznante cuadro que compró en Tarragona. Cuando volvamos, tiene una lista de piezas que se pondrán a la venta así que estaré más ocupado. Estoy buscando un trabajo a tiempo completo porque no espero que me dé trabajo para siempre. El mundo del arte me va bien y ahora que tengo un poco de experiencia, quizás me puedan contratar en una galería o en una casa de subastas. Ni siquiera creo que Dieter me necesite. Darme trabajo es solo su forma de ayudar sin hacerme sentir que lo estoy utilizando."

"Sí, es importante para él que la gente se sienta cómoda a su alrededor, es fantástico en eso." Celia se enderezó y se aclaró la garganta cuando escuchó que Erin y Dieter se acercaban, con sus risas rugiendo mientras abrían las puertas de cristal. "Gracias por decírmelo," susurró antes de saludar a Erin con la mano. "No hay mucho que pueda hacer ahora porque no nos veremos en dos días en Casablanca y dudo que lo tenga para mí sola esta noche. Pero lo vigilaré cuando continuemos el viaje y a ver si puedo averiguar qué está pasando."

34

"*H*asta mañana chicos," gritó mientras su tío y Andy desaparecían en la limusina privada que habían reservado para el día. Ella y Erin se quedaron allí un rato, en medio del bullicio de los yates y los barcos comerciales que entraban y salían. Turistas y lugareños esquivaban el tráfico mientras intentaban cruzar la carretera donde coches, motos y camiones peleaban por colocarse en los dos carriles que llevaban al centro de la ciudad. Erin miró a su alrededor y murmuró algo sobre una parada de taxis. Dándose por vencida, levantó la mano, lo que hizo que el primer taxi que pasaba por allí se detuviera de manera tan abrupta que casi provocó una colisión.

Era extraño volver a tener los pies en tierra firme y Celia se preguntó cómo se sentirían sus piernas después de la larga travesía desde Cabo Verde hasta las Bermudas porque sentía que seguía balanceándose. Todavía un poco desequilibrada, se alegró de deslizarse junto a Erin en la parte trasera del taxi.

"Si me dices dónde quieres ir, yo hablo un poco de francés," dijo cuando el conductor se volvió hacia ellas. "Si eso ayuda."

"No, está bien. Lo tengo controlado."

Celia no se lo podía creer cuando Erin empezó a hablar en árabe con el taxista. Abrió la boca para decir algo pero la volvió a cerrar, mirándola con incredulidad. Para ella parecía que salía con fluidez, la entonación y los sonidos guturales tan diferentes a como estaba acostumbrada a escuchar hablar a Erin, que era difícil entender que era la misma persona hablando.

"¿Qué? ¿Cómo...?"

"Mis padres me educaron bilingüe." Erin se encogió de hombros como si no fuera gran cosa. "Todavía hablo en árabe cuando estoy con ellos."

"Sí, pero naciste y creciste en Estados Unidos, así que no me lo esperaba. Estoy impresionada."

"Ya no hablo con fluidez. No hablo lo bastante como para mantener la fluidez, pero en realidad es muy útil en mi trabajo. Tengo muchos clientes saudíes y siempre se sorprenden cuando contratan a mi empresa con sede en las Bermudas y descubren que la directora ejecutiva es una mujer árabe con el pelo corto y que habla su idioma."

"Me lo puedo imaginar." Celia le sonrió, viéndola bajo una luz diferente. Seguía aprendiendo cosas nuevas de ella y la fascinaba cada día más. "Bueno, ¿dónde vamos? Obviamente no he entendido ni una palabra de lo que has dicho."

"Pensé que podríamos hacer un poco de turismo, si te parece bien..." Erin discutió algo con el conductor y le enseñó una dirección en su teléfono. Luego hubo más discusión antes de que se estrecharan las manos. "Lo tenemos para dos días, así que mañana nos puede llevar a visitar a mi abuela. He decidido que quiero ir a verla. Pero hoy no, necesito algo de tiempo para aclimatarme."

"Genial." Celia apoyó su mano sobre la de Erin pero la retiró lentamente, recordando que este no era lugar para que las parejas del mismo sexo demostraran demasiado afecto en público.

"¿Te gustaría venir conmigo?"

"¿Quieres que vaya contigo? ¿No preferirías ir a verla tú sola?" preguntó Celia. "Quiero decir, no quiero inmiscuirme. Imagino que podría ser toda una reunión."

"No. Me gustaría que vinieras conmigo. Puede que sea un poco un choque cultural para ti, pero no nos quedaremos a pasar la noche y creo que te resultará interesante," dijo Erin. "Y si es demasiado tarde, si ella no quiere verme, entonces será un consuelo tenerte cerca en el camino de vuelta."

Después de pasar el día deambulando por varios zocos en la antigua medina, regresaron adonde el chófer las esperaba con bolsas llenas de recuerdos, delicias y especias que Erin había comprado para su madre. Celia había abrazado con entusiasmo el arte del regateo, aunque estaba bastante segura de que la habían timado en un par de ocasiones. El precioso bolso con adornos de cuero que había comprado estaba lleno de baratijas para sus amigas y aceite de argán y un juego de vasos pequeños de té para ella. Habían probado pasteles deliciosos, habían bebido café fuerte y oscuro e incluso habían fumado una cachimba de manzana juntas, simplemente porque encajaba con el lugar y tenía curiosidad por probarlo.

"¿Qué tal si cenamos?" dijo Erin mientras le entregaba una tarjeta al conductor. "Uno de mis clientes me recomendó un restaurante aquí, no debería estar muy lejos."

"Una cena me parece perfecto." Celia bajó la ventanilla para dejar entrar el aire cálido y seco y sonrió mientras miraba la ciudad. Arquitectura colonial francesa e incluso edificios de estilo art decó eran cosas que nunca habría esperado ver aquí. Mezclado con la artesanía marroquí que adornaba los edificios tradicionales y las mezquitas, era un espectáculo para la vista. Las calles eran caóticas y el mercado central de alimentos rebosaba de gente. "Me gusta esta ciudad. ¿Te importa si reservo un lugar para pasar la noche?"

"Adelante. Pensé hacerlo pero no estaba segura si preferirías dormir en el yate al ver que esto es tan ruidoso y con tanto movimiento. ¿Quieres que organice algo?"

Celia negó con la cabeza. "No, ya lo hago yo, es lo menos que puedo hacer." Miró en su teléfono los hoteles guardados en su aplicación de reservas y encontró el riad que había estado mirando en el yate ayer. Todavía tenía una habitación disponible. "Hay un lugar que creo que te encantará." Lo reservó y rápidamente guardó el teléfono, logrando evitar que Erin lo viera cuando se inclinó. "Todavía no, es una sorpresa."

"Una sorpresa, ¿eh?"

"Sí. ¿Te gustan las sorpresas?"

"¿Esto es parte de las tres preguntas?"

Celia se echó a reír. "No, ya haré las tres preguntas más tarde, esto es solo una conversación."

"Vale..." Erin rió entre dientes mientras consideraba la pregunta. "No creo que nadie me haya sorprendido antes."

"¿En serio? Qué triste." Celia movió el labio inferior en un gesto teatral. "Entonces haré que mi misión sea sorprenderte tanto como pueda y así puedes decidir si te gustan las sorpresas o no, ¿trato hecho?"

"Trato hecho." Erin le guiñó un ojo y echó un vistazo a

las tiendas pequeñas de alfombras y telas por las que pasaban. La mercancía se exhibía en el exterior, creando largas filas de color a lo largo de los edificios de terracota de la calle estrecha. Cuando su conductor decidió subirse a la acera para evitar a un coche que venía hacia ellos, se agarró a la manilla sobre la ventanilla, aferrándose a ella con fuerza.

Celia había notado antes que Erin se había quitado su reloj caro y agradeció que no alardeara de su riqueza aquí. Se había vestido con una camiseta gris y pantalones vaqueros y Celia había seguido su ejemplo con vaqueros también y un top de cuello barco a rayas azul marino y blanco porque sintió apropiado cubrirse un poco más aquí.

"¿Sientes una conexión con Marruecos?" preguntó.

Erin negó con la cabeza. "No he estado aquí lo suficiente. Mis padres no son ricos, así que solo podíamos permitirnos viajar y visitar a mis abuelos cada dos o tres años cuando yo era más joven. Así que, por mucho que me guste Marruecos, no, no puedo decir que sienta una conexión. Todo lo contrario, me siento bastante despegada." Se volvió hacia Celia y había una chispa de vulnerabilidad en sus ojos. "Estoy nerviosa por ver a mi abuela mañana. Es como si fuera a visitar a una extraña. Una extraña importante, pero una extraña al fin y al cabo."

"Es comprensible." Celia le dirigió una sonrisa tranquilizadora. "Pero hay una gran posibilidad de que ella esté muy feliz de verte."

"Puede que no me reconozca."

"Creo que lo hará." Celia se volvió hacia ella, agarrándose del asiento del conductor cuando éste, que era un maníaco de la carretera, tomó una curva cerrada. "Quería preguntarte sobre otra cosa."

"Dispara."

"Es sobre mi tío..." Celia la miró a los ojos. "Me lo contarías si supieras que algo va mal con él, ¿verdad?"

Erin se mordió el labio inferior y se tomó un momento para contestar. "Por supuesto."

"Me estaba preguntando si crees que existe la posibilidad de que pueda tener un problema con las drogas."

"¿Un problema con las drogas?" Sus ojos se entrecerraron confundidos. "¿Por qué piensas eso?"

"Es solo que, ya sabes... cambios de humor, pérdida de peso, parece que tiene dolores de vez en cuando y, según Andy, está siendo reservado y va a su habitación con frecuencia a buscar algo en la caja fuerte. Y si ese es el caso..." Un indicio de preocupación se le dibujó en el rostro mientras fruncía los labios. "Si de verdad tiene drogas en esa caja fuerte, entonces me preocupo por todos nosotros. No es solo él, es tu yate, navegando por aguas internacionales, y si nos registran..." Mientras expresaba sus preocupaciones, de repente se sintió muy nerviosa por tener el yate en territorio marroquí. "Maldita sea. Debería haber hablado de esto contigo antes."

Erin asintió lentamente pero no parecía particularmente preocupada. "Hablaré con él si eso te tranquiliza y le pediré a Eddie que revise la caja fuerte mientras están fuera, tiene el código maestro. No puedo decir que haya notado nada diferente en Dieter, pero tienes razón, tenemos que asegurarnos de que no haya nada ilegal a bordo y, sobre todo, tenemos que asegurarnos de que está bien." Se inclinó hacia adelante cuando el conductor le preguntó algo y le contestó, se volvió a recostar en el asiento y le dirigió una sonrisa tranquilizadora. "Pero estoy segura de que no es nada de eso."

"Gracias. Te agradezco que hables con él y que llames a Eddie, porque nunca me diría si tiene un problema y dudo de que se lo dijera a Andy." Celia observó a Erin con interés, notando que no parecía para nada preocupada después de haberle planteado sus sospechas. "Prométeme que me lo contarás si sabes lo que está pasando."

Erin evitó su mirada y abrió más la ventanilla. "Claro," dijo de manera casual y distraída. "No te preocupes por nada."

35

*E*l chófer las dejó en un restaurante entre las antiguas fortificaciones de la ciudad al borde de un acantilado. Una hilera de cañones antiguos se alineaba en el patio largo y frondoso, frente al mar. En medio del comedor exterior había una fuente y había mesas colocadas bajo la sombra en filas a cada lado, bellamente decoradas con vajilla de cerámica. De fondo sonaba una suave música tradicional y había una maravillosa sensación de calma en el aire, con la brisa del mar soplando debajo de las marquesinas.

"Qué sitio más encantador," dijo Celia mientras tomaba asiento frente a Erin. El corazón le dio un vuelco cuando sus ojos se encontraron. No habría oportunidad de cogerse de las manos o besarse hasta que estuvieran en su habitación por la noche y sabía que reprimirse la intimidad física solo aumentaría la tensión sexual entre ellas.

"Sí, mi cliente tenía razón, esto es muy agradable." Erin se echó a reír cuando Celia miró el menú y movió la cabeza porque era incapaz de entender lo que decía. "¿Quieres que pida yo? No sé leer árabe y mi francés tampoco es muy bueno pero puedo preguntarle sus sugerencias."

Celia se encontró a punto del desmayo mientras veía cómo Erin pedía té y comida, sonriendo con dulzura al camarero. Siempre era respetuosa, caballerosa y amable y parecía estar de verdad feliz con su vida. "Sé que ya te he dicho esto pero me gusta mucho cómo tratas a la gente," dijo cuando llegó el té. "Por desgracia, es raro ver ese tipo de modales entre la gente adinerada."

"Bueno, no siempre tuve dinero y nunca olvidaré de dónde vengo. Nunca pude permitirme estudiar después de la universidad y, francamente, no era lo suficientemente inteligente como para tener becas, así que solicité trabajos diferentes en la industria marina porque siempre estuve obsesionada con los barcos grandes. Tuve mucha suerte con mi primer jefe, quien me tomó como su protegida y me enseñó todo lo que sabía sobre diseño y construcción. No tenía por qué hacerlo pero vio la pasión que yo tenía y le estaré eternamente agradecida."

"¿Estaba también en el negocio de los yates?" preguntó Celia.

"Al principio no. Construía barcos comerciales y, después de estar ocho años trabajando duro para él, me sugirió que estableciera un departamento separado para embarcaciones privadas personalizadas. Con el tiempo, me permitió comprar mi participación en la empresa y me fue tan bien que me independicé cuando él se jubiló. Fue entonces cuando la empresa empezó a crecer de verdad y cuando trasladé el negocio a las Bermudas, porque podía permitírmelo." Erin sonrió. "He trabajado mucho durante casi treinta años y ahora me lo estoy tomando con más calma. Todavía me mantiene ocupada pero me encanta lo que hago, así que está bien." La miró a los ojos y sonrió.

"Pero también me gusta eso de ti," continuó. "Que eres respetuosa. Eres diferente al resto de tu familia. Los que he conocido al menos, aparte de Dieter."

"Mi familia consiste básicamente en un montón de snobs acaparadores de dinero." Dijo Celia encogiéndose de hombros. "Siempre estuve más cerca de mi padre y, más tarde, de mi tío. Parecían tener más sentido común para mí como seres humanos así que los admiraba." Otro hormigueo la recorrió cuando vio que la expresión de Erin se suavizaba mientras la miraba. Podía sentir que algo muy especial crecía entre ellas. "Háblame de tu trabajo. ¿Qué haces exactamente cuando no estás navegando y viviendo como la reina del océano?"

Erin sonrió y tomó un sorbo de té. "Créeme, el día a día no es así para mí, pero vivir en una isla tropical es una maravilla, por supuesto. Me levanto temprano, voy en mi lancha rápida pequeña al astillero y me tomo el primer café mientras me pongo al día con mi equipo de diseño. Luego voy a echar un vistazo al trabajo de construcción con mi ingeniero principal y me reúno con clientes, con mi equipo de abastecimiento o con el de diseño antes de concentrarme en mi propio trabajo de diseño, que cubre el plano general de un proyecto más que los detalles, para eso tengo un grupo de expertos. Mis días de trabajo varían de siete a catorce horas, dependiendo de lo ocupados que estemos. A veces me reúno con amigos o con mi equipo para tomarnos unas cervezas después del trabajo. Nada glamuroso, solo unas bebidas y unos juegos al billar, y algunas veces saco el barco para disfrutar de la noche en el agua." Dio las gracias al camarero, que les trajo un tayín que olía deliciosamente, un cuenco de cuscús y una ensalada de granada para compartir. "¿Y tú?"

"Nada como esto tampoco," dijo Celia, sirviéndose

comida. "Vivo en un apartamento en Manhattan y en verano me reúno con mi grupo de yoga en Central Park por las mañanas para hacer un poco de ejercicio. Trabajo de cuatro a cinco días a la semana desde casa y, de vez en cuando, salgo a comer o a cenar con amigas o con mi asistente." La comida estaba deliciosa y gimió al morder el tayín de cordero. "Y compromisos familiares," añadió. "Los tengo de vez en cuando pero trato de mantenerlos al mínimo, como puedes imaginar. Pero, sobre todo, me gusta acurrucarme en el sofá y leer por la noche."

"Así que no eres una de esas de la jet-set." Erin inhaló profundamente sobre su plato antes de tomar el primer bocado, su expresión delataba el entusiasmo que le producía. "Sospeché que podrías ser una princesa antes de conocerte, pero estaba equivocada."

"¿Una princesa?" preguntó riendo.

Erin le lanzó una sonrisa divertida. "Ajá. Exigente, mimada y difícil de mantener. Pero eres justo lo contrario. Pareces muy con los pies en la tierra. Y aparte de querer hacerte el amor todos los días y a todas horas, también pienso que eres una magnífica persona."

"Gracias." Celia soltó una risita, moviéndose en su asiento ante el comentario de "hacer el amor". "Tú también me gustas mucho." Erin tenía esa manera de excitarla en cuestión de segundos y solo esperaba poder continuar con la conversación porque su mente estaba empezando a tener vida propia.

"Y porque eres tan increíble," dijo mientras metía la mano en el bolsillo trasero de sus vaqueros y le daba una bolsita de terciopelo negro, "te compré un regalito mientras estábamos en el zoco."

"Oh, Erin..." Abrió el regalo y sacó un collar de plata con un amuleto en forma de mano abierta. Una piedra pequeña semipreciosa oscura sobre el centro de un ojo de esmalte azul montado en el centro de la palma. El trabajo artesanal estaba al detalle, la platería intrincada y refinada. "Es precioso."

"Es un collar Hamsa," explicó Erin. "Es un símbolo antiguo y talismán en el Islam y el judaísmo. Se dice que te protege del mal. No soy supersticiosa así que lo compré principalmente porque pensé que te quedaría bonito. La turmalina marrón es casi del mismo color que tus preciosos ojos oscuros."

"Gracias, me encanta." Se lo puso y pasó un dedo por el amuleto. "Yo, mmm... pues yo también te compré algo." Había dudado si comprarle algo, por miedo a que pudiera parecer demasiado darle un regalo ya, pero ahora se alegraba de haberlo hecho. Rebuscando entre sus bolsas, encontró la caja que estaba buscando y se la entregó.

Erin la abrió y a Celia le encantó cómo su sonrisa iluminaba todo su rostro mientras sacaba el reloj antiguo que todavía funcionaba perfectamente y se lo ataba alrededor de la muñeca. "Es muy considerado por tu parte, me encanta."

"Me he dado cuenta de que no dejas de mirarte la muñeca, pero hoy no llevas puesto el reloj," dijo Celia. "Así que pensé que necesitabas un reloj de viaje." Se las había arreglado para comprarlo mientras Erin estaba distraída, sin perder tiempo en regatear el precio del reloj, por el que no tenía dudas que había pagado demasiado. La correa de cuero marrón estaba en buenas condiciones y la esfera plateada, que tenía una brújula incorporada, parecía funcionar bien todavía. "Me alegro de que te guste."

La emoción brilló en los ojos de Erin y eso afectó a Celia profundamente. Era increíble cómo habían encontrado el regalo perfecto para cada una cuando llevaban saliendo tan poco tiempo. Hubo un momento en que sintió que había algo que se inmiscuía entre ellas pero Celia no podía identificar muy bien lo que estaba pasando, así que le dirigió una sonrisa tímida y centró su atención en su comida.

"¿Es mejor que el de tu madre?" preguntó.

"¿Qué?" Erin no parecía distinguir entre arriba o abajo en este momento mientras cambiaba la mirada del reloj a Celia, a la comida y vuelta a empezar.

"El tayín," aclaró Celia. "Si el tayín es mejor que el de tu madre"

"Ah, eso." Erin rió entre dientes y dio otro bocado a la comida, entrecerrando los ojos mientras se decidía. "Casi no me atrevo a decirlo pero sí, es mejor. Pero no se lo digas si alguna vez llegas a conocerla."

36

"*E*stoy completamente impresionada con tus habilidades para buscar hoteles." Erin miró hacia el gran riad blanco que se alzaba detrás de palmeras altas. La llamativa villa marroquí de rasgos clásicos, vidrieras verdes y pilares tallados al detalle albergaba seis habitaciones, un spa y un restaurante que se abría a una terraza llena de plantas en el patio. A la entrada principal se llegaba también a través del patio. Las enormes puertas estaban abiertas de par en par detrás de un estanque rectangular que ocupaba la mitad del espacio exterior. Estaba lleno de nenúfares y carpas doradas nadaban debajo del manto de hojas verdes y flores blancas. El área de alrededor estaba pavimentado con azulejos marroquíes verdes y blancos, con un patrón geométrico simple que encajaba a la perfección con su entorno.

Considerando que estaban en medio de la ciudad, este lugar parecía un oasis inesperado. El edificio principal, con un brazo de un piso a cada lado, bloqueaba el ruido del tráfico y lo sustituía por el canto de los pájaros y el suave sonido de las fuentes de agua que se esparcían alrededor.

"Yo también estoy impresionada conmigo misma," dijo Celia de broma mientras le entregaba sus bolsas a un botones.

"¿Señorita Krügerner?" Una mujer con una chilaba marroquí tradicional salió a su encuentro. "¿Y señorita...?" se volvió hacia Erin cuando Celia asintió.

"Nour" dijo Erin, relajando los hombros después de deshacerse de sus bolsas.

"Bienvenidas al Riad Al Walid, señoritas Nour y Krügerner. Mi nombre es Amira." Les hizo señas para que la siguieran al interior y les entregó un llavero con borlas con una llave. "Su habitación está en la segunda planta. Nos aseguraremos de que sus cosas sean llevadas allí." Miró de una a otra, especulando si quizás eran pareja y simplemente dijo "si prefieren otra suite con dos camas separadas, háganmelo saber. Si no es así, espero que disfruten de su estancia. Nos hemos tomado la libertad de preparar su baño y hay té esperándolas en el balcón. El desayuno se cocina a pedido entre las siete y las once, y si necesitan algo, no duden en llamarme, solo marquen el número uno."

"Muchas gracias, esto es increíble." Celia levantó la vista hacia los techos altos pintados de verde y los arcos, decorados con los mismos mosaicos geométricos que el suelo exterior. Antes de subir exploraron las grandes y espaciosas salas de la planta baja que eran de uso común, una más opulenta que la otra. Pasaron por un spa, una sala de lectura, una sala de jardín con una piscina pequeña y dos salas de estar con alfombras y sofás de lujo frente a chimeneas ornamentales, antes de terminar en el área de recepción, desde donde una escalera las conducía a la siguiente planta.

Los ojos de Erin estaban fijos en el trasero de Celia mientras caminaban y su interior se tensó, sabiendo que podría tenerla para ella sola otra vez por fin. Esta mañana, un día podía parecer que no era tan largo, pero había resultado muy, muy difícil mantener sus manos lejos de ella.

En cuanto Celia cerró la puerta, Erin la empujó contra ella, sonriendo al ver el mismo deseo en los ojos de su amante. Deslizó su mano bajo la blusa de Celia y la pasó por el pecho, metiendo el pulgar debajo del borde del sostén.

"¿Qué está haciendo, capitán?" bromeó Celia con voz ronca y que hizo que Erin sintiera en todos los lugares de su cuerpo que tenían que sentir.

"Estoy reclamando mi premio por haberme portado bien hoy." Erin rozó sus labios contra los de Celia y empujó su cuerpo contra el de ella, sacando un suave gemido de sus labios. Era vagamente consciente de que estaba en la habitación de hotel más hermosa en la que había estado nunca después de fijarse en las cortinas blancas que rodeaban la cama, las alfombras blancas y doradas en el suelo de baldosas y la bañera en un rincón de la habitación junto a una ventana que daba al jardín de detrás del riad. Pero incluso con su experiencia y su amor por el diseño por todo lo bien hecho, no sentía ningún deseo de apartar los ojos de Celia ni por un segundo.

Las pestañas de Celia se levantaron y parpadeó seductoramente. "Tienes razón, has sido buena. Creo que te mereces tu premio ahora." Comenzaron un beso lento y sensual, sus manos vagando la una sobre la otra, hasta que Celia se retiró, sin aliento. "Cierra las puertas del balcón," susurró. "Quiero darme un baño contigo."

A Erin se le encogió el estómago, su libido disparándose a toda máquina, y se dirigió a las puertas para cerrarlas, cerrando también las pesadas cortinas de seda verde. Cuando se dio la vuelta, Celia estaba desnuda junta a la gran bañera cuadrada con azulejos de mosaico que parecía más una mini piscina. Salía un aroma a aceite de rosa del agua humeante y pétalos de la flor flotaban en la superficie. Quitándose la horquilla, Celia sacudió su cabello de esa manera seductora y sexy que la hacía volverse loca por dentro antes de meterse en la bañera y sumergirse en el agua caliente con un largo suspiro.

"¿A qué esperas?" Fijó sus ojos en los de Erin y arqueó una ceja, luego puso una pierna sobre el borde de la bañera mientras se hundía y sumergía la cabeza en el agua.

"¿Estás intentando matarme?" Por un instante, Erin se quedó como clavada en el suelo. Celia le quitaba el aliento cada vez que se entregaba a ella sin restricciones. Verla en esa bañera, bajo los pétalos de rosa, con el cabello mojado y el agua resbalando por su rostro, esperándola a ella y solo a ella, casi parecía demasiado bueno para ser verdad. Al darse cuenta de que la estaba mirando fijamente, movió la cabeza con una sonrisa, se desvistió y se unió a ella.

"Ven aquí." Celia la atrajo hacia ella y pasó sus dedos por el cabello de Erin.

"Dios, es maravilloso." Erin gimió mientras se sumergía, luego deslizó sus manos por los muslos de Celia, que estaban presionados contra sus caderas. Estaba a punto de darse la vuelta para besarla pero Celia la detuvo.

"No. Quédate así," le susurró Celia al oído, haciéndola temblar por completo.

Las manos de Celia recorriendo sus pechos la hicieron desear más, así que se relajó y se recostó en su abrazo, apoyando la mejilla sobre su pecho. Sus pezones se endurecieron cuando Celia los pellizcó mientras besaba su cuello. Sintiendo que su mano se movía entre sus muslos, su respiración se aceleró y jadeó cuando los dedos de Celia rozaron su ahora sensible clítoris.

"Eres la única mujer que me excita de esta manera," susurró. "Lo juro, ni siquiera me gustaba que me tocaran."

"Bien," susurró Celia también. Erin pudo sentir cómo sus labios dibujaban una sonrisa contra su cuello mientras empujaba sus caderas hacia arriba, necesitando más. "Porque pienso hacerte gritar...toda la noche." Sus dedos comenzaron a rodear el clítoris de Erin más rápido y con más fuerza, arrancando fuertes gemidos de su boca.

Erin abrió las piernas y cerró los ojos, la sensación que le recorría era demasiado. Recostándose contra el cuerpo lujurioso de Celia, tenía problemas para permanecer quieta y sus frenéticos movimientos hicieron que el agua salpicara por el borde de la bañera.

"Cariño, estás provocando un desastre," dijo Celia con una risa entre dientes.

"No puedo evitarlo. Esto es..." Erin dejó de hablar cuando su clímax la invadió. Sus manos se cerraron rodeando los muslos de Celia cuando se le escapó un gemido gutural. Era mucho más fuerte de lo que esperaba y se sorprendió del poder de su voz. Celia la podía hacer gritar de verdad y, lo mejor de todo, era que podía hacer que se corriera tan fuerte como para hacerle perder el control. Entonces la soltó y no le importó si el suelo se inundaba o no. Sin duda había encontrado su pareja perfecta.

37

"*E*s como si esto fuera otro mundo," murmuró Celia mientras miraba por la ventanilla. Habían dejado de abrirlas porque el polvo seguía entrando en el coche y el calor era mucho más intenso tierra adentro, sin la brisa del mar. El paisaje había sido árido y rocoso durante la primera mitad del viaje y ahora las colinas volvían a ser más verdes. La cordillera Atlas empezaba a aparecer a la vista y le apretó la mano mientras señalaba los picos cubiertos de nieve.

El corazón de Erin empezó a latirle con más fuerza ante la vista que le resultaba tan familiar. No había sido consciente de que la había echado de menos hasta ahora y la invadió una sensación de nostalgia que le produjo tristeza. Se dirigían a la granja de su abuela en Asni, un pueblecito a los pies del Alto Atlas, aproximadamente a una hora al sur de Marrakech. El viaje había sido dificultoso y lleno de baches pero Erin se sintió aliviada al ver que Celia se estaba divirtiendo. No se había quejado del calor ni del mareo del coche, se había vestido con sencillez e incluso se había comprado un hiyab para cubrirse el pelo.

Ella misma nunca había usado un hiyab, se había

negado rotundamente cuando su madre le mencionó el tema a los once años. Ese había sido el principio de muchas peleas y sus comportamientos rebeldes. Al crecer en California, había tenido problemas para aceptar la cultura de sus padres y, especialmente siendo un chicazo, simplemente había estado fuera de toda discusión. Pero hoy llevaba puesto uno que había comprado ayer en el zoco. Si estaba haciendo esta visita con la intención de reavivar la relación con su abuela, sentía que debía llevarlo como muestra de respeto hacia ella. Era eso y también que tenía el pelo corto y que llevaba compañía femenina a un pueblecito donde su corte de pelo ya estaba fuera de lugar para la mayoría de las mujeres marroquíes. No haría más que alentarlos a sacar sus propias conclusiones.

"Había olvidado lo rural que era esta provincia," dijo, observando a un granjero solitario que paseaba a sus cabras por el camino polvoriento. Pasaron una gasolinera cuyo edificio había perdido su pared lateral y estaba derrumbado y un par de granjas viejas que había visto días mejores. "Han construido una carretera nueva desde la última vez que estuve aquí pero, aún así, parece que estamos a miles de kilómetros de la civilización."

"Pero, ¿recuerdas el área?" le preguntó Celia.

"Lo recuerdo todo." Erin señaló un edificio desgastado con tapices que colgaban del techo bajo. También estaban expuestos delante de la tienda y dos niñas pequeñas jugaban sobre ellos. "Incluso esta tienda. Está aquí desde hace, por lo menos, cuarenta años."

Cuanto más se acercaban a la granja, más grande se le hacía el nudo en el estómago. Tomó un par de respiraciones profundas en un intento por calmarse. Su abuela bien podría echarle un vistazo y enviarla de vuelta, Erin estaba preparada para eso. Después de todo, la había descuidado durante mucho tiempo. Estaba profundamente avergonzada de eso pero todo lo que podía hacer era presentarse, ser amable y esperar lo mejor.

Celia se deslizó en el asiento para acercarse a ella y entrelazó sus dedos, Erin la agarró con fuerza. Después de horas en el coche, el chófer ya se habría dado cuenta de que estaban juntas de todos modos y no pareció molestarle. "¿Estás bien?"

"Sí. Creo que sí." Volvió a respirar hondo y asintió. "Ha pasado mucho tiempo desde la última vez que estuve aquí, eso es todo." Señaló un árbol en las afueras del pueblo que se había partido durante una tormenta cuando tenía unos diez años. Había seguido creciendo en un ángulo bajo a lo largo de la carretera. El árbol siempre había sido un símbolo en el área y suponía que todavía lo seguía siendo. Como era de esperar, vio manchas pequeñas blancas entre las ramas. "Creo que te gustará esto," dijo, bajando la ventanilla antes de que pasaran.

Celia se echó a reír cuando vio al menos una docena de cabras blancas paradas entre las ramas más bajas del árbol, balando y siguiendo el coche con la mirada. "¿Qué están haciendo ahí?"

"No tengo ni idea," respondió Erin, riéndose también. "Siempre han estado ahí. Recuerdo que mi madre me decía específicamente que me quedara en el coche porque, algunas veces, hacíamos una parada aquí para "refrescarnos" antes de llegar. Para ella, refrescarse quería decir retocarse el maquillaje y ponerse su mejor hiyab, y para mi padre era una oportunidad para afeitarse en seco rápidamente mirándose en el espejo retrovisor de nuestro coche de alquiler. Bueno, el caso es que un día salí del coche y aprendí la lección." Puso los ojos en blanco con humor al recordarlo. "Las cabras atacan cualquier cosa que salga de un coche así que digamos que llegué a la casa de mis abuelos con un aspecto poco respetable."

El serpenteante camino se hacía más recto a medida que atravesaban el pueblo. Muchas de las tiendas que solían alinearse en la calle principal habían cerrado y muchas casas parecían deshabitadas porque estaban tapiadas o faltaban ventanas y partes de las fachadas. Era triste pero no sorprendente. A diferencia de las generaciones anteriores, los jóvenes de hoy ya no querían hacerse cargo del negocio familiar y muchos se habrían mudado a ciudades más grandes, donde las perspectivas laborales eran prometedoras y la calidad de vida aún más.

Erin le explicó al conductor adónde dirigirse. Giró después de la última casa de la calle principal y subió una colina empinada. El camino arenoso pasaba por huertos de manzanos y olivos y un arroyo pequeño que bajaba de las montañas del Atlas.

"¿Por qué no la llamaste para avisarle de que venías?" preguntó Celia.

"Sinceramente, no creo que tenga teléfono. No solía tenerlo y la forma en que vive...bueno, digamos que espero que estés preparada para esto." Erin se encogió de hombros. "Puede que ahora tenga teléfono, las cosas cambian, claro, pero mis padres se niegan a hablarme de ella así que no puedo preguntarles. Todo lo que sé es que siguen dándole dinero todos los meses para que le ayuden en la granja así que eso quiere decir que todavía vive aquí."

"¿Qué edad tiene?"

"Ochenta y nueve." Dijo Erin con un profundo suspiro. Se acercaron a la granja y guió al chófer, llevándolo hacia el costado de la casa. Le pidió que esperara, prometiéndole que le traería comida una vez que hubiera hablado con su abuela o que se detendrían en algún lugar y le invitaría a comer si tenían que hacer el camino de vuelta.

"Dios, es tan diferente a como lo esperaba," dijo Celia mientras salía del coche. "Es precioso en la forma más dura. Las montañas al fondo, los campos de cultivo verde y las cabras en los árboles..." Le dirigió una dulce sonrisa a Erin en un intento por calmar sus nervios. "No se parece en nada a todo lo que haya podido ver, tan auténtico, tan intacto, y..."

"¿Subdesarrollado?" sugirió Erin.

"Sí, eso también." Celia miró a su alrededor. La casa bereber, hecha de rocas y ladrillos de arcilla erigida en la montaña parecía desgastada y necesitada de renovación. Grandes grietas corrían desde la parte de arriba hasta debajo de la pared exterior y las canaletas se habían caído. No era una granja en el sentido tradicional de la palabra. No a lo que estaba acostumbrada ella al menos. No había granero ni grandes máquinas agrícolas. Junto a la casa había un olivo y debajo un gallinero. A su alrededor, una variedad de cerdos y cabras vagaban libremente y delante de la casa había un gran huerto de manzanos. Un par de hombres trabajaban entre los árboles, regándolos.

Erin siguió su mirada y sintió una puñalada al ver dos viejos trozos de cuerda colgando de uno de los árboles, donde solía estar su columpio. "Solo para que estés avisada, no me sorprendería que todavía tenga un baño al aire libre." Sintió que le temblaban las piernas mientras se dirigían a la puerta principal. Se tomó un momento para calmarse y se ajustó el hiyab antes de llamar.

38

La mujer que abrió la puerta no parecía tener ochenta y nueve años. Su rostro, dañado por el sol, sí. Los profundos surcos entre sus cejas y alrededor de sus ojos mostraban su edad, pero su postura era recta, como una mujer sana y fuerte. Cuando miró a Celia y luego a Erin, sus ojos se entrecerraron con sospecha. Celia se preocupó al pensar que podría sacar un bate de béisbol de detrás de la puerta e ir tras ellas. Pero entonces sucedió algo precioso. Volvió a mirar a Erin y su expresión se suavizó. Murmuró algo en árabe y cuando Erin asintió, las lágrimas comenzaron a rodar por sus mejillas y se lanzó al cuello de Erin, llorando.

"Jedda..." Erin le susurró algo más y la abrazó con fuerza durante un largo momento, balanceándola lentamente de un lado a otro.

Celia la oyó gemir y se le hizo un nudo en la garganta. Sentía que se estaba inmiscuyendo en su momento íntimo y estaba a punto de dar un paso atrás y explorar el jardín cuando Erin se separó del abrazo y le hizo un gesto para que se acercara. La abuela tenía las manos sobre su rostro, pellizcando sus mejillas y acariciando su cabeza con una gran sonrisa desdentada y emocional.

"Salam Alaikum." Celia repitió lo que Erin le había enseñado, mirando fijamente a la anciana y recibió una sonrisa cálida y un abrazo como respuesta. Entonces, la abuela comenzó a frotar sus brazos y hombros con un torrente de lágrimas antes de guiarlas hacia dentro por una escalera desgastada cubierta de arcilla.

"Está todo bien," susurró Erin sobre su hombro mientras se secaba los ojos, con un alivio evidente en su rostro.

Celia se quitó los zapatos, le dedicó una sonrisa tranquilizadora y las siguió hasta la sala de estar, que estaba a oscuras, donde se sentaron sobre almohadones gastados colocados sobre el suelo alrededor de una mesa baja. "¿Deberíamos ayudarla con algo?" preguntó, viendo a la abuela de Erin desaparecer en lo que supuso era la cocina.

"No, ahora no." Erin le dio un apretón rápido a su mano. "Sé que no parece correcto no ayudarla, pero es la costumbre. Podría sentirse insultada si intentaras ayudarla, considerando que acabamos de llegar."

"De acuerdo, no lo haré entonces." Celia se alegraba de ver que la ansiedad que había sentido antes había desaparecido. La ligereza de su abuela dándole la bienvenida con los brazos abiertos le había permitido, por fin, relajarse.

"Gracias," dijo. "No creo que hubiera venido si tú no me hubieras animado a hacerlo. Me alegro de que estés aquí conmigo."

"Yo también." Celia se movió, cruzó las piernas y observó la habitación básica. Una variedad de alfombras gastadas cubrían el suelo de arcilla y, aparte de los cojines grandes cuadrados en los que estaban sentadas y la mesa baja delante de ellas, no había otros muebles. Había un par de fotografías descoloridas pegadas a la pared, con las esquinas dobladas y rotas en algunos lugares. Sus labios dibujaron una sonrisa cuando vio a una muchachita que se parecía mucho a Erin. "¿Esa eres tú?"

Erin siguió su mirada y se rió entre dientes. "Sí, esa soy yo. La hizo mi padre la última vez que estuve aquí, creo."

"Pareces tan diferente con el pelo largo. Pero veo claramente que eres tú por tus ojos y tu sonrisa."

"Dios, se me veía diferente de verdad por aquel entonces." Erin ladeó la cabeza, mirándose a sí misma a una edad tan joven. "Odiaba el pelo largo. Me lo corté el mismo día que salí de la casa de mis padres. Mi madre lloró durante una semana entera y creo que todavía no lo ha superado."

La abuela de Erin regresó con una bandeja llena de dátiles, baklava y una tetera con tres vasitos de té. Sirvió el té, le añadió miel y le dio uno a Celia mientras murmuraba algo a Erin.

"Jedda me está diciendo que eres muy guapa y yo no podría estar más de acuerdo."

"Gracias." Celia le dirigió una sonrisa e inclinó la cabeza, entonces recordó la palabra árabe para decir "gracias". "Shukran."

"Shukran." Repitió la abuela con una sonrisa de aprobación. Hizo un gesto hacia la bandeja, animándola a servirse ella misma.

Celia cogió uno y se volvió hacia Erin. "¿Qué le has dicho sobre mí?"

"Le he dicho que eres una amiga," dijo con un tono de semi disculpa en su voz. "Y lo eres, así que no es exactamente una mentira."

"Vale," dijo sonriendo. "Bueno, por favor, no te preocupes por mí. Habla con ella. Estoy muy feliz aquí sentada escuchándote. Es fascinante oírte hablar en árabe."

"Gracias." Erin comenzó a hablar con su abuela de

nuevo. El apasionado intercambio comenzó amigablemente con una risa aquí y allá pero, de repente, parecía que la conversación se estaba calentando, con la anciana repitiendo la misma frase una y otra vez.

Erin levantó las manos, las apoyó en las rodillas y movió la cabeza con frustración. "Quiere saber por qué no nos quedamos a pasar la noche aquí," dijo enfadada. "Le he explicado que tenemos que volver al yate, que tenemos invitados y un itinerario, pero supongo que como no me ha visto en tanto tiempo, piensa que es inaceptable que nos vayamos tan pronto."

Celia levantó una ceja sorprendida. No entendía por qué Erin tenía que pensárselo. "Pues quedémonos entonces."

"¿Te quieres quedar?"

"¿Por qué no? Llama al tío Dieter y explícale que el plan ha cambiado. Él y Andy están con unos amigos. Estoy segura de que no le importaría quedarse otra noche o pueden dormir en *La Barracuda* que, honestamente, es probablemente mejor que cualquier hotel en Casablanca."

Erin frunció los labios mientras pensaba en ello. "Pero tenemos lugares que visitar y cosas que hacer. Puedo volver el mes que viene si quiero y, de hecho, podría hacerlo. Tu tío tiene un plan hecho y quiero respetarlo."

Celia frunció el ceño confundida. "¿Qué plan? Nunca ha tenido un horario en su vida. No entiendo por qué él tiene la última palabra en este viaje. Puede que ganara la subasta pero, después de todo, es tu yate. Pero si eso es lo que quieres de verdad, entonces volvamos al yate." Desvió la mirada hacia la abuela de Erin, que ahora la observaba, tratando de averiguar si ella era la causa de las dudas de Erin. Y, desde luego, no quería que la viera como la mala de la película. "En serio, Erin, mira a esta encantadora anciana. Está tan feliz de verte. Ha estado llorando sin parar prácticamente desde que llegamos. Sería un error no pasar la noche aquí."

"De acuerdo." Asintió y suspiró derrotada. "Tienes razón. Llamaré a Eddie y Dieter y les diré que volveremos mañana."

"Bien." Celia le dirigió una sonrisa a la abuela, haciéndole saber que todo estaba bien. "¿Voy a decírselo al chófer?"

"Ya voy yo." Erin se levantó y acarició la espalda de la abuela al pasar por su lado, diciéndole algo en árabe que la hizo llorar de felicidad una vez más. "Lo voy a invitar a comer."

39

*H*ablar de surrealista ni siquiera se acercaba para describir la situación, pensó Erin mientras se sentaban para comer. El chófer había decidido que prefería dormir en su coche antes que conducir de vuelta a casa para volver al día siguiente. Ella le estaba pagando generosamente, así que no estaba perdiendo dinero. También tenía la sensación de que el olor que salía de la olla de barro que había sobre el fuego de la cocina podría tener algo que ver con que él quisiera quedarse. El tayín de pollo había estado hirviendo a fuego lento desde que habían llegado por la mañana, extendiendo un delicioso aroma por toda la casa.

Y ahora, aquí estaba, en la casa de su abuela, donde no había estado desde que era adolescente, y tenía a Celia a su lado. El conductor parecía más que confundido sobre por qué dos norteamericanas, de aspecto adinerado, estaban sentadas en el suelo de una casa bereber, pero fue amable y educado y se unió a la conversación. Su abuela había empezado a quejarse de sus padres y, aunque Erin le había dicho que ese era un tema prohibido, no dejó de hacerlo e incluso le dijo al chófer cómo su propia hija la había traicionado al negarse a volver a Marruecos para hacerse cargo de la granja.

Erin lo dejó pasar. Su abuela tampoco había tenido nunca interés en visitarlos en Estados Unidos y habiendo vivido aquí toda su vida, no podía entender cómo su madre no deseaba volver. Aunque parecía gozar de buena salud, también parecía mucho mayor y cada vez que la miraba, sentía una punzada de dolor por haber dejado pasar tanto tiempo. Se había acostumbrado tanto a los lujos que tenía en su vida que era difícil imaginar que solía venir aquí de vacaciones, sin pensar dos veces en la simplicidad del estilo de vida bereber. La falta de muebles y aparatos electrónicos, las duras condiciones climáticas con el intenso calor en verano y los gélidos inviernos, la ausencia de infraestructuras o, incluso, de una ruta de autobús.

La olla con el tayín se colocó en medio de ellos en el suelo. Usaron pan recién horneado para recoger la salsa, las verduras y el pollo y lo acompañaron con té. Todavía recordaba la forma correcta de hacerlo y estaba impresionada con Celia, que la observaba comer y la imitaba sin esfuerzo, asegurándose de usar solo su mano derecha.

"Esto es una experiencia increíble," dijo Celia. "Y la comida es deliciosa." Se volvió hacia la abuela de Erin, señalando la olla con una sonrisa en los labios.

"Puede sonar extraño, pero la gente paga mucho dinero hoy en día por un recorrido turístico, que incluye un almuerzo con una familia bereber tradicional," bromeó Erin. "Nunca hasta ahora me había dado cuenta de lo poco usual que eran mis orígenes." Su corazón se derretía cada vez que miraba a Celia. Esta increíble mujer, rica y acostumbrada a las comodidades de su vida, estaba dispuesta a dormir en una alfombra llena de polvo sobre el suelo, y solo para hacer feliz a la abuela de otra persona. Era cortés y educada y no parecía sorprendida por el estado de la casa o la falta de luz o incluso el olor a tierra. Simplemente era así. Una persona maravillosa, exactamente lo que Erin había vivido durante el tiempo que llevaban juntas. Le llegaba a lo más profundo de su ser y fue en ese momento cuando su juicio sobre Celia cambió de manera dramática. Su percepción de la relación que mantenían en la actualidad y su futuro potencial. Nunca había pensado en su futuro cuando se trataba de mujeres pero ahora no podía imaginar no tener a Celia en su vida.

Por supuesto, era demasiado pronto para pensar así y se dijo a sí misma que no debía dejarse llevar demasiado porque era plenamente consciente, y estaba constantemente en su mente, del gran secreto que había entre ellas. Odiaba mentirle y le preocupaba que si Celia se llegara a enterar, podría arruinar por completo sus posibilidades de futuro con ella. Pero tenía que cumplir la promesa que le había hecho a Dieter. Se estaba divirtiendo tanto con su adorada sobrina. Y si actuar como si nada estuviera ocurriendo haría que los últimos meses de su vida fueran más felices, entonces eso es lo que tendría que seguir haciendo.

"¿Sabes? En realidad también es una experiencia increíble para mí, lo creas o no," le dijo a Celia mientras su abuela hablaba con el conductor, quejándose una vez más de la falta de lealtad en la familia. Sabía que era solo cuestión de tiempo que su abuela le pidiera mudarse aquí y Erin temía esa conversación. "Se me había olvidado cómo era la vida aquí. Y, aparte de mi abuela, es agradable estar de vuelta, aunque no creo que pudiera hacerlo por mucho tiempo."

"¿Sientes que estás reconectando con tus raíces?" preguntó Celia.

"De alguna manera, sí. Aparte de cuando visito a mis padres, nunca como comida marroquí, simplemente porque no hay restaurantes marroquíes en las Bermudas y, como ya te he dicho alguna vez, no soy muy cocinera." Erin dio un mordisco, saboreando el delicioso y reconfortante sabor de su infancia. "Nunca escucho música árabe y no tengo amigos árabes, así que es fácil olvidar de dónde vengo."

"¿Crees que volverás más a menudo después de esta visita?" Celia tomó el pan que le ofrecía la abuela, arrancó un trozó y se lo pasó.

"Me gustaría, pero depende de cómo vaya hoy." Erin lanzó una rápida mirada a su abuela, que se estaba poniendo más nerviosa, levantando la voz al conductor y agitando las manos. Siempre había sido una luchadora. "Jedda estaba súper feliz de verme pero apuesto a que no tardará mucho en reprocharme que haya estado tan alejada todos estos años. Supongo que tiene todo el derecho a hacerlo, pero incluso podría ir más lejos y pedirme que me mude con ella, al no estar casada y todo eso." Erin se rió entre dientes. "Todavía no me ha regañado por llevar pantalones vaqueros pero eso es también cuestión de tiempo."

40

———

"¡*Ay*!" Erin se sentó y flexionó los hombros.

"¿Dolor de espalda?" preguntó Celia, sentándose también. Habían dormido en dos esteras en la sala de estar, completamente vestidas porque pensaron que sería más fácil esperar a ducharse hasta que volvieran a *La Barracuda*. Se habían despertado con la llamada a la oración que venía de una mezquita cercana y el sonido había hecho sonreír a Celia porque anunciaba otra mañana en otro mundo. Y era un mundo fascinante. Nunca pensó que se encontraría en esta situación, pero estaba agradecida por esta experiencia. El día de ayer había sido largo y emotivo para Erin y sentía que la entendía mejor ahora.

"Un poco dolorida, sí." Dijo Erin con una mueca de dolor. "¿Cómo está la tuya?"

"Yo estoy bien, creo, pero soy mucho más joven que tú," bromeó mientras estiraba los brazos por encima de la cabeza.

Los ojos de Erin se abrieron como platos y le dio un codazo juguetón en las costillas. "¡Oye! Que no soy tan mayor. Pero lo que no entiendo es cómo una mujer de más de ochenta años puede dormir así."

"¿Estás diciendo que tu abuela no tiene una cama?"

"No estoy segura. No he visto su habitación pero supongo que también duerme en el suelo. Siempre lo ha hecho así y no es mujer de cambiar su forma de ser por buscar comodidad."

"Quizás deberías comprarle una cama," sugirió Celia. Trató de imaginarse la reacción de su madre al verla así. Su pelo era un desastre, la cara sin lavar y las plantas de los pies tenían un color anaranjado intenso por haber estado caminando sobre el suelo de arcilla. Y entonces sus labios dibujaron una sonrisa divertida cuando se imaginó lo inimaginable: su madre en esta situación.

"Buen pensamiento por tu parte pero Jedda es una mujer sencilla, como la mayoría de las personas que viven aquí. Mis padres intentaron enviarle cosas cuando se mudaron por primera vez a Estados Unidos pero ella no quería nada y lo regaló todo. En sus orígenes, los bereberes se movían mucho de un lado a otro, así que no poseían muchas cosas porque no era práctico. Aunque los que viven en Asti, incluida mi abuela, se establecieron hace mucho tiempo, su forma de pensar nunca cambió." Dijo Erin encogiéndose de hombros. "Simplemente no le interesa. Todo lo que ha aceptado es un poco de dinero para pagar a un par de tipos para que le ayuden en la cosecha de las manzanas. Todavía tiene un puesto en el mercado dos veces a la semana. La llevan allí por la mañana y la recogen por la tarde porque está decidida a vender los productos ella misma."

"Esa es una vida dura."

"Sí que lo es. Pero parece que está sana y feliz, en general. Aunque anoche fue una auténtica pesadilla, intentando emparejarme con el chófer. Me aseguraré de volver dos veces al año o así para ver cómo está. Cuando llegue el momento en que no pueda valerse por sí misma, tendré que hablar con mis padres para ver qué decisiones tomar."

"Hmm..." Celia hizo una pausa por un momento. "¿Saben que estás aquí?"

"No, pero se lo diré la próxima vez que vaya a verlos." Erin aspiró profundamente cuando un olor a pan recién hecho empezó a flotar por la sala de estar. "Mmm... huele bien. Creo que Jedda está levantada. Hay un pozo a un lado de la casa, por si quieres lavarte la cara. O puedo conseguirte un cuenco con agua."

"No te preocupes, el pozo está bien." Celia se levantó, se sacudió la ropa y se reajustó su hiyab. Luego estiró la camiseta de Erin y le colocó su hiyab sobre la frente. "Estás muy mona. Tanto que quiero besarte."

Erin se echó a reír. "Siento muchas cosas ahora mismo, pero mona no es una de ellas." Clavó sus ojos en los de Celia y se lamió los labios. "No tienes ni idea de cuánto deseo besarte también, pero tendré un gran problema si ella entra y nos ve."

"Esperemos hasta que estemos solas." Celia le guiñó un ojo y encendió su teléfono para ver la hora. Lo había apagado la noche anterior para ahorrar batería porque no había dónde cargarlo. "Guau, las seis de la mañana." Rió entre dientes. "Por eso se está tan bien y tan fresquito aquí. Aunque la temperatura también estuvo bastante bien anoche."

"Estas casas están diseñadas para estar frescas durante el verano y cálidas en invierno," dijo Erin. "Como partes de ellas están construidas en las rocas y la mayoría de las habitaciones están bajo tierra, el aislamiento es excelente. Pero nunca he estado aquí en invierno. No me atrevería."

"No, eso suena un poco desalentador. Supongo que estaría prácticamente cubierto de nieve en los días malos." Celia cruzó la habitación hasta la escalera y se puso las sandalias. "Avísame si necesitas ayuda, ¿vale? No es que no quiera, pero supongo que querrá pasar un tiempo a solas contigo." Le lanzó un beso. "Voy a refrescarme y a echar un vistazo al huerto."

El sol casi la cegó cuando salió y el calor seco la golpeó de inmediato, a pesar de que el sol estaba saliendo. Miró hacia las montañas del Atlas. Sus picos brillaban con nieve mientras la llamada a la oración aún resonaba de sus paredes. Los caminos de tierra serpenteaban a través del paisaje seco, lleno de pinos y cedros. Sus colores eran espectaculares, mostrando tonos tierra mezclados con verdes vibrantes que contrastaban con el azul del cielo. Aquí no había nada artificial, todo era auténtico y tal como se suponía que debía ser. La amplia cadena montañosa la hizo sentir insignificante y, mientras saludaba a los trabajadores y caminaba hacia el pozo, se dio cuenta de que era una experiencia muy aleccionadora. Tenía mucha suerte de estar aquí, con Erin.

41

"*O*léis bien." Dijo Celia mientras abrazaba a Dieter y Andy al regresar a *La Barracuda*. Esperaba que hubieran estado aquí cuando ellas regresaron, pero habían estado haciendo algunas compras de última hora porque, por lo que parecía, para Andy nunca era suficiente. Refrescada después de una larga ducha y un cambio de ropa, estaba entusiasmada. "¿Qué habéis estado haciendo?"

"El amigo de Dieter, Achmed, nos llevó a un hammam esta mañana y ¡nos han mimado de verdad!" exclamó Andy antes de que Dieter tuviera la oportunidad de responder. "Siente lo suave que está mi piel. En serio, tócala." Extendió su brazo y Celia le lanzó una mirada divertida mientras pasaba su mano arriba y abajo.

"Guau. Tu piel parece la de un bebé. He oído que duele. ¿Te dolió?"

"Sí," intervino Dieter. "Bueno, a mí me dolió. Era como si me estuvieran lijando, pero dudo que para Andy fuera doloroso. Se negó a que el exfoliante fuera parte de su tratamiento, que es el objetivo de ir al hammam," añadió con una sonrisa. "Estaba aterrorizado de perder su bronceado,

223

así que simplemente lo enjabonaron y lo lavaron con una manguera."

"¡Eh!, por lo menos todavía tengo mi maravilloso brillo dorado. Tú, sin embargo, estás rosa, mi amor." Andy le dio a Dieter una palmada en el trasero y volvió a centrar su atención en Celia. "Se suponía que íbamos a ir a ver un espectáculo de la danza del vientre anoche, pero el papi estaba cansado," bromeó.

"¡Qué asco! Andy, no me llames así." Dieter se rió entre dientes. "Cansado o no, nos lo estábamos pasando muy bien, así que no estuvo mal quedarnos otra noche." Señaló una bolsa pequeña que colgaba de la muñeca de Celia. "¿Qué has comprado tú?"

"Muchas cosas, pero esta es para ti." Celia le entregó la bolsa de regalo que contenía una caja de puros plateada. Tenía sus iniciales grabadas en la parte delantera y en el reverso decía "Para mi hombre favorito en todo el mundo. Con amor, Celia."

Cuando su tío lo cogió y le dio la vuelta, su reacción la sorprendió. Estaba claramente tratando de ocultar cuánto le habían conmovido esas palabras pero no pudo evitar que le brotaran las lágrimas.

"Gracias cariño. No tienes idea de lo que esto significa para mí," dijo con voz temblorosa, atrayéndola hacia él y dándole un largo abrazo.

"De nada."Celia no sabía qué decir ante este comportamiento tan poco usual en su tío. Normalmente, se reía de las cosas pero, últimamente, había estado un poco sentimental y las conversaciones que habían mantenido desde que habían embarcado en *La Barracuda* habían sido más profundas que antes.

Dieter la soltó y movió la cabeza mientras retrocedía. "Lo siento, esto me ha hecho llorar. Es muy considerado de tu parte."

"Es verdad," dijo Celia. "Eres la persona más importante en mi vida. Lo has sido desde que murió papá."

Dieter asintió, su labio inferior temblaba cuando la tomó por los hombros y la miró. "Y tú has sido siempre como una hija para mí. Espero que lo sepas. Yo también echo mucho de menos a tu padre."

"Lo sé." Celia frunció el ceño cuando vio por el rabillo del ojo a Andy haciendo un gesto de náuseas. "¿Qué?" dijo, girándose hacia él con una ceja levantada.

"¿Qué?" repitió Andy, poniendo los ojos en blanco. "Basta ya de blandenguerías, vamos a divertirnos un poco. Conozco a Dieter hace cuatro años y nunca lo he visto llorar hasta que embarcamos en este barco. En serio, no ha dejado de sollozar desde que salimos de Suiza."

"Ah, ¿sí?" Celia lo miró pero él le hizo un gesto con la mano para que no le hiciera caso.

"Como ya he dicho más de una vez, me estoy haciendo mayor. Y ahora, señor-que-lo-sabe-todo-de-mí, ¿qué tipo de diversión tenías pensado?" Le pasó un brazo por los hombros y tiró de él.

"Bueno..." Andy se puso un dedo en los labios y miró al cielo como si estuviera pensando seriamente. "¿Qué tal si os sentáis todos en el salón y me pedís un Dirty Martini mientras voy a nuestra habitación? Vuelvo en diez minutos para enseñaros todas las cosas que he comprado. ¡Asegúrate de que mi bebida esté extra sucia!"

Celia estaba asombrada de ver cómo siempre todo giraba en torno a Andy y él no sentía la necesidad de disculparse. "Por supuesto. Y si eso te hace feliz, me encantaría felicitarte por tu gusto con todas y cada una de las cosas que te pongas o enseñes," dijo con un toque de sarcasmo.

"Genial. Me gustas." Andy pasó la vista por la cubierta y

luego miró la cubierta superior. "¿Dónde está Erin? Ella también tiene que unirse al grupo. Una audiencia de una sola persona no es una audiencia."

"Y yo ¿qué?" preguntó Dieter.

"Tú no cuentas. Ya lo has visto todo."

"Y también lo he pagado todo," añadió Dieter con una sonrisa burlona.

Andy se encogió de hombros. "Está bien, es justo cariño. Pero no olvides que, aunque lo hayas pagado todo, al final, será tu recompensa. Espera a que me veas con esos bañadores diminutos nuevos. No podrás quitarme las manos de encima."

"Eso es una forma de verlo." Celia le lanzó una sonrisa. "Y, respondiendo a tu pregunta, Erin está con Eddie, planificando la ruta. Entraremos en aguas más turbulentas después de Dakar, así que están estudiando el pronóstico del tiempo. Seguro que baja pronto."

"Excelente." Andy le dio un beso a Dieter en la mejilla y se giró sobre sus talones. "Dejemos veinte minutos entonces," gritó por encima del hombro.

"No te aburres con él," bromeó Celia mientras seguía a su tío hacia el salón de la cubierta inferior, donde el personal había preparado la barra para su llegada. Estaba lista para una copa después de las últimas veinticuatro horas y sospechaba que a Erin tampoco le vendría mal.

"Aburrirse es un eufemismo." Dieter saludó a Desirée, la camarera, y miró la selección de botellas detrás de la barra. "¿Podrías ponerme un Dirty Martini para Andy, por favor? Que sea suave, está un poco hiperactivo hoy," agregó con un guiño. "Y yo tomaré..." se volvió hacia Celia y ella sonrió al ver la picardía que reflejaban sus ojos. "¿Qué te parece si empezamos con un chupito?"

"¿Un chupito?" Celia estalló en risas pero se dio cuenta

de que su tío estaba hablando en serio. "Claro, me tomaré un chupito contigo. Pero solo tequila. No bebo nada de colores brillantes o dulce."

"Tequila entonces." Dieter se inclinó sobre la barra e hizo una señal con la cabeza a Desirée, que había estado escuchando la conversación. Ella ya estaba en ello, sirviendo dos tequilas en vasos helados, con el borde cubierto de sal, antes de añadir una rodaja de limón en la parte superior. "Gracias Dessi. Es el chupito más bonito que he visto jamás."

"¿Has probado el tequila alguna vez?" preguntó Celia, chocando su vaso contra el de él. Lamió el borde, mordió el limón sin inmutarse y bebió de un solo trago.

"Por supuesto. Una vez fui joven." Su tío hizo lo mismo e intentó mantener una cara seria, pero fracasó. "Y, Dios, se me había olvidado cuánto odio este sabor." Cerró los ojos y respiró hondo, luego bajó la voz hasta un susurro. "Pero me gusta cómo me hace sentir, así que vamos a tomarnos otro."

42

*E*rin escuchó música y risas provenientes de la cubierta principal y se inclinó sobre la barandilla para ver qué sucedía debajo. Celia y Dieter estaban sentados en el sofá de la esquina, ambos con una copa de vino rosado y dos vasos de chupito vacíos frente a ellos, riéndose a carcajadas mientras veían a Andy montar una especie de desfile de moda. Estaba pavoneándose arriba y abajo con una túnica blanca y dorada, se paró delante de ellos, adoptando una pose antes de girar teatralmente y volver al interior. Ver cuánto se estaban divirtiendo Celia y Dieter juntos la hizo sonreír y bajó para unirse a ellos.

"¿Qué estamos bebiendo?" preguntó, mirando los vasos de chupito.

"Vino rosado y tequila," dijo Celia con una sonrisa. "No es necesariamente una combinación socialmente aceptable, pero nos apetecían las dos cosas y es sorprendentemente bueno cuando los bebes juntos."

"Ajá." Erin captó la atención de Desirée con la mano y señaló los vasos de Celia y Dieter. "Tomaré lo mismo, por favor. Y dos chupitos más para estos dos."

"Oh Dios, para mí ya no más." Dijo Celia levantando una mano. "No he bebido tequila hace años y ya me estoy notando los efectos."

"Tonterías." Dieter se levantó y cogió los vasos. "Si yo puedo beberlo, tú también puedes y esta noche nos vamos a emborrachar juntos aunque sea lo último que haga."

"¡No mires!" gritó Andy desde detrás de las puertas de cristal. "Todavía me estoy cambiando y estoy buscando la melodía perfecta para que combine con este atuendo."

"¡No estoy mirando, solo voy a por un trago!" gritó Dieter también. "Te has perdido el primer pase de Andy por la pasarela," informó a Erin. "Pero no te preocupes, habrá muchos, muchos más."

"No me cabe la menor duda." Erin echó un vistazo adentro, donde Andy gritaba instrucciones a su Alexa.

Cogieron sus bebidas y se unieron a Celia, que se estaba limpiando las lágrimas de risa de sus mejillas. Palmeó el espacio libre a su lado y besó a Erin cuando se sentó. "Cariño, esto te va a encantar."

Erin le lanzó una sonrisa cariñosa y la atrajo hacia ella. "Estás muy mona cuando estás achispada."

"Bueno, será mejor que te pongas al día porque vas a necesitar tequila para el *Show de Andy*." Celia contuvo una risita mientras señalaba las puertas de cristal automáticas que se abrían, revelando a Andy con la mano en la cadera en otra túnica, una rosa con bordados dorados esta vez. Llevaba babuchas rosas a juego y un sombrero turco dorado, con el cabello rubio cuidadosamente arreglado alrededor del borde. A decir verdad, no estaba mal con esa ropa. De hecho, le quedaba bastante bien. Pero la forma en que salió y posó con una canción de *Pet Shop Boys*, con el rostro serio y la boca haciendo pucheros, era muy divertido.

El fabuloso vestuario nuevo de Andy era, cuanto menos,

impresionante y ya había planificado sus atuendos para el resto del viaje. Se sirvieron más bebidas y, mientras el sol se hundía en el horizonte, comenzaron a navegar lentamente por la costa africana. Se informaron mutuamente de los acontecimientos de los últimos días, con Andy y Dieter especialmente interesados en todo lo ocurrido en la visita a la abuela de Erin.

Marcus, que había estado en el mercado y había comprado ingredientes y diferentes placeres marroquíes pedidos por Erin, sacó una selección de deliciosos bocadillos. Se repartieron pastelitos de queso y aceitunas, dátiles rellenos, tortilla de azafrán y canela cortada en gajos, panes frescos, almendras tostadas y una selección de mini kebabs.

"¿De verdad dormiste en el suelo?" preguntó Andy incrédulo por quinta vez. "No me pareces el tipo de mujer que viene de una familia pobre," añadió, mirando a Erin de arriba a abajo. "Simplemente asumí que tus padres eran árabes ricos o algo así."

"Pues no, vengo de familia pobre," dijo Erin encogiéndose de hombros. "Mis padres me allanaron el camino, por supuesto. Crecer en Los Ángeles me dio más oportunidades para construir algo por mí misma a las que habría tenido si hubiera crecido en las montañas Atlas pero, aún así, tuvimos problemas cuando yo era más joven y he tenido que luchar y trabajar duro para conseguir todo lo que tengo ahora."

"Pero tu abuela todavía duerme en el suelo..." Andy parecía emocionado mientras lo decía. "¿Por qué no la has traído contigo?"

"No quiere dejar su granja."

"La anciana tiene sus costumbres y está acostumbrada a ese estilo de vida," dijo Dieter. "Entiendo totalmente que no esté interesada en cambiar. Mucha gente duerme en el suelo. Yo he dormido en el suelo y nunca me molestó."

"Exactamente," intervino Celia. Decidió cambiar de tema cuando vio que Andy parecía estar al borde del llanto. "Bueno, ¿cuál es la ruta, adónde nos dirigimos? Dakar y Cabo Verde, ¿no?"

"Sí. Navegaremos a lo largo del continente africano a un ritmo pausado hasta llegar a Dakar. Allí repostaremos combustible porque es más fácil que hacerlo en Cabo Verde." Erin señaló a su izquierda, donde podían verse las amplias y llanas playas de Marruecos. "Le he pedido a Eddie que no vaya muy deprisa. La costa del Sáhara Occidental es espectacular." Sonrió. "Será mejor que disfrutéis de la tranquilidad de la costa mientras podáis porque podría ponerse difícil cuando salgamos a mar abierto."

"Entonces tú y yo podremos recrear *Titanic* durante la tormenta," bromeó Andy, sentándose en el regazo de Dieter.

Erin se echó a reír. "En el caso de que haya tormenta, todos debéis permanecer dentro así que no habrá recreación del *Titanic*, pero esperemos que no se ponga tan mal."

43

"*C*elia... Despierta." Dijo Erin dándole besos suaves en la frente. "Hay algo que quiero enseñarte."

Celia se llevó una mano a la sien, pensando que quizá podría haberse tomado demasiados tequilas la noche anterior. "¡Ay!" Después de una noche de diversión, se habían ido a la cama tambaleándose, borrachas y hambrientas la una de la otra. Su estado relajado por haber hecho el amor y por el suave balanceo del yate la habían sumido en un sueño profundo y se sintió un poco confundida cuando se sentó en la cama. "¿Qué hora es? ¿Qué hora es?"

"Solo ven conmigo." Erin le sostuvo el albornoz para que se envolviera en él, la atrajo hacia ella y la abrazó con fuerza. "Puedes volver a la cama en un minuto," murmuró contra su cabello, aspirando su aroma. "Pero no quería que te perdieras este amanecer."

Celia se frotó los ojos somnolientos mientras la seguía. O el océano estaba inusualmente tranquilo o no se estaban moviendo porque no sentía que se estuvieran balanceando tanto esta mañana. "¿Estamos anclados?" Hizo una mueca al recibir la luz brillante cuando se abrieron las puertas de cristal automáticas y salieron a la cubierta.

"Sí. Y ¿qué mejor manera de comenzar el día que con una vista como esta?"

Mientras se dirigían hacia la popa del yate, Celia se encontró cara a cara con tanto rojo que tuvo que parpadear un par de veces para asegurarse de que era real. De repente, todos sus sentidos estaban en alerta máxima, la belleza de la impresionante costa la hizo gemir.

Dieter y Andy ya estaban allí, cogidos de las manos mientras contemplaban el resplandeciente paisaje desértico. El sol naciente hizo que aparecieran sombras alrededor de las formaciones rocosas rojas y con formas extrañas que se elevaban de la tierra, también roja, que se encontraban a lo largo de la costa.

"Guau." Celia se acercó a su tío y se agarró a su brazo mientras él se enderezaba. "¿Esto es el Sáhara Occidental?"

"No exactamente. Técnicamente, todavía estamos en territorio marroquí pero estamos cerca. Es magnífico, ¿verdad?" Dieter rodeó a Andy con el otro brazo y los atrajo hacia él.

"Es increíble," dijo Andy, haciendo fotografías con la mano que le quedaba libre.

Erin se colocó detrás de Celia. "Se llama Playa de Legzira. Vale la pena levantarse para ver esto, ¿verdad?"

"Sí. Gracias por sacarme de la cama." Celia escuchó la voz de Ming y, cuando miró por encima del hombro, vio a toda la tripulación en la cubierta superior, tomando fotografías y disfrutando de la vista. Los saludó con la mano y Ming sonrió e hizo un gesto de anillo "perfecto" con los dedos.

"¡Bajamos con cafés en un minuto!" gritó.

"No hace falta, puedo hacerlos yo" dijo Erin, levantando la mirada también.

Celia dejó caer la cabeza sobre el hombro de Erin, sorprendida de lo natural que se sentía tenerla cerca. Se sentía cómoda a su alrededor y cada día que pasaba, sentía que estaban más unidas. Ambas habían bajado la guardia, poco a poco, invitándose mutuamente a entrar en sus vidas y eso era un sentimiento nuevo y hermoso para ella.

Arcos de piedra se adentraban en el Atlántico Norte como largos brazos en un rojo intenso y brillante. Esculpida por el mar, por lo que Celia supuso debían haber sido cientos de años, la costa parecía un paisaje de ensueño. Había un arco astronómico de piedra arenisca que enmarcaba el sol que iba apareciendo, creando un halo de luz. "Es tan bonito. Parece un planeta diferente."

Estaba todo en silencio sin el zumbido de los motores y nadie habló durante un buen rato mientras disfrutaban de la tranquilidad y la impresionante belleza que se extendía ante ellos. "¿Podemos quedarnos aquí un par de horas?" preguntó.

"Sí, lo que quieras," dijo Erin, envolviéndola en sus brazos por detrás. "No tenemos prisa."

"Vale…" Celia se giró hacia su tío, que parecía inmensamente feliz. Le encantaba verlo en su elemento y se dio cuenta entonces de lo precioso que era compartir estos momentos para ambos. Rara vez se tomaban un tiempo para hacer cosas divertidas juntos o para disfrutar de las maravillas que ofrecía la vida sin tener algo urgente a lo que volver. "¿Qué tal si desayunamos en la playa?" sugirió.

"Buena idea." Dieter levantó una ceja mientras miraba a Erin. "¿Qué opinas, jefa?"

"Yo digo que lo hagamos." Erin besó a Celia en la mejilla y la soltó. "Dejadme que os traiga un café y que hable con Eddie y Ming. Necesitarán tiempo para prepararlo todo."

～

"¿Quieres dar un paseo?"

"Claro." Celia miró a Andy. No parecía del tipo de persona a la que le gustara pasear pero sintió que quizás quería hablar, así que se levantó de la roca en la que estaba sentada. Ming y Erin estaban instalando una mesa plegable y sillas a la sombra del arco, mientras Marcus sacaba de una cesta el desayuno, que consistía en café, zumo recién hecho, croissants, trozos de tortilla y una selección de condimentos y fruta fresca. La habían rechazado cuando se ofreció a ayudar, así que estaba disfrutando del sol en su piel y del agua salpicando sus pies descalzos.

No se molestó en ponerse el caftán y sonrió con aire de suficiencia cuando, al pasar por el lado de Erin balanceando sus caderas, sintió que sus ojos la devoraban.

"Sé lo que estás haciendo ahí meneando este traserito sexy," le dijo Andy en broma, dándole una palmada en él. "Sabes muy bien que te está mirando."

"Sí," admitió Celia. "¿Pero no es eso parte de la diversión? ¿Un poco de seducción?"

"Absolutamente." Andy balanceó su trasero también y le lanzó un beso a Dieter por encima del hombro. "Y tú, princesa, eres una campeona en el arte de la seducción."

"Parece que tú también has practicado algo," replicó Celia cuando Dieter silbó entre dientes. Bajó la voz y se volvió hacia él. "Sobre el asunto ese de las drogas... Erin le pidió a Eddie que revisara su caja fuerte mientras estábamos en Casablanca. Sé que es intrusivo. Iba a hablar con él primero pero no tenía idea de cómo empezar la conversación y no creo que él me admitiera nunca algo así. Bueno, Erin me aseguró que no hay nada ilegal en la caja fuerte."

"Gracias a Dios." Andy dejó escapar un suspiro de alivio. "¿Te dijo lo que *había*?"

"No... Ahora que lo pienso, simplemente lo pasó por alto." Celia se encogió de hombros, dejando que la inquietud que sentía quedara en el olvido. "Pero estoy segura de que si ella dice que todo está bien, lo está."

"Sí." Andy tampoco parecía del todo satisfecho pero estaba menos preocupado ahora. "¿Sabes? Quería decirte que lo he pasado muy bien contigo, de verdad."

"Yo también." A Celia había llegado a gustarle durante los últimos doce días. Le parecía un joven solitario, alguien que no estaba acostumbrado a tener amigos de verdad y eso no le parecía impensable ahora que sabía su historia. "Me encantaría que siguiéramos en contacto cuando volvamos a casa. Y, pase lo que pase entre mi tío y tú, estoy aquí para ti, ¿de acuerdo?" Lo decía en serio. Andy era divertido para pasar el rato y su deseo de ser constantemente el centro de atención la hacía reír todos los días.

Andy tragó saliva y en lugar de hacer una broma o reírse de su comentario como ella esperaba, se inclinó hacia ella y apoyó la cabeza en su hombro. "Gracias, Celia. Agradezco sinceramente que me digas eso."

44

"¿*C*ómo te sientes, amigo?" Erin acercó una silla para Dieter y se sentó frente a él.

"Muy cansado pero también muy feliz." Miró a Andy y Celia, que iban caminando por la orilla, lejos de ellos. "Esto era exactamente lo que necesitaba y más. He disfrutado cada momento que he pasado con todos vosotros y visitar a mis amigos en Menorca y Casablanca fue lo correcto. No me había dado cuenta de cuánto los había echado de menos hasta que los vi otra vez."

"¿Les contaste tu...?"

"No," dijo Dieter de forma casual. "Andy estaba conmigo pero creo que, aunque no hubiera estado, no se lo habría dicho. Nos divertimos tanto mirando fotos antiguas y hablando de nuestras aventuras en el pasado que no quería ensombrecer nuestro último encuentro."

Erin siguió su mirada y al ver a Celia, la bola de culpabilidad se le volvió a instalar en el estómago. "Me alegro mucho de que todo esto te haya hecho bien y me encanta verte feliz, pero..."

"¿Pero?"

Erin se quedó en silencio un momento mientras Marcus dejaba los platos y cubiertos, luego continuó cuando éste volvió a su puesto. "Odio ocultarle esto a Celia. Ya sé que acabamos de conocernos pero siento que cada vez estamos más unidas. No quiero estropear mi relación con ella pero, sobre todo, creo que se merece la verdad. Es más fuerte de lo que piensas, Dieter."

"Lo sé. Y lo entiendo." Dieter vio cómo Celia y su amante se convertían en pequeños puntos de colores en la lejanía. "Solo dame un par de días más, ¿de acuerdo? Después de Cabo Verde... No estoy preparado todavía."

Erin asintió lentamente, dándose cuenta de que no tenía muchas más opciones. "De acuerdo. Cabo Verde."

"Hay algo más..." Dieter interrumpió su conversación de nuevo cuando Marcus regresó con café y levantó la cabeza hacia el cielo, fingiendo disfrutar del calor del sol.

Marcus, que era muy intuitivo después de haber estado trabajando en yates toda su vida, tuvo la sensación de que estaban manteniendo una conversación privada, así que dejó la cafetera e inmediatamente dio un paso atrás. "¿Te dejo para que te encargues del resto?"

"Sí, estamos bien. Muchas gracias." Erin le dirigió un pulgar hacia arriba. "Tómate la mañana libre y dile al resto de la tripulación que haga lo mismo."

"Gracias jefa, se lo diré."

"Es un joven encantador. Y muy talentoso." Dieter sirvió el café a ambos antes de continuar. "Estoy teniendo problemas con mis niveles de energía. Estoy cansado todo el tiempo y caminar se está volviendo más difícil de lo que pensé. Sabía que esto iba a suceder pero no... bueno, supongo que subestimé cuánto me quitaría este maldito cáncer." Tomó un sorbo, hizo una mueca y le añadió azúcar. "Estoy tomando más pastillas y está afectando a mi equilibrio también. Podría necesitar una silla de ruedas en Cabo Verde, con el festival del 4 de julio en marcha. Es posible que no haya ningún lugar donde sentarse en la ciudad porque estará lleno de gente y no podré estar de pie durante mucho tiempo." Dejó escapar un gemido de frustración. "Desde luego, no quiero arruinar la diversión porque yo necesite descansar."

"Lo entiendo," dijo Erin, tratando de ignorar el dolor que sentía, sabiendo que él estaba empeorando. "Tenemos una silla de ruedas a bordo pero, si la usas, tendrás que contárselo a Celia y Andy."

Dieter negó con la cabeza. "Todavía no. Quiero pasar el 4 de julio con ellos sin que haya dolor entre nosotros. Simplemente diré que me he hecho daño en la rodilla o el tobillo o algo así."

"Más mentiras." Erin se recostó con un suspiro. A pesar de su comportamiento alegre, hoy no tenía buena cara y pronto sería mucho más difícil ocultar lo que estaba pasando.

"Sí, más mentiras, pero esta experiencia significa todo para mí. Nunca tendré otro 4 de julio." Dijo Dieter encogiéndose de hombros. "Sé que esto parece un chantaje emocional pero no lo es. Solo te lo estoy rogando."

"Lo sé."

"Entonces, por favor, dame solo un par de días más y la silla de ruedas." Cuando sus ojos suplicantes se clavaron en los de ella, Erin casi podía sentir su desesperación. Quería darle todo lo pudiera, pero tenía el corazón dividido porque sabía que era injusto para Celia.

"De acuerdo. Como ya te he dicho, odio mentirle a Celia

pero tu bienestar es más importante que mi vida amorosa en este momento."

"Gracias." Un gran alivio se reflejó en el rostro de Dieter cuando se volvió a sentar y cruzó los brazos sobre el pecho. "Te preocupas de verdad por ella, ¿no?"

"Sí." Erin hizo una pausa mientras añadía leche a su café. "Siendo honesta contigo, estoy totalmente enamorada de ella."

Dieter le dedicó una tierna sonrisa. "Lo veo y, créeme, Celia siente lo mismo. Ya sé que acabáis de conoceros pero conozco a esa chica mejor que ella misma y me llena de alegría verla enamorada, especialmente de alguien que sé que será buena para ella." Ladeó la cabeza y se encontró con la mirada de Erin. "¿Ves un futuro con ella?"

Erin se puso tensa. Primero porque le había dicho que Celia estaba enamorada de ella y segundo porque, de repente, sintió que estaba siendo objeto de una especie de charla con el suegro. Eso era comprensible, por supuesto. Dieter quería asegurarse de que sus intenciones eran sinceras. Después de todo, esto se refería a la persona más cercana a él. "Es un poco pronto para responder a esa pregunta y también depende de cómo se sienta Celia," dijo con sinceridad. "Pero sé que hay algo especial entre nosotras. Algo mucho más grande e importante que cualquier otra experiencia que haya tenido antes." Dijo, y se encogió de hombros. "Estar juntas todo el tiempo es intenso y mi temor inicial era que realmente no nos conocíamos antes de comenzar este viaje. No es como si pudiéramos escaparnos o alejarnos la una de la otra. Pero ahora ya no me preocupa eso porque Celia hace que mi vida sea más rica y emocionante todos los días y creo que ella siente lo mismo por mí."

"Entonces, nada es más importante que eso." La sonrisa de Dieter se hizo más grande. "Ni tampoco mi bienestar. Si sientes que no tienes más remedio que decírselo, entonces, díselo."

Erin negó con la cabeza mientras le devolvía la sonrisa. "No quiero tomar esa decisión por ti. Cuéntaselo después de Cabo Verde. Ya estoy abrumada lidiando con esto, así que tres o cuatro días más no importará."

45

*L*a llamada a la oración le indicó a Erin que se estaban acercando a Dakar cuando salió a cubierta. El sonido la hizo sonreír porque le recordó a Marruecos. El crujir de los altavoces, las palabras familiares... Era un país diferente, pero la llamada era la misma.

Las afueras de la ciudad ya eran visibles. Casitas en tonos amarillos, marrones y arenosos estaban esparcidas por el polvoriento y llano terreno desértico, con un único movimiento de algún que otro búfalo. Hacía calor y el viento traía un calor seco que le hizo tener sed en un instante. Se dirigió hacia el puente, ya sudada en ese corto trayecto. El verano, definitivamente, había llegado y rara vez había sentido un calor como este.

"Buenos días, Eddie. ¿Podemos atracar?"

"Buenos días, Erin. Sí. He estado en contacto con la estación y tenemos previsto repostar en una hora. Será mejor que tengas tu tarjeta de crédito a mano porque estamos muy bajos y necesitaremos unos treinta mil litros," bromeó Eddie.

"Sí, ha pasado ya un tiempo desde la última vez." Erin se

echó a reír y le dio una palmada en el hombro. Como su yate era un híbrido bien diseñado, llenar el tanque no era algo recurrente y, aunque lo había diseñado ella misma, estaba sorprendida de cuánto tiempo podía navegar con el tanque lleno. "Celia, Andy y Dieter están listos para partir. Marcus quiere visitar el mercado central de Dakar y van a ir con él, así no tendrán que esperar en el muelle hasta que terminemos. Desirée ha estado aquí ya antes así que va a llevar al resto del equipo a dar una vuelta."

"Excelente. ¿Revisamos la lista de los pasos a seguir?" preguntó Eddie. El abastecimiento de combustible era un procedimiento estricto durante el cual, todos los pasajeros tenían que desembarcar. Eddie se quedaría en la embarcación mientras Erin se ocupaba de la manguera del combustible. "Estaremos repostando a unos trescientos litros por minuto así que espero tardar unos noventa minutos y tenemos cuatro horas de tiempo de atraque."

"Genial. Eso debería darles tiempo suficiente para ir de comprar." Erin miró la lista. "¿Señales de prohibido fumar?"

"Donald las ha izado en el área de reabastecimiento de combustible. Los tapones también están bloqueados."

"Estupendo. ¿Bandera Bravo?"

Eddie asintió. "Donald la ha izado. Yo me encargo del libro de registro del aceite. Ya he preparado el papeleo."

"Gracias." Erin volvió a concentrarse en la lista. "¿Absorbentes de aceite y desatascadores?"

"Donald los ha puesto en la cubierta. Los extintores están allí también."

Erin sonrió. "Bueno, habéis sido muy eficientes esta mañana, ¿eh? ¿Me necesitáis para algo?"

"Vamos a necesitar tu dinero," dijo Eddie con una risita.

"Por supuesto." Erin se echó a reír también mientras sacaba su billetera del bolsillo trasero de sus pantalones cortos y la agitó en su dirección. "Voy a echar a todos del barco. Te veo en la sala de máquinas para las últimas comprobaciones en diez minutos." Bajó a la cubierta inferior, donde la tripulación y sus invitados esperaban para desembarcar. Una vez más, Andy no se había vestido de manera informal, llevando una camisa de seda blanca de Versace sobre un par de pantalones cortos diminutos también blancos. Por la forma en que estaba llamando la atención sobre sí mismo, ya podía prever que los vendedores irían a por él y lo abrumarían, pero no hizo ningún comentario. "¿Listos para salir?"

"Todos listos." Dijo Marcus levantando sus bolsas de lona.

"Sí. Volveremos en tres horas." Dijo Desirée.

"No hay prisa." Erin puso una mano sobre la espalda de Celia y la besó. "Si necesitáis más tiempo, llamadme. Amarraremos en algún lugar y os puedo recoger en la lancha neumática." Tiró de la manija para bajar la pasarela.

"De acuerdo." Celia se volvió hacia su tío, que se había acomodado en una silla de ruedas plegable y ligera que Erin había encontrado a bordo. "¿Estás seguro de que no quieres ver a un médico mientras estamos aquí? Creo que deberías."

"Estoy seguro. No es nada, simplemente me he resbalado en la ducha." Dieter se encogió de hombros. "Es solo una rodilla magullada y todavía puedo caminar bien. Solo me duele un poco, eso es todo." Detuvo a Andy cuando estaba a punto de empujarlo hacia la rampa. "Gracias, cariño, pero puedo hacerlo yo. Mis brazos funcionan bien."

"Qué terco es," murmuró Celia. "Es una pena que no puedas venir. ¿Quieres que te traiga algo?" le preguntó a Erin mientras su mirada se posaba en su gorra de capitán. "¿Cualquier cosa?"

Erin negó con la cabeza. "No se me ocurre nada." La

atrajo hacia ella y la besó de nuevo, dándose cuenta de que no le gustaba despedirse, aunque fuera solo por un par de horas. Se había acostumbrado a tenerla cerca todo el tiempo y se sentían tan a gusto en la compañía de la otra que, de repente, temió el momento en que Celia regresara a Nueva York. "¿Por qué no me sorprendes?"

"¿Sorprenderte? ¿Ya has decidido que te gustan las sorpresas?"

Erin se encogió de hombros y bajó la mirada para ocultar el rubor en sus mejillas. Era raro que se sonrojara y no entendía cómo después de todos estos años, alguien pudiera provocárselo. "Sí. Estoy bastante segura de que me gustará cualquier sorpresa que venga de ti."

"De acuerdo. Me pongo a ello." Celia se demoró delante de ella, claramente tampoco le gustaba despedirse. Se echó a reír y puso los ojos en blanco cuando Andy, que había logrado detener un taxi, la llamó y le dijo que se diera prisa. "Vale, no sé qué estoy haciendo aquí todavía. Mejor me voy." Le lanzó un beso a Erin. "Hasta luego."

46

*A*ndy, cuyo idioma materno era el francés, estaba sentado delante junto al conductor y Celia, Dieter y Marcus iban aplastados en la parte de atrás, la silla de ruedas de Dieter sobresaliendo por el maletero abierto detrás de ellos.

"Le he pedido que nos haga un tour por la ciudad antes de ir al mercado," dijo Andy. "Nos va a llevar por la medina y por un barrio obrero a las afueras de la medina. ¿Os apetece?"

"Por supuesto." Dieter se abanicó la cara y abrió la ventanilla del coche. "A menos que tengas prisa, Marcus."

"En absoluto." Marcus echó un vistazo a su teléfono. "Tengo mi lista de la compra aquí así que seré muy rápido y, además, es agradable estar en tierra un rato. Estará bien ver algo mientras estamos aquí, ¿no?"

Celia abrió también su ventanilla y absorbió el ambiente de Dakar. Las mujeres cocinaban en grupo, en la calle, delante de sus casas. Los olores de las ollas grandes de barro mezclándose con el olor a tierra de la ciudad. La música salía de la mayoría de los hogares, tiendas y vehículos, con sus altavoces peleando por ver quién ponía la música más alta.

Notó que Dakar era una ciudad llena de sorpresas, extremos y contrastes. Los hombres de negocios, vestidos con sus elegantes trajes, dejaban caer sus maletines para arrodillarse a rezar en un camino de tierra por el que pasaban. Detrás de ellos, delante de casas de una sola planta, mujeres con sus bebés atados a sus espaldas se reunían en grupos. Algunas vestían de manera conservadora, con vestidos negros largos y hijabs, otras con coloridos vestidos estampados con tocados a juego, y otras con pantalones vaqueros ajustados y blusas cortas. La carretera principal que atravesaba la ciudad estaba congestionada no solo con coches, sino también con carretas tiradas por caballos y otros vehículos improvisados. Las mujeres, de alguna manera, lograban conquistar esos caminos polvorientos subidas a sus tacones de aguja, impresionantes con sus extensiones de pelo e iluminando las calles, con edificios de hormigón abandonados y cubiertos de grafiti a ambos lados.

No era la arquitectura lo que hacía que la ciudad estuviera tan llena de vida, era la gente. Mientras conducían a través del tumultuoso ruido, había charlas y risas dondequiera que mirara. La gente se ponía al día con sus vidas mientras colgaban de la parte trasera de los camiones y otros simplemente caminaban por el medio de la carretera porque el tráfico iba muy lento.

Conduciendo hacia la medina, los grafitis se volvían más coloridos y cubrían casi todas las casas, como si el barrio fuera una gran galería de arte abierta, al aire libre. El arte variaba desde patrones abstractos en blanco y negro hasta impresionantes ilustraciones realistas de animales y personas. Incluso las tiendas tenían obras en sus fachadas, ilustrando su mercancía para que no hubiera confusión en lo que vendían. Una mercería tenía tijeras, aguja e hilos pintados alrededor de sus ventanas, y una peluquería tenía ilustraciones de peinados intrincados que cubrían todo el edificio. Entre edificaciones viejas y gastadas había boutiques de moda de alta gama, restaurantes elegantes y clubes nocturnos y una limusina se encontraba aparcada junto a un caballo y su carruaje.

Hicieron una parada para comer porque su conductor les había recomendado un lugar que, según él, ofrecía el mejor desayuno tradicional senegalés. Pronto descubrieron que era un negocio familiar, regentado por su esposa. Sentados alrededor de una de las mesas de plásticos en la acera, a la sombra de un dosel hecho de pantalones vaqueros, los coches pasaban junto a ellos mientras comían ndambé, que consistía en frijoles cocidos en una salsa pastosa de tomate picante, servidos con pan recién hecho y una coca-cola fría.

Para Andy, que no había viajado mucho, esto era otro mundo y estaba completamente fascinado con todo lo que veía. Para Marcus era el paraíso de la comida, un portal donde podía descubrir nuevos ingredientes y sabores, y para Celia era lo más divertido que había hecho con su tío, que abrazaba cada experiencia con un entusiasmo casi infantil, como si fuera la última que iba a disfrutar. Nadie habría adivinado que era increíblemente rico. Hoy iba vestido con unos pantalones cortos rotos en el dobladillo y su camiseta azul estaba desteñida, un recuerdo de haber vivido durante los años setenta.

"Deberíamos hacer esto más a menudo," dijo, pasándole otro trozo de pan. "No me refiero al yate," añadió. "Aunque eso sería fantástico también, por supuesto. Pero esto también es divertido. Ver cosas nuevas y vivir nuevas experiencias de otras culturas juntos... La última vez que viajamos juntos fue hace unos diez años, ¿verdad?"

"Once," la corrigió su tío. "Fuimos juntos a la ciudad de México hace once años, para ver una exposición maya. Fue un buen viaje, tengo fotos y recuerdos increíbles." Hizo una pausa, perdido en sus pensamientos. "Y sí, deberíamos hacer esto más a menudo, cariño. Lo estoy disfrutando mucho." Se sirvió más frijoles y se echó a reír cuando escucharon a Andy hablando con el conductor sobre los mejores lugares para comprar ropa. "Mi nivel de francés puede que no sea muy bueno, pero he oído a Andy decir "de compras" más veces de las que he podido contar así que sé exactamente lo que está planeando hacer."

"Me preocupa que *La Barracuda* se hunda por todas las compras que hizo en Marrakech," añadió Celia.

"Oye, todavía queda espacio en el closet," dijo Andy a la defensiva. "Y hay otros dos camarotes, así que, una vez que el nuestro esté lleno, puedo empezar a llevar cosas allí."

"Te das cuenta de que todo eso tendrá que ir hasta Suiza, ¿no?"

Andy dejó de masticar mientras pensaba en eso por un momento. Luego se volvió hacia el conductor de nuevo para discutir algo en francés. "No hay problema. Conoce un lugar donde venden maletas grandes," dijo con una sonrisa radiante. "Me pregunto si las venden con estampados africanos..."

"¿Cómo sabes qué comprar?" preguntó Celia a Marcus mientras paseaban por el mercado. "Hay tantas cosas aquí que no sabría por dónde empezar..." Paseó su mirada por la gran entrada, donde los puestos vendían una gran variedad de pescado fresco, carne, frutas y verduras, que se mezclaban con puestos de telas y percheros con ropas y mesas pequeñas que vendían cualquier cosa, desde aparatos tecnológicos hasta souvenirs. Era un bullicio alegre y caótico. La primera impresión que tuvo de los senegaleses fue que eran personas felices con una actitud de "la vida es lo que tú haces".

"Antes de desembarcar, investigo por internet," dijo Marcus. "Busco platos típicos del lugar y sus ingredientes y las cosas que quiero probar o con las que experimentar. Incluso después de llevar doce años como chef, sigo encontrando frutas y verduras que no había visto nunca antes. Tengo suerte con Erin porque le encanta probar cosas nuevas y vosotros también sois muy fáciles, así que eso hace que mi trabajo sea divertido." Revisó la lista en su teléfono. "Vamos a ver, tenemos okra, raíces de mandioca, berenjenas, tomates, caupíes, guayaba, plátanos y aguacates. Ahora solo nos falta comprar lenguado, rape y atún para el congelador. También venden barracuda, pero Eddie quiere salir a bucear cuando anclemos en Cabo Verde, así que él se encargará de eso."

"¿Eso no es peligroso?" preguntó Celia. "Tiene un arpón, ¿no?"

Marcus asintió. "Sí. Eddie es un valiente. Lo he visto en acción y puede que sea pequeño, pero no me pelearía nunca con él."

"Ya me he dado cuenta." Celia movió la correa de su bolso más arriba de su hombro. "Bueno, ¿qué vas a hacer con todas estas cosas que has comprado?" Estaba ayudando a Marcus a llevar las compras y las cinco bolsas que llevaba en sus brazos se estaban volviendo pesadas.

"Esta noche he pensado hacer thieboudienne. Es el plato nacional de Senegal y sus ingredientes principales son pescado, arroz, muchas hierbas y raíz de mandioca." Marcus se inclinó para oler el pescado en uno de los puestos. "La comida senegalesa es una de las más ricas de África occidental." Señaló el atún entero y le dio el ok al dueño del puesto con el pulgar hacia arriba antes de entregarle el dinero. "Pero no es muy conocido en todo el mundo."

"¿Hay algún plato que no hayas intentado cocinar todavía?" preguntó Celia. Pasaron por un puesto donde vendían algunos tipos de frutas que le eran completamente ajenos y recogió una pieza de cada una para llevársela.

"Madre mía, hay tantos. Etíopes, nigerianos, nepalíes... He viajado mucho por el mundo gracias a mi trabajo, pero la lista de países en los que no he estado es mucho, mucho más larga." Marcus cogió la bolsa con el pescado y le dio las gracias al hombre sonriente, luego señaló la mesa de al lado. "Deberíamos llevar algunos de estos bocadillitos de hojaldre frito para todos. Están rellenos de pescado y especias."

"Suena bien. Y esto, ¿qué es?" preguntó Celia, señalando un puesto de zumos.

"Bien visto." Dijo Marcus sonriendo. "Esto es..." miró al hombre con barba. "¿Bissap?" Cuando el hombre asintió, pidió cuatro tazas. "Es una mezcla de flor de hibisco, menta, agua, azúcar y flor de azahar. Se supone que es delicioso." Dio una taza a Celia y tomó un sorbo. "Dios, esto está buenísimo. ¿Dónde están Dieter y Andy?"

Celia se echó a reír cuando escuchó la voz de Andy en la distancia. Estaba claro que Marcus no era el único que estaba entusiasmado con el mercado. En realidad, no podía ver a Andy porque estaba rodeado de vendedores que intentaban venderle relojes, carteras y dispositivos de teléfonos falsos. Por lo visto, se había corrido la voz de que al hombre rubio con la camisa de seda le encantaba comprar y, cuando vio a su tío moviendo la cabeza con frustración detrás de ellos, se rió aún más fuerte. "¿Sabes qué? Con gusto beberé dos. Creo que Andy está ocupado en este momento."

47

"*A*cabo de recibir tu mensaje de que tienes una sorpresa para mí, así que Eddie se hará cargo durante una hora," dijo Erin, sosteniendo su teléfono mientras entraba en la habitación. Dejó que sus ojos se acostumbraran a la luz tenue y se detuvo de repente cuando vio a Celia, allí parada, con tacones de aguja altísimos y un kimono de satén negro con bordes de encaje. "Jesús, eso es muy sexy. ¿De dónde lo has sacado?"

"Una tienda por la que pasamos en Dakar." Celia le lanzó una sonrisa pícara. "Te prometí una sorpresa, ¿no?" Cogió la gorra de capitán de Erin y se la puso.

Erin se humedeció los labios mientras la miraba. "Creo que me gustan las sorpresas. Y esos tacones también."

"Excelente. Ahora que ya te has decidido, vamos a quitarnos esto, ¿te parece bien?" dijo Celia en un tono burlón. Desabotonó la camisa de Erin, metió las manos dentro y las pasó sobre sus pechos mientras la besaba con tanta pasión que a Erin le costaba mantenerse en pie. Le temblaban las piernas al sentir la lengua de Celia sobre su labio inferior y chuparla hasta metérselo en la boca.

"¿Qué estás haciendo?" La voz de Erin sonaba insegura y parecía estar sin aliento.

Celia sonrió mientras le quitaba la camisa de los hombros. "Es una sorpresa, ¿recuerdas?"

Demasiado abrumada para protestar y demasiado excitada para pensar con claridad, Erin obedeció, levantando los brazos para que Celia pudiera quitarle su sujetador deportivo. Antes de darse cuenta, estaba medio desnuda frente a ella y no tenía ni idea de cómo había ocurrido. Se le cortó la respiración cuando Celia se arrodilló y le desabrochó los pantalones blancos del uniforme. "Me temo que estos también tienen que desaparecer." Arqueó una ceja mientras miraba a Erin y comenzó a bajarlos, junto con sus bóxers.

Erin dejó que le quitara los zapatos náuticos y el resto de prendas, con la mente dando vueltas al no saber qué iba a pasar. Pero le gustaba mucho, y cuando Celia agarró sus muslos y metió su boca entre sus piernas, manteniendo todo el tiempo sus ojos fijos en ella, echó la cabeza hacia atrás y gimió en voz alta. La lengua de Celia deslizándose entre sus pliegues despertó en ella una inmensa sensación de excitación y la atrajo hacia ella y entrelazó sus dedos en su cabello, necesitando más de lo que podía aguantar en una posición erguida.

Erin no estaba acostumbrada a que otras mujeres la complacieran. Era algo que nunca antes le había importado mucho, pero con Celia se podía entregar por completo. Se le escapó un gemido de frustración cuando Celia dejó de hacer esa cosa tan deliciosa que le estaba haciendo, se levantó y se lamió los labios. La gorra de capitán le quedaba de maravilla pero no había nada de maravilloso en su expresión. Aquí había una mujer con una misión y Erin no tenía idea de cuál era.

"Acuéstate," dijo Celia señalando la cama.

"Me la estás devolviendo, ¿eh?" Celia no contestó así que se dirigió a la cama y se echó sobre ella. Su sexo vibraba por la anticipación cuando Celia sacó un control remoto del bolsillo de su bata y encendió el altavoz. Inmediatamente reconoció una canción antigua de una banda como una melodía de striptease y sus labios se abrieron cuando Celia comenzó a balancear sus caderas al ritmo de la música con una sonrisa seductora en sus labios. Sus movimientos eran lentos y sensuales y parecía estar completamente a gusto en su cuerpo mientras tiraba del lazo de su bata de seda, haciendo que se abriera. "Joder..."

"¿Te gusta?"

Erin asintió mientras observaba el conjunto de lencería negra. El sujetador con bordes de encaje negro, el corsé negro y el tanga de encaje negro eran tan sexys que sintió una punzaba incontrolable entre sus muslos. "Estás increíble."

Celia jugó con su pelo, trazó con los dedos sus curvas mientras movía las caderas y los hombros al ritmo de la música. Moviéndose hacia la cama, se quitó la bata de los hombros y se colocó al lado de Erin. Sin apartar los ojos de ella, se inclinó y se mordió el labio de manera seductora, ofreciéndole una vista impresionante de su escote.

Erin había sido testigo de striptease profesionales en un puñado de ocasiones, pero esas bailarinas no tenían nada que ver con Celia y lo que su actuación le estaba haciendo sentir. Sus pechos voluptuosos en el corsé la estaban llamando, pero cuando extendió la mano para tocarla, Celia dio un paso atrás y continuó bailando, torturándola al obligarle a ser paciente. Era la exhibición más sexy que había presenciado jamás y se removió en la cama, muriendo por tener a Celia encima de ella. La estimulación visual la estaba volviendo loca y, sintiendo sus ojos ardientes en sus pechos, Celia pasó las yemas de los dedos sobre ellos y los masajeó antes de deslizar las manos hacia abajo mientras rodeaba sus caderas.

"Me estás matando," murmuró Erin, con el pulso acelerado y su clítoris palpitando. "Tengo unas ganas locas de tocarte."

"Ah, ¿sí?" Celia metió los dedos entre la cadera y el tanga, bailando mientras continuaba jugando con la frágil tela y alejándola de sus caderas antes de que se rompiera. Riéndose de los gemidos de frustración de Erin, tomó su mano y la colocó sobre su pecho, alejándose de nuevo cuando Erin lo apretó con fuerza, dejando que su brazo extendido cayera. "No seas tan codiciosa, soy yo la que está capitaneando este barco ahora. Tendrás que tener paciencia."

Balanceándose al ritmo de la música estiró los brazos hacia atrás y empezó a desabrochar los ganchos del corsé, dejando a Erin esperando durante unos minutos muy largos y agonizantes antes de que el último broche cayera. Celia lo sostuvo sobre su pecho, sonriendo ante la expresión de súplica de Erin hasta que, por fin, cedió y lo dejó caer completamente.

"Eres increíble," dijo Erin, mirando las curvas de sus pechos, que parecían estar llamándola. Sus irresistibles pezones estaban duros y rosados y fantaseaba con la idea de llevárselos a la boca y chuparlos. Sentándose sobre la cama, estaba a punto de levantarse cuando Celia negó con la cabeza y agitó un dedo con desdén, haciéndole señas para que se volviera a acostar. Erin estaba segura de que se la estaba devolviendo y vengándose de ella por todas las veces que ella misma había jugado con ella sin descanso pero, si esto era una venganza, era la venganza más dulce y no le importaba lo más mínimo.

"No se toca hasta que yo lo diga."

Erin se rió entre dientes mientras apoyaba las manos a cada lado de su cabeza sobre la almohada con las palmas abiertas. Observó a Celia meter sus dedos bajo las bragas otra vez y, esta vez, las echó hacia abajo y sonrió mientras se las quitaba. A estas alturas, Erin ya no sabía qué hacer y apretó los puños, luchando contra el impulso de hacerse cargo de la situación.

Celia se subió a la cama y abrió las piernas, arrastrándose hacia ella sobre manos y rodillas. Erin sabía que podía ver lo mojada que estaba, lo desesperada que estaba por tocarla. Sintiendo que su cuerpo gritaba que quería más, Celia se sentó a horcajadas sobre ella, cubriendo su vientre con su humedad, y se inclinó hacia adelante hasta que sus manos se posaron sobre sus pechos. Erin palpitaba cuando sus manos alcanzaron su trasero y apretó sus nalgas con fuerza.

"¿Qué quieres?" preguntó Celia mientras retrocedía y con un brillo de picardía en sus ojos, separó sus piernas y, sobre ella, comenzó a frotar sus clítoris.

"Jesús, Celia..." Erin gimió y cerró los ojos, moviéndose debajo de ella. La fricción la estaba mareando y podía sentir la tensión que crecía en su interior.

"¿Te gusta esto?" Celia abrió más las piernas, arqueando la espalda cada vez que empujaba hacia adelante. Su cabello se balanceaba sobre los hombros y sus ojos revoloteaban mientras movía las caderas. Erin estaba segura de que no había visto nada tan sensual en su vida. Sus pechos, tan voluptuosos y tentadores, su lengua, que no dejaba de moverse sobre sus labios...

"¡Dios, sí!" Erin la agarró por las caderas y cambió su ritmo, tirando de ella más rápido y más fuerte. La expresión de Celia, los sonidos guturales que venían desde muy adentro y sus frenéticos movimientos, le decían que ella también estaba a punto de dejarse ir.

"Córrete conmigo." Celia se reclinó hacia atrás, se apoyó en los muslos de Erin con las manos detrás y continuó frotándose contra ella.

Erin no tardó mucho en explotar y, cuando lo hizo, pudo sentirlo hasta en los dedos de los pies mientras su fuerte gemido resonaba por la habitación. Tembló debajo de ella y Celia no se detuvo hasta que estuvo completamente inmóvil. Silenciosos gemidos de liberación continuaron saliendo de los labios de Erin, incluso cuando Celia se colocó sobre ella, cubriendo su cuerpo con una absoluta felicidad. Mirando al techo, necesitó un momento antes de poder hablar. "Normalmente no me entrego a nadie de esta manera pero, por lo que parece, tú eres la excepción."

"Por lo que parece. Me gusta eso." Celia acarició lentamente su rostro y su pelo, pasando sus dedos por cada centímetro de su cuerpo, como si tocarla fuera lo único que quisiera hacer. "No me has parecido particularmente aprensiva desde que zarpamos, así que lo encuentro casi difícil de creer." Dijo, sonriéndole con ternura. "Pero gracias por confiar en mí. Significa mucho para mí."

"Es verdad," susurró Erin. Era una experiencia nueva, una dimensión completamente nueva en cómo hacer el amor y sabía que, por la forma en que Celia la miraba, ella tampoco estaba acostumbrada a esto. Parecía sorprendida e igualmente fascinada por la química que existía entre ellas, como si nunca hubiera considerado tener algo así. Y ahora tendrían muchas más noches de ahogarse en el cuerpo de cada una.

"Todavía nos quedan muchas más noches," dijo Celia, como si le hubiera leído la mente. "Esto va a ser muy bueno."

Erin asintió y logró dibujar una sonrisa. Quería decir tantas cosas en ese momento pero, sobre todo, quería decirle la verdad. Por supuesto, pasarían unos momentos increíbles juntas. Sería el viaje de sus vidas, algo que nunca jamás olvidarían. Pero todo eso, con el tiempo, estaría contaminado de dolor e ira. Quizás había cometido un error al prometerle a Dieter que guardaría su secreto, pero no veía otra forma que seguir como hasta ahora. Tener a Celia ahora era mejor que no tenerla en absoluto y, cuando llegara el momento, ya se ocuparía de ello.

elia palpó el espacio a su lado de la cama pero Erin ya se había levantado. Suspiró, deseando poder darle los buenos días con un abrazo o, incluso mejor, hacerla sentir muy, muy bien antes de desayunar. El reloj marino de la pared indicaba que solo eran las siete de la mañana pero, en lugar de volverse a dormir, decidió levantarse y buscar café. El viaje había sido increíble hasta el momento y no quería perderse el tiempo que les quedaba navegando por la hermosa costa africana. Eddie había planeado el viaje hacia Gambia primero y luego anclar allí para pasar la noche porque el paisaje se suponía que era espectacular.

"Buenos días," dijo cuando vio a Ming y saludó al resto del personal, que ya estaba ocupado preparando el barco para el día. Las almohadas estaban colocadas sobre los sillones, las mesas preparadas y adornadas, los muebles con las bebidas, que permanecían cerrados durante la noche, ya estaban abiertos y la cristalería ya lucía brillante y pulida.

"Buenos días señorita Krügerner. Aquí tiene." Ming le entregó un capuchino con leche de almendra antes de que ella lo pidiera y estaba preparado como a ella le gustaba. "¿Le apetece un zumo de naranja recién hecho también?"

"Gracias. No voy a decir que no a esa oferta." Celia les había ofrecido su ayuda en un par de ocasiones, sintiéndose culpable de no estar haciendo mucho más que unas pocas horas de trabajo todos los días, pero se negaron amablemente y le dijeron que su único trabajo era disfrutar y pasárselo bien.

A decir verdad, se había acostumbrado a hacer menos y había aprendido que podía administrar su empresa desde cualquier lugar, siempre que su asistente la ayudara. Fue toda una revelación y estaba empezando a cambiar su forma de ver la vida. Aunque le encantaba Nueva York, en realidad no había necesidad de que estuviera allí todo el tiempo y quizás ahora era el momento de hacer algunos cambios en su estilo de vida. Viajar y ver más mundo. Este viaje había despertado su pasión por los viajes y su curiosidad por conocer nuevos destinos.

Tomando un sorbo de su café, se aventuró a salir y contemplar la costa africana. Ayer habían navegado a lo largo de extensiones de dunas doradas, encajadas perfectamente entre la costa azul y el cielo, igualmente azul. Un lugar en la tierra donde el sol era cruel y la tierra tan seca que ningún ser viviente consideraría ir allí sin tener una buena razón para ello. Pero el paisaje de hoy en territorio gambiano era verde y exuberante. Las colinas tropicales se extendían a lo largo y ancho, con sus picos cubiertos de una espesa capa de niebla matutina.

Preguntándose por qué Erin no la había despertado para ver el paisaje de la mañana, se dirigió a la parte delantera de la cubierta principal. Sus labios dibujaron una sonrisa cuando vio a Erin y Dieter, ambos en bata, hablando mientras miraban una pila de papeles. Celia se apoyó en la embarcación y los observó durante un rato, disfrutando de la vista que le proporcionaban las piernas desnudas de Erin descansando sobre otra silla. Tenía su laptop abierto sobre las piernas y señalaba una de las páginas que había sobre la mesa mientras murmuraban, manteniendo la voz baja.

De repente, Celia escuchó a Erin decir su nombre y su curiosidad se disparó. "Tienes que decírselo a Celia," susurró. "Pensé que podía hacer esto, pero no puedo."

Celia entrecerró los ojos y se quedó quieta. No se estaba escondiendo exactamente pero estaban tan concentrados en esta conversación tan seria, claramente no destinada a sus oídos, que no se dieron cuenta de que estaba allí.

"Todavía no," contestó Dieter, manteniendo la voz baja. "No estoy listo, Erin. Me lo estoy pasando tan bien con ella."

Un sentimiento de traición se le instaló en la boca del estómago, pero decidió que este era su tío favorito y que tenía que dejar de ser tan desconfiada, así que dejó de escuchar a escondidas y se acercó a ellos. "Buenos días. Sea lo que sea que no puedes decirme, aquí estoy ahora, así que escúpelo." Miró a ambos mientras se sentaba al mismo tiempo que su tío recogía rápidamente todos los papeles de la mesa. En cuestión de segundos, los había metido en su cartera de cuero antes de dirigirle una sonrisa que solo podría describirse como furtiva. Parecía atrapado. Ambos lo parecían.

"Buenos días Celia."

"Buenos días cariño." Erin la observó, intentando descubrir cuánto había escuchado de la conversación.

Celia sintió palidecer y el nudo del estómago se intensificó. Esto era algo serio, algo que estaban desesperados por ocultarle. Y ambos estaban en el ajo. "No me gusta lo que está pasando aquí." Hizo una pausa cuando no obtuvo ninguna respuesta. "En serio, tío Dieter. Entiendo que hay cosas que no son asunto mío pero acabas de decir mi nombre, así que quiero saber de qué va todo esto. Estar en el mar con dos personas que me ocultan cosas no es ni siquiera una opción. Especialmente cuando una de esas personas es alguien muy, muy cercano a mí y la otra es la persona con la que estoy saliendo."

Dieter parecía derrotado mientras contenía la respiración durante un largo rato. Dejó escapar un suspiro, moviendo la cabeza. "Maldita sea," murmuró. Luego miró a Erin como si estuviera pidiendo ayuda.

"¿Os dejo solos para que podáis hablar tranquilamente?" preguntó Erin. El sudor perlaba su frente mientras se pellizcaba nerviosa las uñas.

"No, está bien. Quédate, por favor. Te necesito aquí." Dieter guardó silencio durante lo que pareció una eternidad y la tensión entre los tres se extendió como una niebla. "Celia, no quería contarte esto todavía."

"¿No querías contarme qué?" Cuando Celia sintió su angustia, su expresión se suavizó.

"Me estoy muriendo, cariño."

Escuchó las palabras pero no las registró, a pesar de que no era la primera vez que alguien le decía eso. De hecho, su padre había usado exactamente esas mismas palabras seis meses antes de fallecer. Pero esto no podía estar ocurriendo de nuevo. *No otra vez.* "No. No te estás muriendo. Tienes buen aspecto." Celia lo miró fijamente, esperando que fuera una broma de mal gusto pero, en el fondo, sabía que no lo era. Las señales habían estado ahí, solo que no había sabido encajarlas en su lugar.

"Es la medicación. Me hace sentir genial pero no cambia el hecho de que tengo cáncer y se está extendiendo demasiado rápido como para que pueda tratarse. Por eso he perdido peso y por eso me canso tanto algunas veces, cuando se pasan los efectos de la medicación. No tengo nada en la rodilla, es solo que no puedo caminar durante mucho tiempo."

"Cáncer..."

"Sí. Vencí al cáncer de próstata el año pasado, pero ahora tengo CHC."

Celia sintió lágrimas en los ojos mientras se tapaba la boca con las manos. "¿El año pasado? ¿Cuánto tiempo estuviste enfermo?"

Dieter se encogió de hombros, evitando su mirada. "Casi dos años."

"¿Y tú lo sabías?" Celia miró a Erin, sintiendo la traición en sus entrañas.

"Sí, Erin era la única que lo sabía," dijo Dieter cuando Erin no respondió. "Se me escapó en una cena estando borracho y le hice prometer que se lo guardaría para ella."

"Pero ¿por qué? ¿Cómo has podido guardarte algo tan importante? ¿Me lo ibas a decir alguna vez?" Las lágrimas empezaron a rodar por sus mejillas y de repente sintió náuseas. "¿Y tú? ¿Cómo has podido ocultarme esto?" le preguntó a Erin. "Confiaba en ti."

"Ya te lo he dicho. Le hice prometer que no se lo diría a nadie." Los hombros de Dieter cayeron derrotados. "No la culpes a ella, por favor. Iba a decírtelo, de verdad que iba a hacerlo. Pero quería pasar un tiempo de calidad contigo, sin tristeza y sin tener que hablar sobre el hecho de que no estaré por aquí mucho más tiempo. Solo quería que fuéramos felices un par de semanas."

Celia asintió y tragó saliva mientras lo miraba con ojos vidriosos. "¿Cuánto tiempo...?" Su voz se apagó y apenas pudo terminar la pregunta. "¿Cuánto tiempo te queda?"

"Unos tres meses. Desde luego no mucho más," añadió.

"¿Tres meses? ¿Y de verdad no hay nada más que se

pueda hacer?"

"No." Dijo Dieter negando con la cabeza. "Es demasiado tarde. Tengo todo un arsenal de medicamentos en la caja fuerte de mi habitación y tengo la intención de vivir al máximo mis últimos meses." Se levantó, le tomó la mano y se la apretó. "Te prometo que lo estoy llevando bien. Me ha llevado un tiempo pero ahora estoy bien. Y necesito que tú también estés bien o que, por lo menos, lo intentes."

Celia se volvió hacia Erin. "Con promesas o no, no me puedo creer que me hayas ocultado esto. Es..."

"No quería que nadie lo supiera. Todo empeora cuando la gente empieza a sentir lástima por mí," la interrumpió Dieter. "Erin ha sido increíble. Ella me animó y me hizo reír durante mi quimio el año pasado." Le lanzó una sonrisa de agradecimiento. "Por eso estamos tan unidos. Y no se me ocurrió nada mejor que hacer este viaje con ella, contigo y con Andy, y visitar a amigos entrañables que han sido importantes para mí a lo largo de mi vida. Eres la familia más cercana que tengo y si no hubieras aceptado venir con nosotros, podría haberte contado lo de mi cáncer y haberte rogado que vinieras de todos modos." Dijo dando un largo suspiro. "Yo solo quería hacer un viaje divertido. Sin pena, sin lágrimas. Solo diversión."

Celia respiró hondo un par de veces al sentir que estaba a punto de estallar en un mar de lágrimas. Podría hacerlo en la habitación más tarde pero, en este momento, necesitaba mantenerse fuerte por y para él. "De acuerdo. Lo intentaré." Se limpió las mejillas y encontró la fuerza para sonreír durante un momento, quebrándose poco después. Cayó sobre su cuello y lloró. "Esto no puede estar pasando," dijo entre sollozos. "Necesitas darme algo de tiempo." En cuanto las palabras salieron de su boca, se dio cuenta de lo absurdo que había dicho porque tiempo era lo único que no tenían.

"Lo sé. Yo también desearía que mi situación fuera diferente." Dieter se puso en pie y la abrazó con fuerza durante un buen rato. Dio un paso atrás y se limpió las lágrimas. "Pero es lo que es." Cerró los ojos y cuando los volvió a abrir, había dejado de llorar. Era como si hubiera adquirido la capacidad de apagar sus emociones en un instante.

"¿Y qué pasa con Andy?" preguntó Celia mientras pasaba la vista por el lugar.

"Se lo diré." Dijo Dieter en voz baja. "Al principio no quería que lo supiera pero ahora veo que no sería justo ocultárselo. El tiempo que hemos pasado juntos en este viaje nos ha acercado y nunca fue mi intención que sucediera eso."

"Sí. Tienes que decírselo. Te ama."

"Lo sé. Nuestra relación nunca fue nada serio pero tampoco habíamos pasado tanto tiempo juntos antes y las cosas han cambiado. De verdad que me preocupo por él."

Celia se sentó porque las piernas le temblaban tanto que creyó que no podrían mantenerla en pie. Reconoció los signos de un ataque de ansiedad. Dificultad para respirar, pulso acelerado, sensación de asfixia y dolor, un dolor que sentía tan físico que tuvo que agarrarse el estómago. Estaba empezando a interiorizarlo. Sus ojos se fijaron en la cartera que seguía en la silla junto a su tío. "¿Qué era eso?"

"Solo estaba revisando algunos papeles con Erin. Ella está a cargo de mi testamento."

"¿Erin?" Celia frunció el ceño con sorpresa.

"Sí. Realmente no confío en nadie de la familia y como tú eres mi única heredera, no puedo pedírtelo a ti."

"¿Que yo soy qué?"

Dieter volvió a sacar una de los documentos de su cartera. Celia vio que era una copia de su testamento mientras él se lo acercaba por encima de la mesa. "Ahora que ya lo sabes todo, podríamos hablar sobre ello. Quitar todas las cosas sombrías de en medio para que podamos continuar disfrutando de nuestros días en el mar." Se aclaró la voz y se encogió de hombros. "Puede sonar ingenuo pero es lo que quiero, que las cosas vuelvan a la normalidad."

"Pero las cosas están lejos de..."

"No quiero una discusión sobre esto, Celia. Así es como va a ser," la interrumpió Dieter. "Bueno, como ya he dicho, eres mi benefactora principal aunque también le voy a dejar algo a Andy. Es la única persona que conozco a quien le vendría bien el dinero y me preocupa qué será de él una vez que yo ya no esté."

Celia sollozó, incapaz de procesar toda la información. "No quiero hablar de dinero. Solo quiero que mejores."

"Pero no voy a mejorar y tienes que aceptarlo."

Celia cogió el documento y hojeó las páginas, más por distraerse que por interés. "¿Por qué yo? Desde luego no necesito el dinero."

"Porque te quiero más que a nada en el mundo. Y porque confío en ti para que cuides de mi patrimonio y mi colección de arte."

Sus palabras volvieron a encender a Celia y, antes de que se diera cuenta, estaba llorando otra vez. "Yo también te quiero. Te quiero mucho y no quiero que te mueras." Sabía que sonaba inmadura pero se sentía como una niña otra vez, recordando todas las veces que había llorado en los brazos de su tío durante sus visitas de verano. Solo que, esta vez, no se había hecho daño en la rodilla, no había dramas de novias y no había peleas con su madre. Esta vez estaban hablando de la muerte. La muerte acechaba de nuevo y no estaba segura de poder manejarlo. Tomando respiraciones profundas, trató de recomponerse mientras el nudo en el estómago se apretaba más y más. "Lo siento. Intentaré no llorar más."

"Por favor, cariño. No llores por mí porque yo estoy bien." Dieter se inclinó sobre la mesa y le levantó la barbilla, obligándola a mirarlo. "Y quiero que escuches lo que tengo que decir porque es importante."

"Vale," dijo en voz baja.

"Bien. Intenta respirar." Su tío hojeó las páginas del documento que tenía delante y señaló una lista. "Todo será tuyo. Mi castillo, la parte de mi fortuna que no se destinará a organizaciones benéficas, a excepción del legado que irá a Andy, pero, sobre todo, mi colección de arte. Me gustaría que la mayor parte se quedara donde pertenece, en la biblioteca del castillo, y sé que los otros miembros de la familia lo venderían todo. Ya sé que es ridículo preocuparse por algo así." Se encogió de hombros. "Después de todo, estaré muerto. Pero, aún así, quiero que mis piezas favoritas se exhiban en el castillo Krügerner. También quiero que mis empleados mantengan sus trabajos al menos otro año, para que tengan tiempo suficiente de encontrar otro trabajo si decides no conservarlos. Son importantes para mí." Hizo una pausa. "No te estoy pidiendo que te mudes allí pero, si es posible, por favor, mantén vivo mi hogar. Sé que cuesta mucho dinero mantenerlo pero ya me he ocupado de eso."

En ese momento apareció Andy y rápidamente guardó el documento y bajó la voz. "Repasaremos los detalles más tarde, cuando estemos solos."

Celia asintió y se obligó a sonreírle a Andy. Luego se puso en pie, desesperada por estar sola. No había forma de que pudiera fingir que todo estaba bien.

"Espera, voy contigo." Erin la siguió pero Celia la paró en seco. "No te acerques a mí ahora mismo," susurró. "Dame un poco de espacio."

49

*E*rin llamó a la puerta de su habitación, balanceando una bandeja con el desayuno en la otra mano. "¿Puedo entrar?" Cuando no obtuvo respuesta, abrió la puerta y se encontró a Celia en la cama con las piernas levantadas, abrazándose las rodillas mientras lloraba.

Se le rompió el corazón al ver su dolor. Había llegado el momento que tanto había temido, era muy consciente de que lo habían retrasado demasiado tiempo. Habría sido mejor si Dieter se lo hubiera dicho desde el principio. Ahora que había descubierto el secreto de su tío, Celia se sentía traicionada, y con razón. Erin solo podía esperar que no hubiera arruinado lo que había entre ellas. Esa idea le dio náuseas porque no podía imaginarse perder a la única persona con la que había sentido una conexión tan fuerte.

"Te he traído el desayuno. ¿Puedo hablar contigo?" preguntó, sentándose en el borde de la cama. Celia miraba fijamente un punto delante de ella, sin ni siquiera darse cuenta de la presencia de Erin. "Nunca quisimos que te enteraras así," continuó. "Él iba a decírtelo."

"¿Cuándo?" Celia se volvió hacia ella, con una mirada tan penetrante y dura que la atravesó como un cuchillo.

"Cuando estuviera listo." Erin nunca la había visto enfadada y se sorprendió por lo fría que se había vuelto de repente. Atrás quedaron la dulzura y el cariño que siempre brillaban en sus ojos. Ahora solo quedaban furia y dolor.

"¿Y qué habría pasado si no lo hubiera estado? ¿Me lo ibas a decir *tú*? ¿O me habrías mantenido a oscuras hasta que muriera?" Celia levantó la barbilla y miró a Erin como si la estuviera viendo por primera vez. "Por supuesto que no me lo ibas a decir," murmuró, cubriendo su rostro con las manos. "Dios mío, me siento tan estúpida ahora mismo."

"¿Qué? No entiendo lo que quieres decir. Yo..."

"Todo esto fue solo un juego para lograr subirme al yate, ¿verdad?" la interrumpió Celia. "Porque mi tío necesitaba tu ayuda para que yo me embarcara. ¿Tengo razón? Literalmente, me sedujiste para subirme a bordo. ¿La subasta fue un montaje? ¿Planeaste todo esto?"

"¡No!" Erin se estremeció y negó con la cabeza. Se sentía como si acabara de recibir un puñetazo en el estómago. La ira empezaba a crecer en su interior pero se dijo a sí misma que Celia estaba terriblemente alterada y que no era el momento de discutir con ella. Respiró hondo un par de veces y bajó la voz. "No mentí cuando te dije que había estado pensando en ti todos los días durante todo un año. Y dime algo, ¿hemos o no hemos pasado dos semanas increíbles juntas? ¿Cómo es posible que algo de eso haya sido una mentira?"

Celia ignoró su comentario y desvió la mirada. "Ya no sé qué pensar."

"Estaba loca por ti y ni siquiera sabía que Dieter tenía una enfermedad terminal hasta que hablé con él la mañana después de la fiesta." Erin elevó la voz un poco cuando la frustración se apoderó de ella. "*Después* del baile. Después de la subasta. Te lo juro. Por eso estaba preocupada a la mañana siguiente. Me lo acababa de decir."

Celia la miró y, aunque Erin podía ver en sus ojos que la creía, eso no suavizó su expresión. "Aún así, me mentiste. Su medicación, su pérdida de peso, la silla de ruedas..."

"No tenía otra opción," intentó decir otra vez Erin en su defensa, pero fue inútil. No había forma de que pudiera comunicarse con ella en este momento.

"Me voy a la otra habitación," dijo Celia. Su voz carecía de emoción cuando se levantó y se secó las mejillas. "Quiero pasar el resto de este viaje con mi tío, pero me gustaría que nuestra interacción fuera mínima."

"Por favor, Celia..." Cuando Erin intentó agarrarla por el brazo, Celia se apartó y atravesó la habitación.

"Quiero que me dejes en paz."

Erin asintió, retorciéndose las manos. "De acuerdo." Le había mentido y sabía que eso era un gran problema para Celia, que había sido traicionada en el pasado. Se sintió mal por ello y deseó haber llevado la situación de manera diferente pero ¿qué otra cosa podría haber hecho? Había estado atrapada entre la espada y la pared. "Le pediré a Ming que mueva tus cosas. No te preocupes, me mantendré fuera de tu vista."

Observó a Celia salir por la puerta y se dejó caer de espaldas sobre la cama. Celia estaba en shock y enfadada, era comprensible. Apretando los dientes, trató de dejar que se le pasara el pánico que sentía. No podía perderla. Ahora no.

Nadie la había hecho sentir tan deseada como Celia y nadie la había hecho sonreír tanto. La había dejado entrar en su vida, en sus pensamientos más privados. Con suerte, volvería en sí y se daría cuenta de que nunca había tenido otra opción. Lo que habían hablado y lo que habían experimentado juntas demostraba que esto era mucho más que algo que estaba haciendo por Dieter, ¿no? De ninguna manera podía haber traicionado su confianza pero, al mantener su promesa, había traicionado a la mujer que más quería.

Desesperada por distraerse, cogió el horario de navegación de su mesita de noche y lo estudió. Reemplazaría a Eddie para llevar el yate, se quedaría sola y le daría a Celia el espacio que necesitaba. Con suerte, volvería a recobrar el sentido.

50

*D*espués de una segunda noche en su nuevo camarote, Celia sabía que le esperaba otra noche sin dormir. No dejaba de pensar en su tío y en el hecho de que pronto ya no estaría en su vida. No podría llamarlo, verlo, oír su risa o pedirle consejo y ese era un pensamiento insoportable.

Como Andy aún no sabía que estaba enfermo, le había costado mucho mantener la compostura durante el día, y cada vez que se escabullía en su camarote en busca de un respiro, se desmoronaba. Erin le había dado a Eddie un par de días libres y ella había tomado el mando de la embarcación, así que Celia no la había visto en ningún momento. Y era lo mejor.

Fingir era difícil y, habiendo estado en el lugar de Andy, no estaba segura de cuánto más tiempo podría seguir así. ¿No sería mucho mejor para su tío que lo sacara a la luz? ¿Tener conversaciones honestas en lugar de fingir que todo iba bien? No entendía cómo eso era suficiente para él. Y pobre Andy. No se merecía que lo mantuvieran a oscuras. Era un buen hombre y había llegado a quererlo mucho.

Frustrada después de dar vueltas durante horas, se levantó y se puso la bata. Andando de puntillas para no despertar a nadie, salió de su habitación y fue a cubierta, ajustándose más la bata. Hacía más frío que ayer y el viento soplaba fuerte. Se detuvo un momento pensando que la silueta de una figura sentada en la proa era Erin, pero vio la nube de humo que salían del puro de su tío y caminó hacia él, aliviada de poder, por fin, estar a solas con él.

"¿Me puedo unir?"

Dieter levantó la vista, sonrió y se deslizó en el asiento para dejarle espacio. "Por favor." Rellenó su copa con vino tinto de la botella que tenía a su lado y se lo ofreció.

"Gracias." Celia tomó un sorbo y se sentó para contemplar el mar. Detrás de ellos se veían las luces tenues de los resorts a lo largo de la costa de Gambia pero, frente a ellos, más allá de las luces de *La Barracuda*, todo estaba oscuro, como si estuvieran mirando a la nada. De alguna manera, así es como se sentía. La muerte de su tío se cernía sobre ellos como un agujero negro y no había nada que pudiera hacer para detener lo inevitable. Se sentía paralizada por dentro.

"¿Estás bien?" le preguntó su tío, poniéndole la mano sobre su brazo.

"Creo que soy yo quien debería preguntarte eso." Celia se había quedado sin palabras. Cualquier cosa alegre que pudiera decir sería engañar a ambos y cualquier cosa demasiado seria estaba fuera de su alcance.

"¿Entiendes ahora por qué no quería que lo supieras todavía?" le preguntó Dieter.

"Creo que sí." Le dirigió una sonrisa. "Lo estoy intentando, tío Dieter. De verdad que estoy intentando ser fuerte para que puedas disfrutar..." tragó saliva. "Para que puedas disfrutar del tiempo que te queda." Su cabello seguía volando con el viento y se pasó los mechones sueltos detrás de las orejas.

"Lo sé, y te agradezco que lo estés intentando. Me hace feliz." Hizo una breve pausa. "¿Sabes lo que me haría más feliz aún?"

Celia suspiró profundamente porque no podía entender cómo su tío era capaz de ser feliz en este momento. "¿Qué?"

"Si dejaras de estar tan enfadada con Erin. Esto no es culpa suya."

"Me mintió."

"Sé que has tenido algunas malas experiencias pero intenta no ver lo peor en las personas." Dieter tomó la copa de ella y terminó el vino y sirvió más. "Tendrás que disculpar que beba tanto. No tengo ni idea de si habrá Barolo en el más allá, así que lo voy a disfrutar mientras pueda."

Celia logró esbozar una pequeña sonrisa por su humor negro, agarró la botella y le dio un trago, luego se limpió la boca. "Lo entiendo. Soy partidaria de Barolo también."

Los ojos de su tío estaban un poco vidriosos pero no parecía estar borracho. "Mira, lo único que de verdad necesitas saber es que Erin está loca por ti. Lo ha estado durante mucho tiempo. El año pasado, cuando me hacía compañía durante mi recuperación, su rostro se iluminaba cada vez que yo mencionaba tu nombre. Nunca preguntó nada sobre ti. Supongo que no estaba segura de cómo me sentiría yo con vosotras juntas, considerando que soy... Bueno, seamos sinceros, soy tu figura paterna. Pero sé que está loca por ti, Celia, y, en realidad, eso es lo único que importa."

Celia asintió, recordando su baile del año pasado. "¿Es verdad que no le dijiste que te estabas muriendo hasta la mañana después de la fiesta?"

"Es verdad. La subasta fue todo asunto mío, en caso de

que pienses que ella tuvo algo que ver. Verás, había algunas cosas de las que quería ocuparme antes de irme. Una de ellas era ver a viejos amigos con los que había perdido el contacto a lo largo de los años. Las verdaderas amistades nunca se pierden aunque pasen muchos años sin verse y me siento afortunado de tener la oportunidad de hacerlo ahora." Dieter se aclaró la garganta. "El siguiente punto en mi lista de deseos, por así decirlo, era pasar tiempo de calidad con las personas más cercanas a mí, tener experiencias extraordinarias juntos y que nunca olvidéis. Los buenos recuerdos son impagables y ¿quién sabe? Tal vez incluso yo recordaré estas increíbles vacaciones esté donde esté." Se volvió hacia Celia y sonrió. "Y el tercer punto en mi lista, querida, era ayudarte a encontrar la felicidad verdadera y creo firmemente que la encontrarás con Erin. Vi la química que tenéis desde el principio y si puedo pedir un deseo antes de morir, es que te vea encontrar la felicidad en el amor."

"¿Cómo puedes estar tan seguro de Erin y yo?" Celia sintió que la bola de náuseas se le apretaba en el estómago. Había habido muchas oportunidades para que Erin se hubiera sincerado pero no lo hizo.

"¿Qué sientes por ella?" le preguntó y añadió "aparte de lo enfadada que estás con ella ahora mismo."

Celia se mantuvo en silencio un buen rato mientras trataba de olvidarse de su ira para responder con sinceridad. "Siento algo por ella," dijo por fin en un susurro. "Siento mucho por ella."

"Pues ahí lo tienes." Dieter se rió entre dientes y levantó su copa en un brindis. "Una vez que sepa que has encontrado el amor, moriré siendo un hombre feliz. Porque el amor, cariño, es lo más hermoso que la vida te puede ofrecer. He sido muy afortunado en los sesenta y ocho años que he estado en este maravilloso planeta." Sus ojos parecían lejanos al desviar su mirada y dirigirla a la noche. "He viajado mucho, he visto las cosas más hermosas, he sido tocado por la varita del arte, la música y la naturaleza, y he conocido el amor, el amor más profundo. Algunas personas tienen miedo a amar porque duele demasiado cuando lo pierdes. Pero estoy agradecido por los años que pasé con Roderick. Fueron mis mejores años."

Celia cogió su copa, necesitando el valor que le daba el líquido para hacerle la pregunta que le había estado rondando desde que descubrió que se estaba muriendo. "¿Tienes miedo?"

"Un poco. No tanto como cuando me enteré la primera vez. No sé qué pasará cuando muera. No soy religioso y, sinceramente, da miedo pensar en la nada, así que intento no hacerlo. Pero realmente tampoco creo en la nada, así que..." Dieter la rodeó con un brazo y la atrajo hacia él. "Mira toda la belleza que nos rodea. Huele el océano, escucha el poder de las olas chocando contra la proa. Piensa en todo lo que hemos visto juntos y las experiencias que hemos compartido." Apretó el hombro de Celia y le dio un beso en la sien. "Y mira las estrellas. ¿No te parece increíble el cielo? ¿No sería una locura pensar que no hay nada después de la muerte, cuando hay un universo infinito ahí? Debe tener sentido todo esto, ¿verdad? ¿A la vida?"

"Sí, debe tenerlo." Celia levantó la mirada siguiendo la suya hacia la oscuridad de la noche, delante de ellos y extendiéndose hacia adelante, sin fin. No era algo que se preguntara muy a menudo pero en los últimos días, no había pensado en otra cosa. "¿Puedes decírselo a Andy muy pronto, por favor?"

"Te lo prometo."

"Gracias. Se merece saberlo y no puedo seguir fingiendo delante de él."

"Lo entiendo." Dieter hizo una pausa. "¿Sabes? intenté quitarme la vida después de la muerte de Roderick." La declaración tan dura la hizo de manera tan casual que parecía que se estuviera refiriendo a cualquier pequeño contratiempo de su pasado.

"Dios..." Los labios de Celia se abrieron mientras entrecerraba los ojos. "No lo sabía."

"No. Tu madre y algunas personas más lo sabían pero solo tenías quince años entonces y acababas de perder a tu padre. Me veías como una persona fuerte, así que no quería que supieras que me había tomado un puñado de pastillas."

"Sabía que estabas devastado por la muerte de Roderick pero nunca imaginé que sentías que no podías vivir sin él. Siento mucho escuchar esto."

"Sí, bueno. Tardé un tiempo pero, al final, volví a encontrar la felicidad. La vida continúa, el profundo dolor se suaviza y se vuelve soportable. Y luego, después de un tiempo, sientes que vale la pena vivir y sigues adelante. Empiezas a mirar hacia adelante, hacia el futuro, en vez de hacia atrás, hacia el pasado." Dieter le dedicó una sonrisa triste. "No debería haber hecho lo que hice y me alegro de haber sobrevivido porque, incluso sin Roderick, tuve muchos años maravillosos solo." Hizo una pausa. "Pero hay una esperanza que me da fuerzas para disfrutar al máximo mis últimos meses."

"¿Y qué es?"

"Espero volver a ver a Roderick."

51

*D*espués de un turno de ocho horas al mando de *La Barracuda*, Erin salió de la ducha. Tenía los ojos cansados pero se encontraba demasiado inquieta para acostarse. Envolviéndose con la toalla de baño, se hundió en el sillón en una esquina de la habitación. Celia no se le había acercado todavía y estaba empezando a preguntarse si era hora de ir a buscarla. La había visto desde el puente, jugando en la mesa del comedor, y, aunque había sonreído y reído, estaba claro que solo estaba tratando de hacerse la fuerte delante de su tío y Andy, que, feliz, seguía ignorante de lo que le esperaba. Le dolía verla sufrir y, aunque no había nada que ella pudiera hacer para mejorar esa situación, esperaba poder consolarla, aunque solo fuera un poco. Ojalá se lo permitiera.

Pero no podía seguir evitándola. Andy empezaría a preguntarse por qué ya no aparecía para cenar o bajaba en sus descansos. Mientras pensaba en eso, sus ojos se posaron en el reloj que Celia se había dejado atrás. Lo cogió y lo observó. Parecía caro pero no reconocía la marca. Le dio la vuelta y leyó la inscripción. *12 de febrero, 1996. Feliz cumplea-ños, cariño. Te quiero. Papá.*

Erin había tenido suerte de no haber perdido a alguien cercano y no podía imaginarse cómo se sentiría Celia ahora que estaba a punto de perder a la segunda persona más importante de su vida.

Un golpe en la puerta la sobresaltó y casi dejó caer el reloj cuando corrió a abrirla.

"Hola." Celia parecía cansada, ahí de pie, con los brazos cruzados y apoyada contra la puerta, frotando un pie descalzo con el otro. Sus ojos, normalmente vibrantes y llenos de luz y de vida, estaban enrojecidos y exentos de emoción. Ya estaba vestida para acostarse con una bata negra semitransparente. "¿Está aquí mi reloj?"

"Sí." Erin se sintió atrapada porque lo tenía en la mano. "No lo había visto hasta hace un minuto, si no, te lo habría llevado a tu habitación."

"Gracias." Celia se lo puso y se pasó la mano por la muñeca, como si hubiera echado de menos ponérselo. "Te debo una disculpa," dijo entonces, levantando la mirada para encontrarse con los ojos de Erin. "Lo que te dije no fue justo. Estaba enfadada y..."

"Oye, está bien." Erin cogió su mano, la atrajo hacia ella y la abrazó fuerte cuando, de repente, comenzó a llorar. "No hace falta que me expliques."

Celia la abrazó fuertemente también. Sus lágrimas caían por los hombros de Erin mientras enterraba la cara en su cuello. "Se está muriendo," dijo entre sollozos. "Y ni siquiera quiere considerar más tratamientos y se niega a ir al hospi-tal. Aunque sea para prolongar su vida..."

"Es lo que él ha elegido," susurró Erin, pasando sus dedos por el cabello de Celia. "Deberías haberlo visto el año pasado. Era solo una sombra del hombre que es ahora y no quiere volver a eso si solo hay una pequeñísima oportunidad de ganar un par de meses miserables. Quiere sentirse bien durante el tiempo que le queda." Se estremeció cuando lo dijo, lamentando inmediatamente haber mencionado ese tiempo inexorable. Era tan extraño pensar que los médicos pudieran predecir un límite de tiempo para la vida de alguien. Sintió que se le encogía el estómago al pensar que perdería a su gran amigo. Dando un paso atrás, tomó el rostro de Celia entre sus manos y la miró fijamente. "Siento no haberte dicho nada pero no podía. En primer lugar, porque no quería que lo supiera nadie, incluida yo. Simplemente se le escapó una noche que estaba borracho." El aliento de Celia olía a vino y Erin sospechaba que estaba un poco achispada.

"Lo entiendo. El tío Dieter es muy terco. Nunca permitirá que la gente vea sus debilidades." Dejando escapar un profundo suspiro, Celia se apoyó en ella y cerró los ojos. Después de unos segundos, levantó la barbilla y rozó sus labios con los de Erin.

Erin se estremeció con el contacto y la besó suavemente, pasando su pulgar por la mejilla de Celia. "¿Quieres quedarte aquí esta noche? Solo quiero abrazarte."

"Me gustaría." Celia bajó la voz hasta hacerla un susurro. "Pero no quiero que me abraces. Quiero que me hagas olvidar. Solo por ahora."

Erin se la quedó mirando fijamente mientras notaba cómo su expresión se oscurecía. "¿Qué quieres decir con eso?"

"Sabes muy bien a lo que me refiero." Celia le cogió la mano y la puso sobre su pecho.

"No estoy muy segura de que sea buena idea en este momento..." Considerando las circunstancias, no le parecía apropiado hacer el amor a Celia, pero era imposible ignorar la excitación que sentía entre sus piernas y el deseo que la atraía hacia ella. Sentir cómo se endurecía su pezón con su roce y escuchar su respiración entrecortada hizo que la deseara más y sabía que no sería capaz de decirle que no.

"Por favor," repitió Celia con una mirada desesperada. "No te contengas. Hazme sentir bien. Hazme olvidar."

Erin sintió que el pulso se le aceleraba ante la súplica de Celia y, a decir verdad, ella quería olvidar también. Celia estaba a punto de subirse a la cama pero tiró de ella, se giraron y la apoyó contra la pared. Su respiración rápida le dijo a Erin que le gustaba así que continuó, levantando el negligé de seda mientras presionaba su cuerpo contra el de ella. Podía sentir su necesidad por el temblor de sus piernas y la forma en que sus brazos la rodeaban, sus manos agarrando fuerte la toalla. "Te haré olvidar como si no tuvieras idea de nada," le susurró al oído. Le pasó la lengua por el cuello y lo chupó, sabiendo que le dejaría marcas en la piel.

Su mano se abrió paso entre las piernas de Celia y sintió su humedad en las yemas de los dedos mientras los frotaba sobre la tela. Las caderas de Celia se movieron hacia adelante y su excitación hizo que se encendiera más. Tenía que controlar el ritmo, yendo en contra de sus instintos, así que se tomó un momento para recuperarse, cuando Celia se retorció contra ella y dejó escapar un débil gemido. Si iba a hacer que se olvidara del dolor que sentía, tenía que hacerlo durar.

"Déjame atarte," dijo con voz entrecortada. "Creo que eso es lo que quieres."

Su mirada de lujuria y un leve movimiento de su cabeza lo confirmó.

Erin miró por la habitación buscando algo que pudiera usar. Abrió la cómoda pequeña que estaba a su lado y sacó

una corbata delgada de Armani. Lentamente le quitó el
negligé y la miró mientras dejaba caer la prenda al suelo.
Era tan increíblemente hermosa que Erin casi olvidó que
era ella quien tenía el control. Sus curvas eran suaves y
tentadoras, su rostro angelical a la vez que diabólicamente
seductor. Era una mujer de contrastes fascinantes. Respetuosa, amable e inocente a primera vista pero, cuando se
quitaba la ropa, salía el animal que llevaba dentro. "Acuéstate boca arriba," le dijo, señalando la cama.

Así lo hizo Celia y los labios de Erin se abrieron cuando
se acercó, paralizada al observar su respiración agitada. Sus
pechos voluptuosos y sus pezones erectos, sus labios, especialmente el jugoso labio inferior que seguía mordiéndose
cada vez que tenían sexo. Su hermoso cabello, por el que le
encantaba pasar sus dedos y su cintura delgada y piernas
largas, que ahora lucían bronceadas por el sol. Celia era
realmente su mayor fantasía.

Cogió las muñecas de Celia y las ató, luego sus ojos se
posaron en el aro de metal que había en la pared, sobre la
cama. Era simplemente un detalle marino y nunca antes
había considerado usarlo para algo así, ¿o sí? Siempre se
había preguntado por qué lo había puesto justo ahí, sobre la
cama, ya que no había usado esos detalles en ningún otro
lugar y no le gustaban los interiores demasiado cargados.
Quizás el deseo de atar a una mujer a ese aro siempre había
estado ahí.

"Ya está," dijo, atando sus muñecas al aro. "Ahora eres
mía."

"Eso parece," susurró Celia. No había signos de esa
sonrisa seductora y traviesa que normalmente dibujaban
sus labios. En cambio, había un deseo doloroso en su expresión, un anhelo de que Erin la distrajera y la alejara de ahí.

Erin la miró fijamente, llena de una mezcla de tristeza y

deseo. El conflicto era real pero, tal vez, eso era exactamente lo que ambas necesitaban porque ella también quería escapar. Se lamió los labios mientras separaba las piernas de Celia y se sentaba de rodillas entre ellas. Con las manos abiertas, las pasó por sus piernas mientras la miraba. "Bueno, ¿qué voy a hacerte?" murmuró, más para sí misma, aunque no le faltaban ideas. Ladeó la cabeza y arqueó una ceja con una sonrisita cuando se encontró con la mirada de Celia.

"Soy toda tuya." Celia tiró de sus ataduras y algo brilló en su rostro cuando se dio cuenta de que no podía liberarse. ¿Era miedo? Erin estaba a punto de preguntarle si estaba bien pero, como si le hubiera leído la mente, asintió y se ofreció a ella. "Estoy bien."

"¿Estás segura?"

"Sí."

Quizás a Celia no le importaba porque tenía cosas más importantes en su cabeza. Erin pensó que las noticias que había recibido de su tío la habían destruido hasta el punto de que no había nada más que le importara en este momento. No podría ser peor, así que ¿por qué tener miedo?

Erin enganchó sus dedos a ambos lados de sus bragas, se las bajó y se sentó sobre ella.

"Te he echado de menos," susurró, y la besó suavemente. Había echado de menos el contacto corporal y abrazarla por la noche. Había extrañado la cercanía.

"Yo también te he echado de menos," murmuró Celia. Sus pestañas aletearon y el aro de la pared sonó cuando Erin metió su muslo entre sus piernas, empujando contra su humedad.

Aunque se sentía de todo menos paciente en este momento, Erin la besó hasta que se quedó sin aliento. Celia besaba muy, muy bien, lento y sensual, alimentando su hambre hasta el punto de que su cerebro amenazaba con dejar de funcionar. Le dolían los labios cuando se apartó y miró a Celia, su ardiente necesidad reflejada en los ojos de ambas.

Erin jugueteaba en el interior de los muslos de Celia con las yemas de sus dedos mientras acercaba la boca a su oreja. Le mordió el lóbulo, suavemente al principio y luego con más fuerza, hasta que Celia jadeó y se movió debajo de ella. "Te deseo tanto..." Le frotó los labios hinchados, presionando fuerte y provocativamente lento y suspiró ante el torrente de deseo que sintió cuando sus dedos se deslizaron más y más, hasta que la penetró.

"¡Sí!" Celia echó la cabeza hacia atrás y movió las caderas contra la mano de Erin, con la respiración rápida. Sus movimientos eran de necesitar más, su lenguaje corporal desesperado mientras balanceaba la cabeza de un lado a otro y tiraba de sus ataduras. "Por favor..."

Erin se demoró hasta que Celia gimió de frustración. La besó de nuevo mientras comenzó a penetrarla, maravillada de los ruidos de placer que escapaban de su boca. Le encantaba estar dentro de ella, sentir sus paredes apretarse alrededor de sus dedos, sentir su necesidad mientras la llevaba al borde.

"¿Qué estás haciendo?" susurró Celia cuando Erin salió de ella, justo cuando estaba a punto de explotar.

"Te estoy haciendo esperar." Erin sonrió cuando sus ojos se posaron en el cajón de la mesilla de noche. Celia siguió su mirada y sus labios se abrieron cuando sacó el consolador con el arnés.

"Póntelo," susurró y Erin obedeció cuando el lenguaje corporal impaciente de Celia y su breve respuesta le dijeron que no se demorara más.

Erin la besó con fuerza mientras la penetraba, gimiendo

cuando Celia envolvió sus piernas alrededor de sus caderas. El aro sobre ellas sonó más fuerte y, aunque Erin sabía que quería usar sus brazos para acercarla más, no le pidió que la desatara. "Eres mía," murmuró, mordiéndole el labio inferior mientras empujaba más profundamente. "Mía."

Se movían al mismo tiempo, rítmicamente, más rápido, más fuerte, y Erin sintió crecer un orgasmo por la fricción entre ellas. Celia estaba a punto de llegar al orgasmo también. Sus fuertes gemidos resonaban en el camarote mientras Erin estaba al borde. Segundos después, Celia llegó al éxtasis, sus espasmos hicieron que su pecho y sus caderas se dispararan rápida e intensamente. Su boca sobre la de ella, mientras cabalgaban hasta la última ola, disfrutando de la escapada de la realidad.

Erin levantó la cabeza y suavemente pasó una mano por la mejilla de Celia. "¿Quieres que te desate?"

Celia la miró un momento. Su mirada triste había regresado mientras negaba con la cabeza. "No. Hazlo otra vez."

52

"*B*ueno, ¿tenemos un veredicto ya? ¿Vale la pena quedársela?" preguntó Andy.

Se había sentado en la butaca de Celia mientras ella tomaba el sol y se daba un descanso del trabajo. No es que hubiera trabajado mucho. Había estado más que nada mirando la pantalla, fingiendo estar ocupada para poder esquivar a Andy. El día había sido difícil hasta el momento, pero había sentido una renovada sensación de tranquilidad y fuerzas al haber despertado en los brazos de Erin.

Celia logró esbozar una sonrisa y sonrió entre dientes. "¿Vas a seguir preguntándomelo?"

"Sí. Quiero saber si os volveré a ver a ambas después de que Dieter se haya ido. En realidad no tengo amigos cercanos aparte de él, así que de verdad me gustaría estar en contacto con vosotras." Hizo una pausa. "Tú y Erin sois mi único vínculo con él y quiero recordarlo tan vívidamente como pueda con otras personas que también le querían."

Celia se volvió hacia él, entrecerrando los ojos. "¿Lo sabes?"

"Sí." Dijo, dejando escapar un largo suspiro y se encogió de hombros. "Bastante jodido, ¿eh?"

Celia asintió y tragó saliva. "¿Te lo ha contado él?"

"Anoche. Me despertó, un poco mareado después de haber bebido vino contigo, por lo que parece. Me dijo que tú también te acababas de enterar. Lo siento, debe ser duro para ti."

"Sí que lo es." Celia se incorporó y le cogió la mano. "Me alegro de que te lo haya contado." Permanecieron en silencio mientras contemplaban el océano azul claro y el cielo del mismo color. Era difícil distinguirlos. *Solo azul*, pensó. *Nada más que azul*. Aparte de *La Barracuda*, no había otro signo de vida y se podía sentir la inmensa soledad mientras miraba el horizonte. Normalmente, este sería el momento en que comenzaría a sentirse incómoda, tal vez incluso con pánico por no ver tierra. Pero no lo sintió porque parecía el entorno apropiado. No le importaba la falta de seguridad porque su mayor elemento de seguridad en la vida estaba a punto de serle arrebatado. "¿Cómo te sientes?"

"Triste y enfadado, pero estoy intentando no ahogarme en ello. Y frustrado, por supuesto." Andy respiró hondo mientras los ojos se le llenaban de lágrimas. "Ojalá lo hubiera sabido antes. Si lo hubiera hecho, habría apreciado cada segundo mucho más. No habría discutido con él por cosas estúpidas como el desastre que organiza en nuestro camarote y el crujido constante de los cacahuetes que siempre come en la cama. No me habría quejado de las películas tan malas que le gusta ver o de la música clásica que me vuelve loco. Lo habría aceptado todo porque sé que, pronto, daría cualquier cosa por escucharlo tararear a Chopin o reírse de alguna estúpida comedia de los setenta."

"Lo entiendo."

"Y las fotos." Le temblaba la voz cuando se inclinó hacia ella. "¿Por qué estoy siempre haciendo esos estúpidos selfies? Casi no tengo fotos de Dieter y yo juntos porque solo pienso en mí, en mi ropa y en cómo odio cuando nuestros atuendos no combinan. Es tan egoísta y..."

"Oye, no puedes castigarte por cosas como esas," lo interrumpió Celia. "Hay muchas cosas de las que también me arrepiento pero así es como funciona todo. El año pasado, la primera vez que se puso enfermo, no me pregunté por qué no había sabido de él y tampoco me molesté en llamarlo. Nadie aprecia a las personas completamente hasta que están a punto de perderlas o hasta que se han ido. Desgraciadamente, así es como funciona la vida."

"Supongo que tienes razón." Se puso las gafas de sol para ocultar sus lágrimas. "Sabía que algo iba mal pero nunca pensé que fuera tan malo. Tan definitivo."

"Yo todavía no me lo puedo creer," dijo Celia moviendo la cabeza. "¿Crees que puedes hacerlo? ¿Disfrutar estos momentos que nos quedan aquí con él?"

Andy se encogió de hombros. "Va a ser duro. Parece que pasa de lo que le depare el destino, como si hubiera hecho las paces con el hecho de que vaya a morir. Eso es una locura en mi opinión. Yo diría que o todavía está en la etapa de la negación o que ha tenido tanto tiempo para dejar que la perspectiva de la muerte se asiente en su cabeza, sobre todo porque no es la primera vez que ha estado enfermo, que se las ha arreglado para encontrar algo de consuelo en ..."

"Quizás," susurró Celia, pensando en el comentario que había hecho su tío sobre Roderick. "Tienes razón, parece estar en paz con eso."

Andy asintió. "Y yo estoy..." Apoyó los codos en sus rodillas y dejó caer la cabeza entre las palmas de las manos.

"Todavía estoy procesando la noticia. Así que no, no tengo ni idea de cómo puedo pasar el resto del viaje fingiendo que todo está bien, es divertido y todo va sobre ruedas. Ya veremos."

"Pero lo intentarás, ¿verdad?"

"Lo intentaré," dijo Andy entre sollozos. "Voy a esforzarme mucho por vivir cada momento con él al máximo, sin importar cómo me sienta yo. Voy a recordar cada segundo y cada palabra con él de ahora en adelante." Se dejó caer sobre la tumbona y comenzó a llorar. "Cada mirada, cada sonrisa, cada comentario, cada minuto que estemos juntos… Voy a apreciarlo tanto y a guardármelo como si fuera un jodido concierto de Madonna."

Celia se acercó a él y lo tomó entre sus brazos. Lloraba sin control y sus lágrimas caían por su hombro. Lloró con él porque por fin podía hacerlo y le hizo sentir bien. Estaba bien dejarse llevar con Andy, estar triste con él. También había estado bien haberse dejado llevar entre los brazos de Erin. Todos estaban en el mismo barco, literalmente hablando, y juntos serían fuertes y se asegurarían de que su tío tuviera los mejores momentos en los preciosos meses que le quedaban.

Cada momento contaba.

53

"¿*T*enemos una tarta de cumpleaños para Ming?" preguntó Celia mientras todos se sentaban en el jacuzzi, contemplando su primer día de normalidad anormal. Notó que se sentía mejor que ayer y tenía la esperanza de pasar el resto del día sin desmoronarse. Ahora que la dura verdad había salido a la luz, todo lo que podía hacer era tratar de mantener la compostura mientras intentaba divertirse. "Cumple treinta años, ¿verdad?"

"Sí. Marcus ha dicho que se encargará de eso." Erin se hundió más en el agua y se subió las gafas de sol a la frente. El sol parecía que se ponía mucho más rápido en el mar y en el espacio de veinte minutos, la cubierta superior había pasado de un calor abrasador a un ligero fresco. "Ahora que lo pienso, parecía demasiado entusiasmado y preparado. Incluso sabía cuáles eran sus sabores favoritos."

"No es tan extraño. Llevan trabajando juntos muchos años, ¿no?" dijo Andy.

"Eso es verdad." Celia mantenía un ojo en las escaleras, asegurándose de que Ming no se estuviera acercando. No tenía ninguna excusa para hacerlo. Su segunda botella estaba llena, igual que los aperitivos, pero Ming era muy eficiente. "Pero creo que se gustan," dijo bajando la voz.

"¿Tú crees?" Erin tiró de ella y Celia se sintió reconfortada por el contacto.

"Sí, pero no digas nada. Está claro que, sea cual sea la relación que tengan, quieren mantenerlo en silencio."

"Tiene sentido," dijo Erin. "Sus contratos establecen que la tripulación no puede tener relaciones íntimas mientras estén en el barco. La gente paga entre diez y doce mil dólares al día para alquilar *La Barracuda* y no puedo arriesgarme a que pillen a mi personal retozando. Ahora no me importa tanto, por supuesto, porque solo somos nosotros." Continuó encogiéndose de hombros. "Pero entiendo por qué lo están ocultando."

"En realidad no les he visto hacer nada que indique que están juntos," se apresuró a decir. "Es solo una sensación. No tenía ni idea de que no podían..."

"Oye, está bien. No se van a meter en problemas por eso." Erin le lanzó una sonrisa tranquilizadora. "Bueno, entonces, sí, tenemos una tarta de cumpleaños para Ming. Estaremos en Boa Vista esta noche pero el amigo de Dieter no nos espera hasta mañana por la mañana así que, si os parece bien, sugiero que nos quedemos a bordo hasta entonces."

"Claro, por supuesto." Celia frunció el ceño y miró hacia el puente de mando cuando los altavoces empezaron a emitir un ruido. Normalmente era señal de que estaba a punto de hacerse un anuncio.

"Mirad al noreste, gente." La voz fuerte de Eddie sonó a orden. "Eso significa a vuestro frente, a la derecha," aclaró con una risita cuando Andy se giró hacia el lado opuesto. Luego apagó los altavoces, liberándolos, por fin, de tener que escuchar la lista de reproducción de música de Andy y de la que Dieter se había estado quejando.

Celia se puso en pie en el jacuzzi, se protegió los ojos del sol poniente y oyó un ruido a lo lejos. "¿Qué es eso?" La punta de una cola enorme desapareció en el agua, provocando un gran chapoteo. Cuando la criatura volvió a aparecer, jadeó, y Andy, Dieter y Erin también se levantaron rápidamente.

"Es una ballena..." Erin siguió su mirada y miró fijamente a la enorme bestia.

"Una manada de ballenas," la corrigió Dieter cuando dos más saltaron. "Es extraordinario." Dejó escapar un largo suspiro y se frotó la barba. "Nunca imaginé que vería algo tan..."

"Majestuoso," dijo Andy, terminando sus palabras. "Guau, es un privilegio verlos en su hábitat." De inmediato cogió su teléfono del borde del jacuzzi pero, mientras lo sostenía, cambió de idea, lo volvió a dejar en su sitio y rodeó a Dieter con su brazo.

Dieter aplaudió y gritó de emoción cuando las ballenas se acercaron tanto que el agua les salpicó. Parecía realmente feliz, dichoso, y Celia entendió entonces lo importante que era esto para él. Disfrutar de estos mágicos momentos con los seres más cercanos y queridos.

Puso un brazo a su alrededor y apretó la mano de Andy detrás de su espalda mientras observaba el horizonte, recto y puro como una línea dibujada, ocultando el misterio que guardaba detrás. El sol poniente y su reflejo convirtieron todo en dorado antes del crepúsculo. Su resplandor se desvaneció, dando como resultado un juego de luces surrealista en el agua. El olor del océano y su movimiento, rítmico, como si estuviera respirando, era relajante, y poder presenciar la poco usual vista de ballenas nadando junto a ellos la llenó de asombro. Habían pasado momentos especiales juntos, pero nunca se había permitido sentirlo con cada fibra de su ser, tan decidida a recordar cada segundo. Tener a Erin, a su nuevo amigo Andy y a su tío a su lado mientras observaban y admiraban a las ballenas escoltarlos por el azul infinito del mar, era un recuerdo tan maravilloso que la conmovió hasta las lágrimas. Quería que su tío fuera feliz y este era uno de esos momentos para abrazar y recordar con todos sus sentidos.

54

"*C*umpleaaaaaños feliiiiiz..." La terrible canción fuera de tono provocó risas después de un intento fallido por parte de Celia de intentar armonizarla. La tripulación y los invitados estaban reunidos alrededor de la gran mesa en la cubierta, bebiendo mimosas.

"Y feliz 4 de julio a todos," gritó Andy, levantando su copa para hacer un brindis. "Puede que no veas fuegos artificiales en tu cumpleaños este año, pero eso no quiere decir que vaya a ser menos divertido."

"Gracias chicos. Esto es muy amable de vuestra parte." Ming sopló las treinta velas de la tarta de chocolate blanco y matcha que Marcus le había hecho con mucho cuidado y dedicación. "En realidad mi madre me dijo que los fuegos artificiales estallaron en el momento en que nací. Supongo que por eso soy tan fabulosa," bromeó, batiendo las pestañas. "Ahora en serio, tener el día de mi cumpleaños libre y poder pasarlo en Boa Vista con todo mi equipo es un sueño hecho realidad."

"La orilla parece impresionante," dijo Celia señalando al frente. Estaban amarrados lejos pero podía ver la punta de la isla más al este en la distancia. La costa blanca y verde prometía playas blancas y vegetación tropical. A pesar de las circunstancias, su viaje todavía se sentía como una aventura y no quería terminarla por dos razones principalmente. Primero, porque sería la última vez que haría algo divertido con su tío, y segundo, porque sus sentimientos por Erin crecían y se hacían más fuertes cada día que pasaba. A estas alturas, estaba empezando a preguntarse qué les esperaba después de que ambas regresaran a sus respectivas casas. Aquí, Nueva York parecía un recuerdo lejano y lo único que le recordaba la vida a la que tendría que volver era su asistente, que la llamaba varias veces al día.

"Sí. Acabo de comprobarlo con Eddie. Subiremos a la lancha en unos cuarenta minutos." Dijo Erin mientras la rodeaba con su brazo por la cintura y se la acercaba.

La cercanía de Erin era deliciosa y con cada roce, la deseaba más. Tener estos sentimientos tan profundos le daba un poco de miedo pero, debido a las circunstancias en que se encontraba en estos momentos, no podía simplemente irse a casa y tomarse un tiempo para ella, así que decidió que era mejor dejarse llevar. Si se estrellaba y se quemaba, al menos habría merecido la pena y guardaría los recuerdos que habían compartido juntas con mucho cariño. Además de eso, necesitaba a Erin de verdad porque la situación no era fácil. Nunca había sentido tal revoltijo de emociones al mismo tiempo. Aunque tenía ganas de estallar en lágrimas cada vez que miraba a su tío, trató de concentrarse en lo bueno. Y lo único bueno que tenían era el aquí y el ahora.

Erin la besó en la sien y se volvió hacia su tripulación. "Chicos, vosotros podéis ir a explorar y visitar, relajaros en la playa o usar la lancha para bucear mientras nosotros nos reunimos con el amigo de Dieter."

"Y mi amiga Joana conoce los mejores sitios para celebrar Santa Isabel," añadió Dieter. "El 4 de julio es un gran acontecimiento en Cabo Verde, así que nuestra visita llega en el momento perfecto. Me recomendó que nos reuniéramos aquí para cenar y tomar unas copas más tarde." Le dio una hoja de papel con una dirección a Ming. "Está en la playa y me dijo que celebran un carnaval con música en directo y baile, así que tiene que ser bueno. O sea, si quieres celebrar tu cumpleaños con un montón de vejestorios."

"Oye, habla por ti," dijo Andy dándole un codazo. "Aquí no hay vejestorios, aparte de ti, claro."

Ming se echó a reír. "Me encantaría eso. Siempre es mejor seguir las recomendaciones de los lugareños y la música y bailar son mis cosas favoritas del mundo." Dijo, guiñándole un ojo a Dieter. "Y no eres un vejestorio. Pareces muy alegre y estoy segura de que te quedan muchos buenos años por delante."

Celia se quedó helada con el comentario. Sucedía cada vez que recordaba el cáncer terminal de su tío. No era culpa de Ming, ella no lo sabía, y por lo que Celia sabía, nadie del resto de la tripulación, excepto Eddie, conocía la situación. Ayer hubo momentos en los que pudo olvidarse de esos pensamientos y, una vez más, trató de empujarlos a un segundo plano cuando un silencio repentino siguió al comentario de Ming. Andy y Erin lanzaron miradas incómodas a Dieter, pero él se echó a reír, aliviando el incómodo momento.

"Vive el día a día, ese es mi lema." Le dio un mordisco a la tarta y sus ojos se abrieron de par en par, volviéndose hacia Marcus. "Bueno, tengo que decir, buen hombre, que nunca pensé que me gustaría una tarta hecha con polvo de té verde pero esta es bastante buena."

"Es fantástica," comentó Andy. "Bueno, entonces, el gran

3-o, ¿eh?" dijo, lanzándole una sonrisa a Ming. "Déjame adivinar. Tus padres te están presionando para que te cases, ¿verdad?"

"Por supuesto." Contestó Ming echándose a reír. "Los padres chinos son los peores. No creo que llegue el momento de escuchar el final de eso. Mi madre tiene un candidato preparado para mí cada vez que voy a casa, pero son todos tan aburridos..." dijo encogiéndose de hombros. "No es fácil conocer a alguien cuando estás siempre en el mar, pero prefiero esta vida mil veces que una en los suburbios."

Celia captó otra mirada discreta entre Ming y Marcus. Estaba claro que él había puesto mucho esfuerzo en preparar la tarta. Con el chocolate blanco goteando por los lados, flores de chocolate blanco y macarons encima, realmente era una obra de arte.

"Bueno, yo, por la parte que me toca, estoy muy contenta de que todavía estés interesada en viajes largos y te tendré a bordo todo el tiempo que puedas soportarme." Erin le dio una palmada en el hombro. "En serio, espero que sepas cuánto te aprecio." Levantó la copa con una sonrisa. "¡Por Ming!"

55

*B*oa Vista parecía un secreto, pensó Erin. Habían estado conduciendo sobre el paisaje volcánico que cubría la mayor parte de la isla en un 4x4 y ahora se dirigían a Sal Rei para participar en las celebraciones de Santa Isabel. Dieter estaba sentado junto a Joana en el asiento del pasajero y Erin, Andy y Celia en la parte trasera de un vehículo abierto que rebotaba sobre los caminos llenos de baches.

A ambos lados se extendía arena dorada, solo interrumpida por vistas áridas llenas de rocas, árboles de dátiles y pueblos abandonados. A diferencia de la exuberante costa, el terreno interior de Boa Vista era terroso y seco. Pero era igualmente precioso, tranquilo y, todavía, intacto de la mano del hombre. En las dos horas en que les habían enseñado los alrededores del lugar, no habían visto ni un solo turista.

Dieter y Joana estaban encantados de haber podido reunirse de nuevo y ella estaba ansiosa por enseñarles el lugar. Haciendo sonar el claxon y moviendo la mano animadamente, saludó a todas las personas con las que se cruzaban, con un entusiasmo que Erin pocas veces había presenciado. De inmediato se encariñó con ella. Al ser una artista de renombre internacional, Erin supuso que Joana era una figura de relevancia en la isla y su apariencia era igualmente impresionante. Largas rastas con tela verde brillante entretejida formaban un enorme donut sobre su cabeza y llevaba puesto un vestido verde flamenco a juego. Sus manos perfectamente cuidadas estaban cubiertas de restos de arcilla gris que le subía por los brazos, Erin sospechó que había estado esculpiendo antes de recogerlos.

"Santa Isabel es la patrona de Boa Vista, así que habrá más movimiento por aquí esta tarde porque el festival atrae gente de todas las demás islas." Joana estuvo a punto de chocar contra el borde de la carretera al mirar hacia atrás mientras hablaba con ellos. Afortunadamente, había muy poco tráfico porque sus habilidades para conducir dejaban mucho que desear. Rápidamente enderezó el coche y se echó a reír mientras se concentraba otra vez en la carretera. "Disculpadme, acabo de obtener mi carné de conducir. Vendí un par de piezas a un comprador privado, así que pensé que ya era hora de regalarme un buen coche. A los cincuenta y ocho," añadió con una sonrisa.

"No te preocupes, lo estás haciendo bien," mintió Erin. Le lanzó una sonrisa a través del espejo retrovisor y se aferró a Celia cuando dieron un giro brusco y repentino hacia un camino empedrado que conducía al pueblo. Celia estaba preciosa con pantalones palazzo blancos informales, una camiseta sin mangas y su cabello oscuro ondeando al viento. La tristeza en sus ojos se había disipado un poco al ver a Dieter y Joana bromeando como si nunca hubieran estado separados. Las bromas le habían hecho bien a ella también.

"Vi tu yate en la distancia," dijo Joana. "Es bastante impresionante pero tengo que advertirte de una cosa. No existe el lujo en Boa Vista, así que no esperes restaurantes lujosos y champán. Hay un hotel de cuatro estrellas en la isla, pero es..." se encogió de hombros y se giró de nuevo hacia atrás. "Bueno, es aburrido. Dejémoslo así."

Erin negó con la cabeza y se rió entre dientes. "No veo a ningún amigo de Dieter haciendo cosas aburridas."

"Exactamente." Dijo Joana y dio una palmada en la pierna de Dieter. "Aquí no hay nadie rico. Bueno, aparte de mí en este momento, por las piezas que vendí la semana pasada," bromeó. "Pero todo el mundo es feliz y celebramos la vida todos los días."

Con solo un puñado de restaurantes y las tiendas que eran más bien mercados abiertos, la ciudad, claramente, no estaba construida para el turismo y eso hacía que fuera aún más encantadora. Edificios rojos, verdes y amarillos de una planta y palmeras gruesas bordeaban la calle principal, donde los lugareños se reunían para disfrutar de la comida y la bebida que se vendía en los carritos callejeros emergentes.

"Aquí está bien." Joana aparcó en la plaza principal. Se había instalado allí un gran escenario y el cantante de la banda, que estaba probando el sonido, le gritó algo a Joana en criollo mientras bajaba del coche.

"Me está preguntando a quién he recogido esta vez," dijo antes de gritarle también. "Soy la única aquí que recibe visitas de fuera de Cabo Verde de vez en cuando. Tener forasteros aquí es todo un acontecimiento y por lo menos diez personas han insistido en que vayamos a su barrio para la fiesta callejera de esta noche."

"Eso es muy amable de su parte," dijo Celia saludando al cantante.

"Sí, todos son muy acogedores." Joana movió un par de horquillas de su pelo, ajustando el enorme peinado. "Pero esta noche pensé que sería divertido cenar y tomar algo en mi local favorito en la playa. Tienen la mejor música y cócteles increíbles de caipiriña."

Mientras se sumergía en la multitud empujando la silla de ruedas de Dieter, Erin sintió la atracción de la música. Músicos en vivo tocaban y cantaban en cada esquina, retándose entre ellos como si fuera una especie de torneo. Una mujer con altavoz en un carrito con ruedas gritó algo con su micrófono y la multitud se animó. De repente, todos los músicos comenzaron a tocar la misma canción y los niños, padres y adolescentes, y también los más ancianos, llenaron las calles, moviéndose al mismo tiempo al ritmo del tambor.

Pronto, Celia y Erin fueron arrastradas hacia el grupo para unirse al baile coordinado masivo. Andy y Joana se unieron también. Joana les mostró los pasos, los saltos y los giros, e incluso Dieter se levantó de su silla de ruedas, incapaz de resistirse a unirse a la diversión.

"Ha sido genial," dijo Celia mientras se sentaban en una pared de ladrillos para recuperar el aliento, muchas canciones después. Tenía los zapatos en una mano y un vaso de plástico con un cóctel que alguien le había servido en la otra.

"En Cabo Verde, la música está en todos los aspectos de la vida," dijo Joana, igualmente sin respiración. "Si no has bailado, no has vivido." Hizo una pausa cuando vio a un niño con un silbato que ordenaba a la multitud que se abriera. Doce mujeres percusionistas ocuparon el centro del escenario en medio de la calle, desplegándose en un semicírculo. "Ah, están haciendo batuko."

"¿Batuko?" repitió Erin, viendo que unas bailarinas se

unían a las percusionistas en el semicírculo. Iban descalzas, con faldas con volantes cortos y camisetas de colores, y todas llevaban el mismo pañuelo blanco atado a la cadera y que acentuaba sus movimientos.

"Es un tipo de baile que sigue ritmos complejos de tambores. También se le conoce como la danza original prohibida," explicó Joana. "Fue prohibida por los colonialistas portugueses pero los esclavos mantuvieron viva la tradición. Quienes tocan los tambores son siempre mujeres y son capaces de inducirte a un estado de trance."

Las percusionistas empezaron a tocar y comenzó una llamada-respuesta entre ellas y una de las bailarinas, que sacudía las caderas de manera salvaje mientras gritaba con el micrófono que llevaba. El ritmo era rápido y, al sentir las vibraciones de los tambores, a Erin le resultaba difícil quedarse quieta. Una vez que alcanzó el punto más alto en su compás, la bailarina fue reemplazada por la siguiente, que le cogió el micrófono y continuó con el tira y afloja.

"Desde luego has hecho amigos en los lugares más increíbles," le dijo Celia a su tío tomando un sorbo de su bebida.

"Sí, he tenido suerte." Dijo Dieter encogiéndose de hombros. "He conocido a la mayoría de mis amigos a través del trabajo. La gente en el negocio del arte tienen a menudo bastante dinero y les gusta vivir en sitios especiales. Los artistas también, porque necesitan la inspiración. Y si puedes vivir en cualquier lugar, ¿por qué no hacerlo en algún lugar mágico?" Dio una palmada a Joana en el hombro. "Esta señora aquí es una excepción porque ella ya creció en el paraíso."

"Cierto," dijo Joana. "Estoy orgullosa de ser caboverdiana y no me avergüenza decir que nunca he salido del archipiélago."

"¿Nunca has salido de aquí?" los ojos de Erin se abrieron de par en par con la sorpresa que esa noticia le había causado.

"No. Cuando era más joven, no tenía dinero para viajar y cuando tuve éxito como artista, la necesidad de escapar simplemente desapareció. Creo que al poder hacerlo, ya no me interesaba. Siempre queremos lo que no podemos tener, es la naturaleza humana." Puso un brazo alrededor de Dieter. "Sabes que le debo el éxito a este hombre, ¿verdad?"

"No lo sabía," dijo Andy volviéndose hacia Dieter.

"Dieter visitó Boa Vista hace unos veinte años y compró todas mis esculturas. Después de regresar a su país y venderlas, de repente recibí pedidos desde todo el mundo."

"El tío Dieter es demasiado modesto para presumir de algo así," dijo Celia.

Dieter negó con la cabeza. "Disparates. Joana tiene mucho talento, alguien se habría dado cuenta de ello tarde o temprano. ¿Te acuerdas de esa escultura grande en el salón de baile? ¿La de las doce figuras femeninas horizontales, unas encima de otras?"

"Sí, sé a cuál te refieres." Celia se giró hacia Joana. "¿Es una de las tuyas?"

Joana asintió. "Fue la primera. ¿De verdad que la tienes todavía, Dieter?"

"Por supuesto. Es parte de mi preciosa colección privada." Sonrió. "Te he incluido en mi testamento, así que algún día la recuperarás."

"¿Qué?" Joana pareció confundida mientras lo observaba. "Pero eso es una locura. Debería ir a tu familia o..."

"Absolutamente no," protestó Dieter. "Fue tu primera escultura, así que pensé que podría tener un valor sentimental para ti."

"Eso es muy amable de tu parte. Pero estoy segura de

que seguirás por aquí durante mucho tiempo." Joana lo besó en la mejilla. "Así que no hablemos de la muerte, ¿vale? Estamos aquí para celebrar la vida."

Ni Celia, Andy o Erin hicieron ningún comentario y se sintieron aliviados de que la conversación se viera interrumpida por un lugareño que se acercó para ofrecerles otra bebida.

56

*U*nas llamas altas se elevaban de la hoguera que habían preparado en la playa, alrededor de la cual estaban todos reunidos. La titilante luz bailaba sobre el rostro de Celia, destacando sus delicados rasgos. Erin se había enamorado de ella fuerte y profundamente y no quería que este viaje terminara nunca. Navegaría cinco veces alrededor del mundo con ella, si las circunstancias pudieran permitirlo. Un guiño de Celia le hizo darse cuenta de que la estaba mirando fijamente. Sonrió y apartó los ojos de ella, recordándose a sí misma que no eran las dos únicas personas allí. Parecía más relajada hoy, como si hubiera decidido tomarse un descanso de pensar. Había bailado y bebido mucho y ahora estaba hablando animadamente, cantando de vez en cuando al ritmo de la música que sonaba por los altavoces.

Después de haberse achispado con los caipiriñas, Joana se había despedido y se había ido con un hombre con el que algunas veces se acostaba. La banda había dejado de tocar, pero seguían llegando risas del bar, donde Ming estaba de fiesta con la tripulación y un par de lugareños que habían conocido.

"¿Quién va a cargar con Ming cuando vuelvan a la lancha?" bromeó Andy mirándola. "Se acaba de caer tres veces ya." Se rió cuando Ming levantó su copa en un brindis, vitoreó y tropezó en el proceso. "Oops, otra vez. Menos mal que solo es arena porque, si no, mañana estaría cubierta de moretones."

Erin la miró también y se echó a reír. "Es su cumpleaños y trabaja muy duro, así que se merece un descanso. Ya se lo he dicho a la tripulación, mañana me ocuparé yo del desayuno. Marcus parece que va peor."

Ming se puso en pie como si no hubiera pasado nada, gritó diciendo que se le había derramado la bebida y tocó la campana que había en el bar. "¡Es mi cumpleaños! ¡Las bebidas van de mi cuenta!" Se acercó a Erin, con el camarero sujetándola con un brazo para que no se volviera a caer.

"La última ronda para la chica cumpleañera," dijo señalando a Ming. "¿Os apetece otra copa?"

"Claro, por qué no. ¿Estáis de acuerdo vosotros?" Erin miró especialmente a Dieter, tratando de ver si estaba bien de verdad o estaba fingiendo. Cuando le sonrió y levantó el pulgar, se giró hacia el camarero. "Pero esto lo pago yo. Espero que lo hayas puesto todo en mi cuenta."

"Por supuesto."

Ming sonrió y voló al cuello de Erin. "Eres la mejor jefa. Si me gustaran las mujeres..." Se llevó la mano a la boca y se rió entre dientes. "Oops, eso ha sido totalmente inapropiado, ¿no? Por favor, por favor, por favor, olvídate de lo que he dicho."

"Está bien, no pasa nada. Ya está olvidado." Erin la empujó suavemente hacia atrás y se volvió hacia Celia, Andy y Dieter. "¿Todos caipiriñas?"

"¡Unos caipiriñas, marchando!" dijo Ming arrastrando las palabras cuando todos asintieron. "¿Estás contando historias de miedo alrededor del fuego?"

"No pero quizás deberíamos." Dieter lanzó una mirada divertida al camarero, que estaba ayudando a Ming a volver a la barra. Ya se había desconectado de la conversación y le estaba diciendo a gritos a Marcus que quería bailar con él.

"Ming tiene razón, creo que deberíamos contar historias de miedo." Andy cogió de la mano a Dieter y le dio un beso en la mejilla. "¿Por qué no nos cuentas sobre los fantasmas del castillo de Krügerner?"

"El castillo no está embrujado," dijo Celia arqueando una ceja. "Venga Andy, ¿de verdad te lo crees?"

"Pues sí. La verdad es que sí me lo creo. Las llaves de mi coche desaparecieron un par de veces." Dijo Andy poniendo sus manos sobre su pecho. "No soy una persona desordenada. Sé exactamente dónde dejo mis cosas. Pero te juro por Dios, un momento estaban sobre la mesa del pasillo y, al siguiente..."

"¿Las llaves de tu coche?" Celia se echó a reír. "Sabes que eso es el tío Dieter gastándote una broma ¿verdad?" Lanzó una mirada a su tío, quien negó con la cabeza y, discretamente, la mandó callar.

"No tengo ni idea de qué estás hablando," dijo.

"Venga, no lo niegues. Solías esconder las llaves del coche de todo el mundo todo el tiempo. Recuerdo especialmente un día, mis padres estaban discutiendo. Estábamos pasando el verano en el castillo y no estaban de acuerdo en alguna estupidez. Ni siquiera me acuerdo qué era, pero mi madre se puso muy nerviosa. Cuando ella estaba a punto de irse, no podía encontrar las llaves del coche." Celia hizo una pausa para darle más dramatismo antes de continuar. "Te vi cogerlas. Te vi con mis propios ojos."

"¿Qué?" Dieter la estudió, buscando señales de que se lo estaba inventando. "Eso es una tontería."

"No. Estaba jugando al escondite con uno de mis primos. Yo estaba escondida detrás de las cortinas del pasillo. Te vi cogerlas y cuando mamá se puso a buscarlas, le echaste la culpa al fantasma del castillo."

Dieter echó la cabeza hacia atrás con una carcajada estruendosa y se golpeó la rodilla con una mano. "¿De verdad viste eso? ¿Por qué no dijiste nunca nada?"

"Porque sabía que lo habías hecho por una buena razón. No tuvieron más remedio que quedarse juntos en el castillo porque la ciudad estaba demasiado lejos para ir andando y tú fingiste que tu coche lo estaban arreglando. Al final, hablaron y se reconciliaron."

"Un momento... ¿Me estás diciendo que..." Andy frunció el ceño mientras miraba de uno a otro. "Ahora que lo pienso, cada vez que mis llaves han desaparecido ha sido después de una pelea." Poniendo los ojos en blanco, dio un codazo a Dieter. Y aquí yo pensando que el castillo estaba encantado. ¡Por Dios, Diets, eres lo peor!"

"Siempre me pregunté por qué nadie sospechaba de mí," dijo Dieter con una sonrisa traviesa.

"¿Y mis llaves?" preguntó Erin. "Recuerdo que las llaves de mi coche de alquiler se perdieron la primera vez que te visité. No te conocía mucho en aquel momento, hace como unos dos años. Me iba a reunir con un cliente en Zúrich, ¿te acuerdas? Quedamos para tomarnos una copa en la ciudad después y me ofreciste una habitación en el castillo." Erin parecía desconcertada cuando hizo una pausa. "Pero no hubo ninguna pelea. En realidad, nunca nos hemos peleado."

"Eso es verdad." Dijo Dieter encogiéndose de hombros.

"No nos peleamos pero quería que te quedaras otra noche porque Celia llegaba al día siguiente."

"¿Qué?" Ahora era Celia quien parecía desconcertada. "Pero Erin y yo ni siquiera nos conocíamos en aquel momento."

"Exactamente. Pero tenía un presentimiento sobre vosotras." Dieter levantó su vaso de plástico cuando el camarero regresó con una jarra grande para volver a llenar los vasos. "De todas maneras, no funcionó porque Erin fue demasiado testaruda e inflexible. Dijo que tenía que volver a casa para terminar el proyecto en el que estaba trabajando." Volvió su atención a Erin. "Creo que cogiste un taxi y dejaste el coche de alquiler en el castillo para que la agencia lo recogiera o algo así."

"Eso fue lo que hice. Tu truquito me costó quinientos euros," dijo Erin con incredulidad.

"Sí. Probablemente debería devolverte el dinero." Dijo Dieter y se rió aún más fuerte.

Celia se tomó un momento para procesar lo que acababa de decirles y miró a Erin. "Nos podríamos haber conocido hace dos años. No coincidimos por un día." Era un pensamiento extraño.

Erin la miró a los ojos, igual de fascinada por la idea. "¿Qué crees que hubiera pasado, cariño?"

"Exactamente lo mismo," dijo Dieter antes de que Celia tuviera la oportunidad de responder. "Hay muchos caminos que conducen a Roma y el viaje puede ser diferente pero, al final, el destino es el mismo. Así que lo intenté de nuevo el año pasado, invitándoos a las dos al baile de verano. Tenía la esperanza de que vinierais solas porque ninguna tenía una relación seria, pero no lo hicisteis y mi plan volvió a fallar." Hizo una pausa antes de continuar. "Sin embargo, me gustó mucho ver que compartisteis un baile. Y ese baile me bastó para saber que tenía razón."

"Dios mío, Diets. Has malgastado tu talento siendo comerciante de arte. Deberías haberte dedicado a emparejar gente," bromeó Andy.

"Has estado planeando esto todo este tiempo..." La voz de Celia se fue apagando mientras dejaba que su mente procesara la confesión de su tío.

"Oye, yo no planeé nada. Solo quería que os conocierais." Dijo Dieter levantando las manos como defensa. "Nunca hice que os enamorarais. No tengo ese poder, aunque sería genial tenerlo." Vaciló un momento mientras miraba a sus amigos. "Y hablando de fantasmas... Ahora que tengo toda vuestra atención, hay algo de lo que me gustaría hablar."

"Por favor, nada de hablar de muerte," rogó Andy. "Estamos pasándolo bien esta noche y por fin he logrado no pensar en ello durante..." Miró el reloj. "Cincuenta minutos."

"No es nada serio, Andy. Pero es importante. Necesito saber que las cosas estarán bien después de que me haya ido."

"¿Qué es?" preguntó Celia. Se sentía fuerte y podía aguantarlo esta noche. Se habían divertido, todos estaban de muy buen humor y la idea de ayudar a su tío le levantó un poco el ánimo.

Dieter le dirigió una mirada de agradecimiento. "Hoy he recibido un email de confirmación con el permiso para ser enterrado en mis terrenos, así que he dispuesto que mañana empiecen los trabajos para construir un mausoleo en el castillo. Me gustaría que te encargaras de que los restos de Roderick sean trasladados allí después de mi funeral. Su familia me ha dado su bendición, ya he hablado con ellos."

Se encogió de hombros. "Si hay alguna posibilidad de que todavía esté presente de una forma u otra, quiero que sea en mi hogar. Sé que puede parecer extraño o que, quizás, estoy algo loco. La verdad es que he tomado más pastillas hoy de las que puedo contar, pero esto es algo en lo que creo firmemente."

"No, no es una locura tuya," dijo Celia. "Me gusta la idea de que estés enterrado en los terrenos del castillo." Apenas podía creer que estaba de acuerdo con la idea porque ella misma no creía en fantasmas pero, esta noche, quería y necesitaba desesperadamente creer en algo. "¿Me harás una señal para saber que estás allí?"

Dieter soltó una carcajada estruendosa. "Lo prometo, y, si puedo, incluso podría asustarte un poco. Ya sabes que siempre me ha gustado gastar bromas."

57

*E*ddie, que no era muy bebedor y era la única persona con la cara fresca a bordo esta mañana, los llevaba navegando por las costas tropicales del archipiélago de Cabo Verde, pasando las islas, cada una más hermosa que la anterior.

"Gracias por tu ayuda, cariño." Erin puso la jarra de zumo de naranja recién hecho sobre la mesa y se sentó al lado de Dieter.

"De nada, me gusta preparar el desayuno contigo." Celia acercó la bandeja con los capuchinos para que cada uno pudiera servirse y se unió a ellos. "Y creo que hemos hecho un trabajo estupendo."

"Me gusta preparar el desayuno contigo," repitió Andy en tono burlón. "¿Queréis cambiar los asientos? Creo que no vais a poder soportar sentaros separadas."

"Ja-ja, muy gracioso." Celia puso los ojos en blanco. Desde su viaje a Boa Vista, el estado de ánimo había mejorado y, de alguna manera, habían sido capaces de dejar a un lado la tristeza. Era agradable estar en compañía de otros sin tener secretos entre ellos. Hoy no estaba fingiendo. Ver a su tío feliz lo hacía todo más fácil y le agradaba que estuviera atacando los croissants de esa manera después del poco apetito que había tenido durante un par de días. "¿Alguien tiene aspirinas? Me duele la cabeza por el ron."

"Y que lo digas. A mí también." Andy sacó unas pastillas de su bolso, cogió dos y se las pasó a Celia. "No me imagino cómo debe sentirse Ming. Estaba..."

"Ming se siente horrible," lo interrumpió Ming cuando apareció en la puerta, frotándose la sien. Iba vestida con su uniforme pero el pelo lo llevaba hecho un desastre y tenía ojeras. Mirando el gran despliegue del desayuno, sacudió la cabeza consternada. "Oh, Dios mío. ¿El resto de la tripulación sigue durmiendo? Estoy muy avergonzada. Sé que me tocaba servir el café." Se volvió hacia Erin. "¿Seguimos teniendo trabajo?"

"Por supuesto, tonta. Os lo dije a todos, tú incluida, que os quedarais en la cama hoy. ¿No te acuerdas?"

Ming hizo una mueca. "Me temo que no recuerdo mucho después del cuarto cóctel, pero pasé una noche increíble."

Erin se rió entre dientes y señaló una silla que estaba libre. "Me alegro de que disfrutaras tu cumpleaños. Únete a nosotros para el desayuno. Necesitas carbohidratos para absorber el alcohol. Porque ya no tienes veinte años..."

"Gracias pero no puedo hacer eso. Me las he arreglado para mantenerme como una profesional durante diez años y no voy a romper esa regla ahora."

"Tonterías. Este no es un viaje normal," protestó Dieter. "De hecho, este viaje es único e irrepetible, así que siéntate y disfruta de la comida."

Ming vaciló pero, finalmente, se sentó y dejó que Erin le preparara el desayuno. "¿Qué tiene de especial este viaje?" preguntó a Dieter. "Quiero decir, es especial, eso lo entiendo. Hemos estado en lugares increíbles, pero la forma en que lo has dicho..."

"Es una peregrinación." El tono de Dieter era alegre mientras untaba mantequilla a su croissant, lo cubría de mermelada de fresa y le daba un gran mordisco. "Un viaje dedicado a ver a viejos amigos y a crear recuerdos con los seres queridos. En este viaje estoy recordando los mejores momentos de mi vida y me ha hecho darme cuenta de la bendición que ha sido para mí." Se tragó el bocado antes de continuar. "Y la última parada, por supuesto, será la maravillosa casa de Erin en las Bermudas. ¿Has estado en su casa? Erin me contó que vives en California."

"Sí, he estado en las Bermudas un par de veces," dijo Ming. "Erin a veces organiza fiestas para la tripulación después de un viaje largo y tengo un buen amigo que vive allí."

"Pues tal vez ya sea hora de organizar otra fiesta para la tripulación otra vez." Dieter se encogió cuando se volvió hacia Erin. "Lo siento, no debería haber dicho eso. Sé que ya he sido terriblemente exigente."

Erin se rió entre dientes mientras se servía huevos revueltos. "Oye, sé que te gusta la fiesta y creo que es una idea fantástica terminar este fabuloso viaje con una barbacoa. Y hablando de barbacoas, Eddie quiere organizar una luego en San Vicente. Tiene la esperanza de atrapar una barracuda antes de que nos dirijamos al gran océano, así que sería una oportunidad perfecta para que hagamos un poco de snorkel, si te apetece. Eso incluye a la tripulación también, por supuesto," añadió, volviéndose hacia Ming. "Tenemos bastante equipo a bordo."

"Eso suena divertido. Se lo diré a todos luego." Ming cerró los ojos y gimió mientras le daba un mordisco a su tostada con mantequilla y huevos revueltos. "Mmm... estos están muy sabrosos pero Marcus hace los más deliciosos. Los tuyos están bien condimentados, pero no son tan buenos ni de cerca," bromeó.

"¿Ni de cerca?" los ojos de Erin se abrieron de par en par. "Oye, me ha costado sangre, sudor y lágrimas hacer estos huevos así que creo que me merezco algo más que "mis huevos no son tan buenos"". Se rió cuando Ming se negó a admitirlo. "Incluso he añadido algunas de esas ramitas verdes que él cultiva. Las que parecen hierba."

"¿Quieres decir cebolletas?" preguntó Celia, sacando un tallo de entre sus huevos que era casi tan largo como su dedo índice. "Creo que se supone que debes cortarlos muy finos antes de echarlos en la sartén. Pero felicidades por intentarlo." Lo partió en varios trozos y volvió a echarlos en su plato. "Me ofrecí a ayudar pero Erin no sabía cómo funcionaba el horno, así que me encargué de las tostadas y los pasteles," explicó con una sonrisa divertida.

Dieter se echó a reír. "Bueno, me temo que yo tampoco habría servido de mucha ayuda. Han pasado muchos años desde la última vez que puse un pie en mi propia cocina."

"Yo tampoco," intervino Andy. "Pero soy un experto cuando se trata de comer."

58

"¿*E*stás lista, cariño?"

"No estoy segura." Celia apretó con más fuerza la mano de Erin mientras miraba el agua desde el borde de la lancha. Las aletas grandes parecían imposibles de manejar y la máscara de snorkel ya estaba empañada. "Estamos muy lejos de la isla y parece que por ahí abajo hay mucha actividad." Frunció los labios por el constante movimiento que había debajo de ella, sin saber si ese movimiento provenía de un pez o de un coral.

Erin se echó a reír. "De eso se trata. Los arrecifes de coral son preciosos aquí pero entiendo que puede ser intimidador. Pero te sentirás cuando estés dentro. Una vez que veas lo que hay a tu alrededor, no estarás tan nerviosa."

Celia no estaba muy convencida de lo que le decía. "Prométeme que no me comerá un tiburón."

"Te lo prometo. No es lo bastante profundo aquí para ellos." Erin le dedicó una sonrisa cariñosa y se unió a ella en el borde. "Solo toma mi mano y apriétala en el momento que cambies de opinión. Me aseguraré de que vuelvas a la lancha enseguida." Señaló a Marcus y Ming, cuyos tubos de respiración sobresalían del agua en la distancia. "¿Ves? Ellos están bien y llevan en el agua veinte minutos por lo menos."

"Vale, tienes razón. Vamos." Celia respiró hondo un par de veces, molesta consigo misma por tener miedo. Por alguna razón, se había convertido en alguien que dudaba en tomar riesgos y probar cosas nuevas, pero su viaje en *La Barracuda* la había hecho más valiente y ya era hora de que actuara como tal. Asintiendo brevemente le hizo saber a Erin que estaba lista para saltar.

El agua se sintió refrescante cuando se sumergió y saber que Erin estaba a su lado la calmaba. Se ajustó la máscara y expulsó el aire a través del tubo como le habían enseñado y hundió la cara en el agua.

Nada la podría haber preparado para el maravilloso mundo tropical que se presentó debajo de ella y, tal como le había predicho Erin, sus nervios desaparecieron. No estaba tan profundo como había esperado y, ahora que podía ver con claridad, era fácil moverse entre los arrecifes. Todo resultaba impresionante, desde el coral naranja, rojo y amarillo brillante hasta la variedad de peces tropicales que eran enormes y coloridos. Nadaron entre ellos tranquilamente. Algunos de los más pequeños mordisqueaban sus piernas y los más grandes las observaban con curiosidad desde detrás del coral. Era un mundo diferente, uno que deseaba haber descubierto antes.

Celia contuvo la respiración cuando una tortuga del tamaño de un plato pasó nadando junto a ellas y miró a Erin, emocionada de compartir este momento con ella. Nunca había visto una en su hábitat y desde luego no esperaba tener tanta suerte de ver una ahora. Era elegante en sus movimientos, deslizándose sin esfuerzo a través del agua, rodeándolas una vez antes de acelerar y desaparecer en la distancia.

Erin se giró para comprobar si estaba bien y tranquila ahora. Celia soltó su mano y le hizo una señal con el pulgar, indicándole que la seguiría. Sintiéndose ingrávida y en paz, se tomó su tiempo y trató de no distraerse demasiado con el cuerpo de Erin en bikini delante de ella.

La variedad de colores y la vida marina a su alrededor era fascinante. Las praderas de plantas se movían con la marea a cámara lenta, abriéndose en algunos lugares y que le daban la oportunidad de ver enormes estrellas de mar moradas, cangrejos anaranjados con dibujos intrincados en sus espaldas e incluso caballitos de mar. Peces payasos y camarones salían disparados de entre los corales en movimientos rápidos y repentinos y en diferentes direcciones. Había tanto que ver que seguía parándose y desviándose para asimilarlo todo.

El tiempo se hacía borroso ahí abajo. Celia vació su mente mientras se deslizaba a través de los arrecifes, tocando el brazo de Erin de vez en cuando para que mirara algo en el magnífico fondo marino. Después de un rato, se quitaron los tubos y se sumergieron conteniendo la respiración para poder explorar más profundo, hasta que el sonido de fuertes vítores las llevó a la superficie. Eddie estaba de pie en la lancha junto a Ming y Marcus, sosteniendo un pez plateado de más de un metro. A lo lejos, Dieter aplaudía desde la cubierta de *La Barracuda* mientras Andy hacía fotos.

"Eso que has atrapado es un bicho malo." Erin volvió a subir al bote y ayudó a Celia. "Un torpedo de músculos y dientes, pero tú también Eddie," bromeó, pellizcándole el bíceps.

"Es muy valiente." Ming se sentó al otro lado, incómoda por estar tan cerca del pez gigante con ojos de tiburón y dientes afilados como navajas y a pesar de que ahora estaba muerto.

"Estoy de acuerdo," dijo Celia alejándose también. "Si hubiera visto uno ahí abajo, creo que habría entrado en pánico."

"No habrías visto ninguno." Erin encendió el motor para llevarlos de vuelta al yate. "Como los tiburones, viven mucho más profundo, pero Eddie puede contener la respiración durante casi dos minutos. Sin equipo de buceo, nada. Solo un arpón y decisión."

Eddie estaba radiante de orgullo mientras posaba para las fotos, sosteniendo el pez en sus brazos como un recién nacido. Se volvió hacia Marcus, que también miraba el pescado, preguntándose sin duda cómo diablos preparar algo tan grande que no había visto nunca antes. "No te preocupes, lo limpiaré por ti."

"Gracias a Dios." Dijo Marcus, dejando escapar un suspiro de alivio. "Me gustan los desafíos y siempre estoy dispuesto a enfrentarme a uno, pero nunca he hecho filetes de algo tan grande. Prepararé unas ensaladas y cualquier otra cosa con que queráis acompañarlo."

"Genial." Erin sonrió mientras dirigía el bote hacia el yate. "Entonces empezaré a preparar la barbacoa."

59

Con los ojos entrecerrados por el sol, Celia se incorporó y miró a su alrededor, instintivamente buscando tierra, como siempre hacía, pero no había nada a la vista. Supuso que debía haber estado durmiendo durante horas, compensando las largas noches pasadas con Erin, ya que el sol estaba ahora mucho más bajo. La tumbona era increíblemente cómoda, como una cama, y calentada por el sol y la brisa relajante, esto era el cielo instalado en la cubierta superior. Tampoco había una nube en el cielo y suspiró ante la sorprendente vista que era poderosa por su simplicidad. Océano, cielo, sol. Agua azul y cielo azul, eso era todo. La única evidencia del horizonte era un gran carguero en la distancia.

Abajo, escuchó a Dieter y Andy discutir sobre un juego de Scrabble y eso la hizo reír porque sabía que su tío estaría seguramente haciendo trampas. No era porque fuera un mal perdedor, simplemente le encantaba gastar bromas a todo el mundo. Siempre lo había hecho, incluso cuando jugaba con él siendo ella una niña. Cada vez que le cuestionaba una palabra, su tío era tan convincente, que siempre caía en la trampa. Ahora sabía lo que pasaba y, por lo que parecía, Andy también.

""Daverick" no es una palabra, Diets," le oyó decir. "Crees que puedes engañarme pero ya no estás en los ochenta. Acabo de mirar el diccionario en mi teléfono y "daverick" no aparece."

"Debe haber un error," respondió su tío en tono divertido. "¿No has oído nunca la expresión "bailar como un daverick"? Todo el mundo lo usa."

"¡No te dejes engañar, está haciendo trampas!" gritó fuerte Celia para que Andy la oyera. El comentario provocó risas y negó con la cabeza con una sonrisa. Enredando la cadena de plata del collar que Erin le había regalado en su dedo, alguien le bloqueó el sol.

"¿Qué estás pensando?" Erin dejó el aceite bronceador que llevaba en la mano y se sentó a su lado en la amplia tumbona. Llevaba pantalones cortos y un top corto.

Celia se echó a un lado y se giró para poder descansar su mejilla sobre el pecho de Erin. "Azul," susurró. "Hace un tiempo me preguntaste cuál era mi color favorito pero creo que nunca te lo dije. Creo que es el azul. Parece un color triste pero también hay paz y calma en él. Algo interminable, infinito, como el mar."

"Me gusta," dijo Erin acercándosela. "¿Estás bien?"

"Sí. Creo que sí. Es una maravilla oírle reír." Celia levantó la vista y le sonrió mientras le pasaba una mano por los abdominales. "Parece raro estar a la deriva en la nada, ¿verdad?"

"Puede parecer que estamos a la deriva, pero en realidad vamos a unos veinticinco nudos." Erin la besó en la frente y Celia dejó escapar un profundo suspiro de satisfacción. "¿No hay pánico todavía?"

"No, estoy bien. Ayuda que tú estés aquí, claro. Me haces

sentir segura." Sus ojos se desviaron hacia la muñeca de Erin y se dio cuenta de que todavía llevaba puesto el reloj que le había regalado, en lugar del Rolex de oro. "Al principio parecía una idea ridícula. Y luego, una vez que subimos a bordo, me sentí libre y viva y más feliz que nunca. Y cuando me enteré de que mi tío tenía una enfermedad terminal, bueno, supongo que deseé escapar." Hizo una pausa. "Pero ahora tiene más sentido que cualquier otra cosa." No muy segura de si comentario era demasiado, desvió la mirada, pero Erin le levantó la barbilla para mirarla a los ojos.

"Me alegro mucho de que digas eso porque también tiene mucho sentido para mí." Había una gran ternura en sus ojos y la suave y dulce caricia de su mano en su mejilla hizo que a Celia se le hiciera un nudo en la garganta. "Nunca he estado tan enamorada de nadie, Celia." Se estiró para quitarle las tirantas del bikini. "Y estás sencillamente irresistible en este bikini tan pequeño," bromeó para quitar tensión. "¿Lo llevas puesto solo para burlarte de mí?"

"Sí, capitán." Celia soltó una risita y apartó la mano de Erin con un manotazo cuando alcanzó su pecho. "No lo hagas. Mi tío y Andy están ahí abajo."

"Están demasiado ocupados discutiendo," dijo Erin con una sonrisa descarada. "Tu tío acaba de afirmar que "starling" es un tipo de cigarro y que un "bentinck" es una parte del motor de un coche."

"Lo sé, lo oigo haciendo trampas." Celia se rió entre dientes y dejó de resistirse cuando la mano de Erin volvió a la carga. Se estremeció cuando su pulgar rozó su pezón y dejó escapar un gemido suave.

"Me rindo," oyeron decir a Andy. "Venga, vamos a echar una siesta a la habitación. Ahí al menos no podrás hacerme trampas para que no duerma."

La ceja de Erin se disparó ante ese comentario. Cogió el bronceador y lo balanceó delante de Celia. "Creo que necesitas un poco más de factor treinta, solo para estar seguras."

"Creo que tienes razón. Creo que me he quemado el trasero," dijo Celia, siguiéndole el juego y poniéndose de frente. Su centro le palpitó cuando Erin echó un poco de aceite en la palma de su mano y le hizo un gesto para que se diera la vuelta.

"En ese caso, recibirá atención extra." Las manos de Erin empezaron a masajear el trasero como una profesional. "Pero no podemos olvidarnos del resto. Lo mejor es cubrir cada centímetro de piel bajo este implacable cielo sin nubes." Lentamente, sus dedos se movieron hacia el interior de sus muslos, deslizándose hacia arriba y hacia abajo, justo antes de llegar a su centro. "Madre mía, estás ardiendo aquí también."

Celia jadeó cuando Erin enganchó un dedo por el borde de la braga del bikini. Desde luego que se estaba quemando, pero no era por el sol. Burlándose de ella, Erin se apartó y empezó a masajear sus hombros, riéndose del gemido que escapó de sus labios.

"Si tu plan era volverme loca de deseo, lo has conseguido," murmuró Celia contra el colchón.

"Bien. Porque mi idea es volverte más salvaje aún," suspiró en su oído. Mordisqueó el lóbulo de su oreja y tiró de él, luego desplazó su boca hacia su cuello, arrastrando la lengua hasta el hombro. "Y pretendo tomarme mi tiempo."

"A lo mejor deberías darte prisa," replicó Celia con un toque de humor, moviendo las caderas cuando Erin se sentó a horcajadas sobre ella. El peso de Erin se sentía increíble y estaba tan excitada que cada nervio de su cuerpo estaba vibrando con anticipación. "¿No se supone que tienes que estar en el puente de mando?"

"No veo tráfico. ¿Tú sí?"

Celia se rió entre dientes. "No... pero, ¿es seguro?"

"Estoy bromeando. Le pedí a Donald que estuviera atento durante una hora." Erin pasó sus manos por la espalda de Celia. "Te iba a pedir que subieras al puente antes, pero te imaginé aquí acostada, en bikini, y me preocupaba que pudieras quemarte con el sol." Metió las manos por debajo y empezó a masajear sus pechos, mientras besaba sus hombros y su cuello.

"Sí, claro." Sus ojos se cerraron por la deliciosa sensación de sentir sus manos y su boca sobre su cuerpo. "Bueno, será mejor que empieces si solo tienes una hora."

60

"¿*C*ómo va el trabajo? ¿Tienes mucho con lo que ponerte al día?" Erin se unió a Celia en la mesa, donde estaba sentada con el laptop delante después de haber pasado la mañana jugando al Scrabble con su tío.

"La verdad es que todo va bien," dijo Celia encogiéndose de hombros. "Parece que Anna puede llevarlo adelante sin mí porque no he tenido que intervenir ni una sola vez. Estoy empezando a preguntarme si me necesita para algo."

"Entonces tienes suerte de tenerla."

"Lo sé. Probablemente debería darle un buen aumento de sueldo. Solo el hecho de que haya sido capaz dejar el trabajo para pasar tiempo con mi tío no tiene precio. Pero tú también has estado bastante ocupada, ¿no?"

"Sí, está todo bastante agitado en este momento. Acabamos de asegurarnos un encargo importante para un híbrido enorme." Erin se recostó en el asiento y se pasó la mano por el pelo. "Pero está bien que pueda trabajar mientras estoy en el puente. Esa es la ventaja de estar en mar abierto, no tengo que concentrarme tanto y puedo dedicarme a varias tareas a la vez."

"¿Para quién es el encargo?"

"Para un príncipe indio." Erin sonrió. "Mucho dinero, pero también muchas expectativas, así que ya he empezado a esbozar los primeros diseños. Es difícil porque necesito construir un espacio para el equipo de seguridad y otro para el personal. También quieren un helipuerto en la cubierta superior. Hasta ahora va muy bien. Estoy ansiosa por discutir los planos con su equipo."

"Jesús..." Celia notó el brillo en los ojos de Erin mientras hablaba y quedó impresionada por lo imperturbable que parecía ante un proyecto de tal envergadura.

"¿No te pone nerviosa trabajar en algo así?"

"He tenido un par de consultas con su esposa y su asistente principal para que me den una buena idea de cuáles son sus gustos. Tienen cinco hijos menores de diecinueve años, así que el yate necesita tener bastante espacio para actividades familiares. Estoy construyendo plataformas en la cubierta superior para motos acuáticas, esquí acuático y patinetes eléctricos y, por supuesto, habrá también espacios recreativos básicos como gimnasio, spa, piscina y un área de bar tipo club de playa, diseñados para integrar las áreas externas e internas."

"Lo básico, ¿eh?" Celia silbó entre dientes.

"Sí." Erin se echó a reír. "Nosotras podemos considerarnos adineradas, pero cuando el valor de lo que estas personas tienen asciende a miles de millones, sus peticiones pueden ser increíblemente extravagantes." Sacó un par de muestras de su bolsillo y las puso sobre la mesa. "He llevado esto conmigo durante dos días, me permite visualizar el interior. Piel de pez globo sostenible con revestimiento brillante de color crema, pino de brea recuperado, alfombras de color crema, piel de ante beige, telas de naranja quemado y azul real, toques brillantes de huevo de pato azul que se verán frescos con la luz natural que entrará por todas partes."

"¿Piel de pez globo?" Celia pasó el dedo por la muestra. "Nunca lo había oído antes."

Erin se encogió de hombros. "Eso es lo importante. Es único y una forma de darles algo hermoso que nadie más tiene. El pez globo se come y se desecha la piel, así que también es una forma creativa de convertir los desechos en un material de lujo."

"Buena idea. Debe ser bonito hacer lo que te apasiona. Te emocionas cuando hablas de diseño y materiales."

"Por supuesto. Me encanta lo que hago y sentirme inspirada todos los días es importante para mí."

Celia sintió que los ojos de Erin la quemaban y sabía exactamente lo que estaba pensando. "Para ti debe resultar extraño que yo haga lo que hago para ganarme la vida. Y tienes razón. Me gusta dirigir mi empresa, pero no me encanta, es solo una forma de pagar las facturas." Hizo una pausa. "Nunca he encontrado nada que me apasione de verdad."

"Pero te encanta el arte," dijo Erin. "Dieter me contó que lo has acompañado en muchos de sus viajes y que solías visitar museos y exposiciones juntos cuando ibas a Suiza en tus vacaciones de verano."

"Eso es verdad. Me encanta el arte, pero no tengo buen ojo para detectar nuevos talentos y lo necesitaría para ganarme la vida con ello. Es algo que siempre quise hacer cuando era más joven, pero creo que he llegado a la conclusión de que no es para mí."

"Pues Dieter parece no estar de acuerdo con eso," dijo Erin. "Me dijo que serías una excelente sucesora."

"¿Dijo eso? Es un poco abrumador. No creo que me

atreva a ponerme en su lugar." Celia frunció el ceño, preguntándose por qué su tío estaba tan convencido de que ella debería continuar con su negocio. Claro, ella era intuitiva y había estudiado historia del arte, pero a menudo no estaban de acuerdo en lo que le gustaba a cada uno y no entendía algunas de las cosas que había comprado a lo largo de su vida. Sus preferencias eran más clásicas, quizás más seguras. "No tenía ni idea..."

"Creo que quería dejarte esa opción después de su muerte, para que no te sintieras presionada a hacer algo que no quisieras. Por eso no lo ha hablado contigo."

"Hmm..." Celia necesitaba tiempo para procesar esta información porque, incluso la sola idea de pensarlo, era algo que cambiaría toda su vida. "No sé qué decir."

"No necesitas decir nada. Solo pensé que deberías saberlo." Erin vaciló un momento. "En realidad hay algo que quería preguntarte."

"¿Qué es?"

"Bueno, necesitaré obras de arte para mi nuevo proyecto. ¿Sería algo en lo que te interesaría ayudarme? Su presupuesto es enorme y hasta ahora parecen tranquilos."

"¿Yo?" Celia entrecerró los ojos. "No estoy segura de si sería capaz de hacerlo."

"Es de bajo riesgo," argumentó Erin. "Quieren artículos de decoración caros, no piezas para invertir. Solo cuadros y esculturas que se vean bien en el interior del yate. Normalmente contrato consultores para eso. Dieter también me ha ayudado un par de veces, pero sus gustos son un poco eclécticos y lo que él elige no siempre es la mejor opción para un cliente conservador." Le dirigió una sonrisa tranquilizadora. "Sin presión. Piénsatelo, no hay prisa. Si no quieres hacerlo, hay otra mucha gente que me puede ayudar."

Celia asintió lentamente porque un mundo nuevo de posibilidades comenzaba a abrirse ante ella. Sintió una oleada de entusiasmo ante la idea pero nunca antes había hecho algo así y quería hablar con su tío antes. "¿Dónde está mi tío?" preguntó, dándose cuenta de que no lo había visto en las últimas dos horas.

"Está en su habitación con Andy. No se sentía muy bien."

La expresión de Celia se volvió seria cuando se reclinó en su asiento, se cruzó de brazos y miró a Erin pensativa. "Está empeorando, ¿verdad?"

"Creo que sí," dijo Erin. "Quiere descansar para poder disfrutar de las Bermudas."

"Lo sé." Dijo, frunciendo los labios. "¿Crees que es buena idea? ¿Que se quede en las Bermudas toda una semana? ¿Cómo son los hospitales allí, en caso de que se deteriore rápidamente? Es posible..." Hizo una pausa. "Siento que sería mejor que volase directamente a Suiza, con la atención médica allí de primera categoría y todo eso..."

"Él no quiere pasar sus últimas semanas en una cama de hospital." Dijo Erin. "Por eso es por lo que no quería más tratamientos. Dieter quiere hacer exactamente esto, lo que está haciendo ahora y, aunque es duro ver cómo se va apagando, tenemos que respetarlo."

"Tienes razón. Necesito cambiar mi mentalidad. Es tan duro..." Celia sintió que la desesperación y el desasosiego volvían a ella. Erin, viendo que estaba teniendo problemas, se levantó, la abrazó por detrás y la besó en la sien.

"Es duro ahora y lo va a ser mucho más. Pero estoy aquí para ti, ¿de acuerdo?" Erin la abrazó con más fuerza. "Estoy aquí y no me voy a ir a ninguna parte."

"Gracias." Cerrando los ojos y apoyándose en ella, se relajó un poco. "¿Qué vamos a hacer?" susurró. "Después de que todo esto..."

"Ya encontraremos la solución." La voz de Erin era tranquilizadora y la creyó. "Quiero hacerte feliz."

61

"*E*so no pinta bien." Erin entrecerró los ojos mientras miraba al cielo con los binoculares y se los devolvió a Eddie. En la distancia, la lluvia caía desde los nubarrones oscuros y bajos, desdibujando el horizonte. El pronóstico del tiempo había sido bueno para esta semana así que la inesperada y espeluznante vista que tenía ante ella la preocupó. Se alegró de que Eddie estuviera al mando. Su especialidad era construir yates, no dirigirlos y, aunque tenía años de experiencia en viajes de larga distancia, nunca antes había estado en una situación de emergencia.

"No, no tiene buena pinta," corroboró Eddie. "Lo voy a clasificar como muy mal tiempo y situación comprometida y avisaré a la tripulación. Donald ya está alerta y está haciendo los preparativos necesarios."

Erin asintió. "¿Podemos intentar rodearlo?"

"No lo creo, se está moviendo demasiado rápido. No ha habido aviso de tornado o tormenta pero ya sabes que una simple tormenta puede llegar a más sobre aguas abiertas." Eddie pulsó un botón y se inclinó para hablar por la radio a la que la tripulación estaba conectada a través de unos auriculares.

"Atención a toda la tripulación. Se acerca mal tiempo. Despejen las cubiertas inmediatamente. Repito, despejen las cubiertas inmediatamente."

"Entendido," contestó Ming. "Llevaré a todos adentro." Se oyó un ruido cuando Ming contactó con su equipo por el mismo sistema. "Josh, aviso de mal tiempo. Cierra todas las escotillas de inmediato."

"Entendido," dijo Josh.

"Desirée, soy Ming. Por favor, cierra el bar y guarda todos los objetos que están sueltos en las cubiertas. Luego ven a ayudarme lo antes posible."

"Entendido. ¿Cuánto tiempo tenemos?"

Erin miró a Eddie, que se tomó un momento antes de responder. "Diez minutos. Quiero todo listo en diez minutos." Estaba impresionada de lo tranquilos que estaban todos. Aunque conocía el protocolo y estaba entrenada para estas situaciones, no estaba segura de haber sido tan eficiente ni estar preparada para ello. No hubo más preguntas, solo otra orden de Ming.

"Marcus, Louise, aviso de mal tiempo. Apaguen y cierren la cocina."

"Entendido. Estoy en ello," dijo Marcus, que había estado escuchando.

"¿Qué necesitas de mí?" preguntó Erin a Eddie, quien ahora estaba ajustando la velocidad y tomando las precauciones necesarias para preparar el yate ante los fuertes vientos.

"Sería estupendo si pudieras ayudar a la tripulación abajo y comprobar si Donald lo tiene todo bajo control antes de que vuelvas aquí."

"Enseguida." Erin corrió escaleras abajo donde Celia,

Andy y Dieter ya habían sido llevados adentro. Celia estaba ayudando a Ming a cerrar todos los gabinetes y a guardar todos los objetos sueltos como jarrones y artículos de decoración. Fuera, se dio cuenta de que el viento fuerte ya se había levantado al ver la forma en que el cabello rubio rojizo de Desirée se movía salvajemente, cubriéndole la cara mientras cerraba el espacio de almacenamiento de la cubierta inferior, donde había puesto las tumbonas, los cojines y cualquier otra cosa que hubiera tirada por allí. En cuanto Desirée volvió a entrar, Erin presionó el botón para cerrar la escotilla principal que cubría las puertas de cristal. Estaba hecho de un grueso vidrio irrompible, lo que les permitía ver el exterior. Era extraño cómo de repente el ruido del viento quedó bloqueado.

"Hay tanto silencio de repente," dijo Andy en un susurro. "¿Necesitamos chalecos salvavidas o algo así?"

"No, no hasta que entremos en código rojo, que es muy poco probable. Pero puedo traerte uno si te hace sentir más seguro." Erin le dirigió una sonrisa tranquilizadora y continuó cuando Andy negó con la cabeza. "No tengas miedo. No es una tormenta fuerte, pero lo será." Se fijó en Dieter, que estaba recostado en el sofá. No parecía excesivamente preocupado, tampoco Celia. Ella trabajaba de forma rápida y metódica. Ahora estaba asegurando las sillas a la mesa del comedor con unas bridas grandes que Ming le había dado. "De ahora en adelante, no se puede usar la cristalería. Solo platos y vasos de plástico. Os podéis quedar aquí o ir a vuestras habitaciones. El balanceo será más leve allí."

"No creo que quiera estar bajo el nivel del agua durante una tormenta," dijo Andy con voz chillona.

"Entonces quedémonos aquí. Vamos a jugar al Scrabble," sugirió Dieter. "Te distraerá de todo esto. Por tu expresión, deduzco que recrear *Titanic* ya no está en tu lista de deseos," añadió en tono de humor.

"No, he cambiado de opinión sobre eso. Y, como eres un tramposo, jugar al Scrabble tampoco está en esa lista." Dijo, dejando escapar un suspiro teatral. "Pero supongo que algo de distracción no vendría mal, así que sacaré el juego."

Erin no pudo evitar reírse. "Solo asegúrate de no moverte demasiado. No quiero que nadie se caiga y se haga daño..." se paró en mitad de la frase cuando una ola los golpeó, haciendo que el yate se tambaleara. Andy perdió el equilibrio y se cayó, chocándose contra Celia, que estaba inclinada en el suelo atando la pata de una silla a la mesa.

"¿Estás bien Andy?" preguntó.

"Físicamente sí," dijo Andy, con más pánico en la voz ahora. "Pero si esto se pone peor, no estoy seguro de si mis frágiles nervios podrán sobrevivir."

Erin echó un vistazo fuera y vio que las nubes oscuras ni siquiera se habían acercado aún. "Como ya os he dicho, vamos a estar bien. No es una tormenta muy fuerte y *La Barracuda* es grande y está construida para soportar el mal tiempo. Ming, ¿les traes unos cubos, por favor?"

"¿Cubos? ¿Vamos a tener que sacar agua?" Los ojos de Andy se abrieron de par en par.

"No. Necesitarás los cubos por si te pones enfermo. Hay muchos baños a bordo pero puede que no llegues a tiempo. Te aconsejo que tomes una de esas pastillas para el mareo que te di en caso de que hubiera una emergencia." Se encogió de hombros a modo de disculpa. "Lo siento. Este mal tiempo no estaba previsto pero ocurre algunas veces. Ya os lo he dicho, no os mováis demasiado por aquí. Me uniré a vosotros una vez que todo se calme."

"¿A dónde vas?" Celia puso la última brida y se acercó a ella, extendiendo los brazos para mantener el equilibrio.

"Estaré con Eddie en el puente." Erin tomó su rostro entre sus manos y la besó. "Todo va a salir bien. Te lo prometo."

"Lo sé." Celia le sonrió y le pasó la mano por el pelo. "Nos vemos al otro lado. Avísame si hay algo más en lo que pueda ayudar."

62

"¿*C*ómo vamos?" Erin frunció el ceño mientras observaba la sala de estar. "Madre mía." Andy estaba sentado en el sofá encorvado sobre un cubo, con Celia a su lado sosteniendo una botella de agua y una bolsa de papel. El tablero del Scrabble y sus fichas estaban esparcidas por el suelo junto a una mancha de vómito en la alfombra que sospechaba era de Andy. Pero, aparte de eso, todo seguía todavía en su sitio. Corrió hacia ellos y le dio un beso a Celia en la coronilla mientras le acariciaba el pelo. "¿Estás bien cariño?"

"He estado mejor. No estoy segura de si puedo moverme todavía," bromeó, parpadeando y con los ojos rojos, mientras cerraba la bolsa y la ponía a un lado, lejos de ellas. "Para serte sincera, no me he sentido peor en mi vida." Señaló a Andy, que tenía los ojos cerrados. "Dieter se tomó una pastilla para dormir y se acostó pero a Andy le daba miedo estar por debajo del nivel del mar, así que me quedé aquí arriba con él."

"Déjame que refresque esto un poco, podría ayudar." Erin pulsó el botón que levantaba la escotilla principal justo cuando Josh entraba para abrir las otras escotillas. Cerró los ojos y respiró hondo, sintiendo náuseas ella también. Había sido duro y había estado un poco preocupada pero, después de cuatro horas, estaban por fin en aguas más tranquilas. La fuerte lluvia se había convertido en una llovizna y el sol bajo se asomaba entre las nubes.

"¿Estás bien, jefa?" preguntó Josh.

"Sí, ¿tú?"

Josh le lanzó una sonrisa. "Desirée se encerró en el baño hace tres horas y no ha vuelto a salir desde entonces, pero el resto de la tripulación está bien." Se encogió de hombros y añadió. "Este no ha sido nuestro primer rodeo."

"Lo sé. Habéis hecho un gran trabajo." Extendió la mano para ayudar a Celia a levantarse. "¿Quieres venir a la piscina conmigo? Ya sé que está lloviendo pero te ayudará a recobrar el equilibrio."

"Estoy dispuesta a hacer cualquier cosa en este momento." Celia la siguió afuera, con Andy pisándole los talones. Era la primera vez estaba bajo la lluvia desde que subieron a bordo de *La Barracuda* en Francia y las gotas tibias resultaban refrescantes.

"Voy a por unas Coca-Colas. Contiene ácido fosfórico, que ayuda a controlar los vómitos. Al menos a mí me ha hecho sentir mejor." Erin esperó a que Josh abriera el bar y cogió tres latas de la nevera.

"No te atrevas a vomitar en el agua," bromeó Celia, lanzando una mirada de advertencia a Andy. Dejó caer su caftán en la cubierta, se sumergió en la piscina y se puso boca arriba, respirando profundamente para intentar controlar las náuseas.

"No te puedo prometer eso, así que me sentaré aquí con mi cubo un rato." Tomó la Coca-Cola que Erin le ofreció. "¿Soy yo o todavía nos estamos moviendo mucho?"

"Pronto se calmará." Erin se quitó la ropa y se unió a Celia en la piscina. "¿Mejor?" le preguntó mientras se acercaba a ella.

"Creo que mi estómago se está asentando." Celia la envolvió en un abrazo y hundió su rostro en su cuello mientras se mantenía de puntillas en el suelo de la piscina. "¿Cómo estás? ¿Estabas asustada?"

"Estoy bien." Erin la besó en la sien mientras le acariciaba la espalda. "No fue tan malo como yo esperaba que fuera. Pero estaba preocupada por ti, aunque parecía que estabas bien."

"Normalmente creo que habría entrado en pánico estando en mar abierto durante una tormenta," dijo Celia. "Pero estas semanas han sido raras y estoy aprendiendo a tomarme las cosas según vienen, para quitármelas de encima, ¿sabes? Es lo que es, supongo, y estoy agradecida por cada día que paso en compañía de amigos y las personas que quiero."

"Es una manera preciosa de verlo." Celia sonrió. "Siempre tuve miedo de correr riesgos, preocupada por si las cosas salían mal y me daba miedo dejar que la gente se me acercara, aterrorizada de que me traicionaran. Pero, echando la vista atrás, eso no era realmente vivir. Mi vida era solo una serie de eventos cuidadosamente planificados que me mantenían suficientemente entretenida como para no aburrirme, pero no me llamaban suficientemente la atención como para mantenerme enganchada. Y eso ya no es lo que quiero."

"Parece que has estado reflexionando mucho."

"Sí. Tú me hiciste pensar mucho y luego mi tío, claro. Me inspiráis. Y estar aquí contigo, especialmente ahora que no son los mejores momentos, me ha hecho darme cuenta de que no siempre tengo que hacer todo por mi cuenta. Que está bien ser vulnerable porque tú me das fuerza y consuelo."

Erin pasó una mano por su mejilla mientras pensaba en las palabras que acababa de decir. "Me alegro de poder estar aquí para ti. Pero necesito que sepas que tú también eres un gran consuelo para mí."

"¿De verdad?"

"Sí. Creo que somos buenas la una para la otra."

63

"**S**eguid vosotros, mi asistenta debería estar allí para recibiros." Erin se puso de pie en la lancha y señaló al frente. Eddie había dejado a Celia, Dieter, Andy y la tripulación en el muelle en la lancha después de dejar el yate en el espacio que Erin tenía para amarrar los barcos en Hamilton. "Seguid ese camino y veréis letreros que dicen *"Precioso Callejón Sin Salida"*. Solo seguidlos y llegaréis sin problema."

"¿Precioso Callejón Sin Salida?" dijo Celia arqueando una ceja mientras cogía una de las maletas.

"Sí. Esa es mi dirección. Bueno, la tripulación sabe dónde está. Ya verás que el nombre le hace justicia cuando llegues." Erin le lanzó un beso. "Vuelvo en diez minutos."

"Vale, allí nos vemos. ¡Muchas gracias Eddie!" Mientras Celia le decía adiós por tercera vez a Eddie, se dio cuenta de que le había cogido aprecio a la tripulación durante el tiempo que habían pasado en el mar. Aunque no habían interactuado mucho, aparte de cuando celebraron el cumpleaños de Ming, ellos habían sido los primeros a los que había visto por la mañana y los últimos a los que había dado las buenas noches. Ming y Marcus caminaban delante, uno al lado del otro. Seguían siendo profesionales, pero tenía la sensación de que eso cambiaría en el momento en que estuvieran solos.

"Erin me ha dicho que habéis estado aquí antes," dijo mientras seguían el camino empinado que serpenteaba entre un aparcamiento y un gran y largo espacio lleno de cactus preciosos. Era surrealista volver a caminar por terreno firme. Sentía sus piernas débiles y no cooperaban de inmediato, lo que le producía un ligero balanceo hacia la izquierda. Cuando miró hacia atrás, vio que Andy y Dieter, que había insistido en que no necesitaba la silla de ruedas para un camino tan corto, tenían el mismo problema. Su tío viraba hacia la derecha y Andy hacia la izquierda, lo que hacía que ambos chocaran cada pocos pasos.

"Sí, ya hemos estado aquí antes." Ming dio un respiro profundo y dirigió su cara hacia el sol. "Es una maravilla esto. Ojalá no tuviera que volver a casa mañana."

"¿Te vas a quedar en un hotel esta noche?" le preguntó Celia.

"Sí. Erin suele reservar el hotel del aeropuerto para mí. Es siempre tan decepcionante después de un viaje tan maravilloso."

"Puedes quedarte conmigo un par de noches," sugirió Marcus. "Tu billete es flexible y no es demasiado tarde para cambiarlo. Te enseñaré la isla."

Celia sonrió ante la conversación y lanzó a Andy una mirada de advertencia cuando los alcanzó antes de que pudiera hacer un comentario. "Déjalos," susurró. "No quieren que nadie lo sepa."

"¿Qué? No he dicho nada." La expresión inocente fingida de Andy hizo reír a Dieter mientras dejaba que lo ayudara a subir la pendiente.

"No se trata de lo que dices, sino de lo que estás a punto de decir," le respondió. Se detuvo un momento para recuperar el aliento y miró hacia la casita azul pastel que estaba en lo alto del acantilado, literalmente en la punta de la isla. "No te dejes engañar por el tamaño. Es un lugar muy especial."

"Sí que es especial." Celia observó el edificio rectangular de una planta que parecía un búnker. No se parecía en nada a lo que había esperado y le parecía divertido que el yate fuera más grande que la casa. A pesar de que el diseño era ultramoderno, las buganvillas rosas que crecían por las paredes le daban un aspecto encantador. Toda la pared que daba al mar estaba hecha de cristal, lo que sin duda ofrecía una vista espectacular desde el interior. La entrada estaba en el lado del jardín, donde dos ventanas largas horizontales se extendían por la pared a cada lado de la puerta.

Precioso Callejón Sin Salida estaba, sin duda, a la altura de su nombre. En realidad, no podría haber sido más apropiado. Los escalones empedrados blanqueados por el sol conducían a una pequeña playa privada, donde estaba atracada una lancha motora. La arena dorada era ahora solo una franja delgada porque la marea estaba alta. El sonido de las gaviotas llenaba el aire y en el césped junto al camino, las gallinas deambulaban libremente entre los elegantes muebles de mimbre colocados alrededor de una gran hoguera.

"¡Bienvenidos!" Una mujer abrió la puerta y salió corriendo para ayudarles con sus equipajes. "Dieter, qué gusto verte de nuevo."

"Igualmente Nene," Dieter dio una palmada en el hombro de Andy. "Este es Andy, mi pareja."

Nene saludó a Andy y se volvió hacia Celia. "Y tú debes ser Celia. Es un placer conocerte. Me han dicho que lleve tus cosas a la habitación de Erin." Aunque era una afirmación, sonó más como una pregunta, y por la expresión de curiosidad que se dibujó en el rostro de la mujer, Celia tuvo la sensación de que Erin no invitaba a mujeres aquí con regularidad.

"Un placer conocerte," dijo, estrechando su mano. "Y sí, me quedaré con ella."

Nene le dirigió una sonrisa antes de abrir el camino a través de la sala de estar, que tenía un ambiente sorprendentemente cálido, teniendo en cuenta la decoración interior minimalista. Dos elegantes sofás de cuero blanco y una mesa larga de café de madera formaban un área de descanso junto a una estufa de leña independiente. En el otro extremo del espacio había una cocina moderna abierta, completamente blanca. También había un área de lectura en la esquina junto a la pared de cristal con vistas al océano, que constaba de dos cómodas sillas de color blanco, otra mesa de café y una estantería. Una enorme alfombra de inspiración azteca cubría la mayor parte del suelo y una gran cantidad de plantas en pesadas macetas artesanales estaban esparcidas por todo el espacio. El arte moderno que adornaba las paredes le daba un toque de color al lugar, combinándolo perfectamente con los tonos anaranjados de la alfombra.

"Tiene mucho estilo." Celia se quedó en el centro del espacio un momento para apreciarlo. La vista era espectacular y daba la sensación de que la casa se unía con el océano. No estaba segura de por qué era tan importante estar en la casa de Erin por primera vez. Quizás porque sabía que había una buena posibilidad de que pasara más tiempo aquí en el futuro.

"Sí, es un lugar encantador," confirmó Nene. "Pero yo no podría vivir tan cerca del océano, no con todos los huracanes que tenemos aquí." Miró con interés a Celia una vez más mientras la dejaba entrar en el dormitorio principal. "Perdona si me paso de la raya, pero debes ser una mujer muy especial. Erin nunca invita a mujeres aquí."

"Estamos muy unidas y Erin también es muy especial para mí," dijo Celia, mirando hacia otro lado para ocultar su sonrojo mientras dejaba su maleta en una esquina de la habitación. Las puertas de cristal daban a un patio con terraza con vistas al océano en la parte trasera de la casa y la habitación estaba inundada de luz natural y el aroma del mar. El dormitorio era sencillo pero acogedor. Una cama king-size de madera con mesitas de noche empotradas estaba colocada contra la pared opuesta a las ventanas de cristal, entre un sofá y una hilera de armarios empotrados.

Esta era, sin duda, la casa de una diseñadora. Estaba tan perfectamente equilibrada que casi intimidaba y Celia se preguntó qué pensaría Erin de su apartamento, que consistía en muebles básicos aburridos, comprados de prisa sin ni siquiera considerar cómo combinarían juntos. Las únicas cosas que apreciaba en su apartamento eran sus diversas obras de arte, pero ni tan siquiera las paredes le hacían justicia.

"¿Qué es eso?" preguntó, dirigiéndose a una escalera de espiral estrecha en la esquina más alejada de la habitación. Conducía al tejado, lo cual tenía mucho sentido porque imaginaba a Erin teniendo una bonita zona para sentarse allí. Pero notó que también descendía en espiral hacia un pequeño espacio cerrado mientras miraba por la barandilla.

"Erin te enseñará esa parte porque yo no tengo la llave," dijo Nene y se dispuso a abrir los closets. "Puedes usar estos. Hay mucho espacio en el lado izquierdo para tu ropa y hay un baño en suite al cruzar esa puerta."

"Genial, gracias." Celia trató de imaginarse a Erin

durmiendo aquí, viviendo su vida en esta preciosa parte del mundo. También se las imaginó aquí juntas, pero rápidamente se dijo a sí misma que dejara de soñar. El tiempo pasado en *La Barracuda* había sido intenso, en el mejor y en el peor sentido, y la vida seguía siendo un torbellino. Aunque sentía como si hubiera estado con Erin toda la vida, la realidad era que habían pasado solo tres semanas. En su mundo, en su mundo de Nueva York, eso equivalía a tres citas, una cada sábado por la noche. Normalmente conversaría y, si la mujer en cuestión le gustaba, quizás flirtearía un poco con ella en la primera cita. Se acostaría con ella en la segunda y en la tercera, por lo general, llegaba a la conclusión de que la cosa no iba a funcionar.

Pero en las últimas tres semanas había llegado a conocer a Erin por dentro y por fuera. Había aprendido y conocido sus pasiones, sus sueños, sus puntos fuertes y sus inseguridades. Había visto su lado cariñoso, su lado leal e incluso la había visto con su abuela. Al mismo tiempo, ella se había abierto y había dejado entrar a Erin también. Era una locura que tres semanas pudieran causar tanto impacto en una relación, pero era verdad. No se podía imaginar la vida sin ella ahora.

64

"*H*a sido divertido." Celia cerró la puerta del dormitorio después de que los miembros de la tripulación se hubieran ido. Habían organizado una barbacoa en el patio delantero con mucha comida, cervezas, vino y música, y ahora que ya no estaban de servicio, todos habían sido divertidos y libres en sus interacciones, casi como si hubieran apretado un botón que los hubiera convertido en personas completamente diferentes. Gente real con personalidades peculiares, talentos sorprendentes y opiniones directas y fuertes. Marcus tocaba el banjo de maravilla, Desirée era una cantante increíble y Ming les había hecho reír con su arsenal de diferentes acentos que podía reproducir casi con fluidez. Josh, Donald y Louise habían ayudado a Celia y Erin con la comida, insistiendo en que Marcus necesitaba un descanso y disfrutó mucho charlando con ellos en la cocina.

"Sí, es bueno desahogarse juntos después de un viaje tan largo," dijo Erin. "La mayoría de ellos viven en la isla, así que el trayecto en taxi es corto, y he reservado en un hotel cerca del aeropuerto para Louise y Ming, que viven en

Estados Unidos." Sonrió. "Son buena gente. Tengo mucha suerte de tenerlos conmigo."

"Sí que la tienes. Entiendo por qué estás tan unida a ellos. Incluso a mí me ha dado un poco de pena despedirme." Cuando sus ojos se encontraron, Celia sintió que la excitación le recorría el cuerpo. Ver a Erin en su propia habitación daba sentido a que viviera justo en este lugar. Con su camisa de lino blanca, jeans desteñidos y una apariencia fresca, encajaba a la perfección con el ambiente natural de la casa.

"Bueno, ¿te gusta mi casa?"

"Me encanta," dijo Celia, dirigiéndole una sonrisa coqueta. "Es genial."

"Bien. Quiero que te sientas como en casa si tienes intención de quedarte aquí un tiempo. Dieter dijo que le gustaría quedarse al menos un par de semanas si se siente lo bastante bien."

"Lo que quiera el tío Dieter." Dijo Celia sonriendo. "Volaré a Suiza con él y Andy. No quiero estar en Nueva York mientras él está tan enfermo. El trabajo parece estar bajo control así que, afortunadamente, podré hacerlo..."

"Genial. Entonces, ponte cómoda y siéntete como en casa." Erin siguió la mirada de Celia, que miró hacia la escalera.

"¿Qué es eso? Nene estuvo muy misteriosa y luego me distraje tanto con la barbacoa que me olvidé de preguntarte."

"Ajá." Erin dibujó una amplia sonrisa mientras la abrazaba y la atraía hacia ella. "Eso, justo ahí, es la razón por la que compré esta tierra." Bajó las manos hasta su trasero y lo apretó.

"¿La tierra? ¿Construiste tú esta casa?"

"Sí. Nadie en su sano juicio consideraría ni siquiera

construir una casa aquí, con todos los huracanes que tenemos, pero estoy segura de que has notado que se ve bastante resistente desde el exterior. Todo el frente de cristal que da al océano tiene una persiana a prueba de tormentas que se puede bajar y las ventanas tienen el mismo sistema de protección automatizado." Erin señaló todo a su alrededor. "Como tengo experiencia en la construcción de yates "rompe tormentas", decidí construir una casa resistente a los huracanes en este lugar tan especial. Ha resistido muchas tormentas hasta ahora, así que ya ni siquiera me preocupa quedarme en casa durante un huracán." Soltó a Celia, sacó una llave de su mesita de noche, encendió el interruptor de la luz de la escalera y bajó, agarrándose a la barandilla con ambas manos. "Ten cuidado, puede estar un poco resbaladizo en los escalones de abajo."

"Ahora sí que siento curiosidad de verdad. Me imagino que hay una bodega increíble ahí abajo, o algún túnel secreto al estilo de James Bond que conduce a la playa." Celia la siguió, aferrándose también con fuerza. Era empinado y profundo y daba un poco de miedo bajar a tanta profundidad en un espacio tan estrecho. Se sintió aliviada cuando llegaron, por fin, al último escalón. "O una mazmorra sexual," añadió con una risita.

"Lamento decepcionarte pero aquí no hay calabozos sexuales." Erin encendió otra luz y abrió la puerta que parecía más una entrada a una bóveda. "Está muy bien aislado, si no, la humedad haría que se extendiera el moho en el dormitorio." Tomó la mano de Celia y se dirigieron a un puente flotante de metal.

Las luces en ese espacio oscuro se encendieron una a una y Celia no podía creer lo que estaba viendo. Debajo de ellas había agua de un color turquesa tan brillante que no parecía real. Focos industriales iluminaban el agua desde abajo, exponiendo un maravilloso país de otro mundo, estalagmitas blancas, naranjas y todos los tonos intermedios. El techo de la cueva estaba cubierto de estalactitas, carámbanos que brillaban en la luz. Parecía un mundo de fantasía tan perfecto que era difícil imaginar que hubiera sido creado por la naturaleza. "¿Qué es esto?" susurró.

"Es una cueva oculta."

"Increíble..." Celia se arrodilló para tocar el agua con la mano. "Me sorprende que el agua esté tan tibia con el frío que hace aquí."

"Sí. A mí también me sorprendió eso la primera vez que vine. Es el Atlántico, por supuesto, así que tiene sentido que tenga más o menos la misma temperatura."

"¿Nadas aquí?" Celia seguía susurrando. El entorno era tan espiritual en su belleza natural que parecía que no estaba bien hacer ruido, pero incluso su voz baja resonaba en las paredes.

"Sí, a veces nado aquí." Erin señaló los escalones al final de la pasarela. "A tu tío le encantó la última vez que vino. Aparte de él, solo he traído aquí a mis padres. Hay otras cuevas más grandes en las Bermudas, mucho más impresionantes que esta. Esas se formaron en la Edad de Hielo y está prohibido nadar. Esta no es tan antigua y como, normalmente, solo estoy yo aquí y soy muy cuidadosa, no molesto al ecosistema. Ya sé que no lo parece, pero el agua tiene en realidad unos doce metros de profundidad."

"Guau..." La mirada de Celia se volvió hacia las paredes de la cueva, donde se habían formado figuras alienígenas entre gotas que parecían de cera. "Tienes tu propia cueva. Es realmente impresionante."

Erin sonrió de orgullo mientras la llevaba hasta el final del puente. "Sí, tengo mi propia cueva. A veces es difícil de entender. No siempre está tan sereno como hoy. He dado permiso a un equipo de científicos para que investigue aquí tres meses al año así que, cuando están aquí, esto parece un laboratorio. No vuelven hasta octubre así que lo tenemos solo para nosotras." Guiñó un ojo. "¿Quieres nadar?"

"Sí." Celia observó a Erin desnudarse e hizo lo mismo, quitándose su vestido de lunares azul marino y blanco. Parecía surrealista estar desnuda en una cueva con Erin pero, para ser sincera, las últimas tres semanas habían sido surrealistas.

Los ojos de Erin la recorrieron de arriba a abajo y ella le devolvió la misma mirada. El agua reflejándose en su piel le daba un aspecto fantasmal pero su contacto era más que real. Celia se estremeció cuando su mano recorrió sus caderas y su cintura.

"He soñado con tenerte aquí, ¿sabes?" susurró Erin. "Pero nunca imaginé que sucedería de verdad."

"Bueno, ahora estoy aquí y no hay ningún otro lugar en el que quisiera estar." Celia gimió suavemente al sentir la calidez del cuerpo de Erin cuando sus cuerpos se juntaron y cerró los ojos mientras se besaban. Cada vez que se besaban todavía lo sentía como si fuera la primera vez, aunque ya debería haberla besado como un millón de veces.

Las comisuras de la boca de Erin se estiraron cuando se echó para atrás. "No me tientes porque no podré parar si empezamos ahora." Se subió a la escalerilla y extendió la mano para ayudar a Celia a subir.

El agua resultaba refrescante y estaba calma, las únicas ondulaciones provocadas por sus movimientos. "Aquí no hay tiburones, ¿verdad?" preguntó Celia con una mueca.

"No. En realidad no hay nada en absoluto. Aquí no hay comida para los peces, así que no sobreviven. Ya es difícil para ellos entrar y los que no tienen suerte y lo hacen, normalmente se mueren si no estoy aquí para ayudarlos y arrojarlos de nuevo al océano."

"Pobres peces... pero eso me hace sentir mejor." Celia envolvió sus brazos y piernas alrededor de Erin, quien se aferró a la escalerilla. "Esto es increíble." Le dirigió una sonrisa triste. "Y a pesar de que mi tío está enfermo, todo este viaje contigo ha sido impresionante."

"Ha sido increíble para mí también." Erin la miró fijamente. "Eres muy especial para mí y no voy a dejarte ir. Quise decir lo que dije." Hizo una pausa. "¿Cómo ves tu futuro? ¿O la pregunta es demasiado y demasiado pronto?"

Celia negó con la cabeza y le pasó la mano por el pelo. "No, no es demasiado pronto. He pensado mucho en eso últimamente." Se mordió el labio mientras dudaba en lo que iba a decir. "En realidad no sé qué quiero hacer en el futuro pero sé que te quiero en él." Una tímida sonrisa se dibujó en su rostro y desvió la mirada, desconcertada por haber dicho esas palabras en voz alta. "Pero tú tienes tu negocio y tu vida aquí y las relaciones a larga distancia no son exactamente..."

"Shh... Sin "peros"." Los ojos de Erin se llenaron de lágrimas y tragó saliva. "Si eso es lo que quieres, y no tienes idea de lo feliz que me has hecho al decirlo, entonces estaremos bien. Tú puedes venir aquí, yo puedo visitarte, estés en Nueva York o Suiza, y siempre podemos encontrarnos en algún punto intermedio hasta que resolvamos qué hacer."

"Vale, me gusta ese plan pero, por ahora, ¿qué te parece si vienes conmigo a la ducha y nos olvidamos de todo lo demás?" Celia sonrió mientras besaba las comisuras de sus ojos, saboreando la sal en su piel. Erin tenía razón, lo resolverían. Estaban aquí juntas ahora y haría que cada segundo contara.

65

"*B*uenos días. "¿Cómo lo llevas, peque?" Dieter se reunió con Celia en la playa donde, durante la última hora, había estado sentada sobre una toalla, limpiando distraídamente una concha blanca con forma de corazón que había encontrado.

"Estoy bien. Me he despertado temprano y me gusta estar aquí abajo." Le dirigió una sonrisa valiente y le acarició el hombro, notando que las bolsas bajo los ojos se estaban oscureciendo. "¿Cómo te sientes tú?"

Dieter se encogió de hombros. "Físicamente he estado mejor, pero estoy contento de seguir aquí. Cada día es una bendición, no lo olvides nunca. Especialmente cuando puedes pasarlo con tus seres queridos." Vaciló, bajando la cabeza mientras la observaba. "¿Habéis decidido Erin y tú qué vais a hacer?"

"Todavía no," dijo Celia. "Pero, por mi parte, he estado pensando en vender mi negocio y empezar algo nuevo. Algo que me apasione más. Estas últimas semanas me han hecho darme cuenta de que la vida es corta y que he estado malgastando la mía por no vivirla al máximo."

Dieter aplaudió. "Por fin. Estoy muy emocionado de escucharte decir eso."

"Pensé que lo estarías." Dijo Celia riendo entre dientes. "Erin me ha pedido que me ocupe del diseño artístico interior para un súper yate híbrido que está construyendo. Parece un proyecto divertido y no hay prisa ni presión porque la construcción llevará al menos un año, así que tendré mucho tiempo para buscar." Vaciló un segundo. "Pero es abrumador. Nunca he hecho algo así y el presupuesto me dejó en shock."

"¿Un presupuesto grande?" Los ojos de Dieter se iluminaron. "Pero cariño, ese es el sueño de cualquier marchante de arte. Deberías estar encantada de tener mucho dinero con el que jugar."

"Lo sé. Supongo que lo que necesito es un empujón de confianza, eso es todo."

Dieter asintió mientras se volvía hacia el océano. "¿Te acuerdas del Riviera Clairmonte que compré hace varios años?"

"Sí, el que me encantaba. Vi que todavía lo tenías la última vez que estuve en tu biblioteca."

"Exactamente. Lo compré porque te gustaba mucho. Esa no fue elección mía, fue tuya y, francamente, pensé que diecisiete mil euros era demasiado para alguien que no estaba aún muy reconocido. Pero quería tenerlo para poder dejártelo algún día. ¿Y sabes qué?"

"¿Qué?"

"Su valor se ha disparado y vale al menos diez veces más de lo que pagué por él."

Celia se quedó callada mientras entrecerraba los ojos. "¿Estás seguro?"

"Sí. Ya sé que no has prestado mucha atención al mundo del arte en la última década pero realmente la artista despegó poco después de que comprara esa pintura. Y el Marco Bellani que fuimos a ver juntos en Florencia..."

"¿También compraste ese? Pero dijiste que..."

"Ya sé lo que dije. Era demasiado delicado, demasiado femenino, no tenía el suficiente impacto como para dejar huella en el futuro," Dieter la interrumpió con una sonrisa. "Pero eres mi sobrina favorita así que me arriesgué y lo compré una semana después de volver. Seis meses después, lo vendí y obtuve grandes beneficios. Tienes buen ojo, Celia, así que deja de dudar de ti. Ningún conocimiento puede competir con el instinto. Es la herramienta más poderosa a la hora de comprar arte y tú la tienes."

"¿Por qué nunca me contaste esto?" Preguntó.

"Estaba esperando a que vinieras a mí, que estuvieras preparada. De repente dejaste la universidad antes de graduarte y nunca entendí por qué. Tenía la sensación de que algo malo te había pasado en aquel momento porque no era propio de ti." Hizo una pausa. "Solías contármelo todo y me gusta pensar que sigues haciéndolo, pero cuando te pregunté por qué lo habías dejado, seguías diciendo que ya no era para ti y que no querías hablar de ello. Así que decidí esperar a que me contaras la verdadera razón y ahora parece un buen momento."

Celia asintió. Echando la vista atrás, dejar atrás su sueño había sido un error y poco a poco estaba empezando a entender lo que había sucedido. "Simplemente perdí la confianza en mí," dijo, decidiendo dejarlo así. No había trauma, no había tenido una mala experiencia. Solo un mal consejo y ella había sido lo bastante estúpida como para escucharlo.

Su tío esperó a que continuara y cuando no lo hizo, presionó un poco más. "Quieres hacer esto, lo sé. Mira, no quiero que pienses que espero que tomes las riendas inmediatamente. Simplemente puedo cerrar el negocio y las obras a las que no tengo apego pueden ser vendidas. Pero, si estás interesada, te daré todos mis contactos y pasaré mis últimos días aburriéndote con consejos y trucos del oficio. Ya tienes el apellido de tu lado. Ser un Krügerner ayuda mucho."

"Sí, supongo que tienes razón. Pero, ¿cómo podría empezar?"

"Creo que hacer este proyecto para Erin es la forma perfecta para empezar. Vuelve a familiarizarte con el mercado y elabora una colección para que tanto tú como el cliente estéis satisfechos. Ellos te pasarán a otros clientes, así es como funciona esto. Y, entonces, mientras visitas artistas y galerías para tus proyectos, simplemente esperas hasta que un día te enamoras de una pieza en particular y esa será solo para ti. No salgas a buscarlo, vendrá a ti. La primera obra es especial, así que consérvalo durante un tiempo y aprécialo."

"Sería muy cuidadosa. No malgastaría el dinero como mi hermano."

"Sé que no lo harías pero también tienes que ser realista y saber que es un negocio de alto riesgo. Cuando ganas, ganas de verdad. Y aparte de reinvertir, podrías hacer cosas buenas con tus ganancias, una vez que te pongas en marcha. Me gustaría que siguieras dirigiendo mi fundación una vez que me haya ido. Ya sabes que he apoyado a muchos artistas que empiezan y están en apuros a lo largo de los años."

"¿Confiarías en mí para hacer eso?" Celia estaba empezando a ver la gran responsabilidad que suponía llevar los asuntos de su tío.

"Sí. Ya sabes que no me gusta presumir, pero mi fundación ha cambiado la vida de innumerables artistas. He alquilado estudios para un par de escultores que necesitaban un espacio grande para trabajar y he enviado a jóvenes con un gran talento a buenas escuelas de arte. Ha sido divertido verlos convertirse en los artistas que son hoy." Se encogió de hombros. "Por otra parte, comerciar con arte también tiene sus inconvenientes. Cuando pierdes, pierdes, pero esa es la naturaleza del juego y tienes que aceptarlo y seguir adelante."

"Pero tú no has perdido mucho, ¿verdad?"

Dieter se echó a reír y se dio una palmada en el muslo. "Eso es un mito. He tomado algunas decisiones terribles a lo largo de mi carrera."

"¿En serio?" Celia se rió también. "¿Vas a contármelo?"

Una sonrisa traviesa se dibujó en su rostro mientras consideraba su respuesta. "Me enamorisqué de un pintor..."

"Déjame adivinar. ¿Compraste una de sus obras para acostarte con él?"

"Sí." Dieter se tapó la cara con las manos y movió la cabeza. "Te lo juro, mi radar para detectar gays siempre funciona. De verdad pensé que estaba coqueteando conmigo pero resultó que era hetero."

66

"Gracias por la cena," dijo Erin mientras regresaban de su restaurante favorito junto al puerto en Port St. George. Era una noche cálida y las muchas colinas que estaban subiendo la tenían un poco sin aliento, pero el paseo era precioso y quería que Celia experimentara el ambiente tranquilo de la isla que tanto amaba.

"De nada. Era lo menos que podía hacer." Celia le apretó la mano. "Esto es tan bonito. Las casas de color pastel y sus patios llenos de flores..." dirigió su mirada hacia el océano. "Y esa costa..." le dirigió una sonrisa. "¿Tienes tu residencia permanente aquí?"

"Semi permanente. Soy ciudadana norteamericana pero mientras tenga mi negocio y mi casa aquí, estoy bien. Sigo yendo cada dos meses a Los Ángeles para ver a mis padres."

"¿Te visitan ellos aquí?"

"Algunas veces. Ellos prefieren que yo vaya a su casa. A mi madre le gusta estar en su propia cocina," dijo con una sonrisa. "No entiende por qué tengo una asistenta, eso es impensable para ella."

"Ya." Dijo y se echó a reír. "Para mi madre sería impensable que no tuviera una. Incluso tiene a alguien que le abre el correo. Creo que el título de esa persona es AP 3 y dudo que ni siquiera sepa su nombre." Saludó con la mano a uno de los lugareños que las saludaba desde su patio delantero.

"Apuesto a que no estaría especialmente encantada si supiera que estamos juntas."

"Sí, bueno, nunca me ha importado mucho lo que ella pensara de las mujeres con las que he salido." Celia se giró hacia ella. "¿Has traído alguna vez a una mujer a esta casa?"

"No. Nunca ha sido lo bastante serio como para hacerlo y, además, con mis padres es un poco más complicado."

"¿Y considerarías presentarles a una mujer?"

Erin se volvió hacia ella y se paró. "¿Quieres decir si alguna vez consideraría llevarte *a ti* a su casa para que los conocieras? Porque tú eres la única mujer en mi vida y seguirá siendo así hasta que me lo permitas." Ladeó la cabeza y sonrió al ver el adorable color rojo que se extendía por las mejillas de Celia. "Sí, te los presentaría. No te puedo prometer que sería divertido. Supongo que al principio la situación sería muy incómoda, pero eres increíble y con el tiempo verían lo feliz que me haces. Mis padres han tenido años y años para prepararse, así que no sería un shock si les dijera que tengo novia." Pasó un brazo sobre sus hombros mientras continuaban su paseo.

"Bueno, tú ya has conocido a mi madre y no puede ser peor que eso."

"No puedo decir que la he conocido formalmente porque, de alguna manera, me esquivó, pero estoy segura de que tiene algunas cosas buenas," dijo Erin con tacto. "¿Cómo era cuando eras más joven?"

"Era distante pero cariñosa, supongo. Mi padre y yo estábamos muy unidos y siempre tuve la sensación de que ella sentía que tenía que competir conmigo. Cuando él murió, ella no estuvo a mi lado porque estaba ocupada pasando su dolor con una fila de novios más jóvenes, así que cada vez nos distanciamos más. Quizás no pudo soportar su muerte o tal vez me guardaba algún tipo de rencor. Siempre le gustó menospreciarme."

"¿Menospreciarte?" Erin entrecerró los ojos e intentó reprimir la ira que sentía. No podía imaginar a nadie menospreciando a la amable y cariñosa Celia, especialmente no a su propia madre. "¿Qué quieres decir con eso?"

"Bueno, he tenido mucho tiempo para pensar últimamente y..." Celia vaciló. "Ya sabes que estudié historia del arte y quería ser la aprendiza del tío Dieter cuando me graduara."

"Ajá... Y ¿qué pasó?"

"Le conté a mi madre mis planes y me dijo que era una idea estúpida, que nunca podría hacer lo que él hacía y que corría el riesgo de quedar en ridículo."

Erin la vio estremecerse, como si todo encajara ahora, como si por fin se hubiera dado cuenta de lo que había pasado de verdad.

"Mi madre hizo que perdiera la confianza," continuó. "Me hizo creer que no era lo bastante buena para ser comerciante de arte o conservadora o cualquier cosa que realmente me apasionara. Una parte de mí piensa que solo quería hacerme sentir pequeña. Lo consiguió." Dejó escapar un largo suspiro. "Perdí tantos años. Y solo porque pensé que no era lo suficientemente buena."

"Eso que hizo fue terrible," dijo Erin. "Incluso aunque no hubieras tenido ningún talento, era para que lo descubrieras tú, no para que ella te lo dijera."

"Ya, ahora lo veo. Recuerdo con toda claridad cómo mis compañeros de estudios siempre eran apoyados ciegamente por sus padres. Estaban allí en cada presentación, alardeando de lo buenos que eran sus hijos, sin importar las notas que sacaran. Y la forma en que los miraban, con tanto orgullo... siempre fue un misterio doloroso para mí porque nunca recibí esa mirada de mi madre."

"Siento mucho escuchar eso." La voz de Erin temblaba de pena por Celia. Esta mujer era un ser humano increíble y no se había sentido querida ni por su propia madre. La vida no era justa en este caso. "Mis padres al principio no me aceptaron por lo que era, pero lo superaron y ahora están muy orgullosos de lo que he conseguido. Su aprobación es realmente importante para mí y debe ser duro para ti no tener eso." Agarró con más fuerza la mano de Celia mientras continuaban por el camino hacia la casa. La voz aguda de Andy resonó en el silencio de la noche, gritando algo sobre una palabra relacionada con Scrabble. En cualquier otro momento le habría resultado divertido pero, esta noche, lo ignoró. "Me cabrea pensar que no estuvo allí para animarte y apoyarte. Debiste sentirte muy sola."

"Estaba bien. Fue durante un tiempo determinado y lo superé. He aprendido a vivir sin la aprobación de mi madre. Solo que ojalá no me hubiera llevado tanto tiempo darme cuenta de que no siempre tiene razón." Se encogió de hombros. "A pesar de sus defectos sé que, en el fondo, me quiere, pero siempre se pondrá a sí misma en primer lugar. En aquel momento no me importaba porque tenía a mi padre y, más tarde, a mi tío Dieter en mi vida." Se quedó en silencio por un momento, pensando que pronto solo le quedaría su madre. "Sé que las cosas van a cambiar," dijo en voz baja. "Cuando se entere de que he heredado la fortuna del tío Dieter, será la madre más amable del mundo. Solo tengo que recordar que no será verdad ni real. Al menos la mayor parte."

67

"*Ya* estamos." Erin ató la pequeña lancha motora al muelle privado y tendió la mano para ayudar a Celia a salir. "Seguramente no es lo que esperabas. Solo trabajamos en dos barcos a la vez, así que es menos tipo industrial que la mayoría de los astilleros."

"Pues a mí me parece bastante espectacular," dijo Celia mientras miraba a su alrededor. Junto a dos embarcaderos del edificio, una grada enorme descendía hacia el agua. "Y qué maravilla que puedas ir a la oficina en la lancha rápida en vez de conducir."

"Sí, eso es fantástico. Estar en el agua todas las mañanas es una buena forma de empezar el día porque me conecta con lo que hago." Erin saludó al guardia de seguridad, que estaba sentado en un edificio pequeño al final del muelle, y señaló los embarcaderos. "Aquí es donde todo se suelda y encaja. Después de eso, los barcos se llevan hasta la dársena de acondicionamiento. El interior se fabrica por encargo en fábricas y talleres de todo el mundo y se entrega justo antes de montarlo. Los otros edificios son unidades de almacenamiento, contienen materiales básicos de construcción e interiores."

"Estoy un poco abrumada." Celia se quedó mirando el enorme armazón de acero en el primer embarcadero y trató de imaginar cómo se veía cuando estuviera terminado. "Dijiste que diseñabas yates pero esto me parece más obras de arquitectura. Esa cosa es más grande que la casa de verano de mi madre."

"Por supuesto que es arquitectura. Arquitectura marítima para ser más exactos, pero yo prefiero llamarlo diseño. Le da más sentido y abarca el proceso de principio a fin. Tengo diseñadores con mucho talento y expertos en la construcción en mi equipo para ayudarme en cada paso del proceso pero, en última instancia, estoy involucrada en todos los pasos de la construcción."

No fue hasta entonces que Celia entendió cuánto la definía el trabajo, cómo vivía y respiraba la construcción y el diseño y admiró su pasión y coraje para asumir proyectos tan importantes. Aunque había pasado un par de horas al día trabajando con su portátil y había trabajado mientras estaba de servicio durante su viaje, no la consideraba una adicta al trabajo. No, Erin simplemente hacía lo que más amaba y había logrado encontrar un equilibrio que le permitía tener una vida también.

Junto al pequeño aparcamiento, una escalera conducía a un edificio moderno de oficinas en forma de L, construido sobre una base alta de hormigón. "Y este es mi estudio," continuó Erin, guiando el camino escaleras arriba. "Es domingo, así que no hay nadie aquí hoy. Normalmente es bastante ruidoso. Te presentaré a mi equipo la próxima vez que nos visites."

Celia sonrió ante la idea de "la próxima vez" mientras esperaba a que Erin abriera la puerta. Había tenido curiosidad por ver dónde pasaba Erin la mayor parte de su tiempo y cuando se ofreció a mostrarle el astillero esa mañana, se sintió muy emocionada. "Con estilo," dijo, observando el interior blanco. El techo tenía una claraboya que seguía la forma de L de la oficina, asegurando que todas las mesas que se encontraban debajo tuvieran luz natural. Una pared estaba cubierta con planos detallados de las plantas, otra estaba adornada con tableros que servían de inspiración y que contenían muestras de telas, pinturas y materiales junto con imágenes inspiradoras. "¿Ese es tu espacio de trabajo?" preguntó, señalando una gran mesa rectangular en una esquina con un ordenador con pantalla grande y montones de imágenes.

"No, esa es la mesa de nuestro especialista en imágenes. Necesita mucho espacio para exponer sus propuestas." Erin se acercó a un escritorio alto que solo tenía un laptop cerrado, una libreta y un tarro con cosas de papelería. "Este es mi escritorio."

"Hmm... no me parece una mesa de "jefa"," bromeó Celia, arqueando una ceja. "¿Y cómo puedes estar de pie todo el día? ¿No es súper agotador?"

"Nunca me canso y es una mesa de jefa." Erin le devolvió la mirada coqueta y colocó a Celia entre la mesa y ella. "De hecho, la jefa cree que deberías acostarte sobre ella ahora mismo. Parece la altura perfecta para..."

"Eh, ¿qué estás haciendo?" Celia se echó a reír cuando la subió a la mesa alta.

"¿Qué crees que estoy haciendo?" Erin le quitó las bragas, le subió el vestido y echó las piernas sobre los hombros. "Menos mal que llevas un vestido. Hace que sea mucho más fácil hacer esto."

"¡Joder!" Celia echó la cabeza hacia atrás cuando Erin la atrajo hacia adelante por las caderas, se inclinó y le pasó la lengua por el clítoris. Se apoyó en los codos y cerró los ojos mientras la boca de Erin la atacaba, decidida a hacer que llegara al clímax fuerte y rápido. Erin sabía cómo tocar la tecla exacta y tomarla en su oficina era más que excitante. La sensación de su lengua subiendo y bajando por sus pliegues era exquisita y la forma en que la apretaba más contra ella casi la hizo correrse allí mismo. Necesitando más, Celia se movió hacia el borde y con sus piernas envolvió el cuello de Erin, luego se echó hacia atrás mientras su boca hacía magia.

"Sí..." dijo Celia jadeando y gimiendo mientras se movía. Luchó por mantener los ojos abiertos porque nunca había presenciado algo tan erótico como lo que Erin le estaba haciendo en este momento. La forma en que la lamía y la chupaba, como si fuera su única misión para hacer que se corriera fuerte y rápido, con sus dedos clavándose en la piel de sus muslos, mientras la llevaba al borde de un orgasmo poderoso.

De repente, Erin se apartó y la miró desde su lugar entre las piernas.

"¿Qué estás haciendo, jefa?" preguntó con voz ronca y con la respiración acelerada mientras extendía una mano para pasársela por el cabello.

"Nada. Solo quería mirarte un momento. Estás tan sexy cuando te dejas llevar." Erin se lamió los labios antes de volver y seguir haciendo que Celia gimiera en voz alta.

"Eso es... Dios mío." Se le cortó la respiración y movió las caderas mientras se entregaba a la deliciosa palpitación en su clítoris. Observó a su amante llevarla al límite de nuevo, pero esta vez no se detuvo. La vista de Erin dándose un festín con ella era tan sexy que no podía apartar la mirada, incluso cuando sus ojos amenazaban con cerrarse.

"¿Es bueno?" Erin movió la lengua sobre su clítoris,

haciendo que la tensión en el centro de Celia se intensificara y se estremeciera contra su boca. Los ecos de su fuerte grito rebotaron en las paredes, llegando sin duda más allá de la oficina en las tranquilas instalaciones.

"¡Sí! Sí, sí, sí..." Su voz se apagó mientras caía hacia atrás, cubriéndose la cara con las manos.

Erin se acercó y besó su vientre con una gran sonrisa en su rostro. "Siempre he querido bautizar esta mesa. Pero ni en mis sueños más salvajes podía imaginar que iba a ser Celia Krügerner."

"Bueno, desde luego has cumplido tu fantasía y Celia Krügerner quiere meterse debajo de la mesa ahora." Celia le lanzó una mirada traviesa cuando se sentó, saltó y caminó hacia el otro lado del escritorio de pie de Erin. "Abre el portátil," dijo. "Y haz lo que normalmente harías a primera hora de la mañana."

Erin la miró desconcertada pero obedeció y abrió su portátil. "¿Por qué?" Escribiendo su contraseña, esperó a que se cargaran sus emails.

"Porque siempre he querido hacer *esto*." Celia se arrodilló y se arrastró hacia Erin debajo de su mesa para desabrocharle el cinturón.

68

"¿*C*ómo era la relación de mis padres?" Celia estrujó una galletilla en su mano y arrojó las migas al césped. Enseguida, las gallinas llegaron corriendo, dándose un festín con la chuche. Le gustaba tenerlas cerca. Eran entretenidas y muy mansas, algunas incluso se dejaban acariciar. "Los recuerdo juntos pero, al mismo tiempo no. Supongo que rara vez estuvieron juntos en una habitación los últimos años antes de que muriera mi padre."

Dieter se inclinó hacia adelante y se apoyó sobre sus rodillas, echando comida también a los pollos. "Eran felices al principio," empezó a decir, apareciendo un profundo ceño entre sus cejas. "En aquellos momentos, tu madre todavía trabajaba como modelo. Recuerdo claramente el día que tu padre me dijo que la había conocido. Me llamó después de regresar de un viaje de negocios en Los Ángeles. Ella estaba haciendo una sesión de fotos allí y más tarde se pusieron a hablar en un bar. Dijo que había conocido a una mujer hermosa y misteriosa que no podía sacar de su cabeza. Tu madre era realmente guapa pero él tampoco había exagerado en la parte misteriosa. No creo que nadie se haya acercado lo bastante como para conocer sus antecedentes, ni siquiera tu padre. De vez en cuando, él pillaba alguna pista cuando ella hacía algún comentario de manera casual pero, en general, no le gustaba hablar de su familia de Texas y él nunca llegó a conocerlos."

"Tampoco a mí me ha hablado de su vida antes de papá," dijo Celia. "Algunas veces le pregunté por mis abuelos pero ella siempre lo ignoraba, me hacía sentir como que era un tema prohibido, así que dejé de preguntar."

"Sí, tu padre hizo lo mismo. Dicho esto, creo que de verdad amó a tu padre y que él la amó. Se fue a vivir con él a Nueva York y fueron felices juntos durante un par de años, pero era muy difícil convivir con tu madre. Una vez tu padre me dijo que pensaba que ella tenía problemas de abandono muy arraigados, pero se negó a buscar ayuda. Era muy desconfiada y paranoica y como tu padre viajaba mucho por trabajo, discutían mucho." Dieter hizo una pausa y frunció los labios, vacilando antes de continuar. "Un verano, tu padre vino a visitarme al castillo durante un par de semanas. Vino solo, dijo que necesitaba escapar porque su situación se estaba volviendo tóxica y no estaba seguro de poder seguir viviendo con ella. Supongo que al ser su hermano mayor, yo era su confidente y quería mi consejo. Aunque estaba locamente enamorado de ella, la vida se estaba volviendo demasiado estresante." Se encogió de hombros. "No quería entrometerme en su relación y le dije que no podía interponerme entre él y tu madre. Esa semana, tu madre le llamó para decirle que estaba embarazada de ti."

"¿Así que siguieron juntos por mi culpa?" preguntó Celia.

"Eso creo. La boda se produjo a toda prisa porque tu

madre no quería que se notara su barriga de embarazada en el traje de novia."

"Típico de ella." Dijo Celia riendo entre dientes. "La apariencia siempre ha sido muy importante para ella."

"Sí. Supongo que ser modelo y no tener estudios... A eso súmale que su familia no estaba en el cuadro y tal vez eso era todo lo que tenía a lo que aferrarse."

"¿Estaba feliz de tenerme?"

"Sí, creo que sí. Pero nunca supo realmente cómo ser madre cuando eras pequeña. Creo que ella quería pero, cuando me visitaban, podía ver sus problemas. Sin embargo, tu padre llevaba muy dentro el instinto paternal, así que ella lo dejó en sus manos, al menos la mayor parte. Él era el que jugaba contigo y te acostaba cuando estaba en casa, mientras que tu madre dependía más de tu niñera para mantenerte entretenida." Dieter desmenuzó otra galletilla y la arrojó entre los pies descalzos de Celia, riendo cuando los pollos comenzaron a moverse por entre sus piernas y a mordisquearle los dedos.

Celia se rió entre dientes y puso los pies debajo de ella. "Nunca te gustó, ¿verdad?"

Dieter negó con la cabeza. "No era eso. Nunca la entendí porque nunca se abrió. Y sentí pena por ella. Consiguió lo que siempre quiso, un marido rico, una familia, un hogar estable y, aún así, nunca fue realmente feliz. Sin embargo, las cosas materiales la hacían feliz a corto plazo. Un regalo, unas vacaciones lujosas o un viaje para ir de compras. Y le encantaba visitar el castillo. Para alguien que siempre quiere más, creo que tener un castillo es la fantasía máxima."

"¿Crees que me quiere?" preguntó Celia.

"Sí. Puede que sea una persona egoísta pero sé que te quiere. Simplemente no sabe cómo expresarlo." Dieter la miró pensativo. "Tu madre nunca fue capaz de conectar realmente con la gente, ni siquiera con tu padre, y supongo que ver lo unida que estabas con él la frustraba. El que ella no tuviera esa relación especial hizo que le fuera difícil presenciar el fuerte vínculo entre vosotros." Hizo una pausa y añadió. "Luego, siete años después, nació tu hermano y lo colmó de cariño. Era como si sintiera que tenía una segunda oportunidad para hacerlo mejor."

"Quizás por eso están tan unidos."

"Quizás. O tal vez son más parecidos y por eso se entienden mejor. Eres la hija de tu padre. Tú tienes su moralidad, su generosidad, su carácter, su cabello oscuro, su sonrisa, incluso su risa. Y Fabian es más como tu madre, tanto en apariencia como en carácter. Rubio, ojos azules, reservado, materialista..."

"Hmm..." Celia vació distraídamente los restos de la caja de galletillas en el césped y acarició a uno de los pollos. "¿Sabes si mi padre alguna vez intentó localizar a sus padres?"

"No. Lo pensó más tarde durante su matrimonio, hablamos de eso. Esperaba que le hiciera entender mejor cómo era su esposa pero, al mismo tiempo, sabía que podía arruinar su matrimonio si lo hacía. Pero entonces se puso enfermo y nunca llegó a hacerlo."

Celia respiró hondo y trató de apartar el recuerdo de la muerte de su padre al fondo de su mente. Nunca había hablado mucho de él pero sentía que ahora era la única oportunidad de saber más sobre él porque su tío era la única persona en su vida que había estado cerca de él.

"Yo no estaba allí cuando murió," susurró. "No me permitieron entrar en la habitación del hospital."

"Él no quería que lo vieras así." Dieter dio una palmada sobre el sofá de mimbre en el que estaba sentado y Celia se levantó de la silla, rodeó la mesa y se sentó junto a él. Se apoyó en él cuando le pasó un brazo sobre los hombros. "Pero yo estaba allí. Y tu madre. Es la única vez que la he visto llorar."

"¿Mi madre lloró?" Enterró la cabeza en el hueco de su cuello mientras trataba de imaginarse a su madre mostrando sus emociones. Se enfadaba a menudo pero nunca lloraba. Las rabietas eran más lo suyo. "No estaba segura de si a ella le importaba en aquel momento. No perdió tiempo en buscarse un novio más joven."

"Siento que ella no estuviera allí para ti. Pero espero haber podido hacer mi parte."

"Sí que lo hiciste." Celia dejó escapar un largo suspiro. "Cuando Fabian y yo fuimos a quedarnos contigo el verano siguiente, por fin pude respirar otra vez. Solo tener tu apoyo y no sentir que tenía que ser fuerte todo el tiempo para Fabian me ayudó mucho. Roderick estuvo genial con nosotros también."

"Sí. Él siempre quiso hijos. Incluso estuvimos hablando de adoptar durante un tiempo, pero entonces él..." La voz de Dieter se apagó. "Bueno, no era el destino." Sonrió. "Pero yo os tenía a ti y a Fabian. Era un buen chico cuando era más joven. Creo que simplemente se perdió un poco y no es extraño, considerando que perdió a su padre siendo más pequeño que tú. Tu madre hizo lo mejor que pudo con él."

"Sí. A veces me preocupo por él pero tiene a mamá." Cerró los ojos, disfrutando del familiar olor a puros y vino tinto de su tío. "Y tengo mucho suerte de haberte tenido a ti. Gracias por todo lo que has hecho por mí."

"Está bien, peque, pero aún no me he ido." Le besó la mejilla y pasó una mano por su pelo. "Cuando me haya ido, quiero que hables con tu madre. Creo que todo el comportamiento que tiene de llamar la atención es una forma de intentar acercarse a ti. Crea ese drama innecesario porque no tiene ni idea de cómo preguntarte directamente si ella te importa. Créeme, ella sabe que no ha sido una buena madre y estoy seguro de que tiene muchos remordimientos."

Celia se mantuvo en silencio mientras pensaba en ello. "Vale, hablaré con ella." Dijo en un susurro.

69

*L*a tristeza se instaló en la boca del estómago de Celia mientras cerraba su última maleta. Volaban a casa hoy y eso no solo significaba el final de su tiempo con Erin por ahora, sino también el final de su aventura con su tío. Se estaba deteriorando y, aunque le aliviaba saber que pronto estaría al cuidado de su médico privado en Suiza, también sabía que su peor temor estaba a punto de hacerse realidad.

Habían pasado días jugando al Scrabble junto al mar mientras Erin trabajaba. Habían dado nombre a los pollos porque ya podían distinguirlos. Habían tenido conversaciones interminables sobre los padres de Celia y sobre el pasado y la carrera de Dieter. Él se había mantenido fuerte, se había reído y había participado tanto como pudo, pero Celia no había visto el brillo siempre presente en sus ojos durante días. Estaba cansado y se estaba rindiendo.

Limpiándose la lágrima que rodaba por su mejilla respiró hondo y se dijo a sí misma que debía controlarse. Ella también estaba cansada. Estaba cansada de sentirse sentimental, cansada de fingir y cansada de contener las lágrimas. *Mantente fuerte.*

"Hola cariño." Erin se colocó detrás de ella, le apartó el cabello a un lado y la besó suavemente en el cuello.

"Hola. ¿Qué tal el trabajo?" Celia cerró los ojos, disfrutando la sensación de los suaves labios de Erin sobre su piel.

"He estado muy ocupada. Siento llegar tarde. Tenía que ocuparme de algunas cosas porque me voy contigo."

"¿Qué?" Celia se volvió hacia ella y sintió un nudo en el estómago al ver la expresión seria de Erin. "Pero estás súper ocupada y..."

"No hay nada que no pueda esperar." Erin la atrajo hacia sí y la abrazó con fuerza. "Empezamos este viaje todos juntos y quiero estar ahí para ti y para Dieter hasta el final. Ya lo he hablado con él."

"Gracias." Celia hundió la cara en el cuello de Erin y aspiró su aroma. Le inspiraba consuelo, siempre lo hacía. Mientras estaban allí y se abrazaban, el revoltijo de emociones que la atravesaba hizo que los ojos se le llenaran de lágrimas, pero se las tragó y cerró los ojos con fuerza, decidida a no derrumbarse. Todavía no.

Su teléfono sonó sobre la cama, sacándolas del momento que estaban compartiendo y suspiró profundamente cuando vio que era su madre. "Será mejor que conteste. No he hablado con ella en mucho tiempo." Lo cogió y salió a atender la llamada, con la esperanza de que la brisa del mar la mantuviera calmada porque siempre se ponía un poco ansiosa cuando hablaba con su madre. Como su tío no había hablado aún con la familia, Celia la había estado evitando y solo le enviaba mensajes cortos para decirle dónde estaba. "Hola mamá."

"¿Celia?" Hubo una pausa. "¿Por qué no has respondido a mis llamadas? ¿Va todo bien?"

Si Celia no se equivocaba, pensaría que su madre estaba preocupada por ella y lo agradecía. "Sí, todo está bien. Estoy en las Bermudas con el tío Dieter, Andy y Erin. Hemos tenido un viaje maravilloso y volvemos a Suiza mañana por la mañana."

"¿Suiza? ¿Por qué demonios vais a volver allí? ¿No tienes trabajo? ¿Esa mujer no tiene una vida?"

Ya estamos otra vez. Como siempre, el atisbo de afecto que sentía por su madre duró poco. "Se llama Erin," dijo Celia bruscamente, poniendo los ojos en blanco mirando al cielo. "Y sí, tiene una vida maravillosa de la que voy a formar parte. Estamos juntas y la amo." Se detuvo y se tapó la boca con la mano, sorprendida por las palabras que acababan de salir de sus labios. ¿La amaba realmente o solo lo había dicho para molestar a su madre? Era una gran revelación para cualquiera y, para ella, era casi impensable.

"Tú ¿qué? ¿Acabas de decir que la amas? Celia, escúchame, eso es una tontería, simple y llanamente. Acabas de conocerla, ni siquiera la conoces y..." Babette Krügerner continuó con su diatriba pero ya no registraba sus palabras. Mirando por las puertas abiertas a Erin, que estaba haciendo su maleta en la habitación, Celia sintió una oleada de calidez y se dio cuenta de que era verdad. Esta mujer había cambiado totalmente como un tornado su vida estable y lo había puesto todo patas arriba y, al mismo tiempo, había sido su roca, manteniéndola cuerda y a salvo. Confiaba en ella.

"Mamá, te voy a pasar con el tío Dieter ahora," dijo cuando vio a su tío parado al borde del acantilado. "Le gustaría mucho hablar contigo." Dieter hizo una mueca y negó con la cabeza, pero lo ignoró y le puso el teléfono en la mano. "Díselo," susurró. Todavía podía oír las protestas de su madre mientras volvía a la habitación y cerraba la puerta tras ella.

"¿Todo bien?" preguntó Erin.

"Sí..." Celia tomó la cara de Erin entre sus manos, maravillándose de su hermosa sonrisa por un instante antes de besarla suavemente. Esta vez se sentía diferente y el roce de sus labios la envolvió como una cálida manta mientras se permitía sentir cosas que nunca antes había sentido por otra mujer. Sí, amaba a Erin, y, aunque había sido una sorpresa, no tenía miedo de amar.

Sintiendo un cambio en ella, Erin se apartó para observarla más detenidamente. "¿Estás segura de que estás bien?"

Celia asintió mientras centraba sus ojos en los de Erin. "Quizás esto es demasiado, demasiado pronto, pero..." Su voz se fue apagando y, de repente, estaba ansiosa por decirlo en voz alta.

"Oye, esa es mi frase," bromeó Erin, aliviando la tensión. "¿Qué es? Venga, puedes decirme cualquier cosa, ya lo sabes."

"Yo, ehm..." Celia vaciló mientras pasaba sus manos por el cabello de Erin. "Te amo."

El silencio que siguió duró tanto tiempo que Celia entró en pánico por un momento. Erin levantó la cabeza, abrió la boca para hablar y la volvió a cerrar. "Lo siento, no debería haberlo dicho. Lo entenderé si no sientes lo mismo o si es demasiado pronto."

"Shhh..." Erin la hizo callar. Su sonrisa se hizo más grande y el reflejo de emoción en sus ojos le dijo a Celia que estaba inmensamente conmovida y emocionada por sus palabras mientras la atraía hacia ella. Se inclinó y puso su frente contra la de Celia. "Yo también te amo."

70

A pesar de los alegres saludos que resonaban en las paredes del castillo de Krügerner, había una tensión en el comedor que cualquiera habría percibido. Una reunión familiar era rara a menos que hubiera un motivo de celebración, pero no se había dado ninguna razón para la convocatoria de este sábado por la tarde. Se dirigieron miradas de esperanza y muy amistosas y amables hacia Dieter, sentado en la cabecera de la mesa, esperando a que llegara la comida antes de hacer su anuncio y usar el resto de la tarde para despedirse de todos.

Después de volver a Suiza, se había pasado la mayoría de los días en la cama, aventurándose solamente a bajar las escaleras o a salir un par de horas por la tarde cuando se sentía lo bastante fuerte. Celia, Erin y Andy habían pasado muchas horas jugando al Scrabble y viendo películas antiguas con él en su habitación. Los cuatro se habían unido tanto que ya no había secretos entre ellos y ahora no había duda de que Andy estaría siempre en su vida, igual que Erin siempre estaría a su lado.

Celia miró a su madre. Vestía todo de negro, un color que solo reservaba para apariciones dramáticas en los funerales. Todavía no habían hablado porque ella había llegado tarde, con su hermano a cuestas, pero Celia sospechaba que no eran los únicos que sabían de la enfermedad de su tío. Su tía abuela Margareth, su tío abuelo Fredrick y sus dos hijas también iban vestidos de negro, igual que sus primos segundos Peter y Bertrand, quienes sin duda solo habían aparecido con la esperanza de heredar parte de su fortuna.

A su tío no parecía importarle la multitud lúgubre mientras bromeaba y conversaba con todos. A diferencia de sus invitados, se puso en medio de la habitación vistiendo un traje rosa que Celia jamás había visto antes. Hacía juego con el de Andy y los había oído reírse mientras se vestían juntos. Se había divertido mucho porque su tío nunca usaba colores brillantes y le hacía parecer un presentador de televisión cursi de los años setenta, con su camisa blanca, corbata de seda rosa y zapatos con estampado de tigre.

Trajeron platos con sus comidas favoritas (escalope, chucrut, puré de patatas y montones de salsas diferentes) y los colocaron delante de sus invitados antes de que el personal llenara las copas con vino tinto. En sus círculos sociales, los platos que servían eran considerados totalmente inapropiados pero, al igual que su traje, Celia sabía que era un "que os jodan" a todos los que le habían criticado por ser tan extravagante y excéntrico a lo largo de su vida.

Erin estaba sentada a su lado y eso también había atraído miradas curiosas. Celia no conocía a sus parientes muy bien. La mayoría de ellos no eran familiares cercanos y, aunque los había visto muchas veces en el castillo, no había sentido ningún deseo de mantener el contacto con ellos. Su madre seguía diciéndole a la gente que su sexualidad era solo una fase, así que todos los invitados parecieron sorprendidos de que hubiera llevado a Erin a un almuerzo oficial.

Para alguien de fuera del círculo familiar, la habitación debía parecer un poco cómica. Dieter y Andy vestidos de rosa, Celia y Erin de blanco principalmente y otros varios familiares que parecían que iban a un funeral. Celia sintió pena por ellos al imaginar lo confusa que les debía resultar la situación. ¿Qué te pones para la última comida familiar de alguien? ¿Qué le dices a un hombre que está a punto de morir? Incluso aunque no se preocuparan mucho por él, tendría que haber sido difícil venir aquí.

"Dieter, estás sensacional de rosa," mintió su madre. "¿Has perdido peso?" le lanzó una gran sonrisa mientras lo miraba de arriba a abajo.

Celia no podía creer lo que estaba oyendo. Su madre no había sido nunca muy delicada en sus comentarios, pero esto era demasiado. La miró y casi sintió pena por ella cuando miró su plato con vergüenza. Tampoco sabía qué decir.

"Sí Babette. Por razones equivocadas pero gracias de todas formas por el cumplido." Se aflojó la corbata, golpeó su cuchara contra su copa de cristal y se dirigió a la mesa. La habitación se quedó en silencio de inmediato.

"Querida familia. Muchas gracias por venir y con tan poco tiempo de aviso. Como la mayoría de vosotros sabéis, de hecho creo que todos sabéis, no me queda mucho más tiempo de vida." Dieter se aclaró la garganta e hizo una pausa. Andy se puso de pie también y le cogió la mano mientras continuaba. "Estoy agradecido por tener la oportunidad de veros a todos por última vez y deciros lo maravilloso que ha sido haberos conocido. La familia es importante, ya sea la familia de sangre o la familia que uno elige." Sonrió mientras se giraba hacia Andy y Erin. "Y porque la familia es tan importante, quería hacer un par de anuncios ahora que estáis todos aquí, para que no haya..." Haciendo una pausa, eligió sus palabras con cuidado. "Confusión sobre mi testamento."

Celia respiró hondo cuando lo vio mirar a su madre durante una fracción de segundo y, de repente, se dio cuenta de que había preparado esta reunión no para él, sino para ella. Después de la muerte de su padre, su familia se había desmoronado después de que su madre impugnara su testamento y a la mayoría de ellos les había llevado unos cinco años poder estar en la misma habitación. Con testamento o sin él, de esta manera, no habría ambigüedad sobre lo que quería realmente su tío.

"Como mi principal beneficiaria, Celia tendrá la propiedad total del Castillo Krügerner, mi colección de arte y todas mis pertenencias personales. Confío en que mantendrá el castillo a su nombre todo el tiempo que pueda. He dispuesto que me entierren aquí así que si, después de morir, venís alguna vez de visita, por favor, pasaros por el mausoleo en el jardín trasero a saludarme," bromeó. No hubo risas por su humor negro, todas las miradas estaban puestas en Celia ahora. "Celia administrará el castillo de la manera que mejor se adapte a su estilo de vida. Soy consciente de que el mantenimiento de esta fabulosa pieza de arquitectura medieval y su personal no es barato, así que es posible que tenga que comercializarla. Eso significa que ya no tendréis la oportunidad de venir de vacaciones al castillo. De hecho puede que esta sea vuestra última vez aquí."

Dieter tomó un sorbo de vino mientras absorbía la

tensión silenciosa que había en la habitación. "Celia también ha expresado el deseo de hacerse cargo de mi negocio y, con eso, obtendrá la propiedad de mi cuenta comercial cuyo saldo no será revelado. Me enorgullece enormemente decir que acaba de aceptar su primer proyecto, va a estar encargada de lo relacionado con el arte para uno de los súper yates más grandes jamás construidos. Tiene talento en bruto y sé que le irá muy bien." Volvió a posar sus ojos en Babette e hizo una pausa, asegurándose de que ella lo había oído alto y claro.

"Y ahora, en cuanto a mi capital en efectivo. Mi contable me dijo que tengo algo menos de cincuenta millones de euros en cuentas y fondos privados. Tengo que admitir que no está mal para alguien que empezó con el generoso, pero bastante menos capital familiar, de un millón doscientos mil a la tierna edad de veintiún años, cuando murió mi padre." Sonrió e hizo otra pausa mientras todos contenían la respiración. "Como la mayoría de vosotros ya sois muy afortunados, he decidido que quiero ayudar a los más desfavorecidos. Por lo tanto, de los cincuenta millones, veinte se destinarán a mi fundación para enviar niños con talento de origen pobre a la escuela de arte." Ignorando los gritos de exasperación en la habitación, continuó. "Otros veinte se dividirán entre seis organizaciones benéficas diferentes relacionadas con la conservación del planeta y la juventud LGBTQ. Debido a la falta de apoyo y comprensión, luché con mi sexualidad cuando era más joven y sé lo difícil y duro que puede ser aquí, mucho más en los países subdesarrollados."

Esto último era una indirecta dirigida al menos a tres personas en la habitación. Celia vio cómo su madre y su hermano se quedaban blancos como la leche al entender que iban a recibir muy poco, si es que recibían algo, del testamento de Dieter, pero no había nada que pudieran hacer. Si causaban problemas serían vistos como buitres codiciosos entre el resto de la familia, así que su única opción en este momento era no decir nada.

"Y finalmente, siete millones se destinarán a un fondo para pagar las renovaciones del castillo, los impuestos de la propiedad, etc. Eso deja tres millones," dijo en un tono especialmente alegre para alguien en su situación, mientras las caras del resto caían con decepción. "Y como os gustará saber, eso se dividirá entre todos vosotros, y eso incluye a mi querido Andy."

Un ruido repentino y extraño recorrió la habitación cuando todos respiraron aliviados, haciendo cálculos ya de cuánto se llevarían a casa. Eso repugnó a Celia y se preguntó cuántas conversaciones se habrían mantenido a lo largo de los años, especulando cuándo iba a estirar la pata su tío y cuánto heredarían.

Dieter se acercó a Erin y le puso una mano en el hombro. "He designado a mi querida amiga Erin como albacea de mi testamento. Ella no es de la familia y, por lo tanto, imparcial, pero, sobre todo, confío en ella con mi vida." Le guiñó un ojo mientras se giraba hacia Celia. "Y no puedo empezar a deciros lo feliz que soy porque Celia y Erin se hayan encontrado. Porque no hay nada más bonito que el amor, ¿verdad?"

Los miembros mayores y más conservadores de la familia comenzaron a murmurar y Erin parecía un poco incómoda mientras saludaba a todos con la mano. Celia esperaba miradas sucias, sin embargo, les dirigieron sonrisas falsas. Incluso su madre logró esbozar una sonrisa casi maternal, sabiendo que Celia sería pronto la dama del castillo.

Dieter regresó a su lugar en la mesa y se sentó con un profundo suspiro. "Creo que eso es todo lo que tenía que decir. Comamos ahora y después charlamos con una copa en la mano. Solo puedo funcionar un máximo de tres horas al día y me gustaría aprovechar esta oportunidad para despedirme de todos vosotros."

71

"*E*s la hora," murmuró Dieter. Miró a Celia, Erin y Andy mientras tomaba la mano de Celia. Tenías los ojos cansados, medio cerrados, y no parecía darse cuenta de la baba que le caía por la comisura de la boca.

Estaban de pie alrededor de su cama después de haber llamado a su médico de cabecera en medio de la noche. Había estado confundido, somnoliento y con mucho dolor durante un buen rato pero, desde su última dosis de morfina, había empezado a hablar de nuevo. Luces tenues alumbraban la habitación. Habían movido su cama hasta la pared trasera, con ventanas desde el suelo al techo, para que pudiera mirar hacia el lago.

"Estoy muy agradecido de que estéis aquí. Sois mi familia elegida y todo lo que me importa." Hizo una pausa, cogiendo aire para continuar. "Celia, eres mi ángel, siempre lo has sido. Antes de que tu padre falleciera, le prometí que cuidaría de ti. Tu hermano era un poco más joven y, aunque lo amaba tanto como a ti, estaba más preocupado sobre todo por ti, porque te parecías mucho a él. Amable, generosa, amorosa, pero te hacía también más vulnerable, a diferencia del resto de nuestra familia." Incluso en el lecho de su muerte, Dieter logró soltar una risita sarcástica. "Bueno, espero haber cumplido esa promesa. Creo que lo hice lo mejor que pude."

Celia asintió y le apretó la mano, haciendo todo lo posible por no llorar. "Siempre has estado ahí, en todo. Eres el único en quien confiaba y espero que sepas lo importante que fue eso para mí." Mantener sus emociones bajo control se había vuelto más soportable después de haber pasado tres meses con él. Quizá, por fin, se había hecho a la idea de que se estaba muriendo. Tal vez, en el fondo, quería que se fuera para que no sufriera más. O tal vez simplemente se había quedado sin lágrimas. Sospechaba que era una mezcla de las tres cosas.

"¿Puedo entrar?" El doctor se coló en la habitación, llevando una de las batas del castillo. Tenía los ojos hinchados, su cabello gris, que le llegaba hasta los hombros, era un desastre y no parecía en absoluto un médico mientras le tomaba el pulso a Dieter. Verlo cuidar a su tío en las últimas dos semanas confirmó la idea de Celia de que no podía haber estado en mejores manos.

"¿Hay algo que podamos hacer para que se sienta más cómodo, señor Krügerner?" preguntó. "¿Agua? ¿Más almohadas?"

"No, gracias Bernard. Ha sido un buen viaje pero ya he terminado con esto."

"Puede que mañana te sientas mejor..." Celia se dio cuenta de que sus palabras no tenían sentido cuando puso un paño frío en su frente y le limpió la boca con una servilleta. Había pocas esperanzas de que llegara a mañana, especialmente si ya no tenía ganas de vivir. Su tío había estado razonablemente bien durante bastante tiempo pero, desde que volviera al castillo, se había deteriorado rápidamente y ahora estaba pálido y flaco, solo un caparazón del hombre que había sido siempre.

Nunca se lo hubiera imaginado flaco, a pesar de las muchas limpiezas y dietas que hacía de vez en cuando en un intento infructuoso por perder peso porque su médico le había dicho que estaba en riesgo de sufrir un infarto. Nunca había funcionado, o tal vez nunca lo había intentado realmente. Era un hedonista y siempre había disfrutado de las cosas buenas de la vida, incluida la comida y el vino. Ahora, no solo había perdido una gran cantidad de peso, sino que estaba frágil y débil, su piel casi transparente y era increíblemente duro verlo así.

"No me sentiré mejor mañana." Dieter le dirigió una débil sonrisa a su sobrina y le apretó la mano. "Y tú lo sabes también." Dejó escapar un largo suspiro, su cuerpo relajado después de la morfina. "Este es el momento. Puedo sentirlo. Es extraño, ¿verdad? Que uno sepa cuándo llega el momento. Y quiero que sepas que estoy bien. Mi vida ha estado llena de amor, diversión y maravillas. Ni siquiera la pérdida de mi querido hermano y de Roderick me han impedido disfrutarla y quiero que tú hagas lo mismo cuando me haya ido."

Celia no pudo contener las lágrimas por más tiempo cuando se sentó en la cama, junto a él. "Te quiero," susurró, su labio inferior temblando. Parecía tan frágil, como si un suave empujón pudiera romperlo en cientos de pedazos.

"Lo sé cariño. Yo también te quiero. Más de lo que nunca sabrás." Dieter gimió en voz baja mientras giraba lentamente la cabeza hacia Erin y Andy. "A vosotros también os quiero. Mucho." Levantó una ceja a Erin, que estaba bañada en lágrimas. "Has estado aquí conmigo durante todo el proceso y no tienes idea de cuánto me ha ayudado no estar solo en la lucha. Pero tienes que recuperarte, amiga mía, porque tienes que mantenerte fuerte por Celia. Te va a necesitar." Luego centró sus ojos en Andy. "Y Andy, mi amor, eres muy especial y con mucho talento. Solo necesitas un pequeño empujón de confianza para ayudarte en la vida así que espero que estés preparado para convertirte en el administrador de mi propiedad para el próximo año."

Los ojos de Andy se abrieron de par en par y movió la cabeza. "Eh, eso no es justo, ni siquiera lo hemos hablado y no soy capaz de..."

"Estarás bien," murmuró Dieter. "No hay nada que no puedas hacer si crees en ti mismo y yo creo en ti. Lo he hablado con Celia. Ella está más que feliz de que la ayudes."

"No quiero un trabajo, te quiero a ti," susurró Andy.

"La vida es la vida, Andy. Panta Rei, todo fluye..." La voz de Dieter se apagó mientras sus ojos se cerraban.

"Espera, no te vayas. Por favor." Andy se subió a la cama y pasó un brazo a su alrededor. "Te necesito." Las lágrimas corrían por sus mejillas y todo su cuerpo temblaba cuando puso su frente contra la de Dieter.

Celia también lloró al ver a su tío irse. Lejos de ellos, lejos de la habitación y lejos de su cuerpo. Las comisuras de su boca se estiraron en una pequeña sonrisa mientras dejaba escapar un largo suspiro. En ese momento, habría dado cualquier cosa por saber qué había experimentado. Esperó la siguiente respiración, pero nunca llegó. Y entonces, sintió los brazos de Erin a su alrededor. Se había ido.

"*N*o puedo creer que nos haya dejado con este trabajo imposible," dijo Erin mientras cerraba la carpeta que el notario de Dieter le había enviado a Celia. "Hablamos de la parte formal de su funeral, pero nunca entramos en tantos detalles. Francamente, creo que es una de sus travesuras que me ocultara esto." Se hundió más en la silla del despacho de Dieter y se frotó la cara.

"Y por eso es exactamente por lo que nos lo ocultó," dijo Celia en tono de humor. "Primero te tiene navegando por medio mundo y ahora quiere que organicemos un funeral que avergonzaría a un espectáculo del Circo del Sol." Miró la lista, que era interminable y estaba llena de detalles. "Un ataúd de papel maché biodegradable con mensajes escritos a mano de cada artista con el que ha trabajado, una celebración de su vida con trescientos cincuenta invitados vestidos de blanco y un coro de góspel, ¿una ceremonia pagana y siete caballos blancos tirando del carruaje con el ataúd por los terrenos del castillo? ¿Y qué es esto de Andy?" Recostándose con un suspiro, sus ojos se encontraron con los de Erin y no pudieron evitar reírse de lo absurdo de la situación.

"¿He escuchado mi nombre?" preguntó Andy mientras entraba en el despacho. Parecía cansado pero también había una sensación de alivio y descanso en él después de haber estado junto a la cama de Dieter durante días y días. "¿Necesitáis mi ayuda con algo?"

"¡Sí!" dijeron al unísono, luego se rieron a carcajadas. Se sentía muy bien poder reírse de nuevo y Celia no tenía dudas de que las demandas exageradas de su tío eran su forma de mantenerlos ocupados y entretenidos en las semanas posteriores a su muerte. Erin había estado increíble en los últimos tres días, consolándola, pero también dándole espacio cuando lo necesitaba. Esta mañana se había levantado arrastrando de la cama, sabiendo que tenía responsabilidades y que tenía que ponerse a hacer cosas. Treinta y cinco miembros de la familia debían llegar al castillo la próxima semana para una reunión de tres días antes de su funeral. También había hablado con el personal esta mañana sobre el arreglo de las habitaciones y los menús. Este plan tan agitado organizándolo todo había sido bueno para ella ya que las interminables consultas la habían mantenido ocupada y distraída, hasta el punto en que no había tenido un momento para ella. Y luego estaba el funeral, por supuesto. Algo que acababa de descubrir que no sería nada sencillo.

"¿Qué os hace tanta gracia?" Andy cogió la carpeta, abriendo los ojos de par en par cuando vio los últimos deseos de Dieter. "¿Qué demonios? Y yo que creí que era la diva en nuestra relación. Espero que tuviera un buen seguro porque esto no será nada barato."

"Claramente no eras la más diva." Dijo Erin poniendo los ojos en blanco. "Y sí, tenía un seguro muy bueno. Parece que lo que comenzó con una lujosa celebración terminará con otra celebración igual de lujosa. ¿Has visto lo de la actuación de ballet exclusivamente masculino durante la cena?"

"No puedo decir que esa parte me parezca mal," murmuró Andy, pareciendo intrigado mientras seguía leyendo. "Y, Dios mío, voy a poder ir en un carruaje y encabezar la procesión."

"Parece que estás recibiendo tu último *Show de Andy*," bromeó Celia. Sintió que su estado de ánimo mejoraba un poco y se alegró también de ver un poco de entusiasmo en Andy, después de haber permanecido encerrado en la habitación de Dieter durante días.

"Desde luego que es *El show de Andy*. Le dije hace tiempo que siempre quise subir a un carruaje tirado por caballos blancos y vestido de blanco. No me puedo creer que se acordara de eso. Pero interpretar el papel principal en este tipo de espectáculo nunca fue parte de mis sueños de corista." Dijo, dejando escapar un profundo suspiro. "¿Por qué hizo Dieter esto?"

"Creo que solo quería distraerte." Celia hizo una pausa mientras en las comisuras de sus labios se dibujaba una sonrisa. "Y quizás para cabrear a la tía abuela Margareth y al tío abuelo Fredrick. Siempre lo menospreciaron por ser gay y un poco diferente cuando era joven. Me puedo imaginar sus caras cuando se presenten para el funeral. Pero aparte de todo eso, creo que será hermoso y reflejará la personalidad del tío Dieter. Solo que es poco frecuente." Se paró detrás de Erin y puso sus manos sobre sus hombros. "Cariño, ya sé que no tienes tiempo para esto, así que Andy y yo podemos formar un equipo. ¿Te parece bien?"

"Por supuesto. Haré todo lo que pueda y estoy segura de que el personal del castillo estará encantado de ayudar. Lina ha estado muy preocupada. Creo que sería bueno para ella."

"Mi madre y mi hermano se quedarán aquí hasta el

funeral así que también podrían ayudar y ser útiles." Dijo, dándole un beso en la mejilla. "Puedes usar su despacho para trabajar, trasladaremos los preparativos del funeral al salón."

"¿Estás de broma?" Erin negó con la cabeza. "Me encantan los desafíos y este es enorme. Me comunicaré con mi oficina esta noche. La diferencia horaria es como una bendición en este momento. Solía trabajar sesenta horas a la semana y lo volveré a hacer si es necesario, así que no te preocupes por mí."

"Muy bien." Andy se acercó al archivador grande en una esquina del despacho. "Cogeré la agenda de anillas de Dieter, a ver si puedo localizar todos los números de esos artistas. Vi que solo había veinte contactos en su teléfono, siempre ha sido muy anticuado." Suspiró. "Si todos los artistas nos envían un mensaje por email, una foto o lo que quieran en los próximos tres días, los tendremos a tiempo para hacer el ataúd." Echó un vistazo por el despacho. "¿Tenemos impresora?"

"No, creo que no." Erin empezó a mirar en su teléfono. "Pediré uno ahora y me aseguraré de que lo traigan mañana, con mucha tinta y con el tipo de papel que necesitamos para hacer que esto funcione. Hay una empresa en Zúrich que fabrica estos ataúdes, así que los llamaré hoy."

"Genial, eso ayudaría mucho. Entonces yo intentaré encontrar esos caballos blancos," dijo Celia, sentándose sobre las piernas de Erin mientras sacaba su móvil del bolsillo.

"Y yo me pondré en contacto con el pastor pagano después de localizar a esos artistas." Andy frunció los labios. "Me imagino que son tan raros aquí como los unicornios."

73

Celia sonrió a su madre cuando pasó por su lado en el pasillo. No habían hablado mucho porque habían estado ocupadas con los preparativos del funeral y eso le iba bien. Habían pasado algunos años desde la última vez que habían estado juntas durante tanto tiempo y su interacción estaba, cuanto menos, oxidada.

"Buenos días cariño."

"Buenos días mamá." Esperaba que su madre siguiera su camino para no tener que entablar una charla, sin embargo, se detuvo.

"¿Cómo lo llevas?"

"Estoy bien." Por un momento no supo qué más decir, pero su madre no hizo amago de irse, así que continuó. "Ha sido muy duro."

"Me lo puedo imaginar." La expresión de Babette se suavizó y tomó su mano. "Lo siento, cariño. Sé que lo querías mucho. Debes sentir como si estuvieras perdiendo a tu padre de nuevo."

"Sí." Celia tragó saliva, sin saber si su repentina oleada

de emoción era a causa de la mención de su tío o por la rara muestra de afecto de su madre. "Le echo de menos."

"Lo entiendo. Yo todavía extraño a tu padre todos los días." La declaración fue un completo y absoluto shock. Celia nunca la había oído decir algo que sonara tan auténtico y claramente su madre tampoco lo había visto venir porque se mordió el labio y frunció el ceño. "Lo..." Vaciló. "Siento no haber estado ahí para ti cuando tu padre falleció. Sé que me odias y estás..."

"Mamá, yo no te odio."

Babette se la quedó mirando fijamente y Celia habría dado cualquier cosa por saber lo que estaba pensando en ese momento. Aunque su comportamiento era tan predecible como el clima la mayor parte del tiempo, la mujer seguía siendo un misterio para ella. "No me odias..."

"No. Eres mi madre. Y todavía te quiero, a pesar de todo."

Los ojos de Babette se llenaron de lágrimas y desvió la mirada, mirándose los zapatos, como si buscara una respuesta. La respuesta obvia sería "Yo también te quiero", pero esta era Babette Krügerner y era una persona más complicada que eso. "¿De verdad?" Cuando levantó la mirada, estaba confusa. "Pero he sido una madre horrible. Lo he hecho todo mal. Y sigo haciéndolo todo mal."

Celia lo sintió por ella porque tenía un gran problema para expresarse mientras su boca se abría y cerraba sin decir nada y sus manos se cerraban. Pero no podía ayudarla, en este caso no.

"Yo también te quiero," susurró por fin con voz temblorosa. "Lo que te hice fue imperdonable pero tienes que entender que..." Respirando profundamente intentó recuperar el control de sus emociones. "Nuestro matrimonio no era maravilloso. Siempre tuve miedo de que tu padre me abandonara. Y luego viniste tú. Tu padre y tú estabais tan unidos que sentí que ya no encajaba en mi propio mundo." Lanzó una mirada de recelo a unos de los miembros del personal que pasaba junto a ellas.

"¿Quieres que nos sentemos en un lugar más privado?" le preguntó. Ahora que tenía su atención, no iba a dejar que esta conversación terminara así. Sin esperar respuesta, colocó una mano en la espalda de su madre y la condujo fuera, dirigiéndose a uno de los bancos en el patio trasero. "¿Está bien aquí?"

"Sí, sí, está bien." Por la forma en que actuaba, estaba claro que su madre estaba totalmente fuera de su zona de confort y no era extraño, las conversaciones serias no eran algo natural para ella. El silencio que siguió no era incómodo pero Celia sabía que tendría que ser ella quien tomara el mando o esto terminaría aquí y ahora.

"¿Por qué fue tan difícil ser madre? ¿Te arrepentiste de tenerme?"

Babette negó con la cabeza. "Admito que quedarme embarazada fue una forma para mí de salvar nuestra relación en aquel momento pero no, nunca me arrepentí de tenerte. Lo único que lamento es que fui una mala madre y que desearía haber hecho las cosas de manera diferente. Simplemente no tenía el instinto maternal que todas las mujeres del mundo parecen tener. Años más tarde, lo intenté de nuevo con Fabian y fue un poco más natural con él pero, aún así, seguía siendo una lucha." Se encogió de hombros. "A decir verdad, yo misma no tuve el mejor ejemplo."

"¿Qué quieres decir? Nunca hablas de tu familia."

"No." Babette se puso tensa y su cuerpo y su cerebro cambiaron inmediatamente al modo *luchar o escapar*. "No vamos a entrar ahí. No debería haberlo mencionado."

Hizo una pausa. "Quizás un día, pero no ahora. Esta semana ya es bastante dura y no quiero cargarte con mi pasado."

"No es una carga. Estoy aquí si quieres hablar," dijo Celia, poniendo una mano en su rodilla.

Babette se miró la pierna como si un objeto extraño acabara de aterrizar en ella, pero alargó el brazo y colocó su propia mano, temblorosa, encima. "Gracias, pero quizás sea el momento de que primero vea a un profesional. Debería haberlo hecho antes."

Era el momento más íntimo que habían tenido jamás y Celia quería abrazarla, abrazarla de verdad. No como los saludos educados que solían intercambiar, sino uno que expresara amor, cosa que suponía que su madre nunca recibió de sus propios padres.

"Te envidiaba," dijo su madre. "Todavía te envidio. Siempre tuviste el amor incondicional de tu padre y te convertiste en una buena persona. Solo Dios sabe cómo conseguiste llegar a ser así. Supongo que fue la influencia de tu padre. Era un buen hombre." Resopló y, por primera vez, Celia vio una lágrima caer por su mejilla. "Y tú eras hermosa y talentosa y todo lo que yo nunca fui. Todavía lo eres, a pesar de..." su voz se apagó y dejó escapar un largo suspiro.

Celia no sabía cómo responder. No le iba a decir a su madre cómo la había menospreciado una y otra vez, ella ya lo sabía. "No es demasiado tarde. Todavía podemos tener algún tipo de relación. Una mejor, quiero decir."

"¿Estarías abierta a esa posibilidad?"

"Sí. Estamos hablando. Es un comienzo, ¿no?" le dirigió una leve sonrisa. "Es más de lo que hemos tenido nunca." Celia vio algo nuevo en los ojos de su madre. Esperanza.

"Si me dejas, te prometo que haré lo mejor que pueda.

Sé que no puedo hacer que el pasado desaparezca, pero nada me gustaría más que tener otra oportunidad contigo."

"De acuerdo. Vamos a ir paso a paso. ¿Quizás podríamos quedar para comer, solo tú y yo, cuando vuelva a Nueva York?" Celia levantó la vista cuando vio a Erin paseando por el castillo. Se detuvo cuando vio a Celia y su madre y estaba a punto de irse cuando Celia la llamó. "Pero primero quiero que hagas un esfuerzo con Erin. Ella es el amor de mi vida."

Babette asintió y le dio un apretón en la mano y levantó la otra mano para saludar de manera torpe a Erin. "Creo que nunca nos hemos presentado formalmente," dijo, levantándose. "Mi nombre es Babette Krügerner, la madre de Celia."

74

"*D*ieter Krügerner era un espíritu libre," dijo Erin mirando a la multitud reunida alrededor del mausoleo y al ataúd que, junto con los restos de Roderick, se colocaría dentro de un sarcófago de mármol y descansaría dentro de la tumba. Cada invitado había colocado una rosa blanca encima, llenando el aire con el aroma de final de verano. Era la última en hablar y se mantuvo serena para transmitir su mensaje. "Me gusta pensar que todavía lo es. Fue la única persona que he conocido que vivió la vida de verdad, al máximo, hasta el final. Sin arrepentimientos." Se aclaró la garganta y puso una mano en la espalda de Celia. Celia se había mantenido serena y firme durante su propio discurso y ella haría lo mismo. Con trescientos cincuenta pares de ojos fijos en ella, no iba a llorar, se dijo. "Creo que estábamos destinados a conocernos esa noche, en casa de Mark y Djuna," continuó, sonriendo brevemente a la pareja. "Y que llegó a mi vida por muchas razones. Me dio alegría, sabiduría, risas, inspiración, apoyo, fuerza y amor. El amor, como siempre decía él, era el regalo más grande de todos." Tomando una profunda respiración, se inclinó hacia Celia, rodeando su cintura. "Así que recordemos a Dieter con amor en nuestros corazones y una sonrisa en nuestros rostros. Es lo que él quería." Tragando saliva, miró su ataúd e inclinó la cabeza mientras arrojaba la última rosa dentro. "Voy a echarte de menos, amigo mío."

Se oyeron suaves murmullos en el patio cuando un cuarteto de violines comenzó a tocar el *"Adagio"* de Albinoni y le recorrió un escalofrío por el cuerpo cuando abrazó a Celia. No solo sintió su propio alivio, también el de ella.

"Gracias, ha sido precioso," susurró Celia. La apretó con fuerza y la abrazó como si no tuviera intención de dejarla ir. "Lo has hecho muy bien," susurró y la besó en la mejilla.

"Tú también. Solo un par de horas más y tendremos el lugar para nosotras solas."

"Bien. No puedo esperar. Voy a ver cómo está el violonchelista y..."

"Ya está hecho," la interrumpió Erin.

"Ah, de acuerdo." Le apretó la mano. "Entonces voy a..."

"Eh, para. Puedes sentarte conmigo a cenar. Créeme, el encargado del evento está al tanto de todo y necesitas comer algo con sustancia."

Celia asintió. "Vale. Espero que me haya puesto a tu lado. Me ha puesto, ¿no? Ni siquiera he comprobado..."

"Por supuesto. Y Andy también está en nuestra mesa. He pedido al personal que nos traiga el desayuno mañana a nuestra habitación. Además de comida, también necesitas dormir y quiero asegurarme de que no dejes la cama en todo el día."

"Gracias. Eso suena muy, muy bien." Se arregló su vestido largo con cuello vuelto blanco antes de entrar al opulento comedor donde algunos de los invitados ya estaban buscando sus mesas. "¿Estás lista para soportar a mi familia durante las tres últimas horas del día?"

"Sí. He hablado un poco con tu hermano y tu madre ha sido muy amable conmigo hoy."

Cuando se alejaron del mausoleo para que la gente pudiera presentar sus respetos finales, Erin vio que los invitados no solo estaban admirando el edificio único de granito azul perla, sino también los caballos blancos. En su prisa por tenerlo todo organizado, no habían pensado en qué iban a hacer con ellos después de la procesión. Celia le había pedido al dueño que los dejara allí porque su tío lo habría agradecido. Se acercó a uno de ellos para acariciarle el cuello.

"Parecían estar en su salsa aquí hoy, ¿verdad?" dijo Andy cuando se unió a ellas. Estaba impecable con su traje blanco y su sombrero de copa.

"Desde luego que sí. ¿Cómo lo llevas?" le preguntó Celia.

"Aguantando. Me alegro de que la parte difícil haya terminado." Andy se encogió de hombros. "Puede haber parecido exagerado hace una semana pero realmente ha sido un servicio precioso."

"Sí que lo ha sido y tú lo has hecho muy bien." Celia le dio un abrazo. "Creo que mi tío habría estado orgulloso."

"Yo también lo creo." Andy tragó saliva, evitando su mirada. "Bueno, será mejor que vaya y me tome un trago. Necesito uno ahora."

Celia asintió y le dio una palmada en la espalda. "Adelante. Nosotras vamos en un momento."

Erin tomó un par de respiraciones profundas, calmándose. Cansada y agotada después de los preparativos del funeral, estaba bien poder relajarse un poco por fin. Pero con eso también venía el dolor y darse cuenta de que se había ido de verdad. Igual que Celia, recordaría a Dieter tal como era. Ruidoso, alegre, gordito y siempre sonriendo. Y sí, estaba de acuerdo en que le habría encantado el funeral. El mausoleo cerca del lago al final del jardín trasero era una verdadera obra de arte. El jardinero había plantado rosales a su alrededor y había colocado velas en la parte alta, y con todos los invitados vestidos de blanco, había sido un espectáculo para la vista. Mientras volvía a mirarlo una vez más, vio que dos palomas se habían posado en el tejado y eso la hizo sonreír.

Cuando se sentaron en la cabecera de la mesa más larga, Celia reflexionó una vez más sobre cuánto había cambiado su vida desde la última vez que estuvo en el castillo con Erin. Hace poco más de tres meses, Erin la había agarrado por la muñeca cuando se dirigía al baño. En aquel momento, mientras flirteaba con ella, había sido felizmente ignorante y ajena y no había estado para nada preparada para la montaña rusa que estaba a punto de poner patas arriba todo lo que creía que era verdad sobre su vida. Había viajado por el mundo y había visto cosas extraordinarias. Había construido recuerdos preciosos que llevaría para siempre en su corazón y había sentido una gran alegría pero también una inmensa tristeza. Mientras navegaba, había reflexionado sobre su vida y se había animado a hacer cambios en su carrera y en su vida personal. Había recuperado la confianza en sí misma y en sus habilidades y capacidad para hacer cosas nuevas. Había perdido a la persona a la que estaba más unida pero había tenido la suerte de pasar sus últimos meses de vida a su lado, aprendiendo de él y viviendo esos maravillosos momentos al máximo. Había encontrado en Andy un amigo para toda la vida, un hombre que, al principio, quizás le había parecido un poco superficial, pero que sabía que era una de las personas más decentes que había conocido en su vida. Y había encontrado el amor. Lo que había empezado como pura pasión, se había convertido en algo más profundo, más importante y más duradero. Erin era la persona indicada para ella y no tenía dudas de que Erin sentía lo mismo.

Su corazón se llenó de amor cuando vio auténtica preocupación en los ojos de Erin. No sabía qué habría hecho sin ella. Erin la había ayudado durante una semana muy dura y había sido fundamental en la coordinación de los complicados preparativos del funeral. Parecía cansada también.

"Gracias por estar aquí para mí," susurró. Estaba increíblemente sexy con su traje blanco y, a pesar de la tristeza del día, estaba deseando estar con ella, tocarla. "Te voy a echar de menos cuando esté en Nueva York."

"Yo también te voy a extrañar, pero no será para siempre." Erin se inclinó hacia ella y aspiró su olor antes de besarla en el cuello. Se separó de ella cuando la gente empezó a llegar a la mesa.

"No. En cuanto me haya ocupado de las cosas allí, iré a visitarte a las Bermudas. Espero tenerlo todo listo antes de navidad." Celia le dio una palmada en el muslo y se volvió hacia su tía abuela Margareth, sentada a su lado. No le gustaba la mujer lo más mínimo pero se recordó que su tío siempre había recibido a todos los miembros de la familia con los brazos abiertos. Ella haría lo mismo.

EPÍLOGO

"*D*ate prisa, nena. Vamos a perder el vuelo." Erin miró su reloj mientras esperaba junto a la puerta principal del castillo con la maleta en la mano.

"No, no vamos a perderlo. El aeropuerto está solo a veinte minutos en coche, así que deja de presionarme," dijo Celia y se volvió hacia Andy. "Andy, llámame si tienes dudas o alguna pregunta, ¿de acuerdo?"

"Lo haré. Y ahora pon tu precioso trasero en marcha." Le dio una palmada y le hizo un gesto hacia la puerta. "Erin tiene razón, tenéis que iros."

Habían pasado tres semanas en Suiza para que Celia pudiera ayudar a Andy a organizar una serie de eventos. El castillo había sido reservado para cuatro bodas importantes en mayo, luego habría otra boda y el baile anual de verano en junio, que Celia y Andy celebrarían en honor a Dieter. Y ella también había organizado un evento de Red de Contactos al que había invitado a todos los contactos de Dieter, junto con diez artistas emergentes que exhibirían sus trabajos en el salón de baile durante el evento. También había estado trabajando en el nuevo proyecto de

Erin. Con todo esto por delante, había estado muy ocupada, pero ahora las cosas estaban a punto de calmarse un poco.

Celia había alquilado su apartamento de Nueva York y su asistente estaba en proceso de comprar su negocio, así ella podría hacerse a un lado y ser solo accionista. Nueva York parecía estar a toda una vida de distancia desde que el Castillo Krügerner se hubiera convertido en su centro de negocios y su segundo hogar. Después de la muerte de su tío, había pasado la mayor parte de su tiempo con Erin en las Bermudas. Ambas viajaron mucho, a veces juntas, a veces por separado. Sus veladas junto a la playa en el *"Precioso Callejón Sin Salida"* eran una maravilla para ella y esperaba con ansia las próximas semanas, en las que tendrían más tiempo la una para la otra. Ella trabajaría desde casa mientras Erin iba al astillero y pensaba ir a la oficina para hablar sobre las obras de arte que tenía en mente para los espacios del nuevo proyecto que Erin había firmado. Pasarían muchas mañanas y muchas noches maravillosas y tranquilas juntas en la cama, lo necesitaba porque las últimas semanas habían sido muy estresantes. Podía sentir una tensión creciendo entre ellas hoy. Solo se peleaban por una cosa. Erin era muy estricta con el tiempo y ella era todo lo contrario.

"Está bien, no pasa nada. Es domingo, así que habrá poco tráfico."

"Ya. Pero aún tenemos que devolver el coche de alquiler. En serio, tienes que darte prisa." Erin se paseaba de un lado a otro, se veía toda la irritación que sentía reflejada en su cara. "No he perdido nunca un vuelo en mi vida hasta que te conocí, pero este año ya ha pasado dos veces."

"¡Deja de agobiarme! No puedo pensar cuando haces eso." Celia suspiró y revisó su teléfono, comprobando la lista de cosas que tenía que llevarse. "No encuentro el cargador de mi teléfono."

"Compraremos uno nuevo en el aeropuerto."

"No quiero uno nuevo, quiero el mío. Tiene un cable muy largo y una luz LED incorporada para poder usarlo en la oscuridad. Son muy difíciles de encontrar."

"Sí, el rosa. Lo metiste en la maleta. Estoy segura." Erin soltó un gruñido y levantó las manos en señal de derrota. "¿Sabes qué? Voy a meter las cosas en el coche. Sal en cinco minutos. No puedo verte sacar todo de tu maleta por segunda vez." Se acercó al mueble que había debajo del espejo donde ponían siempre las llaves. "¿Dónde están...?" Rebuscando en sus bolsillos, se volvió hacia Celia. "¿Tienes las llaves del coche?"

"No, están debajo del espejo. Las he visto hace como cinco minutos." Bajó la maleta para abrirla y resopló de frustración cuando la cremallera se atascó.

"Bueno, pues no están. ¿Estás segura de que no las tienes?"

"Sí. Te lo he dicho, las..." La voz de Celia se pagó cuando la invadió una extraña sensación. No era física ni mental, sino algo intermedio que hizo que el corazón se le acelerara. Dejó de pelear con la cremallera y se puso de pie para mirar alrededor del gran pasillo. Conteniendo la respiración, sus ojos se dispararon escaleras arriba y luego al techo.

Andy y Erin también se quedaron callados de repente.

"No puede ser..." Andy siguió su mirada pero no había más que un silencio espeluznante.

"Tío Dieter, ¿eres tú?" Celia se sintió un poco tonta cuando lo dijo en voz alta pero Erin y Andy se mantuvieron en silencio, como esperando una respuesta.

"Si eres tú, no es divertido," añadió Erin. No parecía muy segura pero, por la piel de gallina que Celia había observado en sus brazos, estaba segura de que ella también lo había sentido. "Celia y yo tenemos que tomar un vuelo y no es momento para juegos."

Permanecieron clavados en el suelo durante un rato, esperando que sucediera algo, cualquier cosa.

"No estoy seguro de qué pensar sobre esto," susurró Andy, frotándose los brazos.

"Yo tampoco." Se volvió hacia Erin y, mientras la miraba, un momento de total lucidez se apoderó de ella. Su corazón se llenó de amor cuando sus ojos se encontraron. Cerró la distancia entre ellas y envolvió su cintura con sus brazos. "¿Sabes qué? Es solo un estúpido cargador. No lo necesito." Sonrió y apoyó su frente contra la de Erin. "Te quiero mucho y no quiero discutir."

"Yo también te quiero." Erin tomó su rostro entre sus manos y la emoción que reflejaban sus ojos hizo que a Celia se le hiciera un nudo en la garganta. Erin la besó con suavidad como si, de repente, tuviera todo el tiempo del mundo para hacer precisamente eso.

"Yo también te quiero," repitió Andy en tono de asco y poniendo los ojos en blanco. "Venga, tortolitas, yo os llevo. Si las llaves han aparecido por arte de magia cuando llegue a casa," continuó, levantando la voz mientras miraba por el pasillo, "ya devolveré yo el coche. Si no, solo tendréis que pagar para que lo recojan."

"Otra vez," añadió Erin con un suspiro.

Celia se rió y le dio un gran abrazo a Andy. "Gracias Andy. Eres un cielo." Tomó la mano de Erin, recogió su maleta y, seguidas de Andy, salieron. Justo antes de que Andy cerrara la puerta, podría haber jurado que había oído el tintineo de las llaves.

Andy levantó un dedo para hacerlas callar. "¿Habéis oído eso también?" Cuando Erin y Celia asintieron, abrió la puerta de nuevo para revisar el pasillo pero allí no había nadie y las llaves todavía no estaban debajo del espejo. "¿Me estoy volviendo loco? Por favor, decidme si me estoy..."

"Si tú te estás volviendo loco, entonces todos estamos igual." Celia miró el mausoleo al final del jardín. "Espera. Hay una cosa más que necesito hacer antes de irnos." Esperaba protestas de Erin pero, todo lo contrario, Erin tomó su mano y fue con ella. Recogieron algunas flores silvestres del borde del césped y las pusieron en la base del mausoleo de piedra.

"Te echo de menos, amigo mío," dijo Erin.

"Las dos te extrañamos mucho," susurró Celia, apretando la mano de Erin. "Volveremos pronto." Con un movimiento de la cabeza le indicó que estaba lista para irse.

Erin la rodeó con un brazo y, mientras caminaban hacia el coche, Celia se apoyó en ella, sintiéndose bendecida por haber encontrado la verdadera felicidad con la mujer que amaba.

Un amor perdido, un amor ganado. Era un sentimiento agridulce pero se consoló con la esperanza de que quizás su tío la estuviera observando. Haría que se sintiera orgulloso de ella.

SIN TÍTULO

FRONT PAGES

Editado por Claire Jarrett

Diseño de la cubierta por Neil Irvine Design

Los que son amados no pueden morir. Porque amor significa inmortalidad.

Emily Dickinson

LAST PAGES

Apéndice (Afterword)

Espero que te haya gustado leer *Azul* tanto como a mí escribirlo. Si ha sido así, ¿considerarías dejar una reseña en www.amazon.com? Las reseñas son muy importantes para las escritoras y ¡te lo agradecería enormemente!

Agradecimientos (Acknowledgments)

Escribir *Nada más que azul* durante la pandemia ha sido un desafío y no podría haberlo hecho sin las encantadoras personas que me han apoyado durante todo el proceso.

Niki (la Mujer Maravilla), gracias por tus ánimos, tus palabras amables y por dejarme un sitio tranquilo donde escribir. Espero poder devolverte el favor algún día cuando tenga mi propio oasis al sol.

Claire Jarrett, gracias por tener tanta paciencia, por apoyarme y por ser siempre honesta con lo que escribo. No has sido solo una editora fantástica, sino también una buena amiga. Valoro sinceramente no solo nuestra relación laboral sino también la personal. También agradezco tu sugerencia para el título porque estaba un poco atascada :)

Acerca de la autora

Lise Gold es autora de ficción lésbica. Su actitud romántica, su entusiasmo por viajar y su amor por historias que te hacen sentir bien forman el corazón de su escritura. Nacida en Londres, de madre noruega y padre inglés. Al haber crecido entre el Reino Unido, Noruega, Zambia y los Países Bajos, se encuentra como en casa casi en cualquier sitio y tiene una interminable curiosidad por nuevos destinos. Su lema es "escribe sobre lo que conoces", así que es frecuente encontrársela en lugares exóticos, investigando o inspirándose para su próxima novela.

Ya sea trabajando de diseñadora durante quince años o cantando de manera semi profesional, Lise ha sido siempre creativa. Sus novelas son el resultado de su búsqueda por una nueva pasión después de abandonar su trabajo de diseño en 2018. Desde la publicación de *Lily's Fire* en 2017, ha escrito varias novelas románticas y también escribe novela erótica son el sobrenombre de Madeleine Taylor.

Cuando no está escribiendo en la mesa de su cocina, se la puede encontrar cocinando, en el gimnasio o cantando en algún lugar, sobre todo música country o blues. Lise vive en Londres con sus perros El Comandante y Bubba.

Otras obras de Lise Gold

Luciérnagas

Vivir

Verano francés

Lily's Fire

Beyond the Skyline

The Cruise

French Summer

Fireflies

Northern Lights

Southern Roots

Eastern Nights

Western Shores

Northern Vows

Living

The Scent of Rome

Con el sobrenombre de Madeleine Taylor

The Good Girl

Online

Masquerade

Santa's Favorite

Resumen (Blurb)

Cuando Celia Krügerner visita el Castillo de su tío Dieter para su baile anual de verano, está emocionada al saber que Erin, con quien compartió un baile inolvidable el año anterior, volverá a asistir. Aunque su intercambio fue breve, Celia no ha podido dejar de pensar en la mujer oscura y misteriosa y está decidida a causar una impresión más duradera esta vez.

Erin Nour, diseñadora de súper yates y ávida viajera, ha navegado desde las Bermudas para asistir al baile de su buen amigo Dieter. Ha donado unas vacaciones en *La Barracuda*, su orgullo y alegría, para la subasta benéfica que se celebrará durante el evento. Pero el largo viaje ha merecido la pena porque, no solo está deseando celebrar la recuperación de la reciente enfermedad de su amigo, sino también ver de nuevo a su sobrina favorita, Celia.

Cuando Dieter hace la oferta ganadora, invita a Erin, Celia y su amor Andy a que viajen con él en el yate. Erin descubre pronto que este será su último viaje y, cumpliendo sus deseos, promete guardarse la gravedad de su enfermedad. Se embarcan juntos en un viaje que les cambiará la vida, pero con secretos entre todos ellos. ¿Podrá prevalecer el amor?

POSTFACIO

Espero que te haya gustado leer *Nada Más Que Azul* tanto como a mí escribirlo. Si ha sido así, ¿considerarías dejar una reseña? Las reseñas son muy importantes para las escritoras y ¡te lo agradecería enormemente!

AGRADECIMIENTOS

Un enorme gracias a mi traductora y amiga Rocío, por hacer y darme unas traducciones con las que me siento totalmente cómoda, a pesar de no hablar el idioma yo misma.

Algunas personas me han dicho que las versiones en español son mejores que las originales en inglés.

Me gustaría también dar las gracias a mi encantadora lectora beta Irene Niehorster. ¡Espero que continúes disfrutando de las revisiones de mis traducciones en español!

ACERCA DEL AUTOR

Lise Gold es autora de ficción lésbica. Su actitud romántica, su entusiasmo por viajar y su amor por historias que te hacen sentir bien forman el corazón de su escritura. Nacida en Londres, de madre noruega y padre inglés. Al haber crecido entre el Reino Unido, Noruega, Zambia y los Países Bajos, se encuentra como en casa casi en cualquier sitio y tiene una interminable curiosidad por nuevos destinos. Su lema es "escribe sobre lo que conoces", así que es frecuente encontrársela en lugares exóticos, investigando o inspirándose para su próxima novela.

Cuando no está escribiendo en la mesa de su cocina, se la puede encontrar cocinando, en el gimnasio o cantando en algún lugar, sobre todo música country o blues. Lise vive en Londres con sus perros El Comandante y Bubba.

OTRAS OBRAS DE LISE GOLD

Vivir

Luciérnagas

Verano Francés

Printed in Great Britain
by Amazon

17770556R00243